AF398913

FRANK KURELLA
Der Kodex des Bösen

DIE HÄUPTER DES HEILIGEN Neuss 1288. Der zum jungen Mann gereifte Marcus gerät in den Verdacht, die Reliquie des heiligen Quirinus aus dem Münster der Stadt Neuss gestohlen zu haben. Er hält gerade den sterbenden Priester, der die tatsächlichen Diebe überrascht hat, in seinen Armen, als zwei weitere Geistliche auftauchen. Mit letzter Kraft spricht der Sterbende einige rätselhafte Worte, die auf die Hintergründe des Raubes hinweisen, bevor Marcus die Stadt fluchtartig verlässt.

Frank Kurella, 1964 in Düsseldorf geboren, lebt heute in Neuss. Seit 2004 ist er als freier Autor tätig. Seine Publikationen haben stets einen Bezug zur Rheinischen Historie. »Der Kodex des Bösen« ist sein zweiter historischer Roman und die Fortsetzung zu seinem Debüt »Das Pergament des Todes«.

Bisherige Veröffentlichungen im Gmeiner-Verlag:
Das Pergament des Todes (2007)

FRANK KURELLA

Der Kodex des Bösen

Historischer Roman

GMEINER

Gefällt mir!

Facebook: @Gmeiner.Verlag
Instagram: @gmeinerverlag
Twitter: @GmeinerVerlag

Besuchen Sie uns im Internet:
www.gmeiner-verlag.de

© 2009 – Gmeiner-Verlag GmbH
Im Ehnried 5, 88605 Meßkirch
Telefon 07575/2095-0
info@gmeiner-verlag.de
Alle Rechte vorbehalten

Lektorat: Katja Ernst
Herstellung: Susanne Tachlinski
Korrektorat: Claudia Senghaas, Susanne Tachlinski
Umschlaggestaltung: U.O.R.G. Lutz Eberle, Stuttgart
unter Verwendung des Bildes »Vanitas-Stillleben« von Sebastian Stoskopff,
visipix.com
Druck: Libri Plureos GmbH, Friedensallee 273, 22763 Hamburg
Printed in Germany
ISBN 978-3-89977-790-1

Mein besonderer Dank gilt Abt Friedhelm Tissen OSB aus der Abtei Kornelimünster, der mich in einigen klösterlichen Fragen beraten hat.

Dieses Buch ist ein Roman, und die darin geschilderten Ereignisse sind größtenteils frei erfunden. In besonderem Maße gilt das für Handlungen und Äußerungen der auftretenden oder erwähnten Personen, auch wenn einige von ihnen nicht der Fantasie des Autors entsprungen sind. Darüber hinaus sind Ähnlichkeiten mit lebenden oder toten Personen rein zufällig.

Am Ende des Romans finden Sie ein Glossar, das die lateinischen Begriffe des benediktinischen Ordenslebens erläutert.

PROLOG

Schloss Burg – im Jahre 1188

»SAGEN WIR 100 KÖLNISCHE MARK, verehrter Arnold.«

»Nur 100? Allein die Ländereien in Himmelgeist und Hongen sind diese Summe wert. Gut, meine Liegenschaften in diesem kleinen Dorf an der Dusel gebe ich Euch notfalls dazu, aber Monheim und Holthausen?« Arnold von Tyvern war den Tränen der Verzweiflung nahe. Graf Engelbert kannte seine finanzielle Misere und schien entschlossen, diese auszunutzen. Auf diese Weise hatte der Graf von Berg in den letzten Jahren sein Territorium Stück für Stück, Parzelle um Parzelle ausgeweitet. Die Grafschaft hatte sich rasch vergrößert, und es war ihm gelungen, unterhalb Kölns bereits bis an den Rhein vorzudringen. Jedoch bisher nur unterhalb Kölns.

Jegliche kriegerische Auseinandersetzungen waren dem Grafen verhasst. Vor allem wegen der damit verbundenen Kosten. Sein Geld für Zukäufe weiterer Ländereien zu verwenden, erschien ihm hingegen wesentlich sinnvoller, und so kam ihm die missliche Lage seines Verwandten sehr gelegen. Arnold von Tyvern war einst ein wohlhabender Mann gewesen. Doch eines Tages hatte er sich im Verborgenen der Alchemie und den magischen Kräften verschrieben. Seitdem war er an den einen oder anderen dubiosen Scharlatan geraten, der ihm sein Geld nur so aus den Taschen gezogen hatte. Anfangs war er mehr zufällig in einem Wirtshaus an einen Kerl geraten, der ihm redegewandt weisgemacht hatte, er könne aus einfachem Sand reines Gold gewinnen. Von Tyvern hatte ihm mit kindlicher Naivität geglaubt, dass er die Frucht seiner Gabe aus rein moralischen Gründen mit ihm teilen würde. Schließlich habe er ja das Talent aus göttlicher Hand empfangen und müsse dieses folglich auch im Sinne göttlicher Nächstenliebe verwenden, hatte der Kerl gesagt. Nachdem er aber eine beträchtliche Summe zur Beschaffung der erforderlichen Zutaten erhalten hatte, war er urplötzlich verschwunden. Auch die folgenden Alchemisten hatten alles andere als die erwünschte Vermehrung seines Vermögens gebracht, und so konzentrierte von Tyvern sein Bestreben schließlich auf das Erlangen ewigen Lebens. Das Einzige, das ihm aus diesen Jahren geblieben war, war eine stattliche Sammlung von Schriftrollen und Manuskripten mit zweifelhaften Zaubersprüchen und wertlosen Prophezeiungen. Seine Taschen und Münztruhen waren hingegen leer.

Aber vielleicht hatte er ja schon durch eine der mysteriösen Zeremonien ewiges Leben erlangt, ohne es zu spüren? Woran sollte er erkennen, ob er nicht ohne die teure Magie schon lange tot wäre? Schließlich lebte er ja noch. So tröstete er sich mit kindlicher Naivität über seine chronische Armut hinweg und sprach sich selbst Mut zu. Erst Jahre später wurde ihm schmerzlich bewusst, dass sich seine Hoffnung auf ewiges Leben nicht erfüllen würde.

»Verehrter Engelbert, so habt ein Einsehen. Wovon soll ich denn leben? Ich habe nicht einmal genug Heller für eine tägliche Ration Brot!«

»Daran soll unser Handel nicht scheitern«, erwiderte der Graf von Berg mit ruhiger Stimme. »Du erhältst neben der großzügigen Summe, die ich bereits nannte, das lebenslange Recht, hier auf Schloss Burg zu leben und zu speisen. – Jedoch mit der Dienerschaft, versteht sich.« Der Graf beobachtete aufmerksam die Miene seines Gegenübers. Würde dieser armselige Kerl nach dem letzten Strohhalm greifen, an dem er sich aus dem finanziellen Sumpf ziehen konnte?

»Nun, ja …«, stammelte dieser und schaute demütig zu Boden.

»Dann ist es also abgemacht?«, fragte der Graf mit fester Stimme.

Von Tyvern überlegte kurz, dann nickte er widerwillig. Verzweiflung und Wut waren auf seinem Gesicht zu erkennen.

»Mein Schreiber wird noch heute den Vertrag aufsetzen. Wendet Euch derweil an den Burgvogt. Er ist bereits über alles informiert und wird Euch in Eure neue Kammer geleiten.« Mit einer gönnerhaften Handbewegung schickte Graf Engelbert den Bezwungenen fort.

Zufrieden setze er sich in den hohen Lehnsessel neben dem Kamin und nahm einen großen Schluck Wein. Zurzeit waren die soeben erworbenen Ländereien und Siedlungsteile zwar noch nicht von bedeutendem Wert, doch mit Wehrtürmen oder gar Befestigungen versehen, würden sie eines Tages ein Bollwerk gegen Übergriffe aus dem Westen bilden. Ein Bollwerk gegen die kurkölnischen Truppen des Erzbischofs oder jeden anderen Angreifer, der aus dieser Richtung über den Rhein vorrücken würde. In seinem tiefsten Inneren spürte er, dass der heutige Handel von großem Nutzen für seine Grafschaft war.

Der erste Tag

Neuss, 100 Jahre später …

DIE ERSTEN SPÄRLICHEN SONNENSTRAHLEN des Maimorgens tauchten den Turm der Münsterkirche St. Quirin in ein gelblich warmes Licht, als Marcus die Gebrante Gaß hinuntertrottete. Noch etwas verschlafen ging er wie jeden Morgen zum Hafen, um nach einer lohnenden Anstellung für den Tag Ausschau zu halten. Die Schiffer der Lastkähne konnten meist eine starke Hand gebrauchen. Sie brachten vor allem Wein von der Mosel, den oberen Rheingebieten und aus dem Elsass nach Neuss. Von hier aus wurden die Fässer auf dem Landwege nach Flandern gebracht oder gelangten über den Hellweg nach Norden. Auf diese Weise bildete der Weinhandel, neben den sich stetig drehenden Kornmühlen, eine der Säulen, auf der der Reichtum der Stadt beruhte. Doch wesentlichste Quelle blieben die unzähligen Pilger, die nach Neuss kamen und den heiligen Quirinus um seine Führsprache anflehten. Und so waren die sterblichen Überreste des Römers, nicht nur aus religiöser Sicht, ein Segen für die Stadt und ihre Bewohner.

Die schwere körperliche Arbeit im Hafen hatte den Jungen zu einem stattlichen Mann reifen lassen, seit er vor etwa vier Jahren beim Schankwirt Berthold Janssen ein Zuhause gefunden hatte. Gerade im letzten Jahr war er nochmals in die Länge geschossen, sodass er Annehild Janssen, die Wirtin des ›Schwarzen Krug‹, nun gar um einen ganzen Kopf überragte. Fast nichts mehr erinnerte an den knabenhaften Taschendieb, der er noch gewesen war, als die Wirtsleute ihn bei sich aufgenommen hatten. Nur sein langes, weißblondes Haar trug er noch wie an jenem Tag.

Im Gehen rieb sich Marcus den letzten Schlaf aus den Augen. Spät war es gestern Abend geworden. Annehild war schon zu Bett gegangen, und Marcus hatte Berthold noch in der Schenke geholfen, bis die letzten Gäste gegangen waren. Ein paar Männer des Schultheißen hatten in ihrem feucht-fröhlichen Gelage wieder mal kein Ende gefunden. Hubertus Hohenfels, ein ehrgeiziger junger Kerl, hatte wohl etwas zu feiern gehabt. Bestimmt hatte ihm sein Dienstherr, der Stellvertreter des erzbischöflichen Landesfürsten, erneut eine Anerkennung für seine Dienstbeflissenheit zukommen lassen, denn Hubertus gehörte nicht zu den gemütlichen Altgedienten, die hin und wieder ein Auge zudrückten, sondern zu jenen Männern, die für die Anerkennung ihres Vorgesetzten auch einen noch so armen Teufel wegen einer Nichtigkeit an den Pranger brachten. Trotz der Wut, die bei diesen Gedanken in Marcus aufstieg, musste er gähnen. Die langen Abende in der Schenke, an denen er dem Wirt half, und die frühmorgendliche körperliche Arbeit im Hafen zehrten an seinen Kräften. Niemals aber wollte er dieses Leben gegen sein früheres Dasein als armseliger Taschendieb in den Straßen von Neuss eintauschen.

Er war die Aber Strais hinuntergegangen und gerade an der Ecke zur nächsten Gasse angekommen, als ihn das aufgeregte Wiehern zweier Pferde aus seinen Gedanken riss. Es schien vom Münster her über den Freithoff zu schallen. Dann ertönten schwere Hufschläge, die sich rasch entfernten, bevor die frühmorgendliche Stille wieder einsetzte. Neugierig bog Marcus in die Gasse ein und gelangte geradewegs auf den großen Vorplatz der Münsterkirche. Die plötzliche Stille kam ihm unheimlich vor.

Langsam ging er auf den imposanten Kirchenbau zu. Er war noch gut 30 Schritte entfernt, als plötzlich das Pilgerportal, das an der rechten Seite des Gotteshauses lag, von innen aufgestoßen wurde. Ein Priester stürzte ins Freie. Der Gottesdiener starrte mit weit aufgerissenen Augen in die Richtung des jungen Mannes und taumelte auf ihn zu. Marcus blieb wie angewurzelt stehen. Kurz bevor der Geistliche ihn erreichen konnte, riss dieser die Arme mit einer krampfartigen Bewegung in die Luft, fiel vornüber und blieb regungslos auf dem Pflaster liegen. Erst jetzt lösten sich Marcus' schreckerstarrte Muskeln. Rasch lief er auf den am Boden Liegenden zu und kniete sich neben ihn. Vorsichtig drehte er den reglosen Körper auf seinen Schoß. Seine Hände und der linke Unterarm fühlten sich mit einmal nass an. Als er den Priester ansah, wusste er warum. Am Hals des Mannes klaffte eine handbreite, stark blutende Wunde. In rhythmischen Stößen strömte das Blut hervor und tränkte den Ausschnitt der Soutane. Auch wenn Marcus kein Medikus war, so erkannte er sofort, dass der bluttriefende Schnitt von einem schweren Dolch oder gar einem Schwert stammen musste. In diesem Augenblick erwachte der Priester aus seiner Ohnmacht und öffnete die Augen. Gott sei Dank, er lebte noch.

Seine wulstigen Lippen begannen zu zittern. Der Mann versuchte zu sprechen. Doch er brachte keinen vernehmbaren Laut hervor. Eilig presste Marcus sein Ohr an die Lippen des Mannes.

»Schrein, Quirinus, Diebe ...« Der Verwundete begann leicht zu husten, und Blut spritzte in Marcus' Ohrmuschel. »Drei ...« Der Mann hustete erneut. »Drei Muscheln ... Armarius Niko...«, ein heftiges Zucken durchfuhr den Körper des Priesters, bevor er leblos in sich zusammensackte.

Marcus erstarrte. Was war geschehen? Schrein, Quirinus, Diebe? Hatte womöglich jemand die Reliquien des Heiligen aus der Münsterkirche geraubt? Die Reiter! Aber was wollte ihm der Geistliche mit den drei Muscheln und diesem Armarius Niko sagen?

Plötzlich glaubte Marcus ein Geräusch hinter sich gehört zu haben. Er fuhr hoch und blickte über seine rechte Schulter. War da gerade ein Schatten in der Gasse verschwunden, oder spielten ihm die Sinne nur einen Streich?

Er hockte immer noch auf dem Pflaster, den toten Priester auf den Knien, als das Portal des Münsters erneut aufgestoßen wurde. Zwei Diakone traten eilig ins Freie. Sie hatten sich bereits mit gusseisernen Leuchtern bewaffnet und erblickten den über den Leichnam gebeugten jungen Mann.

»Das muss der Kerl sein!«, rief einer der Gottesdiener schrill in die Stille und zeigte mit seinem knochigen Finger auf Marcus. Im gleichen Moment stürzten die beiden auf ihn zu. Offensichtlich hielt man ihn für den Reliquiendieb. Marcus ließ den Toten schlagartig los, und der leblose Körper fiel dumpf auf das Pflaster. Hastig sprang er auf die Beine. Doch wohin sollte er laufen? Ohne eine Antwort auf diese Frage zu haben, drehte er sich um und rannte die Kremer Strais hinab in Richtung Marckt. Hinter ihm ertönte das Klatschen des einfachen Schuhwerks der Kleriker auf dem Pflaster. So schnell er konnte, lief er über den Marckt zur Geim Gaß. Die hastigen Schritte hallten über den menschenleeren Platz und schienen von allen Seiten zu kommen.

Außer Atem bog Marcus in die schmale Verbindungsgasse zur Bruck Strais ein. Der Weg war versperrt. Ausgerechnet hier an der engsten Stelle kam ihm ein Pferdegespann entgegen. Marcus hielt inne und presste seinen Körper an das kalte Mauerwerk. Nicht eine Handbreit Platz blieb ihm, als der Wagen auf seiner Höhe angekommen war. Den Mann auf dem Kutschbock schien dies nicht zu stören, und so setzte er die Fahrt unbeirrt fort. Der beißende Gestank von frisch gegerbten Fellen stieg Marcus in die Nase und raubte ihm fast den Atem. Er begriff jedoch, dass dies die Gelegenheit war, auf die er Sekunden zuvor gehofft hatte. Mit der Linken erwischte er in letzter Sekunde den hinteren Eckholm des vorbeifahrenden Fuhrwerks und schwang sich auf die Ladefläche. Mit einer Geschicklichkeit, die man diesem muskulösen Körper nicht zugetraut hätte, schob er sich unter die Fracht. Der Gestank wurde unerträglich, doch es half nichts. Er musste ihn wohl oder übel ertragen, wenn er nicht den Häschern in die Hände fallen wollte.

Marcus verspürte einen gewaltigen Ruck. Der Wagen hielt abrupt an, und das Pferd scheute.

»Aus dem Weg, Ihr elenden Pfaffen!«, raunzte der Kerl auf dem Kutschbock die beiden Geistlichen an, die gerade die Straßenecke erreicht hatten. Dann schnalzte der Fuhrmann laut mit der Zunge, und das Gespann setzte sich wieder in Bewegung. Marcus vergrub sich noch tiefer in den Fellen und hoffte inständig, dass die Diakone ihn nicht entdecken würden. Das Fuhrwerk bog nach links ab, und zeitgleich erklang wieder das klatschende Geräusch der Bundschuhe. Glücklicherweise entfernte es sich. Die Kirchendiener schienen weiter in Richtung Hafen zu laufen, doch Marcus wagte es nicht, seinen Kopf aus dem vermeintlich sicheren Versteck herauszustrecken.

Schon ein paar Straßen weiter hielt der Wagen erneut. Sie hatten die Ober Pfortz erreicht, die stadtauswärts an der Straße nach Köln lag. Marcus zitterte immer noch am ganzen Leib.

⌘

»Verrat!« Der Würdenträger war außer sich und tobte wie ein waidwunder Keiler, dem der Spieß des Jägers noch in der Flanke steckte. »Vierteilt den Kerl auf der Stelle!«

»Eure Eminenz, bedenkt den Skandal.« Bruder Ignatius von Heinsberg versuchte Erzbischof Siegfried zu beschwichtigen, der aufgeregt im großen Saal des Palastes auf und ab lief. Ignatius hatte kommen sehen, dass es kein gemütliches Unterfangen sein würde, Siegfried von Westerburg über dessen engsten Vertrauten aufzuklären. Dieser hatte seine Stellung jahrelang zu seinem persönlichen Vorteil genutzt und ihn, den Erzbischof von Köln, ein ums andere Mal hintergangen. Ignatius hatte lange abgewägt, ob es klug sei, den Kirchenfürsten so kurz vor der anstehenden Schlacht mit dieser Angelegenheit zu behelligen. Schließlich kam er zu dem Schluss, dass der Erzbischof in dieser angespannten Situation nicht Gnade vor Recht ergehen lassen und kurzerhand mit aller Härte durchgreifen würde.

»Die Kölner Bürgerschaft wird sich das Maul zerreißen, und man wird Euch einmal mehr unterstellen, dass Ihr nicht imstande seid, Euren eigenen Hof zu führen. Sie werden den Vorfall womöglich Papst Nikolaus zu Ohren bringen. Bedenkt, der Heilige Vater ist erst seit einigen Monaten im Amt, und so ist es derzeit noch schwer, seine Reaktion auf derartige Anschuldigungen einzuschätzen.«

»Ihr habt recht.« Urplötzlich schlug die Stimmung des Würdenträgers um. Mit einem Mal wirkte er nachdenklich. »Was schlagt Ihr vor, Ignatius?« Erzbischof Siegfried blickte erwartungsvoll auf.

»Nun ja«, der Geistliche schluckte etwas gekünstelt und zog die Stirn in nachdenkliche Falten. »Eine Versetzung scheint mir das rechte Mittel. An einen Ort, wo er Euch von nun an nicht schaden kann.« Der Erzbischof hob interessiert die linke Augenbraue. »Ich hörte jüngst, dass der Abt zu Brauweiler einen Stellvertreter sucht. Bruder Urban wurde erst kürzlich heimgerufen, und so ist die Stelle des Priors derzeit unbesetzt. Darüber hinaus verarmt das Benediktinerkloster zusehends. Es scheint mir daher der rechte Ort zu sein, an dem ein Sünder seine Geld- und Machtgier bereuen kann. Abt Heinrich ist Euch seit Jahren treu ergeben, sodass er Eurem ›Wunsch‹ vorbehaltlos und ohne Widerspruch entsprechen wird.«

Für einen Moment schaute Erzbischof Siegfried zufrieden drein. Urplötzlich schlug seine Nachdenklichkeit wieder in Tobsucht um. »Prior?«, schrie er. »Wir wollen den Kerl nicht belohnen! Diese Aufgabe ist nur etwas für einen meiner treuesten Diener. Bruder Mattäus wird der stellvertretende Abt zu Brauweiler!« Sogleich nahm seine Stimme wieder einen ruhigeren Tonfall an, und ein süffisantes Lächeln huschte über sein Gesicht. Nachdenklich rieb er sich mit dem Zeigefinger die etwas zu lang geratene Nase. »Wir werden Prior Mattäus natürlich nicht allein nach Brauweiler entsenden. Er benötigt gewiss einen persönlichen Schreiber, der ihn, dank seiner Erfahrung, insbesondere bei den lästigen und mühsamen Arbeiten seines neuen Amtes unterstützen kann.«

☙

Nach einem kurzen Wortwechsel mit den Wachen der Ober Pfortz setzte das Fuhrwerk seine Fahrt fort. Marcus überlegte, ob er einfach vom fahrenden Wagen springen solle. Doch was würde passieren, wenn ihn der Kutscher bei seinem Fluchtversuch entdecken würde?

Schon kurze Zeit später hörte Marcus entferntes Stimmengewirr und die Geräusche geschäftigen Treibens. Das Lager! Die Leute in den Neusser Gassen erzählten sich schon seit Tagen, dass Truppen vor den Toren aufgezogen waren. Anfänglich hegte man die Sorge, die Stadt würde belagert. Doch bald schon verbreitete sich die Kunde, dass sich dort nur eine Reihe von Grafen und Landesfürsten mit ihren Männern sammelten, die keinerlei kriegerische Pläne die Stadt Neuss betreffend hatten. Wenn sie auch eher nicht in friedlicher Absicht zusammentrafen.

Die Bauern, die in die Stadt kamen, wussten von Luxemburgern, den Männern des Grafen Rainald von Geldern und der Herren von Plettenberg zu berichten. Auch Dietrich ›Luv‹ von Kleve mit seinen Leuten solle dabei sein, erzählte man sich im ›Schwarzen Krug‹. Die schwer bewaffneten Reiter des Erzbischofs Siegfried von Köln hatte Marcus hingegen sogar mit eigenen Augen auf dem Markt der Stadt gesehen. Ganz Eifrige wussten zu berichten, dass die Zahl der streitbaren Männer bereits auf weit über 4.000 Kämpfer angewachsen war.

Unvermittelt hielt das Gespann an. Vorsichtig hob Marcus die stinkenden Felle, sodass er sich durch den entstandenen Spalt umschauen konnte. Seine Vermutung bestätigte sich: Er befand sich inmitten des Lagers. Was würde passieren, wenn die Männer die Felle abladen und ihn hier auf der Ladefläche bemerken würden? Rasch reckte Marcus sich nach der Wagenkante und zog sich aus seinem Versteck. Mit einer Drehung glitt er von der Ladefläche und landete auf den Beinen. Zur gleichen Zeit war der Kutscher vom Bock gestiegen und stand nun neben ihm.

»Kann ich Euch helfen, werter Herr?« Marcus setzte den unschuldigsten Gesichtsausdruck auf, den er zustande brachte.

»Du kannst die Felle vom Wagen schaffen«, entgegnete der Kutscher. »Glaub nicht, dass ich dich hierfür entlohnen werde«, schob er hastig nach. Mit misstrauischem Blick starrte er auf Marcus. Wo war dieser unerwartete Gehilfe nur so plötzlich hergekommen?

Um keinen Verdacht zu erwecken, begann Marcus unverzüglich und ohne ein weiteres Wort mit der Arbeit.

»Leg mir die guten Stücke nicht dort in die Pfützen! Hier drüben ist es trockener.« Mit diesen Worten wandte sich der Klotz von Marcus ab und ging nach vorn, um nach dem Pferd zu sehen.

»He, du!« Marcus spürte plötzlich eine kräftige Hand auf

seiner rechten Schulter. »Wenn du abgeladen hast, kannst du das stinkende Zeug zu unseren Zelten schaffen. Dein Herr wird bei dem Wucherpreis, den er von uns für die gammeligen Fetzen verlangt, gewiss nichts dagegen haben, wenn du uns noch ein wenig zur Hand gehst.«

Marcus drehte sich erschrocken um. Vor ihm stand ein hünenhafter Ritter, dessen schmieriger Wappenrock offensichtlich seit Monaten nicht mehr mit Schlagbrett und Wasser in Berührung gekommen war. Der Kerl stank nicht minder als die Felle, die Marcus Stück für Stück vom Wagen zerrte. In seinem breiten Ledergürtel steckte der Schaft eines gewaltigen Morgensterns. Die schwere, mit langen Stacheln versehene Eisenkugel baumelte an einer frisch geölten Kette. Die Waffe schien das Einzige zu sein, was der Mann regelmäßig pflegte.

»Was glotzt du so?«, fuhr der Bewaffnete ihn an. »Mach, dass du fertig wirst. Wir wollen nicht den ganzen Tag auf dich Faulpelz warten müssen.« Dabei versetzte er Marcus eine tüchtige Ohrfeige und ging wortlos davon. Der Getroffene rieb sich die schmerzende Gesichtshälfte, die augenblicklich anschwoll. Verärgert schaute er dem Hünen nach. Hatte er zunächst die Lust verspürt, den Kerl mit ein paar kräftigen Fausthieben zu zeigen, dass er kein kleiner Junge war, mit dem man so umspringen konnte, hatte er sich sogleich darauf besonnen, nicht weiter aufzufallen. Schließlich war er ein vermeintlicher Reliquiendieb und Mörder auf der Flucht. Um eine weitere Auseinandersetzung zu vermeiden, würde er zukünftig einfach einen großen Bogen um den Ritter machen. Er würde ihm schon von Weitem auffallen, dachte Marcus angesichts des ungewöhnlichen Wappenrocks. Waren die meisten schlicht, oft nur einfarbig, so hob sich dieser durch seine besondere Aufteilung von den anderen ab. Der weiße Grund, der sich unter dem Schmutz der Kleidung nur erahnen ließ, war durch einen dunkelroten gezackten Brustring geteilt. Der farbige Streifen war mit einer guten Elle außerordentlich breit.

Nachdem Marcus das letzte Stück von der Ladefläche des Wagens gezogen hatte, machte er sich eilig daran, die ersten Felle in die Richtung zu tragen, in die der Riese verschwunden war. Auch wenn er sich fest vorgenommen hatte, dem Kerl aus dem Weg zu gehen, so musste er die übel riechende Ware zu ihm schaffen, um keine weitere Ohrfeige zu riskieren. Marcus hoffte, dass der Mann auf jede weitere Provokation verzichten würde und ihn unbehelligt seine unerwartete Arbeit verrichten ließe.

Kurze Zeit später erschien ein anderer Ritter am Fuhrwerk. Auf seinem Wappenrock prangte der gleiche rote Streifen, den der Hüne auf seiner Brust getragen hatte. Schon an der Gangart des Recken erkannte der Kutscher von Weitem, was ihm die ordentliche Fahne des Mannes bestätigte, als er nun einen Schritt vor ihm stand. Der Kerl hatte sich offenbar die Zeit mit einigen Bechern Branntwein vertrieben und sich einen ordentlichen Rausch angesoffen, der jeden anständigen Mann aus den Stiefeln gehauen hätte. Laut rülpsend reichte er dem Kutscher ein klimperndes Ledersäckchen. Angewidert drehte dieser den Kopf zur Seite und verstaute den Beutel in seinem Wams, konnte sich jedoch angesichts der üppigen Bezahlung ein breites Grinsen nicht verkneifen.

»Ihr braucht gar nicht so dümmlich zu lächeln!«, fuhr ihn der Recke an. »Glaubt ja nicht, dass wir nicht merken, dass Ihr uns übers Ohr haut.« Er schaute den Kutscher aus rot unterlaufenen Augen grimmig an. Was sollte er machen? Die große Zahl derer, die sich hier vor den Toren Neuss' mit den letzten Besorgungen eindeckten, hatten die Preise selbst für die schlechteste Qualität in die Höhe getrieben. Weniger vom schlechten Gewissen getrieben als aus Angst vor einer tüchtigen Abreibung, verneigte sich der Kutscher kurz und stieg eilig auf. Gerade als sich der Wagen in Bewegung setzte, hielt der Ritter das Pferd am Zaumzeug zurück. Der Mann auf dem Bock zuckte zusammen.

»Ach ja, bevor Ihr ihn vermisst: Euren Burschen schicke ich Euch nach, sobald er die Felle hinüber zu unseren Zelten geschafft hat«, lallte der Betrunkene und gab das Pferd mit einer wegwerfenden Bewegung wieder frei.

Bursche? Von wem sprach der versoffene Kerl? Doch diese Frage wollte der Kutscher nicht vertiefen. Einen Disput mit diesem Trunkenbold zu riskieren, war nun wirklich nicht nach seinem Geschmack. Rasch wendete er den Wagen und fuhr kopfschüttelnd, aber erleichtert davon.

✦

»Brauweiler? Das allein wäre ja nicht das Schlimmste! Aber als Schreiberling?« Die Stimme des Alten überschlug sich vor Erregung, und Speicheltropfen spritzten seinem Gegenüber ins Gesicht. Es war das zweite Mal an diesem Tage, dass Ignatius eine äußerst unangenehme Nachricht überbringen musste. Musste? Oder war es mehr ein Dürfen? Insgeheim gestand er sich ein, dass ihm dies im Falle des ersten Beraters in gewisser Weise Freude bereitete. Er hatte den Alten in seiner rücksichtslosen, eiskalten Art nie gemocht. Ein Schauer des Ekels war ihm jedes Mal über den Rücken gelaufen, wenn dieser mit seinem silberverzierten Stock an ihm vorbeigehumpelt war. Längere Zeit hatte er ihn schon in Verdacht, dass er sein eigenes geldgieriges Spiel hinter den Mauern des erzbischöflichen Palastes trieb, jedoch nie Beweise hierfür gefunden. Häufig hatten zwielichtige Gestalten vorgesprochen, die zur Überraschung aller auch noch zum Legaten vorgelassen werden mussten. Danach zog sich der Alte oft rätselhafterweise zurück.

Wie sehr hatte Ignatius den heutigen Tag herbeigesehnt. Endlich warf Siegfried diesen greisen Schmarotzer aus dem erzbischöflichen Palast. Wie ein toter Aal in der Sommersonne sollte dieser eklige Alte in Brauweiler verrotten! Ignatius' Ziel, zum ersten Berater aufzusteigen, schien in greifbarer Nähe. Schon bald würde der Erzbischof allein auf seine Worte hören und ihm sein ganzes Vertrauen schenken.

»Ich kann Euch gar nicht sagen, Bruder Lucius, wie sehr ich auf den Erzbischof eingeredet habe, Gnade vor Recht ergehen zu lassen«, heuchelte Ignatius.

»Eure Fürsprache schert mich einen Dreck!« Der Alte rappelte sich mühsam auf und stütze sich mit schmerzverzerrtem Gesicht auf seinen Gehstock. Wenn er nur jünger und nicht so gebrechlich wäre, hätte er diesen Bastard von Erzbischof mit eigenen Händen erwürgt. Diese Schmach würde er ihm heimzahlen, das schwor er sich. Als Schreiber dieses Mattäus, dieses schleimigen Emporkömmlings, würde er auf keinen Fall enden. Schon gar nicht in Brauweiler!

So gut es seine schmerzende Hüfte zuließ, ging er in seiner Kammer auf und ab und überlegte krampfhaft, wie er es anstellen könnte, das Blatt noch zu wenden.

»Eure Abreise ist für den morgigen Tag vorgesehen. Der Erzbischof hat bereits alles veranlasst.« Mit diesen Worten verabschiedete sich Bruder Ignatius und ließ den wütenden Alten zurück.

Als Marcus an die Stelle zurückkam, an der die restlichen Felle lagen, war das Fuhrwerk schon lange verschwunden. Zunächst ärgerte er sich, dass er zu Fuß zur Stadt zurückkehren musste. Aber schon im nächsten Augenblick wurde ihm bewusst, dass er nach den Geschehnissen der frühen Morgenstunden gar nicht zurückkehren konnte. Jeder andere Bürger der Stadt hätte den sterbenden Priester in seinen Armen halten können und wäre niemals in

Verdacht geraten. Doch ausgerechnet er? Man hatte seine diebische Vergangenheit nicht vergessen, und die Wirtsleute mussten sich manch üble Anfeindung anhören, seit sie Marcus bei sich aufgenommen hatten. Die ›anständigen‹ Neusser, die einfach nicht an seine Verwandlung zu einem rechtschaffenen Kerl glauben wollten, würden ihn für den Reliquiendieb halten. Darüber hinaus hatte seine instinktive Flucht ihren Anschuldigungen schließlich weiteren Nährboden gegeben. Einen gerechten Prozess, in dem er sich verteidigen konnte, würde er als ehemaliger Dieb nicht erwarten können. Wenn es überhaupt zu einer Verhandlung vor dem Schultheißen kam. Dagegen konnte er sich der geballten Wut des Klerus und der Bürgerschaft über den Verlust des Heiligen sicher sein. Neben den bedeutsamen Glaubensaspekten war der heilige Quirinus schließlich eine beachtliche Geldquelle für die Stadt. Jahr für Jahr kamen Tausende Pilger nach Neuss, um ihn um seine Fürsprache bei Gott anzuflehen. Da es sich bei dem Diebesgut um eine heilige Reliquie handelte, würde man Marcus als Dieb und Ketzer gleichermaßen richten, und dies eher heute als morgen.

So gedankenversunken irrte er zwischen den Zelten des riesigen Lagers ziellos umher. Nach einer Weile setzte er sich auf eines der Strohbündel, die hier und da verstreut lagen.

»Zu welcher Grafschaft gehörst du, Rumtreiber? Dein Herr wird dich Faulpelz schon suchen!« Ein stark untersetzter Mann trat gegen das Bündel, auf dem Marcus saß. Erschrocken sprang dieser auf.

»Äh, ich gehöre nicht …«, er stockte und besann sich. »Gewiss, Herr, verzeiht. Ich werde sofort an meine Arbeit zurückkehren.« Er durfte um keinen Preis auffallen. Solange er nicht wusste, wo er eine sichere Zuflucht finden würde, bot ihm das riesige Lager mit seinen unzähligen Männern und Burschen ausreichend Schutz. In den Massen konnte er vorerst untertauchen. Eilig verschwand Marcus zwischen den Zelten.

Von nun an bemühte er sich, so geschäftig wie möglich zu wirken, lief mal hierhin, mal dorthin und betrachtete interessiert die Wappenschilde, die vor den Schlafstätten standen. Zu dumm, dass er von Wappenkunde nun wirklich nichts verstand. Zu gerne hätte er gewusst, woher die Männer kamen, die hier vor den Toren der Stadt Neuss ihr Lager aufgeschlagen hatten. Nur eines hatte er erkannt. Der gelbe Löwe auf blauem Grund: Dies war das Wappen Rainalds I., des Grafen von Geldern. Die Grafschaft Geldern war eine der mächtigsten der Gegend, und einige Leute sagten, Rainald sei darüber hinaus der rechtmäßige Erbe des Herzogtums Limburg. Doch gerade um diese Erbschaft war vor einigen Jahren ein erbitterter Streit entbrannt.

»Dem Brabanter werden wir schon die Hammelbeine lang ziehen!« Vor dem Zelt, an dem Marcus gerade vorbeikam, standen einige Männer in den unterschiedlichsten Wappenröcken. Marcus bog um die Zeltecke und begann, mit einer Forke das Heu umzuschichten, das dort lag. Von hier aus würde er die Ritter belauschen können, ohne weiter aufzufallen. Vielleicht würde er ja endlich erfahren, warum sich Tausende Bewaffnete ausgerechnet vor den Toren Neuss' versammelt hatten.

»Erzbischof Siegfried hat ganz recht, wir müssen Herzog Johann von Brabant, diesen Erbschleicher, ein für alle Mal in seine Schranken weisen. Die Sache ist ehrenwert und gottgefällig. Schließlich verhilft Erzbischof Siegfried Graf Rainald nur zu seinem Recht als Witwer der Irmgard von Limburg«, fuhr der Mann fort. Marcus stutzte bei diesen Worten. Im ›Schwarzen Krug‹ hatte er die Sache von einer ganz anderen Warte aus gehört. Ein angetrunkener Wanderprediger war eines Abends in die Schenke gekommen und hatte wutentbrannt davon berichtet, dass der Erzbischof von

Köln das Limburger Erbe nach dem frühen Tod Irmgards nur an sich reißen wolle, um seine Ländereien, die einem Flickenteppich glichen, zu einem Ganzen zusammenzufügen. Er habe bereits mehr als genug Kirchengelder für seine kriegerischen Auseinandersetzungen verwandt, mit denen er besser die Armut des Volkes beseitigt hätte. Nun bediene er sich auch noch des Grafen von Geldern und seiner Vasallen, um seine machtgierigen Ziele zu erreichen.

»Wenn ich nur daran denke, wer alles nach dem Tod der Herzogin Irmgard Ansprüche auf Limburg erhoben hat, wird mir übel!« Der Dicke, der sehr nah an der Ecke zu Marcus' Lauschposten stand, drehte sich plötzlich um und spie in das Heu, an dem der hellblonde Heranwachsende sich zu schaffen machte. »Graf Heinrich von Luxemburg und Walram ›der Rote‹ von Valkenburg lenkten indes ein und verzichteten auf das Herzogtum. Gottlob, dass sie heute an unserer Seite stehen, um den Kampf gegen den Brabanter aufzunehmen. Doch Graf Adolf von Berg, der Verräter?«

Auch von diesem Landesfürsten hatte der Wanderprediger gesprochen. Der Graf sei ein Vetter der Limburgerin gewesen, hatte er gesagt, und so wären die Rechte durch die Heirat seiner Nichte Margarethe mit dem Sohn des Herzogs von Brabant an das Haus desselbigen übergegangen.

Marcus' Gedanken drehten sich angesichts dieses Verwirrspiels und den unterschiedlichen Sichtweisen zu ein und derselben Sache. Was war wahr und was nur simples Gerede? Wie sollte er, ein einfacher Mann aus Neuss, dies unterscheiden können? Unmöglich! Marcus rammte die Forke mit einem Ruck ins Heu und ging von dannen. Zumindest wusste er jetzt, dass es hier um verworrene Machtspiele zwischen dem Erzbischof von Köln und dem Herzog von Brabant im Kampf um das Erbe Limburgs ging. Das musste reichen. Die Wut in den Stimmen der Männer ließ Marcus erahnen, dass es wohl unausweichlich zu einer kriegerischen

Auseinandersetzung zwischen den Getreuen beider Seiten kommen würde. Damit wollte er auf keinen Fall etwas zu tun haben – so viel war klar.

∽

»Und ich dachte, Ihr wolltet mit mir keine, sagen wir, ›Geschäfte‹ mehr machen? Umso mehr bin ich überrascht, dass Ihr so dringlich nach mir habt schicken lassen.« Trotz seiner devoten Haltung hatte das Lächeln des hageren Mannes etwas Überhebliches. Mit einem Mal lachte er sogar lauthals und richtete sich kerzengerade auf. Doch sein Gegenüber dachte nicht daran, sich von diesem Gehabe beeindrucken zu lassen.

»Schweigt! Wenn es nicht von äußerster Wichtigkeit gewesen wäre, so wäre ich lieber zur Hölle gefahren, als jemals wieder in Eure hässliche Fratze blicken zu müssen.« Bei diesen Worten holte der Alte einen prall gefüllten Ledersack aus der Schatulle, die geöffnet vor ihm stand, und schüttete die Münzen klimpernd auf den Tisch.

Das aufgesetzte Lachen des Mannes verstummte abrupt. Er zog ein schmutziges Tuch aus seinem löchrigen Gambeson und tupfte sich aufgeregt die Stirn. »Und was ist Euch so wichtig, dass eine solch hohe Summe den Besitzer wechseln soll?« Jegliche Überlegenheit des Hageren war verschwunden. Stattdessen blitzte aus seinen Augen nur noch unendliche Geldgier.

Der Alte hingegen genoss die Macht der Münzen und lehnte sich genüsslich in seinem Stuhl zurück. »Wer sagt mir, dass Ihr überhaupt der Richtige für die Aufgabe seid? Ich hege den Verdacht, dass ich mir Eurer Verschwiegenheit nicht mehr sicher sein kann.«

»Oh, nein! Ich habe nie und nimmer mit jemandem über Eure Aufträge gesprochen!« Eilig hob er die rechte Hand zum Schwur. Die Geste wirkte grotesk, da ihm der Zeigefinger fehlte.

»Schwört nicht einen falschen Gotteseid, den Ihr schon bald bereut, wenn Ihr im Feuer des Beelzebubs angekommen seid. Ich war sehr verwundert, als mir mein ärgster Widersacher kürzlich Einzelheiten vortrug, die außer mir nur Ihr wusstet. Einzelheiten, die mit Eurem letzten Auftrag in engem Zusammenhang stehen.«

Der Hagere griff erneut nach seinem Tuch und tupfte nun noch aufgeregter den kalten Schweiß von seiner hohen Stirn.

Ruhig und mit innerer Gelassenheit zählte der Alte ein paar der Münzen ab und stopfte sie in eine kleine Geldkatze aus gelblichem Leder. »Ich will nicht nachtragend sein. Betrachtet dies als Anzahlung«, sprach der Greis mit gnädigem Unterton und warf dem Ausgezehrten das Säckchen zu.

»Anzahlung? Wofür? Was soll ich tun?«

❧

Die Dämmerung war hereingebrochen, und die ersten Männer zogen sich bereits in ihre Zelte zurück. In den nächsten Tagen würden sie all ihre Kräfte brauchen. Nach Schlafen stand Marcus nicht der Sinn. Eine Frage nagte ununterbrochen an ihm wie eine Ratte an einem Stück fauligem Fleisch. Eine Frage, in der er bisher noch keinen Schritt weitergekommen war: Wohin sollte er nur gehen? Plötzlich fiel ihm sein Freund Gernot Thelen ein, der auf einem kärglichen Ziegenhof an der Straße nach Büttgen lebte. Seit einigen Jahren waren sie eng verbunden, und Thelen war ihm ein väterlicher Freund geworden, auch wenn sie sich zuletzt nur an den Jahrmarkttagen in der Stadt getroffen hatten. Zu ärgerlich, dass er nicht früher an ihn gedacht hatte. Für heute war es schon zu spät geworden, sich auf den Weg nach Büttgen zu machen. Morgen früh würde er sofort aufbrechen. Er würde dem Ziegenhirten die ganze Geschichte erzählen und war überzeugt, seinem Freund blind vertrauen zu können. Jedoch für diese Nacht musste Marcus sich einen Schlafplatz hier im Lager suchen.

Erst jetzt bemerkte Marcus, dass viele Männer, trotz der einsetzenden Lagerruhe, in ein und dieselbe Richtung eilten wie die Gläubigen zum sonntäglichen Kirchgang. Als er sich umdrehte, um den Vorbeieilenden nachzuschauen, sah er vom Rande des Lagers her einen Feuerschein. Für einen Brand war er, Gott sei Dank, zu schwach. Es musste sich um eine größere Anzahl Fackeln handeln, die dort den Abendhimmel erhellten. Neugierig schloss sich Marcus dem Strom der Männer an und hastete mit ihnen in die Richtung, aus der der warme Lichtschein kam.

Schon wenige Schritte später hörte er die Klänge einer Drehleier, und kurz darauf erreichten sie die erleuchteten Zelte einer Gauklertruppe. Die Spielleute hatten ein kleines Holzpodest errichtet, sodass man dem einsetzenden Treiben selbst aus der letzten Reihe gut folgen konnte. Dies schien auch vonnöten, denn etwa acht Dutzend Männer drängten sich bereits ungeduldig um den Platz. Die Anzahl der Zelte, die sich hinter dem Podest befanden, verriet, dass es sich um eine größere Gruppe Gaukler handeln musste. Die Ärmlichkeit des Lagers ließ hingegen erahnen, dass sie nicht gerade zu den Erfolgreichsten ihres Gewerbes gehörten.

»Tretet näher, verehrte Recken, und lasst Euch befreien vom Trübsal der bevorstehenden Schlacht. Ich, Meister Dominikus von Dobberstein, werde Euch mit meinen Mannen – und natürlich mit unserer holden Weiblichkeit – auch heute wieder in ein Bad der Freude, an einen Hort der Glückseligkeit entführen.«

»Wo ist die Rote?«, brüllte ein offenbar angetrunkener Kerl ungeduldig aus der Menge. Im Halbdunkel erkannte

Marcus an der prägnanten Aufteilung des Wappenrocks, dass es sich um einen der Männer handelte, für welche die morgendliche Felllieferung bestimmt gewesen war. Er war nicht allein. Zu fünft standen sie dort breitbeinig im Gedränge.

»Ludolf hat recht! Schafft die Irin her!«

»Oh! Die werten Herren waren wohl auch gestern schon Zeuge der großen Künste meiner Gaukler. Es scheint mir, dass es weniger die Spielleute, als vielmehr die liebreizende Patricia ist, die Euch erneut zu uns kommen lässt?« Bei diesen Worten rollte der Mann auf der Bühne, der noch ärmlicher anmutete als seine Zelte, vielversprechend mit den Augen.

»Wir wollen die Tänzerin sehen!«, riefen nun weitere Männer von der anderen Seite des Halbrunds herüber.

»Geduld, Geduld«, versuchte Dominikus von Dobberstein die fordernde Menge zu beruhigen. »Ich verspreche Euch, die rote Irin wird noch heute Abend für Euch tanzen und Eure Sinne betören! Ja, nicht nur das! Sie wird sich einzig und allein für Euch todesmutig den Messerwürfen des Niko von Kroatien stellen. Doch zuvor habt Ihr die Gelegenheit, verehrte Recken, die Geschicklichkeit des Jacobus van der Keul auf dieser Bühne zu bewundern.« Schwungvoll drehte er sich mit einer imposanten Geste zu einem Vorhang um, der hinter ihm über eine hohe Querstange drapiert war. Auf ein Zeichen Dobbersteins hin erklang Dudelsackspiel, und ein dröhnend rhythmischer Trommelschlag ertönte. Der löchrige Vorhang wurde aufgerissen. Ein blassblonder Jongleur sprang nach vorn auf das Podest. Der Bleiche warf vier Bälle im quirligen Takt in die Höhe. Geschickt fing er sie hinter seinem Rücken auf, um sie sogleich wieder in die Höhe zu schleudern. Einer nach dem anderen flog in die Luft und landete wie magisch angezogen in den Händen des Mannes. Der Rhythmus der Musik wurde schneller, und die Bälle tanzten förmlich zu den Klängen, ohne dass man befürchtete, Jacobus würde auch nur einen fallen lassen. Marcus hatte auf dem Neusser Jahrmarkt schon den einen oder anderen Gaukler behände einige Bälle werfen sehen, doch keiner hätte es mit diesem dort in Sachen Geschicklichkeit aufnehmen können. Die Musik verstummte, und van der Keul riss sich sein Barett vom Kopf. Wie auf ein unsichtbares Zeichen hin verschwanden die Bälle allesamt in seiner Kopfbedeckung, die er sich mit Schwung wieder aufsetzte. Die Männer johlten vor Vergnügen und schienen die rothaarige Tänzerin, die sie eben noch so vehement gefordert hatten, beinahe schon vergessen zu haben. Nur einer nicht. »Was ist mit der Roten, Dobberstein?«, grölte der Angetrunkene nun wieder mit Angriffslust in der Stimme und lockerte dabei sein Schwert geräuschvoll in der Scheide.

»Gewiss, ich habe Euch den Todesmut Patricias versprochen, aber die Zeiten sind schwer und das Brot teuer. So bitt ich Euch zuvor um eine Gabe für uns Spielleute.« Auf dieses Stichwort hin schüttete Jacobus van der Keul eilig die Bälle aus seinem Barett und sprang nach vorn in die Menge. Schnell kamen die Geldkatzen der Männer zum Vorschein, die auf den Auftritt der Schönen nicht länger warten wollten. Flink huschte der Ballkünstler von Mann zu Mann, ohne auch nur einen möglichen Geldgeber auszulassen. Nur von den fünf Recken hielt er sich fern, die breitbeinig und mit grimmiger Miene inmitten der Menschenmasse standen. Zu genau wusste Jacobus, dass er von diesen Burschen eher einen verächtlichen Fußtritt erwarten durfte, als dass er auch nur einen müden Weißpfennig erhielt.

Noch bevor Jacobus seine Sammlung beendet hatte, schleppten zwei Spielleute eine hölzerne Palisade auf das Podest, die sie sorgsam in Stellung brachten.

Das Barett van der Keuls hatte sich ausreichend gefüllt, als Dominikus die Hand hob und der Trommler augenblicklich wieder begann, das Fell seines Instruments zu malträtieren. Ein drahtiger, pechrabenschwarzer Kerl trat durch die Vorhangöffnung. Seine dunklen Augen blitzen unfreundlich in die Menge. In seinen Händen hielt er sechs Dolche, die selbst im fahlen Fackelschein aufblitzten. Die Trommel verstummte, und eine Schalmei ertönte. Marcus hatte diese Art Musik noch nie zuvor gehört. Erst klang sie ruhig und melodiös, doch schon bald wurde sie schneller und schneller. Der Weißblonde ertappte sich dabei, wie sein rechtes Bein im Takt zu wippen begann. Eine Sekunde später blieb er wie angewurzelt stehen, den Mund halb geöffnet. Eine junge Frau trat durch den Vorhang. Sie war kaum älter als Marcus und hatte feuerrotes wallendes Haar. Über ihre zierliche Nase zog sich ein schmaler Streifen Sommersprossen, der ihrem Gesicht etwas Lebenslustiges verlieh. Sie trug ein grasgrünes Leinenkleid, das die Vollkommenheit ihres Körpers trotz seiner Schlichtheit unterstrich und dessen Ausschnitt eine wohlgeformte Brust ansatzweise freigab. Auch hier verzierten Sommersprossen ihre blasse Haut. Marcus spürte, wie sein Mund trocken wurde. Nun verstand er die fordernden Rufe der Männer, auch wenn ihn ihre geifernde Art anwiderte. Mit einem verführerischen Schwung warf die Schöne ihr Haar in den Nacken, und Dominikus von Dobberstein trat hinter sie. Er hielt einen Streifen des gleichen Leinenstoffs in der Hand, wie der, aus dem ihr Kleid gefertigt war, und verband ihr damit die leuchtenden Augen. Langsam führte er sie rückwärts, bis sich ihr Körper an das Holz der Palisade schmiegte. Marcus stockte der Atem, als der finstere Kroate in die Mitte der Bühne trat und Dominikus eilig nach links verschwand. Am liebsten wäre Marcus geradewegs auf die Holzplanken gesprungen und hätte dem Kerl die Dolche entrissen. Sein Verstand sagte ihm, dass er sich lächerlich machen würde und der Kroate sein Handwerk so gut verstehen würde wie Jacobus der Jongleur. Zumindest hoffte Marcus dies und spürte dabei, dass seine Hände schweißnass geworden waren. Der erste Dolch surrte durch die Luft und blieb mit einem dumpfen Schlag direkt neben der schlanken Taille der Schönen im Holz stecken. Am erleichterten Raunen, das nun aus den Reihen der Männer erklang, erkannte Marcus, dass die meisten von ihnen die gleichen Gedanken wie er selbst gehabt haben mussten. Er schämte sich dafür, dass er auf diese Weise einer ihresgleichen war. Schon ertönte der nächste Schlag und riss ihn aus seinen Gedanken. Die Dolchspitze vibrierte neben dem glänzenden Haar der betörenden Patricia. Die Zuschauer hielten wieder den Atem an, und nur der Klang der Trommel durchbrach die Stille des Abends. Drei … vier … fünf … sechs! Marcus atmete hörbar auf, als sich der Kroate, an das Publikum gewandt, verneigte. Mit einer lasziven Geste zog sich die hübsche Irin den Leinenstreifen von den Augen und lächelte in die Menge. Eine heitere Weise erklang, und die Schöne sprang munter wie ein Fohlen davon. Marcus schaute Patricia sehnsüchtig nach. Hatte sie ihm wirklich zugezwinkert, bevor sie hinter dem Vorhang verschwunden war?

∾❧

»Wo bleibt der Kerl nur so lange? Er weiß genau, dass ich ihn brauche, wenn der abendliche Trubel hier wieder losgeht.« Annehild Janssen kannte ihren Mann zur Genüge, um zu wissen, dass es Sorge um Marcus war und nicht Verärgerung über sein Verschwinden, die ihn dazu trieb, in der Schenke auf und ab zu laufen wie ein unruhiges Ferkel, das das Kommen des Fleischers erahnt. Janssen war eben erst vom Hafen zurückgekehrt. Auch dort hatte niemand ihren Zögling heute gesehen.

»Vielleicht ist er einfach nur auf und davon und kehrt in ein paar Tagen munter und vergnügt zurück.« Annehild versuchte ihren Gatten zu beruhigen und legte bei diesen Worten ihre Hand auf die seine. Barsch zog der Wirt seine Pranke zurück.

»Nur so, auf und davon? Du solltest den Jungen zwischenzeitlich besser kennen. Er ist nicht der Tunichtgut, für den du ihn immer noch hältst!«

Annehild bereute ihre Worte und fühlte sich missverstanden. Schließlich hatte sie sich schon vor einiger Zeit eingestehen müssen, dass sie sich in Marcus getäuscht hatte. Gewiss, anfangs hatte sie sich dagegen gewehrt, ihn, einen Taschendieb, bei sich aufzunehmen. Doch nach und nach hatte er sie mit seinem Fleiß bei der täglichen Arbeit überzeugt. Mittlerweile hatte sie den weißblonden Jungen sogar ein wenig lieb gewonnen und machte sich nun nicht minder Sorgen als ihr Gatte.

Der Wirt schien sich kaum mehr beruhigen zu wollen, als sich die Tür zum Schankraum öffnete. Hubertus Hohenfels, der dienstbeflissene Helfer des Schultheißen, kam mit fünf weiteren seiner Männer herein. Statt sich an einen der Tische zu setzen, schritt er mit ernster Miene auf Berthold zu. Die anderen fünf folgten ihm und schauten eher etwas verlegen drein.

»Berthold Janssen?«, fragte Hubertus mit fester Stimme.

Was war in den Kerl gefahren? Hatte er beim gestrigen Gelage den Verstand versoffen? Er kannte den Wirt zur Genüge, als dass er ihn nach seinem Namen fragen musste. »Bist du immer noch betrunken, Hubertus?«

Hohenfels ignorierte die Worte des Wirts und sprach mit eisiger Miene: »Janssen, im Namen des Kurfürsten, unserer Eminenz Erzbischof Siegfried und unserer heiligen Mutter Kirche nehme ich Euch hiermit fest.«

Janssen glaubte seinen Ohren nicht zu trauen. Noch bevor der Verdutzte etwas entgegnen konnte, wandte sich der Obere an seine Männer: »Ergreift ihn und schafft ihn hinaus!«

Je zwei der Soldaten packten Berthold zögerlich an seinen muskulösen Armen und schoben ihn vorsichtig in Richtung der Tür. Der fünfte hielt Annehild zurück, der Tränen des Zorns in die Augen schossen.

»Was habt Ihr mit ihm vor? Er hat nie etwas Unrechtes getan.«

»Annehild, es wird sich alles klären. Es ist wegen …«

Weiter kam der Mann nicht, denn Hubertus fiel ihm barsch ins Wort: »Ich glaube nicht, dass der Erzbischof in seinen Entscheidungen der Frau eines Schankwirts Rechenschaft schuldig ist!«

»Ich bin bald wieder zurück«, beschwichtigte Berthold seine Frau und drehte sich noch einmal zu ihr um, bevor ihn die vier hinaus auf die Gebrante Gaß in Richtung Blutturm führten.

❧

»Und nun, Männer der ruhmreichen Taten, kommt der berühmte Medikus Flatavio zu Euch. Gewiss hat sich die Kunde herumgesprochen, dass er an so manchem hohen Hof praktiziert und Könige sowie Fürsten von aussichtslosem Leiden befreite. Ob im fernen Konstantinopel, am Heiligen Stuhl zu Rom oder in den Schlachten unserer tapferen Ritter des Kreuzes gegen das Heidenheer des Teufels Saladin. Viele derer, die gesund aus dem Heiligen Land zurückkehrten, verdanken dies ohne Zweifel seiner heilenden Kunst.« Begleitet von diesen Worten des Ruhmes trat ein dürrer Kerl auf die Bretter. Er trug einen langen schwarzen Umhang und einen hohen Hut auf dem kahlen Kopf. »Gott möge es verhüten, doch wer sagt Euch, dass Ihr nicht in der anstehenden Schlacht durch das Schwert eines feigen Feindes hinterrücks verwundet werdet?« Dominikus von Dobberstein beugte sich verschwörerisch zu seinem Publikum hinunter und starrte geheimnisvoll in die Runde. Mit einem Mal war die überschwängliche Freude der Menge dahin, und ein Gefühl der Angst machte sich spürbar breit. »Doch mit der Medizin des Medikus seid ihr im Handumdrehen wieder auf den Beinen und jagt die brabantischen Bastarde in die Flucht.« Schlagartig richtete er sich bei diesen Worten auf und zeigte mit ausgestreckter Hand auf eine große Holztruhe, die von zweien der Musiker nach vorne getragen wurde. Der Medikus öffnete langsam und bedächtig den Deckel und griff in die Truhe. Mit einem Ruck riss er den Arm in die Höhe und streckte ein Fläschchen in den Abendhimmel. Die Männer wichen erschrocken einen Schritt zurück. »Habt keine Furcht und tretet näher! Dies ist das wundersame Mittel, das Euch die Heilung bringen wird. Die Wundermedizin des Medikus Flatavio! Ob ein Reißen in der Schulter, ob eine klaffende Wunde am Arm, ja selbst bei Blut im Stuhl hilft diese Medizin!« Dobberstein ruderte einladend mit den schlaksigen Armen. Skeptisch bewegte sich die Menge langsam wieder nach vorn.

Marcus bemerkte im Augenwinkel einen kleinen Trupp Männer, der sich von rechts auf die Zuschauer zubewegte. Im Schein der Fackel, an der sie nun vorüberschritten, erkannte er Hubertus Hohenfels, der sich suchend umblickte. Instinktiv duckte Marcus sich ein wenig und wich ein paar Schritte nach links aus. Durch die Menschenansammlung hindurch beobachtete er, wie Hohenfels einen der Zuschauer ansprach. Der Mann schüttelte nur den Kopf. Der nächste hingegen schien das Gespräch zu erwidern. Auch die übrigen Bewaffneten, die mit Hubertus gekommen waren, begannen nun mit der Befragung. Marcus machte sich noch ein Stück kleiner und drängte immer weiter seitwärts. Er hatte den äußersten Rand der Menge beinahe erreicht, als einer der Befragten plötzlich in seine Richtung zeigte. Marcus durchfuhr ein eiskalter Schauer. Sie waren gekommen, um ihn in die Stadt zurückzuholen.

Im gleichen Augenblick packte ihn jemand am Arm und zerrte ihn aus dem Gedränge. Erschrocken drehte Marcus sich um und blickte in ein Paar grün funkelnde Augen. »Komm!«, zischte die Irin, die ihr rotes Haar unter einem Kopftuch verborgen hatte. Bevor Marcus etwas erwidern konnte, hatte sie schon ihre zarte Hand auf seinen Mund gelegt. Ein milder Lavendelduft stieg ihm in die Nase. Doch nun war wirklich nicht die Zeit für Träumereien. Rasch zog sie Marcus zwischen den vorderen Zelten der Gaukler hindurch ins Dunkel. Vor einem niedrigen Zelt blieb sie stehen. »Auf einen mehr oder weniger kommt es nun auch nicht mehr an«, flüsterte sie und schob ihn durch die Öffnung ins Innere. Sie verschloss den Eingang der Behausung sorgsam und entschwand so lautlos, wie sie gekommen war.

Der Schreck steckte Marcus immer noch in den Gliedern. Rücklings schob er sich in die Tiefe des Zeltes. Dabei ertastete er vorsichtig die Kisten und Säcke, die sich hier zwischen Stangen und Kanthölzern stapelten. Es musste sich um das Requisiten- oder Vorratslager der Gaukler handeln. Deutlich hörte er den Schlag seines pochenden Herzens.

In dieser Sekunde legte sich ein kalter Arm von hinten um seinen Hals, und Marcus spürte die Spitze eines Dolchs unterhalb seines Kinns.

»Nur ein Laut und du bist tot! Ich steche dich ab wie ein Schwein!«, raunte ihm eine Männerstimme ins Ohr.

Wer war der Kerl, der sich von hinten an ihn herangeschlichen hatte? Dem Klang der Stimme nach zu urteilen, musste es sich um einen jungen Mann handeln, der ihn da bedrohte.

»Du legst dich jetzt flach auf den Bauch und verschränkst die Arme auf dem Rücken«, befahl die Stimme, die unvermittelt schwächer wurde. Fast kraftlos löste sich der Arm, und die Dolchspitze verließ sein Kinn. Marcus spürte eine zitternde Hand in seinem Nacken, die ihn bäuchlings zu

Boden drückte. Dann ergriff der Fremde seine Handgelenkte und führte sie auf dem Rücken zusammen. Starr vor Angst lag Marcus da und wagte sich nicht zu rühren. Die Holzstange, auf der sein Oberkörper ruhte, drückte ihm unweigerlich in die Rippen. Jede Sekunde rechnete er damit, dass sich die Klinge des Dolches von hinten in seinen Rücken bohren würde. Doch der tödliche Stoß blieb aus.

In diesem Moment setzte die Musik wieder ein, und die Männer begannen zu johlen. Sie ahnten wohl schon, dass nun die sehnlich erwartete Tanzdarbietung der Schönheit, der Höhepunkt der abendlichen Vorstellung, beginnen würde. Voller Vorfreude starrten sie auf den Stoff des Vorhangs, der nun durch die Luft wirbelte und den Blick auf Patricia freigab. Mit verführerischen Schritten trat die Schöne im Takt der Musik hinaus in den Schein der Fackeln, der ihr Haar noch strahlender glänzen ließ. Mit beiden Händen hatte sie den Rock ergriffen und ihn ein wenig angehoben, sodass er den Blick auf ihre schlanken Fesseln freigab. Die eingängige, fröhliche Musik wurde immer schneller. Das kurze Thema der irischen Melodie schien sich rascher und rascher zu wiederholen, und Patricia hob mit jeder Wiederholung den Rock ein wenig höher. Dabei warf sie den Kopf von links nach rechts, sodass ihr lockiges Haar hin und her flog und die rote Mähne ihr sommersprossiges Gesicht immer wieder für Sekunden freigab. Der untere Saum hatte nun beinahe ihre Knie freigelegt, als ein gellender Ruf die Musik unterbrach: »Sünderin!«

Mit weit aufgerissenen Augen starrte Patricia in die Menge und blieb unvermittelt stehen. Auch die Musik verstummte auf der Stelle.

»Ein wahrer Sündenpfuhl hat sich hier im Lager des Erzbischofs aufgetan. Der Satan hat Einzug gehalten in Eurem Kreis, der zu dieser Stunde die Heiligen um ihre Fürsprache anflehen sollte, auf dass Gott, der Allmächtige, uns zum gerechten Siege führet.« Der neu ernannte Legat des Erzbischofs, Ignatius von Heinsberg, schritt, dicht gefolgt von einigen Klerikern, durch die Menschenmasse. Ein Diakon streckte ein reich verziertes Vortragekreuz in den Abendhimmel und teilte das Halbrund der Männer wie Moses einst das Rote Meer. Das geifernde Johlen verstummte, und selbst die fünf Störenfriede verhielten sich wie artige Knaben. »Bedeckt Euch, Weib, und fordert nicht länger die fleischliche Gier dieser gottesfürchtigen Männer heraus.« Sein ausgestreckter Finger zeigte auf Patricia. Erst jetzt merkte die Irin, dass sie den Rock immer noch geschürzt hielt, und ließ ihn sofort sinken. »Schloss nicht auch Salome, deine Schwester im Geiste, einen Pakt mit dem Bösen und tanzte für Herodes, bevor sie von ihm den Kopf des Johannes forderte? So bist auch du eine Tochter des Satans!«

Dobberstein erkannte gedankenschnell, dass die Lage zu eskalieren drohte, und schob die Verdutzte hastig hinter den Vorhang. Dann wandte er sich beschwichtigend an den aufgebrachten Geistlichen: »Verzeiht, Euer Hochwürden. Es war nicht unsere Absicht, die Männer zu verwirren und auf Abwege zu führen. Vielmehr stand uns der Sinn danach, die Vasallen des Erzbischofs zu zerstreuen, auf dass sie, gestärkt durch unser Tun, in den nächsten Tagen einen großen Sieg für die getreue Mutter Kirche erlangen.« Dabei verbeugte er sich tief und bedeutete seinen Leuten, sich zurückzuziehen. Sekunden später war niemand mehr auf dem Podium zu sehen, und nichts erinnerte an das muntere Treiben, das gerade noch die Gemüter in Wallung gebracht hatte.

»Und Ihr?«, der Legat wandte sich in seinem missionarischen Eifer an die umherstehenden Ritter, die sich um ihr abendliches Vergnügen beraubt sahen. Speichel hatte sich in den Mundwinkeln des Legaten gesammelt und bildete schaumige Bläschen wie Algengischt auf den Wellen

einer herannahenden Sturmflut. »Sollten Eure Gaben nicht
lieber den Armen gelten, statt diese nichtsnutzigen Wesen
zu nähren? Wäre eine Geste der Nächstenliebe an einem
Bedürftigen nicht gottgefälliger, als hier diesem heidnischen
Treiben zu frönen?« Mit zornerfüllter Miene schaute er
dabei von Mann zu Mann, fixierte Augenpaar um Augenpaar. Auch wenn der Kleriker in seiner Argumentation übersehen hatte, dass es sich bei den Spielleuten um die Ärmsten
handelte, die das Lager zu bieten hatte, ergriff die Männer
eine schuldbewusste Betroffenheit. Da es darüber hinaus
nichts mehr zu begaffen gab, trollten sie sich und kehrten
zu ihren Zelten zurück.

Der Schauplatz hatte sich bereits gänzlich geleert, als auch
der Legat mit seinem Gefolge den ausgemachten Ort der
Sünde verließ. Trotz seines klerikalen Zorns, der immer noch
in ihm kochte, spürte der Gottesdiener eine Art Zufriedenheit, dem heidnischen Treiben ein Ende bereitet zu haben.

Vor dem Zelt war Totenstille eingekehrt. Nur der schwere
Atem des Mannes neben Marcus war noch zu hören. Wer
war der Fremde? Hätte er ihn töten wollen, so hätte er nur
zustechen brauchen, als er Marcus von hinten gepackt hatte.
Diese Schlussfolgerung beruhigte ihn ein wenig. Von Zeit zu
Zeit meinte er ein leises Stöhnen zu vernehmen. Ein Stöhnen wie das eines Verwundeten. War dies der Grund, warum
der Mann ihn nicht vollends überwältigt hatte? Der Grund,
warum sein Arm so kraftlos niedergesunken war?

Noch lange hing Marcus seinen Gedanken und Ängsten
nach. Mit einem Sterbenden in seinen Armen hatte der Tag
begonnen und mit einem Dolch an der Kehle geendet. Doch
hatte dieser Tag nur Grauenhaftes für ihn bereitgehalten?
Nein, immer wieder rief er sich das Gesicht der schönen Irin
ins Gedächtnis. Konzentriert auf ihre fröhlichen Augen und
den Glanz ihres Haares, meinte er beinahe den Lavendel-

duft zu riechen, den ihr Körper ausgeströmt hatte. Schon im nächsten Augenblick rissen ihn die Worte des sterbenden Priesters aus seinen Träumereien: ›Schrein, Quirinus, Diebe, drei Muscheln, Armarius Niko…‹ Die tiefe Nacht war bereits hereingebrochen, bevor er trotz aller quälenden Gedanken einschlief.

∾

Die Schatten rückten noch enger zusammen. »Habt Ihr es endlich gelöst?«, fragte der eine ungeduldig mit drohendem Unterton und hielt den Leuchter höher, sodass der Schein der Kerze das Gesicht seines Gegenübers erhellte.

»Bisher war meine Suche nicht erfolgreich«, entgegnete der andere. »Es ist recht beschwerlich, nur drei Stunden des Nachts suchen zu können. Meint Ihr nicht, dass …«

»Auf keinen Fall! Am Tage könntet Ihr entdeckt werden, und alles war umsonst. Schlagt Euch diesen Gedanken ein für alle Mal aus dem Kopf. Wie mir der Bote heute berichtete, sind bereits zwei Horte des Geistes in unserem Besitz. Der dritte folgt schon in den nächsten Wochen.«

»Und wenn ich letztlich nicht fündig werde und alles umsonst war?«

»Dann möchte ich nicht in Eurer Haut stecken. Ihr glaubt nicht im Ernst, ich wäre dieses Wagnis eingegangen, um am Ende mit leeren Händen dazustehen und schuldbeladen vor den Herrgott zu treten! Ihr habt es mir versprochen und werdet Eure Zusage halten.« Die Ungeduld in seiner Stimme wurde eindringlicher. Einmal mehr bereute der andere, dass er sich in einem Anfall des Leichtsinns offenbart hatte. Zu drückend war die Erkenntnis des Entdeckten geworden, als dass er sie länger für sich hätte behalten können. Die Begehrlichkeit, die er dadurch geweckt hatte, saß ihm nun bleischwer im Nacken, wie ein Gewicht, das die Waagschale unausweichlich herunterdrückt. »Die unumgängliche Geisel der Menschheit, der Krieg, wird Euch eine Galgenfrist gewähren. So werden meine Helfer noch einige Zeit brauchen, die Vorbereitung zu vollenden. Nutzt die Zeit, die Euch verbleibt.« Mit diesen drohenden Worten wandte er sich ab und verließ das nächtliche Treffen. Eilig führte der Zurückgebliebene seine Arbeit fort.

Durch die kleine Maueröffnung des Blutturms fiel spärliches Mondlicht ins Innere und ließ die Spuren der ersten Befragung in Janssens Gesicht erkennen. Hatte er zu Beginn alles noch für ein Missverständnis gehalten, so hatten die Schläge, die seine Nase zertrümmerten, jeden Zweifel zerstreut. Ein Geistlicher hatte sie bereits erwartet, als man ihn am Abend in den Blutturm, in das städtische Gefängnis, geführt hatte. Man hatte ihn nach Marcus gefragt und den Worten mit einigen Stockschlägen Nachdruck verliehen. Der Priester hatte stumm in einem der dunklen Winkel gestanden und keine Miene verzogen, als das Verhör mit unerbittlicher Brutalität fortgesetzt wurde. Immer wieder hatte Hubertus Hohenfels unerbittlich zugeschlagen.

Jetzt, wo Berthold Janssen wieder allein war und über die Geschehnisse dieses furchtbaren Tages nachdachte, kamen ihm Bilder aus längst vergangenen Zeiten in den Sinn. Er sah den kleinen braunhaarigen Jungen vor sich, wie er ihn freundlich mit der breiten Zahnlücke eines Sechsjährigen angelächelt hatte. Dankbar hatte ihn Hubertus jedes Mal angestrahlt, wenn er ihm einen glänzenden Apfel zugesteckt hatte. Auch wenn es dem Jungen Mühe bereitet hatte, mit seinen verbliebenen Milchzähnen die kräftige Schale zu zerbeißen, so schien dieser rote Apfel ein Stück kindliche Glückseligkeit bedeutet zu haben. Und was war aus diesem kleinen freundlichen Jungen geworden? Ein eiskalter Scherge des Schultheißen, der brutal auf ihn eingeschlagen hatte, um zu erfahren, wo sich Marcus aufhielt. Selbst wenn er es gewusst hätte, hätte er es ihm trotz aller Schläge nicht gesagt. Was würde noch folgen? Berthold Janssen versuchte sich damit zu trösten, dass Marcus wohl in Sicherheit war. Sicherheit wovor? Was hatte der Junge nur so Schlimmes angestellt, dass man ihn, seinen Vormund, aus dem Haus geschleift und hierher gebracht hatte, um ihn so zu misshandeln? Gewiss würde sich die Lage schon morgen klären, und er könnte zu Annehild zurückkehren.

Der zweite Tag

DIE SONNE WAR schon lange über dem Lager aufgegangen, als Marcus, vom morgendlichen Treiben geweckt, die Augen aufschlug. Er rieb seinen schmerzenden Rücken und versuchte sich zu orientieren. Hatte er wirklich die ganze Nacht hier eingezwängt zwischen diesen Säcken auf einer Holzstange gelegen? Langsam drehte er sich in der Enge des Zeltes, als ihm die Erinnerung an den gestrigen Abend und das sanfte Lächeln Patricias in den Sinn kamen. Gleichzeitig durchfuhr ihn ein Schreck: Wer war der Mann mit dem Dolch gewesen? Das fast schon vertraute Stöhnen hinter seinem Rücken riss ihn aus den Gedanken. Marcus wandte sich ruckartig um und blickte auf einen in Decken gehüllten Körper, der nicht weit von ihm zwischen einigen Kisten lag. Das Stöhnen klang keineswegs Angst einflößend, nein, eher flehend und schmerzverzerrt. Dennoch kroch Marcus nur zögerlich in die Richtung, aus der die Geräusche zu ihm drangen. Unvermittelt bewegte sich das Bündel, und die Decke gab den Oberkörper eines Ritters frei. Rot unterlaufen stachen seine Augen aus einem kreidebleichen Gesicht heraus, auf dem kleine Schweißtropfen im Sonnenlicht schimmerten. Die schwarzen Locken des Mannes lugten unter einer Art Verband hervor, der provisorisch um den Kopf geschlungen war. Seine schmalen Lippen wirkten trocken und rissig. Aus seinem halb geöffneten Mund drang nun wieder dieses Seufzen. Der rot-schwarze Wappenrock war über und über mit Blut verschmiert. Marcus verstand bei diesem Anblick, warum der Mann am Abend zuvor hinter ihm kraftlos zusammengesunken war. Warum lag dieser Schwerverletzte hier im Vorratszelt zwischen Säcken, Stangen und Kisten, statt auf einem ordent-

lichen Lager gepflegt zu werden? Marcus fuhr herum, als
der Eingang seiner Zuflucht geöffnet und das Innere mit
Licht erfüllt wurde.

»Guten Morgen, äh …, wie ist eigentlich dein Name?«
Fröhlich wippend streckte sich die rote Lockenmähne Pa-
tricias durch den Spalt der Zeltwand, und ein freundliches
Lächeln erstrahlte.

»Äh, … Marcus«, antwortete er schüchtern.

»Gut, Marcus. Mein Name, also mein richtiger Name,
auf den ich getauft wurde, ist Hildegund, doch mittlerweile
nennen mich alle Patty.«

»Du bist keine …?«

Sie lachte hell auf. »Nein, keine Irin, wenn du das fragen
wolltest. Es ist nur eine Art Rolle. Die Männer mögen das
Unbekannte, das andere. Und so kam Dobberstein eines
Tages auf den Gedanken mit ›Patricia‹, der Irin. Wegen
meines roten Haars, verstehst du?« Dabei griff sie in ihre
zerzauste Mähne und ließ sich eine lockige Strähne verführerisch ins Gesicht fallen. Die Haarspitzen kitzelten sie
an der Nase, und sie begann zu kichern.

Marcus kam sich mit einem Mal unendlich dumm vor,
den Schwindel nicht direkt durchschaut zu haben. Hätte
er sie überhaupt entlarven können? Gewiss! Marcus schlug
sich gedanklich mit der flachen Innenhand vor die Stirn, wie
jemand, dem urplötzlich ein Licht aufgegangen war. ›Auf
einen mehr oder weniger kommt es nun auch nicht mehr an‹ –
dies war zwar das Einzige gewesen, was sie gestern zu ihm
gesagt hatte, doch war bei diesem Satz kein Akzent zu hören
gewesen, der auf eine Irin hingewiesen hätte. Marcus blickte
über die Schulter zu dem Verletzten und verstand nun auch,
was sie damit gemeint hatte. Sie hatte den Mann genauso
hier versteckt wie ihn. Doch warum musste man den Ritter
überhaupt verstecken? Gehörte er denn nicht zum Lager?
Patty schien seine Gedanken zu erahnen. »Komm erst ein-

mal heraus. Wir sind unter uns, und du hast sicher Hunger.«
Mit diesen Worten verschwand ihr Gesicht aus dem Zelteingang, und Marcus folgte ihr eilig hinaus ins Freie.

Gestern Abend war es bereits zu dunkel gewesen, und so
hatte Marcus erst jetzt Gelegenheit, sich umzuschauen.

Die Zelte der Gaukler waren so angeordnet, dass sich in
ihrer Mitte ein nahezu halbrunder Platz ergab. Dort saßen
die Spielleute um eine Feuergrube und scherzten miteinander. Die abendliche Störung durch den Legaten des Erzbischofs hatte ihrer guten Stimmung offensichtlich keinen
nachhaltigen Abbruch getan. Dies war anscheinend eine
Situation gewesen, der sie, in der einen oder anderen Form,
immer wieder begegneten. Die meisten Gaukler hatten sich
damit abgefunden, dass sie am Rande der Gesellschaft standen, und so ertrugen sie Mal für Mal die übelsten Anfein-
dungen – besonders seitens des Klerus. In den Augen der
Kirche waren sie Vaganten und somit entlaufenen Mönchen
und streunenden Nonnen gleichzusetzen.

Marcus schaute sich weiter um. An der geraden Seite des
Halbrundes entdeckte er das mit Abstand größte Zelt, hinter
dem sich die improvisierte Bühne befinden musste. Direkt
gegenüber stand ein großer Holzkarren. Ein Ochse oder
gar ein Pferd, das ihn hätte ziehen können, war weit und
breit nicht zu sehen. So ordentlich die Zelte auch angeordnet waren, so unordentlich wirkte das sonstige Lager. Überall standen Truhen und Kisten, lagen Leinensäcke und Stangen verstreut. Dort hinten schien das Nachtlager van der
Keuls zu sein, denn vor dessen Eingang lagen unzählige Bälle
und Keulen achtlos herum. Daneben war in etwa drei, vier
Ellen Höhe ein Seil in der Art gespannt, wie Marcus es auf
dem Neusser Jahrmarkt einmal gesehen hatte. Ein Mann mit
verschiedenfarbigen Beinlingen war hinaufgestiegen und
von der einen zur anderen Seite balanciert, während er mit
drei brennenden Keulen jongliert hatte. Hier diente das Seil

nur zum Trocknen der Wäschestücke – zumindest für den Moment. Einige Tücher und fadenscheinige Tuniken flatterten lustig im Wind. Nur der Platz vor einem kleinen Zelt fiel durch seine Aufgeräumtheit auf. Marcus war überzeugt, dass dies Pattys Schlafstätte sein musste.

Langsam ging er auf die Gruppe zu und spürte dabei unter seinen Füßen, dass der Boden morastig war. Ganz in der Nähe musste ein Flusslauf oder etwas Ähnliches sein. Sicherlich hatte man ihnen einen Platz flussabwärts zugewiesen, sodass der gesamte Unrat des Lagers an ihnen vorbeischwamm. Es war nicht das beste Fleckchen Erde, doch wahrscheinlich mussten die Gaukler froh sein, überhaupt hier lagern zu dürfen.

Marcus blieb stehen und schaute hinunter auf seine durchnässten Bundschuhe.

»Komm schon!« Patty stand bei den anderen und winkte ihn herüber. Etwas schüchtern folgte er ihrer Aufforderung.

»Das ist Marcus. Er hat ein wenig Schwierigkeiten mit der Obrigkeit, und so wird er eine Weile bei uns bleiben.« Lächelnd und gleichzeitig fragend schaute die junge Frau zu ihm herüber. »Dominikus, bitte sei so gut und stelle ihm die Truppe vor. Ich muss mich um unseren anderen Gast kümmern.« Sie zwinkerte Marcus aufmunternd zu, als sie an ihm vorbei zum Vorratszelt zurückging. Diesmal hatte er es sich keinesfalls eingebildet.

Dobberstein erhob sich aus seinem Scherenstuhl und machte eine einladende Handbewegung in Marcus' Richtung. Erst jetzt fiel ihm auf, dass Dominikus der Einzige war, der nicht auf dem Boden hockte. Gewiss stand ihm dies als Kopf der Truppe zu. Die anderen Gaukler rutschten auf den Fellen, auf die sie sich zum Schutz vor der Feuchtigkeit gesetzt hatten, zusammen und gaben so eine Lücke für Marcus frei.

»Setz dich zu uns ans Feuer, Jungchen, der Morgen ist noch recht frisch.«

Jungchen? War ihm Dominikus gestern Nacht noch sehr sympathisch gewesen, so war er gerade im Begriff, es sich mit ihm zu verscherzen. Seine väterliche Art ließ Marcus jedoch ein Auge zudrücken.

»Jacobus, gebt ihm ein Stück Brot.« Mit einem freundlichen Lächeln reichte ihm der blasse Ballkünstler einen Kanten und nickte ihm ein Willkommen zu. »Jacobus hast du ja gestern schon auf der Bühne gesehen. Und dies sind Rudolf und Tilmann.«

Die beiden Spielleute, die Brüder zu sein schienen, waren ihm gestern Nacht durch ihre Dicklichkeit aufgefallen. Zu Rudolfs Trommel hatte der wohlgenährte Körper ja gepasst, aber die Schalmei in Tilmanns klobigen Händen hatte beinahe wie ein zerbrechliches Stöckchen gewirkt. Marcus biss in den harten Kanten Brot und fragte sich, wie man sich bei dieser Verpflegung nur eine solche Leibesfülle anfressen konnte.

»Ja, und unser Johann dreht die Leiher und singt beizeiten auch dazu«, fuhr Dominikus fort.

»Vor allem zu den Minnezeiten«, unterbrach ihn Jacobus in seinem flämischen Akzent, und die Runde lachte laut auf.

Der dunkelhaarige Schönling schaute mit gespielter Verärgerung trotzig auf sein Brot. »Es ist nur der Neid darüber, dass ich, im Gegensatz zu Euch, von der feinen Damenwelt geliebt werde. Ich kann nichts dafür. – Es ist nun einmal mein Schicksal.« Dabei zuckte Johann kurz mit den Achseln und stimmte dann in das Gelächter mit ein.

Ein unerwarteter Knall durchbrach das Lachen. Marcus blieben Brot und Freude abrupt im Halse stecken, und er schreckte unweigerlich auf. Der donnernde Krach war aus der Richtung des hinteren Zeltes gekommen. Nur allmählich ebbte auch das Lachen der anderen ab, die sich nicht hatten aus der Ruhe bringen lassen.

»Das war nur Niko«, erklärte Tilmann gelassen und schüttelte beinahe unmerklich den Kopf. »Der übt schon wieder

dort hinten mit seinem besten Freund – dem Dolch.« Genüsslich schob er sich das letzte Stück Brot in den Mund, und
Marcus meinte, seinen Kiefer knacken zu hören. »Magst du
deins nicht?«, fragte der Spielmann.

»Doch, doch«, erwiderte Marcus und wollte gerade
abbeißen, als, wie aus dem Nichts, eine kleine schwarze
Gestalt fauchend vor seine Füße sprang. Abermals schrak
er zusammen und ließ das Brot ins matschige Gras fallen.
Das dunkle Geschöpf griff hastig danach und verschwand
so urplötzlich, wie es aufgetaucht war. Marcus war immer
noch zu Tode erschrocken und fragte sich, was ihm gerade
widerfahren war, als eine unbekannte Stimme zu ihm sagte:
»Verzeiht Girolamos Gier nach allem Essbaren.« Der Dudel-
sackspieler trat von hinten in die Runde. Auf seinem rechten
Unterarm saß die seltsame Kreatur. Sie war am ganzen
Körper mit schwarzem Fell bedeckt, und ihre überlangen
Gliedmaßen baumelten schlackernd herunter. Die Augen des
Geschöpfs blitzten Marcus gefährlich an, und spitze Zähn-
chen lugten aus seinem kleinen Mund hervor, um den sich
ein langer Backenbart rankte. Mutter Gottes, war das ein Tier
oder ein satanischer Zwerg?, durchfuhr es Marcus. Wenn es
ein Tier war, dann keines, dem er jemals zuvor begegnet war.
Die Feindseligkeit der Mimik verschwand unvermittelt aus
dem behaarten Gesicht des Wesens, und Neugierde regte
sich in seinen Zügen.

»Was ist das?« Zögerlich streckte Marcus seinen Finger
aus und zeigte auf die Kreatur, die seine Geste erwiderte.

»Es ist eine Meerkatze. Besser gesagt, es ist ein ›Er‹. Sein
Name ist Girolamo.«

»So etwas wie ein Affe?« Marcus hatte mal einen weit
gereisten Seemann von einem solch merkwürdigen Tier
erzählen hören und ihn für verrückt gehalten. Nun schien
sich das vermeintliche Seemannsgarn von einem menschen-
artigen Tier zu bestätigen.

»Ja, Girolomo ist in der Tat ein Affe, und sogar ein ganz gelehriger. Ich habe ihn erst kürzlich von einem Händler aus Ascoli gekauft.«

»Und das ist auch der Grund, warum Gerald ihn Girolamo nennt!«, rief Jacobus wieder dazwischen, und die Runde lachte erneut auf. Marcus verstand kein Wort und blickte verunsichert drein.

»Du bist kein Mann der Kirche? Girolamo Masci d'Ascoli ist der weltliche Name unseres ›verehrten‹ Papstes Nikolaus IV.«, erklärte Rudolf. Begleitet von einer spöttischen Handbewegung, verneigte sich der Dicke langsam. Nachdem er den Kopf wieder gehoben hatte, fuhr er fort: »Du wunderst dich vielleicht über so viel Spott gegenüber dem Heiligen Vater und der Mutter Kirche. Ich will dir den Grund unserer Verbitterung nennen.« Seine Miene wurde mit einem Mal ernst und steinhart. »Dass wir unsere Klagen nicht vor einen Richter tragen können, ja, selbst nicht einmal als Zeuge zugelassen werden, ist nun einmal Justitias blinder Wille. Dass die weltlichen Herren uns Spielleute gering schätzen, können wir ertragen. Laden sie uns trotz alledem zu ihren hochherrschaftlichsten Festen ein und füllen dort unsere Mägen als Dank für unsere unterhaltenden Dienste. Ein Umstand, der nicht erst seit dem Konzil in Ravenna vor zwei Jahren seitens der kirchlichen Obrigkeit ausdrücklich gebilligt wird. Doch dieselbe Kirchenversammlung verbot auch jedem Priester aufs Schärfste, uns Herberge zu gewähren. Es gilt gar als Sünde, uns ein paar Münzen zuzustecken. So versucht der Klerus obendrein, den ohnehin spärlichen Geldfluss gänzlich zu unterbinden, auf dass wir verhungern mögen. Schließlich kann die Zeit von Bankett zu Bankett mit leerem Magen lang, ja, zu lang werden. Den Eifer, mit dem sie dieses Spiel betreiben, hast du ja gestern Nacht selbst beobachten dürfen!« Wut und Resignation blickten aus seinen müden Augen. Es war totenstill in der

Runde geworden. Selbst Jacobus fiel hierauf kein treffender Scherz ein.

»Was ist denn mit euch los?«, fragte Patty verwundert, die soeben eilig an ihnen vorbei zu dem Zelt ging, von dem Marcus vermutet hatte, dass es ihres war.

»Wenn wir Patty nicht hätten«, seufzte Dominikus.

»Dann hätten wir Hildegund!« Jacobus hatte seinen Schalk wiedergefunden, und mit ihm kehrte ein erstes Anzeichen fröhlichen Lebens in die Runde zurück.

Im selben Augenblick trat die Genannte wieder aus ihrem Zelt. In der Rechten hielt sie einen kleinen Holzbottich. »Komm, Marcus. Du kannst mir helfen.«

Hastig sprang der Angesprochene auf und folgte ihr zwischen den Zelten hindurch. Er war froh, auf diese Weise der Trübsinnigkeit zu entkommen, die mit einem Mal in den Gedanken der Männer aufgezogen war wie eine plötzliche Regenwolke am Sommerhimmel. Noch mehr freute ihn, dass er so mit Patty zusammen sein konnte. Seine Wangen glühten, als er ihr nachlief.

Er hatte sie gerade eingeholt, als sie den nahe gelegenen Bachlauf erreicht hatte. Es musste wohl der Norfbach oder ein anderer kleiner Nebenarm der Erft sein, dachte Marcus. Die Böschung war an dieser Stelle steil und wild bewuchert. Patty trat so dicht es ging ans Wasser heran und hielt ihm seitlich ihren linken Arm entgegen. »Halt mich fest, damit ich nicht schon wieder im Bach lande. Erst gestern habe ich so für großes Gelächter unter den Männern gesorgt.«

Marcus griff nach ihrer schmalen Hand. Sie streckte sich, um den Bottich ins Wasser zu tauchen. Der grüne Stoff ihres Leinenkleids spannte sich um ihren schlanken Körper und zeichnete eine Silhouette, die Marcus' Blick nicht mehr losließ. Fließend umschloss das Gewebe ihren Busen, der noch straffer und fester wirkte als sonst. Marcus genoss diesen zufälligen Anblick. Er bemerkte die Zartheit ihrer Hand, die sich Hilfe suchend um die seine schloss. Als einzige Frau unter diesen skurrilen Gesellen wurde sie sicherlich nicht von harter Arbeit verschont. Und dennoch …

Pattys grobe Holzschuhe verloren den Halt auf dem Morast, und sie drohte zu stürzen. Geistesgegenwärtig packte Marcus energisch zu. Dabei schlang er den freien Arm um ihre Taille und zog sie die Böschung herauf. Unweigerlich pressten sich ihre Körper aneinander. Als sie nun so eng umschlungen dastanden, spürte er deutlich, dass sie vor Schreck am ganzen Leib zitterte. Vor Schreck? Ihre Brust hob und senkte sich im Takt ihres schweren Atems. Mit einem sanften Lächeln blickte sie ihm tief in die Augen, und in Marcus erwachte ein Gefühl, das er noch nie gespürt hatte. Unvermittelt riss sie sich von ihm los.

»Entschuldige, Marcus, aber ich muss mich nun wirklich um den Verletzten kümmern. Du weißt selbst, wie schlecht es ihm geht. Ich danke dir.« Mit hochroten Wangen hob sie den Bottich auf, in dem ein ausreichender Rest Wasser zurückgeblieben war, und lief zu den Zelten.

∽∾

Hatte die frühe Sonne eben noch ihren Tanz durch das zarte Grün der Buchen vollführt, so war der Wald nun dichter geworden und damit das anmutige Muster des Lichts vom vor ihnen liegenden Weg verschwunden. Laut knirschend rollte der kleine Pferdewagen über den Kies dahin.

»Ich wünschte, unsere Eminenz der Erzbischof hätte uns einige seiner Bewaffneten mit auf diesen langen Weg gegeben.« Ängstlich sprangen die Pupillen des jungen Geistlichen im Weiß der Augen hin und her. Die Fingerspitzen seiner Hände, die die Zügel verkrampft umklammerten, waren schneeweiß und blutleer.

»Ihr wisst genauso gut wie ich, Bruder Mattäus, dass

der ehrwürdige Vater jeden Mann für die bevorstehende Schlacht benötigt.« Bei dem Wort ›ehrwürdig‹ klang die Stimme des Alten spöttischer denn je. »Und wer sollte es schon auf uns zwei Kirchendiener abgesehen haben? Gott, der Herr, wird uns beistehen. Doch wenn seine Obhut Euch nicht Zuversicht genug ist: Die Abtei zu Brauweiler ist nicht mehr weit. Aber beendet nun endlich Euer kindliches Gejammer. Erfreut Euch lieber an dem Gedanken, dass Ihr schon bald das hohe Amt des Priors bekleiden werdet.«

»Dafür danke ich Gott und Erzbischof Siegfried aus tiefstem Herzen. Auch Euch danke ich, Bruder Lucius, dass Ihr mich bei der neuen Aufgabe unterstützen wollt.«

Wollen? Davon konnte nun wirklich keine Rede sein. Der Greis umklammerte seinen Gehstock mit zornigem Griff, als wolle er ihn zerquetschen.

»Ich war ehrlich gesagt ein wenig überrascht. Dachte ich doch bisher, Ihr würdet mich in keiner Weise schätzen, ja, beinahe verachten. Ihr wart stets so abweisend und barsch, Bruder Lucius.«

»Ja, so kann der Schein unser Auge und unser Empfinden täuschen.«

»Aber nun ist mir schon viel leichter ums Herz. Bei Euren Worten ist meine Furcht verflogen. Gewiss habt Ihr recht und niemand hier in diesem Wald, ein wahres Meisterwerk unseres Herrgotts, ist auf unseren Schaden bedacht.«

»Seht, und schon wieder trügt Euch der Schein.«

Erstaunt und mit fragendem Blick schaute der junge Geistliche seinen Glaubensbruder an, als sich der Bolzen einer Armbrust mit einem Knirschen in seine Stirn bohrte. Mit einem Mal gefror jede noch so kleine Bewegung, und sein lebloser Körper fiel nach hinten auf die Ladefläche der Kutsche. Dabei zogen die verkrampften Hände die Zügel an, und das Pferd stoppte seinen ruhigen Lauf. Lediglich ein schmales rotes Rinnsal bahnte sich seinen Weg über die Stirn des Toten, der mit weit aufgerissenen Augen dalag.

Unter lautem Knacken des Gehölzes kam ein Mann die Böschung hinuntergerutscht. Auf seiner linken Schulter ruhte die Armbrust, in welcher sich Sekunden zuvor noch der tödliche Bolzen befunden hatte. In seiner Rechten hielt der Mann ein Kurzschwert, dessen Spitze er von Weitem auf den greisen Alten richtete. Der hockte ruhig auf dem Kutschbock und schaute den Bewaffneten ohne jede Regung an. »Das wurde aber auch Zeit. Ich dachte schon, wir kämen in der Abtei Brauweiler an, ohne dass Ihr Gelegenheit hattet, uns Eure Aufwartung zu machen.«

»Eure Freude über mein Erscheinen wird Euch noch im Halse stecken, wenn man Euren Leichnam neben dem anderen Toten hier auf dem Weg findet.«

»Und Euer Lohn?«

»Macht Euch meinetwegen keine Umstände. Ich werde die Geldstücke auch ohne Euer freundliches Mittun in einer Eurer Truhen finden.«

»Wie Ihr meint. Aber wollt Ihr denn diese Quelle, die Euren Geldbeutel stetig füllt, ein für alle Mal versiegen lassen? – Seid kein Narr und verdient Euch meine Münzen auch weiterhin mit ›ehrlicher Arbeit‹.«

Der Alte hatte recht. Zerschlug man einen Bienenstock, nachdem man den Honig geerntet hatte? Der Mann ließ die Schwertspitze sinken.

»Helft mir herunter, damit ich Euch – nun doch mit meinem freundlichen Mittun – den versprochenen Lohn aus der Truhe holen kann.«

Der Angesprochene trat dicht an den Wagen heran, sodass sich der Geistliche auf seiner Schulter abstützen konnte. Mühsam kletterte der alte Mann vom Kutschbock und humpelte auf seinen Gehstock gestützt zum hinteren Ende des

Wagens. Der Armbrustschütze folgte ihm. Kraftlos zerrte der Greis an einer der Truhen, doch gelang es ihm nicht, dieselbe vom Fleck zu bewegen. Mit missmutiger Miene drehte er sich um. »Ich bitte Euch nur ungern, aber ich benötige erneut Eure Hilfe.« Angesichts seiner Gebrechlichkeit, die ihm einmal mehr bewusst wurde, schaute er zornig drein, aber ein ironisches Lächeln huschte über seine Züge. »Ich hoffe nur, Ihr verlangt keinen weiteren Heller dafür, dass Ihr mir diese Truhe vom Wagen heben sollt.« Dabei trat er einen Schritt zurück und gab die Ladefläche der Kutsche frei. Der andere Mann legte das Kurzschwert ab und erfasste die Griffe der Truhe. Schon beim ersten Anheben merkte er, dass der Greis dieses Gewicht beim besten Willen nicht hatte herunterheben können. Im selben Moment spürte er einen stechenden Schmerz im Rücken. Hatte er sich nun selbst an dem schweren Packstück verhoben? Langsam schaute er an sich herunter. Aus seinem Bauch ragte die Spitze seines Kurzschwertes, und ein sich rasch vergrößernder Blutfleck bildete sich auf seinem schmierigen Wams. Er hörte noch das heisere Lachen des Alten, bevor er tot zusammensackte.

∼❧∼

Patty kniete neben dem Verletzten, der zu schlafen schien, als Marcus gebückt das Zelt betreten hatte. Sie hatte den Kopfverband entfernt und betupfte seine Stirn mit einem feuchten Tuch.

»Es tut ihm leid, dass er dich heute Nacht bedroht hat«, erklärte Patty und schaute dabei nur kurz zu Marcus herüber.

»Schon gut, ich habe es ja überlebt. Wer hat ihn so zugerichtet?« Sein Blick fiel auf die klaffende Platzwunde, der Pattys Pflege galt. Die Ränder der Wunde wirkten eitrig, und ringsherum schillerte die Stirn in einem dunklen Blau-

53

rot. Auch der linke Oberarm war nicht unversehrt geblieben. Zumindest deutete ein weiterer Verband darauf hin, den Patty wohl bereits erneuert hatte.

»Das waren Dietrich von Keppel und seine versoffenen Männer. Ich möchte nicht wissen, was sie mit dem armen Kerl angestellt hätten, wenn sie gewusst hätten, wer er ist.« Ihre Stimme klang ärgerlich und fürsorglich zugleich.

»Wer ist er denn?«, fragte Marcus und reichte ihr den Verbandsstoff, nach dem sie sich streckte.

Sie sah den Verletzten mit einem Blick an, als wolle sie ihn um Erlaubnis bitten, seine Identität preiszugeben. Dann fuhr sie zögerlich fort: »Er ist Walter von Bisdomme, der Knappe des Herzog Johann von Brabant.« Wie auf Kommando erwachte der Fremde und richtete sich beunruhigt auf. Wenige Atemzüge später sank er kraftlos zurück auf den dünnen Strohsack. Mit ihrem Lächeln beruhigte Patty den Mann. Dann wandte sie sich wieder ihrem zweiten Schützling zu und erklärte: »Ich glaube, es ist besser, wenn ich dir draußen mehr über die Sache erzähle.«

Vorsichtig half sie dem Brabanter, sich ein wenig aufzusetzen, und schob ihm einen weiteren Strohsack unter den Rücken. Dann griff sie nach einer Schale und flößte dem Mann etwas Warmes, Dickflüssiges ein, das nach Haferbrei duftete. Nach ein paar Löffeln setzte sie die Schale langsam wieder ab und führte die Spitze ihres Zeigefingers an seinen Mund. Behutsam wischte sie ihm mit einer fast zärtlichen Bewegung einen Rest Brei von der Unterlippe. Marcus spürte, wie seine Wangen plötzlich zu brennen begannen und ein merkwürdiges Gefühl in ihm aufloderte, wie die züngelnden Flammen einer Feuerstelle. Was ist nur mit mir los?, wunderte er sich. Ist das etwa Eifersucht? Wie in Trance griff er nach ihrer Hand, mit der sie den Holzlöffel hielt. Zum zweiten Mal an diesem Tage spürte er ihre zarte Haut und war erneut überrascht, wie sanft sie sich anfühlte. »Lass mich das machen. Du hast bestimmt noch genug andere Dinge zu tun«, hörte er sich sagen.

Erstaunt reichte sie ihm Schale und Löffel und überließ ihm den Platz am Krankenlager. »Das ist sehr lieb von dir, Marcus. Ich kann mich nicht erinnern, dass mir ein Mann jemals Arbeit abgenommen hätte, statt mir zusätzliche zu verschaffen.« Sie hauchte ihm einen flüchtigen Kuss auf die Wange und verließ mit einem fröhlichen Summen das Zelt.

Die beiden Männer waren wieder allein. Allein wie in der gestrigen Nacht. Doch nun war die Situation eine ganz andere. Das Beisammensein hatte nichts Ungewisses mehr, nichts Beängstigendes. Mit jedem Löffel Haferbrei schien Leben in Walters Gesicht zurückzukehren. Auch wenn es noch gar nicht lange her war, seit Marcus ihn dort in die Decke gehüllt hatte liegen sehen, so erschien er ihm schon deutlich kräftiger. Seine Augen, die nun gar nicht mehr so blutunterlaufen wirkten, blickten ihn mit einem Ausdruck der Dankbarkeit an. Fast unmerklich nickte Marcus ihm aufmunternd zu. Er wusste immer noch nicht, warum der Knappe hier in das Lager gekommen war und warum man ihn so zugerichtet hatte. Er war überzeugt: Dieser Dietrich von Keppel, von dem Patty gesprochen hatte, war bestimmt einer der Männer, für die er die Felle hatte zum Zelt tragen müssen und die bei der abendlichen Vorstellung immer wieder auf ihre widerliche Art nach Patty verlangt hatten. Womöglich war es sogar genau der Kerl, der ihm die Ohrfeige beigebracht hatte.

Nachdem die Schale geleert war, half er dem Knappen, sich wieder hinzulegen, und verließ das Zelt. Im Gauklerlager war der Alltag eingekehrt. Einige der Schausteller hatten zu üben begonnen, andere hatten sich aus dem Staub gemacht und waren weit und breit nicht zu sehen. Nur einer war einsam an der Feuerstelle zurückgeblieben – Niko, der Kroate.

Die Beine verschränkt, saß er dort und hielt eine Schale in der Hand, wie die, aus der Marcus gerade noch dem Brabanter den Haferbrei gereicht hatte.

Da Dominikus vorhin noch keine Gelegenheit gehabt hatte, ihn vorzustellen, ging Marcus auf den Messerwerfer zu und begrüßte ihn freundlich. »Hallo, mein Name ist Marcus.«

Der Mann blieb stumm und schaute unbeirrt auf seinen Haferbrei.

»Du musst Niko sein. Ich habe dich gestern auf der Bühne gesehen.«

Erst jetzt schien der andere ihn wahrzunehmen. Langsam hob er den Kopf und schaute Marcus von unter herauf aus dunklen Augen an. Er wirkte nun sogar noch finsterer als gestern Nacht. Selbst ohne seine Dolche. Stumm und kurz nickend erwiderte der Kroate den Gruß und wandte sich wieder seinem Brei zu.

»He, Marcus!« Dobbersteins Stimme erklang hinter dem jungen Mann. »Du kannst mir helfen, die Pferde vom Bach herüberzuholen.«

Marcus lief hinter Dominikus her, und sie verließen das Halbrund des Lagers. »Was ist mit ihm?«

»Ach, mach dir nichts draus und nimm es nicht persönlich. Niko ist nun mal so, wie er ist. Auch mit uns spricht er nur das Nötigste. Aber die Leute sehen seine Auftritte gern, und wenn es hart auf hart kommt, können wir einen Mann, der mit seinen Dolchen umgehen kann, gut gebrauchen. Ich glaube, er hat Schlimmes durchgemacht und vertraut sich seither niemandem an. – Schau, da drüben, das sind unsere.« Dobberstein wies auf die beiden Tiere, die am Bachrand ruhig grasten. Dass diese zur Gauklertruppe gehörten, hätte er nicht sonderlich betonen brauchen. Gewiss wäre keiner der Ritter mit diesen klapprigen Gäulen in die bevorstehende Schlacht gezogen. Und wenn es dennoch einer versucht hätte, so wäre er dort nicht angekommen.

❧

Mit immer noch rot verweinten Augen bog die Frau in die Gasse ein, die den Hauptstraßenzug mit dem Freithoff verband. Hier wurden stets die Gerichtstage abgehalten, und so hatten die Gassen, die von diesem Platz fort führten, ihren Namen erhalten: ›Friedhofslöcher‹. Nach Süden führte der Weg zum Galgenberg an der Ober Pfortz, nach Norden ging's hingegen zum Schafott am Rheintor. Daran mochte Annehild zu dieser Stunde nun gar nicht erst denken.

Die Sorge um ihren Mann hatte sie die ganze Nacht hindurch weinen lassen. Des Morgens hatte sie ihren Mut wiedergefunden und eilte nun mit trotzigen Schritten auf das domus episcopalis, das Haus des erzbischöflichen Kurfürsten zu. Sein ständiger Stellvertreter in der Stadt, der Schultheiß, ging von hier aus seinen Amtsgeschäften nach. Sie würde nicht eher wieder nach Hause gehen, bevor sie nicht das Missverständnis aufgeklärt hätte und sicher sein könnte, dass Berthold in den nächsten Stunden in den ›Schwarzen Krug‹ zurückkehren würde. Ob sich der kühne Vorsatz wirklich in die Tat umsetzen ließ? Insgeheim befürchtete sie, dass die unerwartete Verhaftung ihres Mannes mit dem plötzlichen Verschwinden von Marcus zu tun haben könnte. Wo steckte der Junge nur?

Wo sich ihr Mann befand, war ihr hingegen bekannt. Auch wenn sie den Blutturm, Gott sei es gedankt, bis heute noch nie betreten hatte, so verhießen die Schreie, die man vernahm, wenn man an ihm vorbeiging, nichts Gutes. Die Geschichten, die man sich über die Vorgänge im Inneren erzählte, taten ihr Übriges. Den üblen Dieben und Mördern geschah dies zu Recht. Doch ihrem Mann? Auch wenn er oft ruppig wirkte, so hatte er noch nie einer Fliege etwas zuleide getan. Annehild ging voller Angst um das Wohl ihres Gatten noch schneller und stand nun vor dem Haus des Schultheißen. Auch die prunkvolle Fassade würde sie nicht einschüchtern können und sie von ihrem Vorhaben abbringen. Beherzt griff sie nach dem Türklopfer und brachte das Holz der schweren Eingangspforte zum Klingen.

Kurze Zeit später öffnete sich das Tor, und Gernhard trat ihr entgegen. Er war derjenige der Männer, der ihr bei der Verhaftung Bertholds am gestrigen Abend Mut und Trost zugesprochen hatte.

»Annehild!« Er schien erschrocken, blickte andererseits so, als hätte er ihren Besuch voller Befürchtungen erwartet.

»Ich muss sofort zum Schultheißen, Gernhard.« Ihre Stimme klang entschlossen.

»Das geht nicht. Ich kann dich beim besten Willen nicht vorlassen, Annehild.«

»Mein Mann ist unschuldig, er hat niemals etwas Unrechtes getan!«

»Ich weiß …«

»Oh, doch!« Hubertus von Hohenfels erschien nun ebenfalls im Eingang. »Dass er mit dem Reliquiendiebstahl dieses Burschen nichts zu tun hat, wollen wir glauben, aber er schützt den üblen Mörder!«

Annehild verstand kein Wort. Welcher Reliquiendiebstahl? Welcher Mörder?

Hubertus fuhr mit unerbittlicher Stimme fort: »Wir haben dem Wirt Janssen ausreichend Gelegenheit gegeben, uns über den momentanen Aufenthaltsort seines Mündels Auskunft zu geben. Ausreichende Gelegenheit, um geständig zu sein, bevor wir weitere Schritte einleiten. Doch er behauptet, nicht zu wissen, wo sich der Lump aufhält. Sollte er auch heute im Rahmen der gütigen Befragung durch den Schultheißen bei seiner Aussage bleiben, so ist dies eine Falschaussage, die ihre Folgen hat.«

Seines Mündels? Die Frau des Schankwirts war starr vor Schreck und brachte angesichts der unerhörten Beschuldigungen kein weiteres Wort hervor. Die Sache hatte tatsächlich mit Marcus zu tun! Heiß und kalt liefen ihr Schauer über den Rücken, und in ihrer Verzweiflung flehte sie Hohenfels an: »Hubertus, ich kann vor Gott bezeugen, dass mein Gatte wirklich keine Ahnung hat, wo sich Marcus aufhält. Aus Sorge um dessen Verschwinden grämte er sich zu jener Stunde, als Ihr ihn aus unserer Schenke fortholtet.« Tränen der Angst schossen ihr wieder in die Augen. Sie wusste sehr wohl, welche Strafe den erwartete, der vor dem hohen Gericht eine Falschaussage tätigte. Dem Meineidigen wurde ein Teil der Zunge abgeschnitten, wenn man sie ihm nicht ganz herausriss. Noch mehr Angst hatte sie vor der Befragung selbst, die sie bis zu einem möglichen Prozess durchführen würden.

»Ihr könnt so viel bezeugen, wie Ihr mögt, Weib. Doch lasst unseren Herrgott aus Eurem verruchten Spiel. Dem Schultheißen allein steht das Recht zu, sieben Männer zu benennen, die für den Wirt bürgen – oder auch nicht.« Damit schien die Unterredung für Hubertus erledigt. Er zog Gernhard mit sich ins Innere des Hauses und schloss die Pforte mit einem dumpfen Knall. Laut schluchzend brach Annehild Janssen vor dem Haus des Schultheißen zusammen. Sie hatte sich für diesen Besuch so viel vorgenommen. Hatte Gott sie beide verlassen? Welche Hoffnung konnte sie noch haben, Berthold lebendig wiederzusehen?

Erst einige Zeit später kam sie wieder auf die Beine und schleppte sich in ihrer tiefen Verzweiflung zurück in ihre Schenke. Sie war in dieser Stunde um Jahre gealtert.

Der Löffel fiel platschend in den dünnen Haferbrei, und das Stielende schlug für alle hörbar auf die blanke Tischplatte. Verdammt! Er war einmal mehr eingeschlafen. Der Vorleser schaute verärgert zu ihm herüber und stockte in seinem gleichmäßigen Redefluss. Rasch nahm er den Löffel wieder auf, als sei nichts geschehen. Nur seine roten Wangen ließen erkennen, dass es in seinem Inneren anders aussah.

Es war nicht das erste Mal, dass ihm die Augen bei einer Mahlzeit vor Müdigkeit zugefallen waren. Die nächtlichen Stunden zur Erholung fehlten ihm einfach. Eigentlich war es nicht der wenige Schlaf, der an seinen Kräften zehrte. Es war der Druck, der auf ihm lastete, das Schwert des Damokles, das über ihm schwebte. Er mochte sich nicht ausmalen, was ihm widerfahren würde, wenn er es nicht fände. Die Strafe auf Erden würde noch das Geringste sein. Aber wie sollte er vor den Schöpfer treten? Unter den jetzigen Umständen wäre ihm die ewige Verdammnis im Fegefeuer gewiss. Worauf hatte er sich nur eingelassen?

Einmal mehr verfluchte er den Tag, an dem er den Kodex entdeckt hatte. Einmal mehr verfluchte er die Stunde, in der sich ihm die versteckte Botschaft offenbart hatte.

Der unscheinbare Kodex war ihm nur aufgefallen, weil das Werk eine Art Psalmen enthielt. Die anderen Schriftsammlungen hingegen befassten sich ausschließlich mit Alchemie, Zauberei und allerlei heidnischem Aberglauben. Er hatte seinen Zeigefinger angefeuchtet, um das Pergament besser umblättern zu können, als sich die Seite durch die Feuchtigkeit auffällig wellte. Es war eine dumme Gewohnheit von ihm, den Finger zu befeuchten. Oft war er als Junge dafür getadelt und gezüchtigt worden, da man befürchtet hatte, er würde die kostbaren Werke durch seinen Speichel beschädigen. Noch nie hatte sich ein Pergament derart gewellt.

Einmal mehr verfluchte er die Minuten, in denen seine unbeherrschte Neugierde ihn so lange gepeinigt hatte, bis er das wellige Schriftstück näher untersucht hatte. Die Seite hatte sich spalten lassen und auf diese Weise eine merkwürdige Buchstaben-Zahlenfolge zutage gebracht: A/2/14 – I/12/27 – T/11/32 – A/3/29 – I/28/17 – A/17/52 …

Das Geheimnis der Buchstaben hatte sich schnell geklärt. Der Kodex war in drei Kapitel unterteilt. Als Deckblatt zu den Kapiteln gab es je eine Seite, auf der einer der Buchstaben, ›A‹, ›I‹ und ›T‹, in kunstvoll verzierter Weise dargestellt war. Die Zahlen waren es, die ihn lange Zeit hatten rätseln lassen. Stundenlang hatte er über den Seiten gebrütet und versucht, des Rätsels Lösung zu finden. Dann wieder hatte er den Gedanken, die Kombinationen hätten einen tieferen Sinn, verworfen und die Schriftsammlung zu den anderen zurückgelegt. Doch sie hatte ihm keine Ruhe gelassen. Immer wieder hatte er das Pergament in verstohlener Zurückgezogenheit zur Hand genommen und versucht, die Lösung zu finden. Nach Monaten des Forschens hatte er schließlich die geheimen Zeichen entschlüsselt. Die fast vollständig verblassten Notizen am Seitenrand hatten ihn auf die richtige Spur gebracht.

Die erste Zahl einer Ziffernkombination bezeichnete den Psalm innerhalb des Kapitels, auf den der vorangehende Buchstabe hinwies. Die zweite Zahl wiederum bezifferte das Wort. Nach diesem Muster hatte er begonnen, das Geheimnis zu lüften: A/2/14 bedeutete demnach Kapitel A, zweites Gebet, 14. Wort – ›Die‹. Die Kombination I/12/27 wies auf das Kapitel I, 12. Gebet, 27. Wort – ›Häupter‹ hin. Nach und nach entstand so dieser Vers. Dieser Vers, den er seither jede Nacht verfluchte.

Am meisten verfluchte er den Augenblick, in dem er sich ihm anvertraut hatte. Nachdem er erkannt hatte, auf welches Geheimnis er gestoßen war, musste er es einfach mit jemandem teilen, der ihn vor dem letzten endgültigen Schritt bewahren würde. Doch es war anders gekommen.

Nun sehnte er sich ungeheuer danach, seine Arbeit zu beenden, um endlich zur Ruhe zu kommen. Zur Ruhe vor ihm. Aber er ließ nicht locker, wie ein Bluthund, der sich an die Spur des waidwunden Keilers geheftet hatte.

Schlussendlich war da dieses eine Wort. Dieses eine Wort, das nun wirklich nicht so recht in die Zeilen passen wollte. Hatte er etwas übersehen? Immer wieder ging er die Schritte der Entschlüsselung vor seinem geistigen Auge durch. Es war kein Wunder, dass er die Kombinationen nach all den Monaten der Suche bereits auswendig konnte.

Der Vorleser erhob seine Stimme, als habe er bemerkt, dass der junge Mann mit seinen Gedanken dort war, wo diese nicht sein sollten. Ermahnend wurde er lauter und lauter. – Oder bildete er sich das nur ein? Trieben ihn seine quälenden Gedanken und diese unendliche Müdigkeit nun gänzlich in den Wahnsinn?

Als er ihm von seiner Entdeckung berichtet hatte, hatte er ihm anfangs interessiert zugehört, aber dann nur noch gelacht. Laut gelacht. Erst als er ihm das Schreiben gezeigt hatte, war sein Gelächter verstummt. Schlagartig hatte diese irre Gier die ausgelassen Heiterkeit in seinem Gesichtsausdruck ersetzt. Wie die Schläge des Bauers einen Ochsen zur Arbeit antreiben, so ließen ihn seine Drohungen seither unermüdlich weitersuchen; weitersuchen nach dem richtigen, dem letzten Wort. Nacht für Nacht. Immer und immer wieder war er den Kodex durchgegangen und hatte nach diesem verdammten Wort gesucht. Bisher ohne Erfolg.

Die gemeinsame Zeit des Mahls war vorübergegangen, ohne dass er die ohnehin spärliche Ration angerührt hätte, die ihm als einem der Jüngeren nur zustand.

❧

Sie blieben eine ganze Weile bei den Pferden und schauten ihnen beim Grasen zu. »Was ist eigentlich mit diesem Walter geschehen? Ich meine, wie kommt es, dass ein Verwundeter ausgerechnet in Eurem Vorratszelt liegt?«, fragte Marcus und versuchte, dabei so belanglos wie möglich zu klingen.

Dobberstein blickte sich nervös zu allen Seiten um. Da niemand in der Nähe zu sein schien, der sie belauschen konnte, antwortete er leise: »Er ist der Knappe des Herzogs Johann von Brabant, der Gegner des Erzbischofs in der bevorstehenden Schlacht. So wie ich die Sache sehe, hat er sich hier ins Lager eingeschlichen, um die Pläne Siegfrieds und seiner Vasallen auszukundschaften. Patty hat beobachtet, wie ihn die Männer des Dietrich von Keppel überrascht haben und sich seiner mit Knüppeln und Fußtritten eine ganze Weile angenommen haben. Vor lauter Spaß an ihrem ›fröhlichen‹ Zeitvertreib haben ihn die Kerle in ihrer Trunkenheit nicht recht erkannt und ihn für einen simplen Neugierpinsel gehalten, den nur die Langeweile umhertrieb. Es war sein Glück, dass sie in ihm einen Burschen sahen, der zum Lager gehört. Anderenfalls wäre dies sein Todesurteil gewesen. Aus Mitleid mit dem armen Jungen und Ekel vor den niederträchtigen Kerlen hat Patty ein wenig ihre Reize spielen lassen und die Peiniger abgelenkt, während Jacobus ihn in unser Vorratszelt brachte.«

»Ihr sagt, die Männer des Dietrich von Keppel? Sind dies die weiß Gewandeten mit dem gezackten roten Brustring?« Marcus deutete dabei die Breite des Streifens mit gespreizten Fingern an.

»Ich höre, du hast auch schon Bekanntschaft mit den Raufbolden gemacht. Gehe ihnen lieber aus dem Weg, mein Junge. Sie sind nicht nur streitlustig, sondern in erster Linie feige und hinterhältig. Eine gefährliche Mischung.«

Marcus' Verdacht hatte sich bestätigt. Schon nach Pattys Schilderung hätte er seinen letzten wärmenden Gugel verwettet, dass es sich um diese betrunkenen Kerle handeln musste, denen er bereits kurz nach seiner Ankunft im Lager begegnet war.

Schlagartig kam Marcus wieder der unfreundliche Empfang des Dolchwerfers in den Sinn. »Warum ist Niko eigentlich so, wie er ist? Ich meine, hat er jemals mit dir darüber gesprochen, was ihn zu so einem zurückgezogenen finsteren Menschen gemacht hat?«

»Nein. Die Worte, die er mit uns gesprochen hat und die über das Nötigste hinausgehen, kannst du an einer Hand abzählen.« Dominikus hielt ihm alle fünf Finger seiner ausgestreckten Hand dicht vors Gesicht. »Urplötzlich stand er vor sechs Monaten in unserem Lager und fragte, wohin wir reisen. Als ich ihm erzählte, dass wir wohl Richtung Norden, ins Rheinland ziehen würden, strahlte er mich freundlich an und bat mich, mit uns kommen zu dürfen.« Dobberstein lachte kurz auf. »Ich glaube, dies war das erste und letzte Mal, dass ich ihn habe lächeln sehen. Es muss ihm viel daran gelegen haben, hierherzukommen.«

Marcus fragte sich, was es hier im Rheinland nur so Wichtiges für Niko geben mochte. – Niko? Urplötzlich kamen ihm die letzten Worte des sterbenden Priesters in den Sinn: ›Armarius Niko…!‹ Hatte er jenen Niko gemeint? War der Kroate wegen der Reliquie des heiligen Quirinus ins Rheinland, nach Neuss gekommen? Doch was bedeutete ›Armarius‹? Marcus hatte einmal von einem fernen Land namens Armenien gehört. »Dominikus, bist du sicher, dass Niko aus Kroatien kommt und nicht vielleicht aus Armenien?«

»Armenien? Was für ein ausgemachter Blödsinn. Wie kommst du darauf, Junge?«

Marcus überging die Gegenfrage mit einem missmutigen Gesichtsausdruck und ließ nicht locker. »Weißt du es nun, oder nicht?« Seine Stimme klang zornig. Er bemerkte gar nicht, dass er Dobberstein fest an den Schultern gepackt hatte.

Der Gaukler riss sich verärgert los. »Nein, sicher bin ich mir natürlich nicht. Warum sollte ich ihm nicht glauben? Nur weil er wenig über sich und seine Vergangenheit spricht? Du fragst zu viel, Marcus! – Wir fragen dich ja auch nicht, warum du dich hier versteckt hältst. Stattdessen gewähren wir dir Unterschlupf und teilen mit dir unser weniges Brot.«

Dobberstein hatte recht, und Marcus wusste es. Doch der Reliquiendieb, wer immer er war, hatte für ihn Schicksal gespielt und sein Leben grundlegend verändert, ja, ihn in tödliche Gefahr gebracht.

»Entschuldige, Dominikus«, brachte er leise und nachdenklich über die Lippen.

»Schon in Ordnung. Du hast es zurzeit bestimmt nicht leicht. Sonst würdest du dich nicht mit unserer lausigen Gauklertruppe abgeben.«

Dem ersten Impuls folgend, wollte er dem Mann erneut recht geben, aber dann musste er an Patty denken. So gesehen war es alles andere als ein Unglück, dass er auf die Spielleute getroffen war.

Dominikus schaute Marcus durchdringend an. Dann schien er seine Gedanken erraten zu haben und grinste ihn breit an. »Komm, lass uns zurück zu den Zelten gehen. Vielleicht kannst du ja Patty ein wenig zur Hand gehen.« Sein Lächeln wurde noch breiter und verschmitzter, als Marcus seinem Vorschlag mit eifrigem Kopfnicken und glückseligem Blick zustimmte.

Als sie gerade zwischen den Zelten hindurch in das Halbrund treten wollten, kam ihnen Niko entgegen. Er hatte es offensichtlich eilig und stieß beinahe mit Marcus zusammen. In der letzten Sekunde konnte der junge Mann einen Zusammenprall verhindern, als ein tönernes Klimpern seine Aufmerksamkeit erregte. Es war der Halsschmuck des Kroaten, dessen Anhänger das Geräusch verursacht hatten. Marcus erstarrte und stand mit weit aufgerissenen Augen da. An einem Lederband baumelten drei kleine Muscheln. ›Drei Muscheln … Armarius Niko…‹, dröhnte die Stimme des ermordeten Priesters in seinen Ohren. Die Welt um ihn herum schien mit einem Mal nicht mehr zu existieren; die Zeit mit einem Mal stillzustehen. Sichtlich irritiert bemerkte der Kroate Marcus' starrenden Blick und umklammerte die Muscheln mit seiner stark behaarten Pranke. Hastig steckte er sie in den Ausschnitt seiner Tunika und zwängte sich mit einem Blick an ihm vorbei, der Marcus das Blut in den Adern gefrieren ließ.

»Was ist mit dir?«, fragte Dobberstein besorgt, der Marcus' plötzliche Veränderung bemerkt hatte und ihm stützend unter den Arm griff. Mit weichen Knien ließ sich der junge Mann hinüber zur Feuerstelle führen. Vorsichtig lenkte Dominikus ihn auf den Scherenstuhl, auf dem sonst nur er sitzen durfte.

»Es ist … es ist nichts«, stammelte Marcus, der sich zusehends erholte. Er konnte Dobberstein nicht erklären, was ihn so in Angst und Schrecken versetzt hatte. Hätte er ihm gesagt, dass es die drei Muscheln an Nikos Hals gewesen waren, so hätte er ihm die ganze Geschichte erzählen müssen. Doch konnte er ihm vertrauen? Konnte er hier überhaupt einem Menschen vertrauen? Gewiss, die Gaukler waren nett zu ihm und hatten ihn vor den Schergen des Schultheißen versteckt. – Sie? Nein, eigentlich war es nur Patty gewesen, die die Truppe durch ihr beherztes Handeln vor vollendete Tatsachen gestellt hatte. Vielleicht warteten die anderen nur auf eine Gelegenheit, ihn gegen ein sattes Lösegeld auszuliefern. Was denkst du da, du undankbarer Bastard?, ermahnte er sich sogleich. Wut auf sich selbst stieg augenblicklich in Marcus auf. Tat er ihnen, den ebenfalls Verfolgten und Verstoßenen, nicht schweres Unrecht, wenn er sie so verdächtigte? Er wusste nicht mehr, wen er beargwöhnen sollte und wem er vertrauen konnte. Seine Gedanken überschlugen sich. Auf Patty konnte er sich verlassen! Das wusste er. Durfte er sie mit in diesen verdammten Reliquiendiebstahl hineinziehen? Nein, je weniger sie wusste, umso besser war es für sie. Das Beste würde sein, von hier zu verschwinden. Sofort fiel ihm wieder Gernot Thelen, sein Freund, der Ziegenhirte, ein.

Ihm konnte er ebenfalls vertrauen. Noch heute würde er sich auf den Weg zu ihm machen!

»Was ist mit dir?« Ein geschnitzter Holzbecher erschien urplötzlich in seinem Blickfeld, und der Duft verdünnten Weins und ein Hauch von Lavendel stiegen ihm in die Nase. Erstaunt schaute er auf die zarte Hand, die ihm das Gefäß entgegenstreckte. Sein Blick wanderte den schlanken Arm hinauf, bis er direkt auf Pattys besorgtes Gesicht traf.

❧

Knarzend öffnete sich die Zellentür. Kamen die Schergen wieder, um erneut auf ihn einzuprügeln? Angst durchfuhr den Schankwirt. Doch der Gottesdiener, der nun zu ihm trat, war allein gekommen. Er erkannte den Priester sofort wieder. Dieser wirkte wie verwandelt. War seine Miene gestern noch versteinert und ausdruckslos gewesen, so schaute er ihn heute Morgen nahezu freundlich an. Gütig lächelnd, segnete er Janssen mit einer ausladenden Handbewegung. Dann reichte er ihm den Becher, den er in der Linken hielt. Voller Misstrauen griff der Schankwirt danach. Das laute Rasseln der eisernen Kette seiner Handfesseln durchbrach die angespannte Stille. Wie einen Schwerverbrecher hatten sie ihn am Abend zuvor an den großen Ring an der Wand gefesselt. Die Kette war zu kurz gewesen, als dass sich der stämmige Mann hätte auf dem Boden ausstrecken können, und so hatte er die ganze Nacht mit emporgestreckten Armen dagelegen. Seine Gelenke schmerzten.

»Gott segne dich und gebe dir Einsicht. Der Herr ist gütig und wird dir verzeihen, wie auch wir es tun werden. Zuvor benötigen wir aber die Antworten auf unsere Fragen.«

»Tatsächlich?« Spöttisch schaute Janssen zu dem Geistlichen auf, der sich angestrengt bemühte, seinen aufgesetzten Gesichtsausdruck der Milde beizubehalten.

»Gewiss, Bruder. Hilf uns, den schändlichen Dieb zu finden, und der gerechte Arm Gottes wird dich zu deiner lieben Frau zurückführen.«

»Ich hoffe, zumindest Gott weiß, warum Ihr Marcus sucht, denn ich weiß es nicht.« Man hatte Janssen zwar mit körperlichem Nachdruck nach dem Verbleib seines Zöglings befragt, die Hintergründe indes verschwiegen.

»Er hat die Reliquie des heiligen Quirinus aus dem Münster gestohlen und auf seiner Flucht einen Priester unserer Kirche feige ermordet. Es ist Gottes Wille, dass der Schädel des heiligen Quirinus an seinen Platz zurückgelangt und der schändliche Dieb und Mörder seiner gerechten Strafe zugeführt wird.«

Gewiss, Marcus war ein Dieb gewesen, doch das war Jahre her. Selbst wenn er seinem alten Gewerbe wieder nachgegangen wäre, einen solchen Raub traute Berthold Janssen seinem Schützling auf keinen Fall zu. Und einen Mord? »Ihr sagt, er hat einen Mann getötet? Erzählt mir, wie es dazu kam und wie er es angestellt haben soll.«

Hoffnung keimte in dem Priester auf, der Schankwirt würde sich besinnen und ihnen weiterhelfen. »Er hatte den Schrein bereits aufgebrochen und die Reliquie herausgenommen, als Bruder Herbert ihn bei seiner gotteslästerlichen Tat überraschte. Er folgte ihm auf den Freithoff, wo Euer Mündel sein Schwert zog und ihn mit einem tödlichen Hieb niederstreckte.«

Hätte der Geistliche gesagt, er habe mit bloßen Händen gemordet, so hätten Janssen, angesichts der Kraft, die in Marcus steckte, Zweifel an der Unschuld des Jungen kommen können. Doch mit einem Schwert? Marcus hatte nie ein Schwert besessen. Warum hätte er sich für eine solche Tat, einen Raub, eines beschaffen sollen? Spätestens an dieser Stelle der infamen Beschuldigungen war sich der Schankwirt sicher, dass es sich nur um ausgemachten Unsinn handeln konnte, den man ihm hier auftischen wollte. »Wie kommt Ihr darauf, dass es Marcus war, der die Tat beging?«

»Zwei Diakone haben ihn gesehen, als er floh.« Der Priester ließ durch die Entschlossenheit seiner Stimme erkennen, dass es für ihn keinerlei Zweifel daran gab, dass Marcus der Dieb und Mörder war.

»Und sie sahen ihn mit einem Schwert davonlaufen? Oder hat er die Waffe gar zurückgelassen?« Janssen blickte dem Priester misstrauisch in die Augen.

Der Geistliche stutzte und wirkte sichtlich irritiert. Schnell kam seine Selbstsicherheit zurück, und Wut breitete sich auf seinen Zügen aus. »Du weißt, Bruder, dass es deine Pflicht vor Gott ist, uns zu helfen, den Heiligen zurückzuholen? Die ewige Verdammnis wird dich ereilen, falls du den Mörder schützt und auf diese Weise mit ihm schuldig wirst. Schuldig vor Gott!« Erwartungsvoll schaute er den Gefangenen an.

»So werde ich im Feuer des Satans enden«, entgegnete Janssen und wandte seinen Blick vom Priester ab, der erkennen musste, dass auch er keine Auskunft erhalten würde.

Wütend stapfte er zur Tür und drehte sich nochmals um. »Solltet Ihr Euer Seelenheil noch retten wollen, um ohne Schuld vor unseren Herrgott treten zu können, so schickt nach mir«. Seine Stimme bebte vor Zorn. Dann verließ er stumm die Zelle.

Eine Stunde war wohl vergangen, als sich die Tür erneut knarrend öffnete und vier Männer den Kerker betraten. Diesmal war es der Schultheiß, der Berthold Janssen einen Besuch abstattete. Hubertus Hohenfels und einer der Männer, die Janssen festgenommen hatten, waren bei ihm. Während Hubertus hämisch grinste, drückte die Miene des anderen eher Mitleid denn Schadenfreude aus. Den vierten kannte Janssen nur vom Sehen, und man erzählte sich in den Straßen, dass er der Folterknecht des Schultheißen sei. Er war ein eher kleiner, stämmiger Zeitgenosse, dessen Nackenmuskeln aus dem Halsausschnitt seines ärmellosen Lederwamses quollen. Seine mächtigen Oberarme glänzten kraftstrotzend im Schein der Wandfackel.

Nun richtete der Schultheiß das Wort an Berthold: »Meine Männer haben mir mitgeteilt, dass Ihr Euch wenig kooperativ zeigt und uns keine Auskunft über den Aufenthalt des jungen Mannes namens Marcus geben wollt. Vielleicht wollt Ihr es ja nur mir persönlich sagen?« Fragend blickte er mit zusammengezogenen Augenbrauen auf Berthold herunter. Sein Blick war streng und Respekt einflößend. Der Schankwirt schüttelte nur kurz den Kopf. Nach den hanebüchenen Anschuldigungen gegen Marcus, die der Pfaffe eben noch geäußert hatte, würde er ihn niemals an diese Burschen ausliefern. Selbst wenn er wüsste, wo er sich aufhielt.

»Stehe gefälligst auf, wenn der hohe Herr das Wort an dich richtet, Halunke!« Hohenfels verpasste dem am Boden hockenden Schankwirt einen ordentlichen Tritt mit seinen schweren Stiefeln. Ein heftiger Schmerz durchfuhr Janssens Körper, als er versuchte, auf die Beine zu kommen. Die Kette war zu kurz, als dass er sich hätte gerade aufrichten können, und so stand er halb gebückt vor dem Schultheißen. »So ist's recht«, murmelte Hohenfels, dem die erzwungen devote Haltung seines Häftlings zu gefallen schien. Berthold Janssen spürte, dass die eisernen Handfesseln bereits begonnen hatten, seine Gelenke wund zu scheuern. »Also, Schwankwirt, erspare uns Zeit und Mühe und sage uns, wo sich dieser Marcus aufhält.«

Das Kopfschütteln des Befragten wurde energischer. Als sei diese Geste ein stummes Kommando, ein geheimes Zeichen gewesen, erklang im selben Augenblick ein markerschütternder Schrei, der sich wie eine Woge des Schreckens im Gemäuer des Blutturms ausbreitete. Er stammte von einer

Frau und schien aus dem oberen Stockwerk gekommen zu
sein. Auch wenn ihm ein kalter Schauer über den Rücken lief,
so war Berthold Janssen froh, dass es nicht Annehild, seine
Frau, war, die dort wehklagte.

»Hört Ihr sie? – Auch diese Frau verweigert uns seit Tagen
die Antwort, um die wir sie gebeten haben. Und dies trotz
der Güte unserer Befragung.« Der Schultheiß schaute kopfschüttelnd und mit geheucheltem Bedauern zur Zellendecke.
»Ich denke jedoch, dass sie sich die Sache noch anders überlegen wird.« Hohenfels' Grinsen wurde bei den Worten des
Schultheißen noch breiter und hämischer. »Wie steht es nun
mit Euch? Ist Euch wieder eingefallen, wo sich Euer Mündel gegenwärtig aufhält?«

»Nein! Und wenn Ihr mich noch so häufig fragt: Ich weiß
es nicht und kann es Euch folglich auch nicht sagen.« Eine
Mischung aus Trotz und Verzweiflung klang aus den Worten des Schankwirts. Die gespielte Anteilnahme im Blick des
Schultheißen wurde noch intensiver, das mitleidige Kopfschütteln noch heftiger. Auf sein Handzeichen hin trat der
Mann vor, den Janssen für den Folterknecht hielt.

»Dies ist Meister Hans«, sprach der Schultheiß und deutete auf den muskulösen Kerl. Er wird Euch nun seine, sagen
wir, ›überzeugenden Werkzeuge‹ zeigen und erläutern, wozu
sie nütze sind. Er ist ein Meister seines Fachs. Es liegt allein
in Eurer Hand, Schankwirt, ob es bei einem bloßem Zeigen
und Erläutern bleibt.«

⁓

»Es geht schon wieder«, entgegnete Marcus und gab Patty
den Becher zurück, den er in einem Zug geleert hatte. Zweifelnd blickte sie ihn an. »Ich werde Euch heute noch verlassen. Ihr habt schon genug Scherereien, auch ohne mich.«
Hatte sich die Skepsis in ihren Augen urplötzlich in einen

traurigen Blick verwandelt? Marcus erhob sich nur zögerlich.

»Unsinn!«, fuhr Dobberstein dazwischen und senkte zugleich seine Stimme wieder. »Der Brabanter ist schon bald wieder auf den Beinen und kann zu seinem Herzog zurückkehren. Und so sind wir eine Sorge los. Einen kräftigen Burschen wie dich, der sich nicht zu fein ist, mit anzupacken, können wir hingegen jederzeit brauchen.«

Ein Hoffnungsschimmer kehrte in Pattys Miene zurück. »Wer soll mich denn sonst beim nächsten Mal retten, wenn ich in den Bach zu fallen drohe?«, leise lachend zwinkerte sie ihm zu.

Unverhofft tauchte Niko zwischen den Zelten auf und schaute grimmig zu den dreien herüber. Marcus meinte zu erkennen, dass das Lederband mit den drei Muscheln von seinem Hals verschwunden war. Ohne ein Wort zog der Kroate sich in sein Zelt zurück. Wenn er der Dieb und Mörder war und er Marcus' Blick auf seinen Halsschmuck tatsächlich bemerkt hatte, so wären dieser Dietrich von Keppel und seine Männer noch die geringste Gefahr für ihn. Der Kroate könnte ihm in einem unbeobachteten Moment einen seiner Dolche in den Leib stoßen und schließlich behaupten, er habe einen Pfaffenmörder zur Strecke gebracht, als dieser ihm gegenüber mit seiner Tat geprahlt hatte. Die Reliquie bliebe verschwunden, und Niko würde unbemerkt mit dem heiligen Diebesgut untertauchen können. »Ich danke Euch, dass Ihr mich gestern Abend versteckt habt, aber die Schergen des Schultheißen können jederzeit wiederkommen. Nein, ich kann und will Euch nicht in Gefahr bringen. Gott möge Euch beschützen.«

»Ich glaube nicht, dass es eine gute Idee ist, gerade jetzt aufzubrechen«, mischte sich nun auch Tilmann in das Gespräch mit ein. Er kauerte vor seinem Zelt, schaute nach oben und reckte seinen wurstigen Zeigefinger gen Himmel. Dicke

72

Gewitterwolken waren direkt über dem Lager aufgezogen. Im selben Augenblick zuckte ein Blitz hernieder, und noch vor dem Grollen des ersten Donners platschten dicke Tropfen in Marcus' Gesicht. Tilmann griff nach seiner Schalmei und brachte das Instrument vor einem unerwünschten Bad in Sicherheit. Der Regen prasselte herab, als habe der Herrgott seinen Badezuber auf ein Mal entleert. Auch Dobberstein hatte bereits in seiner Behausung Unterschlupf gefunden, als Marcus zum Vorratszelt eilen wollte. Unerwartet wurde er in die entgegengesetzte Richtung gezerrt. Die Naht seines Hemdsärmels zerriss mit einem lauten Krachen. Verdutzt wandte er sich zu Patty um, die ihn immer noch an seinem aufgerissenem Ärmel hielt. Der einsetzende Schauer hatte ihre roten Locken durchnässt, und ein Rinnsal lief über ihre kleine Nase.

»Ich glaube, Walter braucht noch etwas Ruhe. Und um deinen Ärmel muss ich mich auch kümmern.« Sie ließ betont langsam von ihm ab, strich sich eine nasse Lockensträhne aus dem Gesicht und lief zu ihrem Zelt. Für einen kurzen Moment stand Marcus allein im Regen und rührte sich nicht. Ein besonders dicker Tropfen platschte auf seine Stirn und schien ihn aus seiner Lethargie aufwecken zu wollen. Eilig folgte er ihr.

Patty streifte gerade ihr nasses Oberkleid ab, als er das Zelt betrat. Das Grün des Stoffes glänzte dunkel vor Feuchtigkeit. »Gib mir dein zerrissenes Hemd«, verlangte sie und streckte ihm ihre Hand entgegen. Etwas schüchtern zog er das grobe Leinen über seinen Kopf und reichte es ihr. Mit der Linken nahm sie das feuchte Kleidungsstück, während sie mit der Rechten über seinen muskulösen Oberarm strich. Das fahle Licht, das durch die Zeltwand drang, zeichnete einen konturreichen Schatten auf den vor Nässe glänzenden Muskel. Sie öffnete die Bänder ihres Unterkleides und trat ganz nah an ihn heran. Mit zitternden Händen ergriff

er ihre halb entblößten Schultern und zog sie noch enger
an sich. Deutlich spürte er die Wärme ihres Körpers. Ihre
Blicke begegneten sich.

»Ich ...« Weiter kam er nicht. Heiße Lippen pressten
sich voller Verlangen auf die seinen. Ihre Fingerspitzen gruben sich in seine Schultern, und langsam sanken die beiden
Körper zu Boden. Mit sanfter Gewalt zog sie ihn zu sich
herüber, bis er auf ihrem bebenden Körper lag. Ihre nackten Schenkel schlangen sich um ihn und drehten ihn zärtlich und gleichzeitig drängend auf den Rücken. Das Gegenlicht zeichnete die Silhouette ihres perfekten Körpers an die
Rückwand des Zeltes, als sie sich langsam aufrichtete. Mit
kreisenden Bewegungen schmiegte sich ihr Becken an ihn,
während sie seine Brust mit ihren zarten Händen kraftvoll
massierte. Langsam zog Marcus den Stoff von ihren Schultern und legte zwei blasse wohlgeformte Brüste frei. Mit
der gleichen begierigen Zärtlichkeit ihres Schoßes umfassten seine Hände die Brüste und entlockten Patty so ein leises
Stöhnen. Hastig glitt sie von ihm und löste den Bund seiner
Beinkleider, die sie ihm mit gierigem Verlangen vom Körper
streifte. Geschickt griff sie nach dem Saum ihres Unterkleides und zog es sich über den Kopf. Mit der Linken strich
sie sich die nasse Lockenmähne aus dem Gesicht und glitt
zurück auf seinen Schoß. Wie in Trance spürte er, wie er in
sie eindrang. Gleichzeitig lehnte sie sich nach vorn. Ihre kalten regennassen Brustwarzen strichen zärtlich über die seinen, und Marcus durchfuhr ein Schauer der Erregung, wie
er ihn nie zuvor erlebt hatte. Ihre Leiber verschmolzen und
schienen eins zu sein. Marcus spürte seinen Körper, wie er
es bisher nicht gekannt hatte. Immer umschlang ihre Zunge
die seine liebkosend und vollführte einen fordernden Tanz.
Seine Lenden bebten und zwangen ihn beinahe schmerzend,
den Rhythmus ihres Körpers aufzunehmen. Der Rhythmus verlangsamte sich und wurde intensiver. Leise stöhnte

sie auf. Fast gleichzeitig durchfuhr sie ein Strom der Innigkeit, der mit einem Mal in unendliche Zärtlichkeit überging. Nach einer Weile glitt sie von ihm und schmiegte sich an seinen Körper. Immer noch schwer atmend, hob und senkte sich sein Brustkorb. Der Regen trommelte im Takt ihrer schnell schlagenden Herzen auf das Zeltdach, und nur langsam kehrte Ruhe in ihre Körper zurück.

Lange lagen sie eng umschlungen da und lauschten dem Regenprasseln. Marcus verspürte ein unendliches Glücksgefühl. Das Gewitter hatte sein Leben so plötzlich verändert, wie es gekommen war. Er hob seinen Kopf ein wenig und küsste Patty sanft auf die Stirn. Sie schien eingeschlafen zu sein.

»Junge, du bist weiß Gott alt genug, dir endlich die Hörner abzustoßen«, hatte Berthold Janssen ihn in der letzten Zeit immer wieder gedrängt. Der Schankwirt war der Meinung gewesen, dass er sich einfach mal mit irgendeinem jungen Ding vergnügen solle. Doch Marcus hatte nie Interesse an den albernen Hühnern verspürt, die kichernd um ihn herumschwänzelten, wenn er mit Berthold auf den Markt ging. Wie es dem Schankwirt im Moment geht, dachte Marcus. Ob er ihm gram war, dass er so plötzlich verschwunden war?

Über diese Gedanken bemerkte er gar nicht, dass es aufgehört hatte zu regnen. Plötzlich drangen aufgebrachte Stimmen in das Zelt. Sie schienen zu streiten. Vorsichtig zog er Schulter und Arm unter Pattys Kopf hervor und legte diesen sanft auf dem Strohlager ab. Rasch streifte er sich seine durchnässte Kleidung über und trat aus dem Zelt.

»Und wenn wir uns nicht beugen?« Mit kampfeslustigem Blick, die Hände in die Hüften gestemmt, stand Dominikus Dobberstein dicht vor dem Legaten des Erzbischofs. Der Diakon, zur Rechten des Legaten, war nicht der Einzige, der ihn zum Lager der Gaukler begleitet hatte. Rund zehn

Bewaffnete aus der Truppe des Erzbischofs standen bei ihm, die Hände drohend an die Schwerter gelegt.

»Dann werden wir wohl oder übel die Vorwürfe überprüfen müssen, die sich gegen die Hure in Euren Reihen richten. Es sind Klagen an mich herangetragen worden, dass Ihr eine Hexe beherbergt. Wenn Ihr dem Wunsch unseres verehrten Erzbischofs nachkommt und Euer heidnisches Treiben umgehend einstellt, so will ich den Klägern gern bestätigen, dass die Sorge unbegründet ist und Ihr Euch in reiner Gottgefälligkeit übt. – Obwohl Ihr Vaganten seid.« Er blickte Dominikus voller Verachtung tief in die Augen und hielt inne. Drohend fuhr er fort: »Sagt später nicht, Gaukler, ich hätte Euch nicht gewarnt. Ihr seid selbst verantwortlich für Eure Taten und die Folgen, die Ihr heraufbeschwört.« Er wandte sich um und schritt durch die Reihe der Bewaffneten, die sich ihm anschlossen.

Nach und nach öffneten sich nun die Zelte der Gaukler, und die Truppe versammelte sich in der Mitte des Halbrunds. Nur Patty schien immer noch zu schlafen.

»Er meint es ernst«, sagte Dominikus Dobberstein mit finsterer Miene. »Ich kenne diesen verbitterten Menschenschlag. Der Pfaffe verlangt von uns, dass wir hier nicht wieder auftreten und aus dem Lager verschwinden.«

»Seit wann lassen wir uns von diesen dickbäuchigen Kirchenfürsten vertreiben? Wir sind freie Spielleute und gehorchen keinem Herrn!«, warf Rudolf mit vor Zorn hochrotem Kopf ein. Dabei reckte er die geballte Faust gen Himmel. Auch Marcus spürte, wie Wut in ihm aufstieg und sein Herz zum Rasen brachte.

»Du hast recht, Rudolf, aber es ist zu gefährlich. – Zu gefährlich für Patty«, versuchte Dobberstein einzulenken.

»Im Übrigen wird das Lager morgen sowieso verschwunden sein.« Die Gaukler schauten verdutzt zu Tilmann. »Ich habe heute ein Gespräch belauscht, wonach sie schon morgen aufbrechen werden. Das Heer zieht nach Brauweiler. Erzbischof Siegfried hat wohl all seine Vasallen vollzählig um sich versammelt. Wenn's stimmt, was man sich erzählt, so ist die Abtei zu Brauweiler ihr nächstes Ziel.«

»Weiß der Henker, was ein solch mächtiges Heer an diesem Ort zu suchen hat. Eines ist klar. Dort würden uns nur noch mehr selbst ernannte Heilige begegnen. Auch eine Kuh, die gute Milch gibt, melkt man nicht so lange, bis sie nach einem tritt. Das Heer zieht nach Süden? Dann gehen wir halt in den Norden!«, verkündete Dobberstein entschieden.

Marcus bemerkte, wie Rudolfs Halsschlagader noch heftiger zu pulsieren begann. »Dann geben wir eben heute unsere Abschiedsvorstellung zu Ehren des Erzbischofs«, kommentierte der dicke Spielmann die Entscheidung des Gauleroberhaupts mit einer Mischung aus Spott und Trotz.

»Nichts dergleichen werden wir tun! Ich bin nicht bereit, das Leben unserer Patty zu gefährden.«

Ein Stein der Erleichterung fiel von Marcus' Herzen. Hatte er im ersten Moment Rudolfs Entrüstung geteilt, so wollte er nicht in wenigen Stunden das Glück verlieren, das er gerade erst gefunden hatte.

»Heute Abend wird es keine Vorstellung geben. Bereitet nun alles vor. Morgen früh ziehen wir weiter!« Mit diesen Worten der Entschlossenheit beendete Dobberstein unmissverständlich das Gespräch. Wütend trat Rudolf nach einen Wassereimer, der ihm im Weg stand, und ging hinüber zu seinem Zelt.

Hitzigkeit und Kampfeslust, aber auch Furcht und Angst waren während ihres Gesprächs in den Gesichtern der Spielleute zu lesen gewesen. Nur einer hatte die ganze Zeit keinerlei Regung gezeigt: Niko, der Kroate.

∽

»Dies kennst du ja, oder?«, sprach der Folterknecht mit heiserer Stimme und hielt Berthold Janssen ein Paar Daumenschrauben entgegen. Das verkrustete Blut an der Unterseite der metallenen Querstrebe glänzte matt im Schein der Wandfackeln. Es war noch nicht lange her, dass sie zum letzten Mal benutzt worden waren. »Du musst entschuldigen, Schankwirt, dass meine Helfer derweil zu tun haben und ich euch einander noch nicht vorstellen kann.« Mit einem scheinheiligen Augenaufschlag blickte er nach oben, von wo die Schreie der gequälten Frau zu ihnen heruntergedrungen waren. »Aber bevor wir die ›territio realis‹, die gelinde Befragung, weiterführen, will ich dir noch meine weiteren Utensilien zeigen.« Der Folterknecht legte die Daumenschrauben beiseite und nahm ein paar Eisenplatten zur Hand, die eine gute Elle lang waren. Auch sie waren durch lange Schrauben miteinander verbunden. »Dieses Instrument ist schon etwas seltener«, sprach er mit stolzem Unterton. »Zerquetschen dir die Daumenschrauben nur die Finger, so werde ich mich mit diesen ›Spanischen Stiefeln‹ deinen Unterschenkeln widmen. Das Prinzip ist das gleiche. Im Grunde ganz einfach: Wir werden die Eisenplatten um deine Waden legen und die Schrauben nach und nach anziehen. Von Zeit zu Zeit klemmt die Vorrichtung ein wenig, und so werde ich mit dem Hammer nachhelfen müssen. Bevor ich mich dann zur Mittagsruhe begeben werde, kannst du es dir schließlich auf der Leiter bequem machen.« Er deutete auf ein massives, etwa fünf Ellen breites Holzgestell, das schräg an der gegenüberliegenden Wand lehnte. »Deine Fußgelenke binden wir an den unteren Sprossen fest, um deine Arme an den hinter dem Rücken gefesselten Händen in die Höhe ziehen zu können. Dazu dient diese Winde hier.« Er hatte eines der herumliegenden Brandeisen zur Hand genommen und deutete auf die Einzelteile der Vorrichtung, wie ein Lehrmeister, der seinen Schüler in die Geheimnisse seines Handwerks einweist. »Auch wenn es für dich nicht allzu bequem sein wird, so erleichtert es mir die weitere Arbeit. Auf diese Weise wird es für mich nicht so beschwerlich sein, wenn ich dir die Rutenstreiche verabreiche. Auch brauche ich mich nicht zu bücken, um die Pechpflaster auf deinem Körper anzubringen und zu entzünden. Doch fürchte nicht, dass es dich zerreißen wird, wenn wir die Winde nach und nach anziehen. Die meisten ersticken einfach nur, da ihr Brustkorb irgendwann so gespannt ist, dass er sich nicht mehr heben und senken kann, um Luft in den räudigen Leib zu pumpen.« Ein Leuchten flackerte in seinen Pupillen, begleitet von einem genießerischen Lächeln, das über seine wulstigen Lippen huschte. Gleichzeitig ertönte erneut ein markdurchdringender Schrei der Frau im oberen Geschoss. Der Klang unsäglicher Schmerzen schallte durch das Gemäuer des Blutturms. Janssen fühlte eiskalten Schweiß über seine Stirn rinnen – trotz der feuchten Kälte, die seinen Körper eisig umklammerte. Sie hatten ihn vollständig entkleidet und ihm den Marterkittel angelegt, der sich wie eine Art Schürze um seinen fülligen Körper spannte. Auf das übliche Scheren des Kopfes hatten sie hingegen verzichtet. Der dürftige Haarkranz des Wirts eignete sich nicht dafür.

Auch Hubertus Hohenfels hatte den Schweiß auf Janssens Stirn bemerkt und schaute zufrieden zu ihm hinüber. Er schien die durch Angst ausgelöste körperliche Reaktion zu genießen. Hämisch grinsend, fuhr der Folterknecht mit seinen Erläuterungen fort: »Ach ja, deine Schreie werden nicht so laut ertönen, wie die dieser armen uneinsichtigen Frau. Ich habe mich entschlossen, meine geplagten Ohren während deiner Befragung zu schonen.« Jetzt hielt er einen eisernen Gegenstand in der Hand, der von seiner Form her an eine Birne erinnerte. Mit einem krächzenden Geräusch drehte er das rostige Schraubgewinde, das aus dem Korpus ragte. Dieser dehnte sich mit jeder Umdrehung der Schraube weiter aus. »Hab keine Angst, dass du daran ersticken könntest. Sie wird dir ausreichenden Atem lassen. Es soll dir bei mir an nichts mangeln! Trotz der Birne kann ich sogar deinen Durst löschen, wenn dir das Feuer des Pechs den Gaumen austrocknen sollte.« Er streckte den Zeigefinger durch die Mundbirne, sodass er auf der anderen Seite hervorlugte, wie die Figuren eines Puppenspielers durch den Vorhang seiner kleinen Straßenbühne. »Ich bedaure nur, dass ich dir lediglich Heringslake anbieten kann.« Mit seinen staubigen Bundschuhen trat er gegen ein kleines Holzfass, aus dem ein beißend saurer Geruch aufstieg. Berthold hatte sich bereits in der letzten Nacht gefragt, woher dieser ekelerregende Gestank gekommen war. Das Fass wankte, und die Lake schwappte mit einem lauten Platschen über den Rand. Die triefende Feuchtigkeit breitete sich auf dem grauen Steinboden aus.

»Ich glaube, Meister Hans, der Erläuterungen ist es genug«, meldete sich der Schultheiß zu Wort und hielt inne. Die Zeit schien stillzustehen. Unerträgliche Spannung und Furcht stiegen in Berthold Janssen auf. Würde der Peiniger mit seinem Werk beginnen? Die Schmerzen, die Hubertus ihm am Vorabend zugefügt hatte, würden vor dem verblassen, was ihn nun erwartete. Der Schankwirt hatte sich nie für einen Angsthasen gehalten, doch jetzt kam er sich unbeschreiblich klein und wehrlos vor. Fieberhaft überlegte er, wo Marcus sein könnte; welche Informationen er ihnen geben könnte, um der Marter zu entgehen. Sofort schämte er sich angesichts dieser egoistischen Gedanken. Sein Leben zu retten und gleichzeitig Marcus zu opfern? Würde er danach jemals seinen inneren Frieden wiederfinden? Würde ihn der Verrat nicht ein Leben lang verfolgen? Da war diese unbeschreibliche Angst.

Schlagartig erschien das Bild der weinenden Annehild

vor seinem geistigen Auge. Sie schien ihn anzuflehen. Wie würde sie seinen Tod verschmerzen? Würde sie womöglich daran zugrunde gehen? Annehilds Bild verschwand und wich dem Antlitz von Marcus. Glücklich und lächelnd sah er ihn an. Dankbarkeit strahlte aus seinen Augen; Dankbarkeit darüber, dass er ihn angenommen hatte wie seinen Sohn, einen Sohn, den er bis zu jenem Tag nie gehabt hatte. Ein kalter Luftzug strich über seinen schweißnassen entblößten Oberkörper, und Janssen hörte das Knarren des Türschlosses. Suchend riss der Schankwirt die Augen auf. Die Männer waren ohne ein weiteres Wort gegangen. Er war allein.

❧

Es dämmerte bereits, als ihn sein Weg aus dem dichten Gehölz führte. Auch wenn die Sonne zu dieser späten Stunde ihre wärmende Kraft verloren hatte, so schien die feuchte Kälte des Waldes augenblicklich von ihm abzugleiten. Seine Glieder schmerzten mit einem Mal nicht mehr so sehr wie eben noch. Oder bildete er sich die wohltuende Linderung angesichts des nahenden Ziels nur ein? Auch der klapprige Gaul, der die Kutsche seit Stunden geduldig über den holprigen Waldweg gezogen hatte, schien nun seinen gleichmäßigen Schritt zu beschleunigen, als würde das Tier die baldige Stallruhe wittern.

Ein üppiges Grün bedeckte die Felder. Die Silhouette des spitz aufragenden Kirchturms von St. Nikolaus und St. Medardus zeichnete sich vor dem gelblichroten Abendhimmel ab. Nur die beiden trutzigen Seitentürme, die den schlanken Hauptturm der Klosterkirche zu Brauweiler flankierten, ließen den massiven Bau erahnen, der sich an den Glockenturm anschloss. Lucius hatte davon gehört, dass die Klosterkirche in ihrer Anlage Santa Maria in Capitolio, eine der vielzähligen kölnischen Kirchen, ähneln sollte. Wenn das vor ihm liegende Gotteshaus tatsächlich seiner alten Pfarrkirche glich, so würde er sich dort, entgegen aller bösen Vorahnungen, wohlfühlen können. Zumindest würde ihn die Kirchenanlage an die glückliche Zeit erinnern, in der er als junger Kaplan noch die hoffnungsbringende Kraft Gottes gespürt hatte. Eine Kraft, die er mit christlichem Eifer hatte weitergeben wollen. Dieser Eifer war es auch, der dem damaligen Erzbischof, Konrad von Hochstaden, zu Ohren gekommen sein musste. Zumindest dachte Lucius dies, als der Diener Gottes ihn in seinen Dienst berufen hatte. Doch war es wirklich sein missionarischer Enthusiasmus gewesen, den Konrad geschätzt hatte, oder war es viel mehr sein messerscharfer Verstand, den er in seinen Diensten hatte wissen wollen?

Anfangs hatte der junge Kaplan dem Herrgott aus tiefster Innigkeit gedankt, dass er fortan einem so frommen und gottesfürchtigen Geistlichen dienen durfte. Nach und nach hatte er das wahre Gesicht des Kirchenfürsten erkannt.

Gewiss, er hatte von der Vorgeschichte des Erzbischofs gehört, doch hatte er in seiner jugendlichen Naivität und durch den Glauben geblendet nicht daran geglaubt. Man hatte sich erzählt, dass von Hochstaden ein päpstliches Exspektanzschreiben missbräuchlich benutzt habe, um den Dompropst, Konrad von Buir, aus dem Amt zu treiben und dessen Position einzunehmen. Auch hatte Lucius davon gehört, dass Konrad von Hochstaden mit Gewalt reagiert haben soll, als Papst Gregor IX. seine Legaten entsandt hatte, um den rechtmäßigen Dompropst wieder einzusetzen. An den Haaren habe der Hochstadener von Buir aus dem Dom gezogen, sagten die Leute. Auch soll er nicht davor zurückgeschreckt haben, das Haus des Dompropstes zu plündern und zu brandschatzen. Schauermärchen einiger aufsässiger Ketzer, hatte Lucius damals gedacht. Schauermärchen, deren Wahrheitsgehalt für ihn zu jener Zeit unvorstellbar gewesen war. War er doch von der Gottesfürchtigkeit eines jeden Kirchendieners überzeugt. Das war zu einer Zeit, als er noch jung und unerfahren gewesen war.

Auch wenn Lucius die Augen vor den Ereignissen verschlossen hatte, so ließ sich nicht leugnen, dass etwas Ungeheures geschehen sein musste. Schließlich war Konrad von Hochstaden durch Papst Gregor exkommuniziert worden. Lucius hatte sich eingeredet, dass es gute Gründe gegeben haben mochte, dass ihn das Kölner Domkapitel dennoch zum neuen Erzbischof gewählt hatte.

Erst lange nachdem er sein erzbischöfliches Amt angetreten hatte, hatte Papst Gregor die Exkommunikation zurückgenommen und den kölnischen Erzbischof rehabilitiert. Lucius hatte sich lange gefragt, wie es zu diesem plötzlichen Sinneswandel des Papstes gekommen war, und erst viel später den geschickten Winkelzug des Kölners durchschaut. Der Erzbischof hatte sich den Dauerstreit zwischen dem Papst und dem herrschenden Kaiser Friedrich II. zunutze gemacht. Inkognito war Konrad nach Rom gereist und hatte dem Papst zugesichert, dass er sich für die Einsetzung eines Gegenkönigs starkmachen würde. Papst Gregor hatte ihm geglaubt, dass der Hochstadener seine Machtposition in die politische Waagschale werfen würde, wenn er ihn nur wieder in die Kirche aufnehmen und ihn im Amt bestätigen würde.

Schließlich war es Erzbischof Konrad tatsächlich gelungen, sein Versprechen in die Tat umzusetzen. Und so wurde der Weg nach Rom, der zunächst einem Büßergang geähnelt hatte, zu einem Triumphzug für ihn. Zusammen mit drei weiteren mächtigen Klerikern, den Erzbischöfen von Mainz, Trier und Bremen, wählte er im Herbst 1247 den erst 18-jährigen Wilhelm von Holland zum deutschen Regenten und krönte ihn ein Jahr später im Aachener Dom zum König.

Mit dem jungen Holländer hatte Konrad nun die Marionette auf dem Gegenthron platziert, die ihm alle Freiheiten gab, die er sich für sein Kurfürstentum ersehnt hatte, und überdies sein Versprechen eingelöst, das er Papst Gregor gegenüber gegeben hatte.

Als Kaiser Friedrich II. unerwartet verstorben war, nahm mit zunehmendem Alter des Gegenkönigs Wilhelm auch dessen Eigenständigkeit zu. Zu dieser Zeit hatte Erzbischof Konrad Lucius gegenüber immer wieder seinen unverhohlenen Unmut über diese Entwicklung zum Ausdruck gebracht. Oftmals war Lucius verblüfft und erschrocken über die offene Entschlossenheit gewesen, mit der sich der Geistliche geäußert hatte.

Im Jänner des Jahres 1255 entkam Wilhelm im rheinischen Neuss dann nur knapp einem Brandanschlag. Schnell hatte sich das Gerücht verbreitet, Konrad habe mit dem Anschlag zu tun gehabt. Hin- und hergerissen hatte Lucius all seinen Mut zusammengenommen und Konrad um Klarheit gebeten. Lucius hatte sich angesichts seines Mutes selbst nicht wiedererkannt. Wie war er nur dazu gekommen, den Erzbischof mit solch profanen Vorwürfen zu konfrontieren? Konrad schien keineswegs schockiert über die dreiste Frage.

»Euer Mut und Eure Schläue beeindrucken mich«, hatte von Hochstaden seiner Frage entgegnet. »Ja, Ihr habt recht!« Seiner Stimme hatte eine ungeheuerliche Selbstverständlichkeit innegewohnt. Die Worte waren ihm über die Lippen gekommen, als ob es das Natürlichste der Welt sei, einen unbequemen Mitmenschen einfach so zu töten. Selbst für einen Kirchendiener. Er hatte dabei in einen Apfel gebissen und geklungen, als rede er lediglich über die ungewöhnlich milden Temperaturen der Jahreszeit.

In dieser Minute hatte Lucius die Skrupellosigkeit seines Dienstherrn erstmalig in ihrem vollen Umfang erkannt und war erschrocken. Hatte er in all den Jahren nur weggeschaut, da nicht sein konnte, was nicht sein sollte?

Diese Vorgehensweise hatte auch Vorteile, die ihn in den

nächsten Wochen gedanklich beschäftigt und schließlich überzeugt hatten.

Die nächsten sechs Jahre seiner Amtszeit hatten ihr Übriges getan. Und so hatten die diplomatischen Meisterstücke und erfolgreichen Machtintrigen seines kirchlichen Dienstherrn Lucius allmählich vom Paulus zum Saulus gemacht.

Ein weiteres Lehrstück in Sachen ›Wolf im Schafspelz‹ hatte ihm Konrad mit der Beschaffung der finanziellen Mittel für den gotischen Dom zu Köln mit auf den Lebensweg gegeben.

Nach langem Bitten hatte der Papst Konrads Vorhaben unterstützt und jedem mildtätigen Spender einen Ablass von 140 Tagen zugestanden. Dies war dem Hochstadener nicht genug gewesen. Eigenmächtig hatte er die Zahl der Tage auf ein ungeheures Maß erhöht. »Da niemand die genaue Zusage des Papstes kennt, stört es auch niemanden, wenn ich die Gütigkeit unseres Heiligen Vaters ein wenig dehne«, hatte er gesagt und schallend gelacht, als er Lucius in seine Machenschaften eingeweiht hatte.

Gleichzeitig hatte er frommen Spendensammlern, deren Anliegen nicht der Dombau war, unter strenger Strafe verboten, Kölner Bürger mit ihrem Ansinnen zu behelligen. Eine Gruppe Lütticher Augustiner waren die Ersten gewesen, die dieses Verbot schmerzlich zu spüren bekommen hatten. Andererseits schaffte es der schlaue Fuchs auf diplomatischem Wege, die Sammelerlaubnis für seine eigene Sache bis auf die englische Insel auszudehnen.

Als Lucius dann die Pläne für das prächtige Gotteshaus erstmals gesehen hatte, war er begeistert gewesen. Ein solches Bauwerk zu Ehren des Herrn im Himmel in diesen schweren Zeiten anzugehen, zeugte von hoher Gottesfürchtigkeit. Jedoch, wenn Konrad von Hochstaden einmal mehr voller Hochmut über dieses Werk, sein Werk, gesprochen hatte, hatte sich Lucius immer wieder die Frage gestellt, ob Gottesfurcht und Gutherzigkeit oder Eigennutz und Eitelkeit die Motive für die unermüdliche Sammelleidenschaft seines Dienstherrn waren.

Anno Domini 1261, am Tag der heiligen Helena, ist sein einstiger Lehrmeister schließlich gestorben.

Lange vor seinem Ende hatte Lucius Erzbischof Konrad gesehen, wie er war: ein hemmungslos ehrgeiziger Machtmensch, der seine Interessen skrupellos verfolgt hatte; oftmals mit Gewalt und der Anstiftung von Fehden. Auch das strategische Zurückweichen zur rechten Zeit hatte der Kirchenfürst beherrscht wie kein Zweiter. Die Zeit in den Diensten des Konrad von Hochstaden hatte Lucius geprägt. Gewaltsam geprägt, wie der Hammerschlag eine Münze. Mehr und mehr gefiel ihm die ›Münze‹, die dabei entstanden war.

Mit Engelbert von Heinsberg-Valkenburg erhielt er dann seinen zweiten erzbischöflichen Dienstherrn. Der Heinsberger, der bis zu seiner Weihe Dompropst zu Köln gewesen war, agierte oftmals glücklos. Auch wenn er sich redlich bemühte, in die Fußstapfen seines Vorgängers zu treten. Bereits seine erste Kraftprobe mit den kölnischen Patriziern endete in einer 20-tägigen Gefangenschaft und der Vertreibung aus der Stadt Köln. Fortan residierte der erzbischöfliche Hof in Bonn. Bonn, eine Stadt, die Lucius deswegen heute noch hasste, auch wenn sein Leben in dieser Zeit eine günstige Wende genommen hatte.

Er hatte die vorangegangenen 20 Tage der Gefangenschaft seines Fürsten genutzt, die Lehrjahre unter Konrad zu seinem Vorteil einzusetzen, um so sein Spinnennetz auszubreiten. Unverhofft hatte er die Möglichkeit bekommen, sein Schicksal selbst in die Hand zu nehmen. Dabei hatte er erstmals seine Stellung zum persönlichen Vorteil ausgenutzt und war dennoch im Einklang mit sich geblieben.

Und Engelbert? Dieser Tor hatte ihm seine ›Treue‹ während der unfreiwilligen Abwesenheit auch noch gedankt und ihn zum engsten erzbischöflichen Legaten gemacht. Ein Umstand, der Lucius' Möglichkeiten noch deutlich erweitert hatte. Der Alte lachte bei diesem Gedanken leise auf.

Immer tiefer war er in die Niederungen der Intrigen eingetaucht, hatte einen Sieg nach dem anderen im Spiel um die Macht hinter dem Rücken des Erzbischofs errungen. Auch wenn die Mittel von Mal zu Mal drastischer geworden waren und er schon bald nicht mehr vor Gewalt zurückschreckte wie einst sein Lehrmeister Konrad von Hochstaden. Anfangs hatte er die Drecksarbeit noch selbst verrichtet, doch schon bald stand eine stattliche Reihe von Dieben und Mördern auf der Liste seiner Gläubiger.

Irgendwann erschienen ihm Einfluss und Reichtum Lohn genug, sich den Weisungen seines einst höchsten Dienstherrn zu widersetzen: den Geboten des Herrn im Himmel.

Daran änderte sich auch nichts, als er Anno Domini 1275 mit Siegfried von Westerburg seinen dritten und wohl letzten Erzbischof erhalten hatte. Jener Mann, der ihm nun auf die Schliche gekommen war und ihn nach Brauweiler entsandt hatte. Und das als Schreiberling eines Emporkömmlings.

Lucius zwang sich, wieder an die glücklicheren Zeiten zu denken. Er dachte an Santa Maria in Capitolio und seine Arbeit als junger Kaplan. Er kniff die Augen zusammen und meinte die Ähnlichkeit zum kölnischen Kirchenbau aus der Ferne erkennen zu können. Bei diesem Anblick stieg eine fast novizenhafte Vorfreude in ihm auf, und sein altersschwaches Herz drohte vor Freude zu zerspringen.

Sie ließen sich keineswegs verdrängen, die Jahrzehnte voller Intrigen und Gewalt.

Gott, zeig mir, dass du mich nicht verlassen hast, auch wenn ich mich von dir abgewendet habe!, dachte er. Im gleichen Augenblick sah er wieder die schadenfrohe Miene Ignatius' vor sich, wie dieser ihm die vernichtende Entscheidung des Erzbischofs mitgeteilt hatte. Noch jetzt hätte er sich bei dem Gedanken erbrechen können, als Schreiber dieses Mattäus hier in der Abtei zu Brauweiler enden zu müssen. Einmal mehr war es ihm gelungen, die Pläne seiner Widersacher zu durchkreuzen. Doch auch einmal mehr war er schuldig geworden. Schuldig vor seinem göttlichen Herrscher, von dem er sich immer öfter fragte, ob es ihn überhaupt gab. War er nicht nur Teil des erfindungsreichen Machtspiels einer klerikalen Gruppe, die sich diesen Gott nur ausgedacht hatte, um die Menschheit in Angst und Schrecken zu versetzen und zu unterdrücken? Oder nutzte diese verbrecherische Bande einen existierenden Gott, einen wahren Herrscher für ihre irdischen Machtgelüste?

Zu sehr hatten ihn diese Gedanken der innerlichen Zerrissenheit zwischen froher Erinnerung und bitterer Realität beschäftigt, als dass er bemerkte hätte, wie rasch er sich dem Brauweiler Kloster genähert hatte. Das Pferd war vor dem Feldtor der Abtei stehen geblieben.

Man hatte seine Ankunft anscheinend schon erwartet, denn ohne dass er an das Tor geklopft hatte, öffnete sich die Luke, und das schmale Gesicht des Portarius, des Wächters der Pforte, erschien darin. Seine Stimme klang nicht weniger spitz, als sein Riechorgan wirkte, das weit aus der Öffnung hervorragte. »Gott sei mit Euch, Bruder. Wer seid Ihr und was ist Euer Begehr?«, näselte er hastig und ohne Luft zu holen.

»Ich bin Bruder Lucius, der neue Prior dieser ehrwürdigen Abtei zu Brauweiler.« Mit einem Ruck schloss sich die Luke, und das Knarren der Riegel durchschnitt die abendliche Stille. Eilig öffneten zwei Novizen das hölzerne Tor und verneigten sich dabei in Richtung des kleinen Fuhrwerks. Der Gaul trabte langsam und gemächlich voran, beinahe wohl wie jenes Maultier, auf dem Jesus einst nach Jerusalem geritten war. Nur die jubelnde Menge mit ihren Palmzweigen fehlte, denn außer dem Portarius und seinen beiden Gehilfen war niemand zu sehen. Nachdem sich das Tor hinter ihm geschlossen hatte, hielt Lucius erneut an. Der Wächter wirkte sichtlich verwundert und schaute den Alten auf dem Bock misstrauisch an.

»Sagtet Ihr ›Bruder Lucius‹? – Man sagte mir, der neue Prior hieße Mattäus. Wenn ich mich recht erinnere, so war Lucius der Name seines Schreibers, den man uns ankündigte.«

Lucius schaute mit einem mitleidigen Ausdruck gen Himmel, dann griff er in seine Kutte und zog ein Schriftstück heraus. Mit einem kaum vernehmbaren Seufzer reichte er es dem Portarius. Hastig warf dieser einen Blick auf das unversehrte Siegel. In der Mitte war ein Bischof zu erkennen, und die umlaufende Schrift ließ keinen Zweifel. Es war das Siegel des Erzbischofs von Köln! Ohne Lucius aus den Augen zu lassen, erbrach der Mönch das Siegel. Voller Neugierde drängten sich die beiden Novizen näher an ihn heran. Mit einem lauten Zischlaut verscheuchte der Portarius die Burschen, die sich mit vor Enttäuschung hängenden Köpfen trollten. Der Gottesdiener begann eilig das Schreiben zu überfliegen. ›… leider mitteilen zu müssen …‹ Er hielt den Brief nun mehr ins Licht, das von der Laterne herüberstrahlte, die einer der Novizen herbeigeholt hatte. ›… Schwer erkrankt, sodass Bruder Lucius … So bin ich sicher, dass er … ‹

»Meint Ihr wirklich, dass das Schreiben für Euch und nicht für den ehrwürdigen Abt bestimmt ist?« Lucius unterbrach das Gemurmel des Portarius mit gelassener, aber durchdringender Stimme.

Der Mönch schaute erschrocken auf und stotterte krächzend: »Ich wollte nur, … es ist meine Pflicht …« Seine

hohen Wangenknochen glänzten purpurrot im Licht der
Laterne, und ein unterdrücktes Kichern der Novizen setzte
ein, das den Portarius aus seiner Verlegenheit riss. Umgehend
ließ er das Kichern mithilfe eines kurzen Nackenschlags verstummen, der heftig genug gewesen war, die emporgehaltene
Leuchte durch die Luft schaukeln zu lassen. Schnell fand
seine Stimme ihren schrillen spitzen Ton wieder: »Man
kann ja nie wissen. In diesen Zeiten strolchen Gauner, ja
gar Mörder hier durch die Wälder. Oft sind sie als harm-
lose Reisende maskiert. Und an der Nasenspitze sieht man
es ihnen ja schließlich auch nicht an.« Dabei tippte er sich
mit seinem feingliedrigen Zeigefinger an dieselbe. »Der
ehrwürdige Abt Heinrich befindet sich mit den Brüdern
bereits in der Komplet. Für gewöhnlich ziehen wir uns im
Anschluss an diese Stunde der abendlichen Andacht sofort
zurück, denn die Nacht bis zur Vigil ist kurz und unser
Tag von Anstrengung geprägt. So hätte der Abt diese über-
raschende Nachricht des Erzbischofs erst im Morgengrauen erhalten können.« Er hielt Lucius das Schriftstück
provozierend unter die Nase und holte tief Luft. »Wären
auch nur die leisesten Zweifel an Eurer ›Aufrichtigkeit‹
geblieben, so hätte ich Euch wohl oder übel vor dem Tor
schmoren lassen müssen. – Und dies wäre nicht in Eurem
Sinne gewesen, oder?« Lucius wollte dem aufgeblasen Pfau
gerade die Leviten lesen, als sich der Portarius drauf besann,
wen er dort vor sich hatte: den neuen Stellvertreter seines
Klostervorstehers. Verlegen stammelte er: »Verzeiht meine
Erregung. Es ist nur die Unverfrorenheit dieser Burschen,
die mich immer wieder so in Rage bringt. Ich habe stets
befürchtet, dass wir mit diesen Bauernlümmeln keinen guten
Fang gemacht haben, als wir unsere Netze auswarfen, um
gläubige Diener zu fischen, wie es unser Herr Jesus einst am
See Genezareth seinen Jüngern auftrug.« Ungehalten wies er
auf die Novizen und gab dem Jungen mit der Laterne einen

erneuten Nackenschlag. »Michael, führe Prior Lucius zum Hospitalis. Er wird fürs Erste in der Gastwohnung untergebracht sein. Im Anschluss kannst du dich dann um sein Pferd kümmern. Der Herr sei mit Euch.« Mit einem kurzen Kreuzzeichen und einer dazugehörigen Verneigung schien für ihn die Begrüßung des neuen Oberen beendet.

Als habe der Gaul die Worte des Portarius verstanden, tat er seine Zustimmung mit einem kurzen Wiehern kund. Der Novize ergriff das Zaumzeug und führte den Wagen den Weg zum Wirtschaftshof hinauf. Der Schein der Laterne und das Klappern der Hufe verschwanden in der Dunkelheit.

☙

Immer wieder mussten die Gaukler die Vorbereitungen für ihre morgige Abreise unterbrechen, um einige Männer von ihren Zelten zu verscheuchen, die voller Erwartung auf eine letzte Zerstreuung vor der Schlacht gekommen waren. Tilmann und die anderen hatten als Erstes die kleine Bühne abgebaut und auf einem der Pferdekarren verstaut, sodass eigentlich schon von Weitem zu erkennen gewesen war, dass es heute keine Vorstellung geben würde. Und dennoch war der Strom der Zuschauer erst allmählich abgeebbt.

Langsam schien sich die Kunde herumgesprochen zu haben, dass die letzte Darbietung ausfallen würde. Nur noch wenige Betrunkene kamen herangetorkelt, als der Regen wieder einsetzte und sie das Lager bereits bis auf das Nötigste abgebaut hatten. Gottlob ließen sich auch diese Männer ohne lange Diskussionen davonscheuchen. Und so kehrte nach und nach Ruhe ein – eine trügerische Ruhe.

Die Tropfen wurden dicker, und so zogen sich die Gaukler eilig in ihre Zelte zurück. Nur Marcus stand noch lange Zeit unentschlossen an der erloschenen Feuerstelle in der Mitte des Platzes. Gedankenversunken bemerkte er gar nicht, wie seine Kleider immer nasser wurden und bereits auf seiner kalten Haut klebten. Mal zog es ihn nach links, dann schoben ihn seine Gedanken nach rechts. Sollte er zurück in Pattys Zelt gehen? Spürte sie die gleiche Sehnsucht wie er oder war es für sie nur die einfache Verlockung des Augenblicks gewesen? Womöglich war ihre Verführung ein taktisches Mittel gewesen, um ihn, eine fleißige Hand, an die Gauklertruppe zu binden? Janssen, der Wirt, würde ihn wahrscheinlich auslachen, wenn er ihm von diesen Überlegungen erzählte. Er wollte ihr Zeit geben, um zu entscheiden, ob sie ihn wirklich liebte, oder ob er nur ein Abenteuer auf ihren Reisen blieb.

Bei diesen Gedanken kam er sich vor wie ein kleiner Bub, der noch am Rockzipfel seiner Mutter hing. Lächerlich erschien er sich mit einem Mal. Ein Kerl wie ein Baum, mit der ›geballten‹ Männlichkeit eines Mäuserichs! Pah, er würde einfach in ihr Zelt gehen und sie nehmen, wie er es wollte. Nicht einmal wecken würde er sie dafür.

Plötzlich kam er sich fremd vor. So fremd wie nie zuvor. Nein, so war er nicht. Er war keiner dieser rauen Gesellen, so sehr er sich das manchmal auch wünschte. Schon gar nicht, wenn es um Patty ging. Trotz der Klammheit wurde ihm warm, wenn er an ihr Lächeln dachte. Er drehte sich um und ging hinüber zum Vorratszelt, in dem der Brabanter lag. Eine Mischung aus Scham und Stolz überkam ihn angesichts seiner Entscheidung. Vorsichtig öffnete er das Zelt und glitt hinein.

»Halt! – Kein Stück weiter oder ihr spürt meinen Dolch!«

Marcus erkannte im Halbdunkel, dass sich der Knappe des Herzogs aufgerichtet hatte. Er schien tatsächlich unerwartet schnell wieder zu Kräften gekommen zu sein. Auch seine Stimme klang nun klar und fest.

»Ich bin ein Freund. Ich bin es, Marcus«, sagte er beruhigend. Ein leiser Seufzer der Erleichterung drang zu ihm herüber. Langsam kroch er zu dem Verletzten. Lang ausgestreckt und auf die Unterarme gestützt, lag der junge Edelmann da und schaute Marcus freundlich an. Noch eine Nacht der Ruhe, und er würde schon wieder auf den Beinen sein und die Gauklertruppe verlassen können. Marcus kam das Bild der umsorgenden Patty wieder in den Sinn, und ihn beschlich erneut ein Gefühl von Eifersucht. Je eher der Kerl verschwinden würde, desto besser.

»Was ist mit dir? Du schaust mit einem Mal so grimmig?« Der Brabanter richtete sich besorgt auf.

Marcus fühlte sich ertappt. »Entschuldige, Walter. Es ist nur …« Er wusste nicht, wie er diesem Fremden erklären sollte, was in ihm vorging. Er konnte es sich ja selbst nicht einmal erklären. »Wir sollten schlafen. Uns steht ein langer, anstrengender Tag bevor.« Behutsam drückte er die Schulter des Knappen zu Boden. Dann kroch er zurück an den Platz, an dem er des Nachts zuvor bereits gelegen hatte. Im Dunkel tastete er nach der Decke und streckte sich auf dem feuchten Boden aus.

Noch lange hing Marcus seinen Gedanken nach. Zu viel war an diesem Tag geschehen, zu viel hatte sich in seinem Leben verändert, als dass er hätte schlafen können. Immer wieder fragte er sich, ob er nicht doch zu Patty hinübergehen sollte. Schließlich schlief er ein.

»Dobberstein!« Grölender Lärm durchschnitt die Stille der Nacht. »Dobberstein, es ist uns egal, ob Ihr hier Euren Firlefanz aufführt oder nicht. Gebt uns die Rote raus! Wir wollen unseren Spaß haben, bevor wir in die Schlacht ziehen!« Marcus riss die Augen auf. Was war da los?

»Männer von Keppel, kehrt in Eure Zelte zurück! Ihr holt Euch bei diesem Wetter noch den Tod, bevor die Schlacht auch nur begonnen hat. Dietrich, hab Vernunft!« Dominikus war zu den Unruhestiftern hinausgetreten und versuchte, sie zu beruhigen. Vorsichtig schob Marcus seinen Kopf aus dem Zelt. Brauchte Dobberstein seine Hilfe? Das Gaukleroberhaupt war nicht allein. Rudolf und Tilmann, die beiden beleibten Brüder, hatten sich neben ihm aufgebaut wie zwei Leibwächter. Hinter ihnen stand nun auch Jacobus van der Keul, der die Szenerie mit einer Fackel erhellte. Zusammen mit Johann, dem Schönling, und Gerald, dem Musikus, waren sie zu sechst. Ihnen gegenüber standen sieben bewaffnete Männer. Sieben Männer des Herrn von Keppel. Jene betrunkenen Raufbolde, die den Knappen des brabantischen Herzogs so zugerichtet und mit ihrer rücksichtslosen Art immer wieder für Aufsehen gesorgt hatten. Erst jetzt sah Marcus, dass auch Niko aus seinem Zelt hervorgekommen war und im Dunkel vor Pattys Zelt hockte. Das beruhigte Marcus ein wenig, wenn auch das Ungleichgewicht der Waffen blieb.

Breitbeinig standen die Störenfriede in den großflächigen Pfützen, die sich auf dem Vorplatz gebildet hatten. Ihre schmierigen Wappenröcke schienen von oben bis unten mit Morast bedeckt, als hätten sie sich darin gewälzt wie ein Rudel Eber.

»Seid so gut, Dobberstein, und holt uns Eure Irin aus ihrem Zelt. Wir trauen uns nicht, die feine Dame in ihren vornehmen Gemächern zu stören«, säuselte der Vordere, der offensichtlich der Anführer der Schurken war. Dabei drehte er sich Beifall heischend zu seinen Kameraden um, die in schallendes Gelächter ausbrachen. »Wenn es gut war, werden wir Euch vielleicht sogar aus lauter Dankbarkeit am Leben lassen. Dazu müssten wir jedoch zu einem einstimmigen Urteil kommen. Nicht dass der Letzte von uns womöglich Grund zur Klage hat.« Die Bande lachte erneut höhnisch auf.

Nur einer der Männer stimmte nicht mehr in das Gegröle mit ein. »Lasst es gut sein, Dietrich«, beschwichtigte er seinen Anführer und zog ihn am Ärmel zurück. »Wir sind schon nass bis auf die Knochen. Und für uns sieben reicht die Rote nun wirklich nicht. Eher wird sie auseinanderbrechen, bevor wir alle unseren Spaß hatten.«

»Mag sein, dass Ihr recht habt, Wolfhard«, lenkte Dietrich ein. Er senkte den Kopf und wandte sich zum Rückzug. Erleichterung durchströmte Marcus. »Doch zu gern möchte ich es ausprobieren!« Blitzartig drehte der Recke sich erneut zu Dobberstein um. Wie aus dem Nichts wirbelte sein mächtiges Schwert durch die Luft, das er mit beiden Pranken umklammert hielt. Mit einem Hieb schlug er Dominikus Dobberstein den Kopf ab. Das Blut spritze in alle Richtungen, und der leblose Körper des Gauklers sackte mit einem dumpfen, schmatzenden Geräusch in den Morast. Ein satanisches Lachen ertönte, die schwere Klinge sauste erneut durch die Luft und traf Rudolf unterhalb des Scheitels. Schreiend fiel der Dicke auf die Knie, die Hände auf sein Haupt gepresst. Als hätten sie nur auf dieses Zeichen gewartet, zogen auch die anderen ihre Schwerter klirrend aus den Scheiden und stürzten sich auf die vor Schreck erstarrten Gaukler.

»Durchsucht die Zelte. Ich will das rote Miststück!« Dabei wischte Dietrich von Keppel die blutige Klinge des Schwerts an seinem Wappenrock ab und wies auf die im Halbkreis stehenden Zelte. Zuletzt zeigte die Klinge auf das Vorratszelt, in dem sich Marcus und der Brabanter aufhielten. In diesem Moment ahnte Marcus, dass es um sie alle geschehen war. Schon in wenigen Augenblicken würden sie gemeinsam vor ihren Schöpfer treten. Wenn sein Leben noch einen Sinn hatte, dann bestand er darin, ein anderes zu retten – Walters Leben. Patty hatte davon gesprochen, dass Walter von Bisdomme wichtige Details erfahren hatte, die den Ausgang der bevorstehenden Schlacht beeinflussen könnten. Den Ausgang einer Schlacht, die diese gottverdammten Kerle, an welcher Seite sie auch immer kämpften, niemals siegreich überleben durften. Marcus bemerkte, dass Walter von Bisdomme direkt hinter ihm kniete und die feige Hinrichtung Dobbersteins mit angesehen hatte. »Du musst durch die Rückwand des Zeltes verschwinden. Ich lenke die Kerle ab«, sprudelte es aus ihm hervor. Er hatte Walter an den Schultern ergriffen und mit einem kurzen Nicken in die Tiefe ihrer Behausung gedeutet.

»Gott beschütze Euch. Es kommt der Tag, an dem ich Euch dafür danken werde.« Mit diesen Worten reichte ihm der Brabanter seinen Dolch und huschte lautlos zur Rückwand des Zeltes. Marcus zog die Waffe aus der Scheide und sprang durch den Zelteingang hinaus ins Freie.

Im gleichen Moment sah er, wie van der Keul von einem Schwerthieb zu Boden gestreckt wurde. Der Angreifer fing die Fackel im Herabfallen auf, die Jacobus noch kurz zuvor in der Linken gehalten hatte. Der Bewaffnete lachte kurz auf, dann warf er sie in hohem Bogen auf das Zelt des Ballkünstlers. Vor Feuchtigkeit knisternd, ging es in Flammen auf.

»Ihr räudigen Hunde!«, brüllte Marcus in die Nacht. Voller Wut umklammerte er entschlossen den Dolch des Brabanters. Todesmutig rannte er seinem Widersacher, den der Anführer Wolfhard genannt hatte, entgegen. Und wenn es das Letzte war, das er tat, er musste den Mann vom Vorratszelt weglocken. Nur mit Mühe tauchte Marcus unter dem mächtigen Schwerthieb des Recken hindurch und trat ihm mit aller Kraft in den Rücken. Wie ein Stein sackte Wolfhard zu Boden. Marcus wollte gerade zu einem weiteren Tritt gegen dessen Schläfe ansetzen, als ihn ein harter Schlag am Hinterkopf traf. Er verlor beinahe das Bewusstsein und spürte, wie seine Beine einknickten. Er sank auf den Morast und fiel klatschend in eine der Pfützen. Wie durch einen

Schleier sah er, dass Wolfhard sich wieder aufrichtete. Mit beiden Händen umfasste dieser den Griff seines Schwertes, das sogleich auf Marcus herniederfuhr. Ein Surren ertönte und der Recke stoppte abrupt in seiner wuchtigen Bewegung. Ein Dolch des Kroaten steckte tief in seiner Brust. Marcus drehte seinen Körper mit letzter Kraft zur Seite, und die herabstürzende Klinge verfehlte um Haaresbreite ihr Ziel. Knirschend bohrte sich die Spitze in den schlammigen Untergrund. Mühsam drehte Marcus den Kopf in die Richtung, aus der Nikos Dolch herangeflogen sein musste. Ihre Blicke begegneten sich, und wie durch einen dichten Nebel sah Marcus, dass nun auch der Kroate zu Boden sank. Das Lager um sie herum brannte. Der Schleier vor seinem Blick wurde dichter, und mit einem Mal sah er Pattys Lächeln, die drei Muscheln an Nikos Hals und Janssens Gesicht vor sich. Dann wurde ihm schwarz vor Augen.

❧

Nein, es gab keinen Zweifel. Er hatte die Entschlüsselung nun bestimmt zum hundertsten Mal durchgeführt und war keinen Schritt weiter gekommen. Immer wieder endete die Formel mit den Worten ›zur 40. Stunde‹. 40. Stunde? Das konnte einfach nicht stimmen. Schließlich hatte der Tag nur 24. Oder war die 40. Stunde nach einem bestimmten Ereignis, einem besonderen Augenblick gemeint? Er rieb sich die geröteten Augen, die aufgrund des schwachen Kerzenlichts und dieser unendlichen Müdigkeit schmerzten. Bereits während der Vigil waren ihm die Lider zugefallen. Die Oration, die diese frühe Gebetsstunde stets beendete, hatte er nur im Halbschlaf wahrgenommen, um im selben Moment aufzuschrecken – wie bei jeder Vigil. Sie war für ihn zu einer Glocke geworden. Eine Glocke, die ihn weckte und ihn zu seiner heimlichen Arbeit antrieb. Nacht für Nacht.

War es nur ein Zufall, dass das Wort, das sich hinter der Kombination A/4/2 verbarg, grammatikalisch an diese Stelle der Formel passte? Er wusste nicht mehr, wie oft er den Kodex zur Hand genommen und die Geheimnotiz überprüft hatte. Wie ein Blatt in einem Wasserstrudel kreisten seine Gedanken schneller und schneller um den einen Punkt, der in ein tiefes unergründliches Loch mündete.

Als er die dicke Stumpenkerze näher an das Schriftstück schob, stieß der Fuß der Kerze gegen eine Unebenheit auf seinem Schreibpult. Das gelblich schimmernde Wachs schwappte mit einem Klatschen auf das Pergament. Rasch hielt er schützend seine Hand auf die Seite des Kodexes, um zu verhindern, dass die heiße Flüssigkeit das Geheimnis für alle Zeiten unleserlich machte. Ein Brennen durchzog seine Haut.

Kurze Zeit hielt er inne. Dann löste er seine Hand langsam vom Pergament. Er hatte Glück gehabt, die Schrift war unversehrt geblieben. Glück? War es nicht eher ein unbeschreibliches Pech gewesen, dass er diese verfluchte Suche nicht durch eine Unachtsamkeit unverhofft beendet hatte? Doch die Vernichtung der geheimnisvollen Quelle hätte ihn – beabsichtigt oder unbeabsichtigt – nicht vor seinem Zorn gerettet. Nein, seine Unachtsamkeit hätte seine missliche Lage nur weiter verschlimmert.

Bedächtig nahm er das Brennglas zur Hand und beugte sich ganz nah über die Schrift. Auch heute kam er zu keinem anderen Schluss. Es waren eindeutig ein ›A‹, eine Vier und eine Zwei, die der mysteriöse Schreiber an dieser Stelle hinterlassen hatte. Seine Augen begannen wieder zu tränen. Er legte das Brennglas zur Seite und presste die Handballen auf die Augenlider. Blitzende Lichtpunkte tanzten durch das Dunkel. Sein Kopf drohte zu zerspringen. Hatte er vielleicht ein weiteres Kapitel übersehen? Hastig riss er die Hände von seinen Augen und begann, wild im Kodex zu blättern, ohne die Seiten mit der nötigen Vorsicht zu behandeln. Normalerweise war dies ganz und gar nicht seine Art. Für gewöhnlich umsorgte er die ihm anvertrauten Schriften beinahe wie eine Mutter ihre Kinder. Die Bücher wirkten auf ihn oft so zerbrechlich und waren von unersetzlichem Wert. Besonders dieser eine Kodex.

Er hielt inne. Wenn es ein weiteres Kapitel gab, das er bisher übersehen hatte und in dem sich das richtige Wort versteckt hielt, dann musste es ebenfalls mit einem ›A‹ betitelt sein. Was hatte es für einen Sinn, innerhalb eines Kodexes zwei Kapitel mit ein und demselben Buchstaben zu benennen? Welchen Sinn ergab dieser Titel überhaupt? Was bedeuteten ›A‹, ›T‹ und ›I‹? Würde ihn die Erkenntnis hierüber weiterführen? Seine Stirn schlug mit einem dumpfen Knall auf das Schreibpult. Er fühlte sich am Ende seiner Kräfte, und Tränen der Verzweiflung rannen auf das Pergament.

Als er den Kopf langsam wieder hob, erkannte er, was er angerichtet hatte. Die Schrift war verlaufen. Vorsichtig tupfte er die Buchstaben mit dem Ärmel trocken. Er starrte auf den verschmierten Text. War es ein Zufall oder Gottes Bestimmung? ›Und der Herr wird den Sünder strafen, der Gottesgleichheit sucht.‹

Der dritte Tag

MIT EINEM MAL verlor sich das pelzige Gefühl auf seiner Zunge. Der Rachen, der eben noch trocken gewesen war, sog die Feuchtigkeit auf wie ein verdorrtes Stück Moos, auf das die ersten Regentropfen fielen. Der wenige Speichel, der sich nach und nach bildete, schmeckte salzig. Unsagbar langsam löste sich das verkrustete Blut von seinem Gaumen. Die Lebensgeister schienen in ihn zurückzukehren. Nur sein Schädel fühlte sich an, als wolle er in tausend Teile zerspringen. Ein widerlicher Gestank nach Verbranntem und feuchter Erde stieg ihm in die Nase. Vorsichtig öffnete Marcus die Lider. Gleißendes Sonnenlicht stach ihm in die Augen, und das Pochen in seinem Kopf wurde schlagartig noch heftiger. Erst als er sich an die Helligkeit des Tages gewöhnt hatte, erkannte Marcus das finstere Augenpaar genau über sich. Niko, der Kroate, kniete an seiner Seite und flößte ihm aus einem Becher Wasser ein.

»Nicht so hastig«, ermahnte er Marcus ruhig. Trotz seines Zustandes fiel dem Verletzten sofort auf, dass dies die ersten Worte waren, die der undurchsichtige Messerwerfer zu ihm gesprochen hatte, seit sie sich zum ersten Mal begegnet waren.

»Was ist geschehen?«, fragte Marcus unsicher. Auch ohne eine Antwort kam die schmerzliche Erinnerung sogleich zurück. Er sah wieder, wie Dietrich von Keppel dem liebenswerten Dominikus den Kopf abschlug, der dicke Rudolf schreiend zu Boden stürzte und van der Keul blutend in den Morast sank. Marcus durchfuhr ein ungeheurer Schreck. Was war mit Patty geschehen? Suchend riss er den Kopf herum, doch der Schmerz stoppte abrupt seine hastige Bewegung.

»Sie haben sie mitgenommen«, erklärte der Kroate, der seine Gedanken erahnt haben musste. Sein eigentümlicher Akzent verstärkte die Traurigkeit, die aus seiner Stimme klang.

Marcus verspürte einen Stich, als sei eine Schwertspitze geradewegs in sein Herz eingedrungen. Einen Moment später fing er sich und fragte heiser: »Was ist mit den anderen?«

Niko schüttelte fast unmerklich den Kopf. »Tot.« Mit einem kurzen Nicken wies er zum Bach hinüber, wo Marcus sieben frische Erdhügel erkannte. Ihm fiel auf, wie lange er ohne Bewusstsein gewesen sein musste. Hatte der Kroate sie ganz allein unter die Erde gebracht?

Vorsichtig blickte Marcus sich um. Um ihn herum lagen die verbrannten Reste des Gauklerlagers. Hier und da stiegen immer noch kleine Rauchsäulen auf, die in der Abendsonne unheimlich wirkten.

»Es ist nicht viel übrig geblieben. Es bleibt nie viel übrig«, flüsterte Niko tonlos. Abseits des Gauklerlagers war der morastige Boden umgepflügt, als seien Hunderte von Bauern mit ihren Eggen über das Land gefegt. Das Heer war fortgezogen, wie Rudolf es angekündigt hatte. Nur tiefe Wagenspuren und Hufabdrücke waren zurückgeblieben, wo gestern noch das riesige Lager gestanden hatte. Quälende Einsamkeit überkam Marcus und ließ ihn die körperlichen Schmerzen beinahe vergessen. Er durfte nicht in Selbstmitleid verfallen.

Niko beobachtete mit sorgenvoller Miene, wie Marcus sich mit schmerzverzerrtem Gesicht aufrichtete. Irgendwie musste es weitergehen. »Jetzt, wo du wieder bei Sinnen bist, werde auch ich aufbrechen.«

»Wohin gehst du?«, wollte Marcus zögerlich wissen. Er war erstaunt, wie vertraut ihm der eigenartige Gaukler mit einem Mal geworden war. Der schaute ihn nur wortlos an und umklammerte die drei Muscheln, die an dem Lederband um seinen Hals hingen. Sofort erwachte dieser Verdacht in Marcus wieder. Der Verdacht, der Kroate sei der Reliquiendieb und Mörder, durch dessen schändliches Tun er in seine gegenwärtige Lage geraten war. Konnte er diesem Kerl trauen? Hatte er nicht seinetwegen sein Heim, sein gerade gefundenes Zuhause verloren? Wenn Niko wirklich dieser skrupellose Mörder war, warum hatte er sich um ihn gekümmert, als er bewusstlos gewesen war? Warum hatte ihn der Kroate nicht einfach allein zurückgelassen? Verunsichert wich Marcus ein Stück zurück.

Niko presste die Faust noch fester zusammen, bis sich seine Knöchel weiß färbten. »Ich folge dem Heer«, gab er kurz zur Antwort. Marcus traute seinen Ohren nicht. Dem Heer folgen, dem drohenden Tod? Er stellte sich vor, was Dietrich von Keppel und seine Männer mit ihm anstellen würden, wenn sie feststellten, dass einer der Spielleute noch am Leben war. Einer, der von ihren brutalen Morden zu berichten wusste – auch wenn es sich bei ihren Opfern ›nur‹ um Gaukler gehandelt hatte. Der Kerl war offenbar wahnsinnig geworden.

Dann fragte er sich, wohin er selbst gehen würde. Zurück nach Neuss zu den Janssens konnte er nicht. Aber da war ja auch noch Gernot Thelen, der Ziegenhirte. An seiner Seite hatte er die glücklichsten Stunden seines Lebens verbracht. Es war eine wunderbare Zeit gewesen, draußen auf dem Hof bei dem langen Schlaks. Ein Lächeln huschte über seine Züge und gefror geradewegs. Waren dies wirklich die glücklichsten Momente in seinem Leben gewesen? Er musste an Patty denken und schämte sich angesichts seiner Gedanken. »Ich komme mit dir!«, verkündete er entschieden.

Der Kroate drehte sich erstaunt zu ihm um und starrte ihn ungläubig an. »Ich verstehe nicht. Du willst mit mir gehen? Das Heer wird sich nicht lange in der Abtei Brauweiler aufhalten. Schon bald werden sie in eine Schlacht ziehen. Und diese wird angesichts der Menge an Bewaffneten nicht in einem kleinen Scharmützel enden. Nicht umsonst hat Erzbischof Siegfried über 5.000 Mann um sich geschart. Es wird ein Blutbad geben – wessen Blut auch immer fließen wird.«

»Das ist mir gleich. Die Schlacht interessiert mich nicht einen Heller. Ich muss zu Patty!« Mühevoll, aber entschlossen kam Marcus bei diesen Worten auf die Beine.

Der Kroate lächelte kopfschüttelnd, dann verhärteten sich seine Züge wieder zu einer steinernen Maske. »Wie du meinst. Ich packe nur noch die Dinge zusammen, die mir geblieben sind, dann brechen wir auf. Auch wenn der Tross nicht allzu schnell vorankommt, sie haben schon einige Stunden Vorsprung.« Bestätigend nickte Marcus dem Kroaten zu, dessen Augen sich noch mehr zu verfinstern schienen. »Glaub ja nicht, dass ich dir die Amme ersetze! Du bist für dein Tun allein verantwortlich. Wie mir scheint, haben wir beide unsere eigenen Gründe, dem Tod ins Antlitz zu schauen, und so sind wir auch beide auf uns selbst gestellt, unsere Sache zu Ende zu bringen.«

Was immer das Ziel dieses Mannes war, einen Teil des Weges würden sie gemeinsam gehen. Als Zeichen ihres Bundes streckte Marcus ihm seine Hand entgegen. Doch Niko zog missmutig die buschigen Augenbrauen zusammen, umklammerte erneut die Muscheln an seinem Hals und wandte sich ab.

Marcus war nichts geblieben, das er hätte zusammenpacken können, und so stocherte er eine Weile in den verbrannten Überresten, auf der Suche nach etwas, das sich als Waffe in einer Schlacht eignen könnte. Auf die verkohlten Jonglierkeulen des Jacobus stieß er, fand den verbrannten Rest eines Dudelsacks. Mit jedem Stück, das seine Erinnerung an den gestrigen Abend wachrüttelte, wuchsen seine Zweifel, ob die Entscheidung richtig war, der Gefahr hinterherzulaufen. Im gleichen Augenblick sah er Patty vor sich, und seine Unsicherheit war schlagartig verschwunden. Die Kerle hatten sie mitgenommen, also musste sie noch am Leben gewesen sein. Und da diese Verbrecher sie nicht an Ort und Stelle getötet hatten wie die anderen, lebte sie bestimmt auch jetzt noch. Er musste zu ihr!

Kurze Zeit später gab er die Suche in den Überresten nach etwas Brauchbaren auf und ging hinüber zu Niko, der nahe am Bach kauerte. »Wir können aufbrechen«, rief Marcus ihm von Weitem zu. Der Kroate schien aus fernen Gedanken aufzuschrecken. Eilig raffte er ein Bündel zusammen, das gerade noch vor ihm auf dem Boden gelegen hatte. Etwas verstohlen schaute er über seine Schulter, als er das Knäuel unter seinem dunklen Umhang verschwinden ließ. Erst dann richtete er sich auf und kam zu Marcus hinüber, der einige Schritte entfernt stehen geblieben war.

Stumm verließen sie das ausgebrannte Lager und folgten wortlos den Spuren, die aus dem Morast hinausführten.

⁖

»Aufgeben? Niemals!« Abt Heinrich war außer sich. »Nur weil Ihr unfähig seid, das Rätsel zu lösen, sollen wir den Weg hier enden lassen? Euch ist hoffentlich klar, dass Gott Euch allein für den Versuch büßen lassen wird. Und wenn er Euch schon jämmerlich die Qualen des Höllenfeuers erleiden lassen wird, soll es sich dann nicht zuvor gelohnt haben?«

»Aber ...«

»Kein aber! Ihr seid bereits zu weit gegangen, als dass Ihr umkehren könntet.« Unvermittelt wich die Wut aus seiner Stimme, die sogleich einen väterlichen Ton annahm. Fürsorglich legte der Abt den Arm um die Schulter des jungen

Benediktiners. »Wenn ich nicht davon überzeugt gewesen wäre, dass Ihr es seid, der es schaffen kann, das Geheimnis zu entschlüsseln, so hätte ich Euch niemals mit dieser Aufgabe betraut. Ihr seid der hellste Kopf in unserem Kloster und allein gescheit genug, das Rätsel zu lösen. Vielleicht sollten wir die Suche gemeinsam fortsetzten.« Abt Heinrich nahm den Arm zurück und rieb die Spitze seines knochigen Zeigefingers am linken Nasenflügel. Dabei ging er ein paar Schritte zu dem kleinen Fenster hinüber. Unvermittelt drehte er sich um. »Ihr habt von den drei Kapiteln gesprochen, die mit ›A‹, ›I‹ und ›T‹ betitelt sind. Sagt, was bedeuten diese Buchstaben?«

»Ich weiß es nicht.« Der junge Mann blickte beschämt zu Boden.

»Ihr wisst es nicht?« Mit energischem Griff packte der Abt den Geistlichen an der Schulter und schüttelte ihn. »Was haben denn die Textstellen der Kapitel gemein?« Der Griff wurde ungeduldig.

Der Junge hätte sich selbst ohrfeigen können. Immer wieder war er die Systematik der Entschlüsselung durchgegangen, hatte Textstelle für Textstelle überprüft, doch nach einer Gemeinsamkeit innerhalb des Kapitels zu suchen, darauf war er nicht gekommen. »Lasst uns zusammen nachschauen!«, rief er mit gespielter Unbekümmertheit und befreite sich aus dem Griff des Abtes. Hastig trat er einen kurzen Schritt in Richtung Tür, aber die Hand krallte sich umgehend wieder in das grobe Leinen seiner Kutte.

Zornig und mit hochrotem Kopf fuhr der Klostervorsteher ihn an: »Seid Ihr des Teufels? Ihr wollt allen Ernstes, direkt nach der Prim, am helllichten Tage ins Skriptorium laufen und in dem Kodex blättern? Vielleicht können die anderen ja ihre Abschriften ruhen lassen und uns helfen!« Heinrich von Rennenberg versetzte ihm eine schallende Ohrfeige, wie sie ein solcher Dummkopf in seinen Augen nur verdient hatte. Zeitgleich klopfte es an der Tür des Abthauses. »Herein«, brummte Heinrich, immer noch verstimmt, und die Tür öffnete sich.

Ein Novize trat ein und verneigte sich kurz. »Ich bitte um Vergebung, wenn ich Euch im geistlichen Gespräch störe, verehrter Abt, aber der neue Prior ist bereits in der gestrigen Nacht eingetroffen und wünscht, Euch begrüßen zu dürfen.« Noch bevor der Angesprochene antworten konnte, trat Bruder Lucius über die Schwelle und hinkte am Novizen vorbei in Richtung des Abtes. Das Geräusch seines Gehstocks schallte durch den Raum und durchbrach die angespannte Stille.

»Gewiss, ich vergaß«, sammelte Abt Heinrich seine Gedanken. »Ihr könnt beide wieder an Eure Arbeit gehen.« Mit einer ausladenden Handbewegung scheuchte er den gerade erschienen Novizen und den jungen Mönch aus dem Raum. Letzterer verneigte sich mit auffallender Demut vor dem Abt und ging an Lucius vorbei zur Tür. Dabei hob er seinen Kopf kurz an und schaute in die Augen des neuen Priors. Sie waren alt und schauten grimmig drein. Andererseits meinte der junge Mann, etwas Warmes in ihnen erkannt zu haben. Irgendwo tief in ihrem Inneren. Ob dieser Alte vielleicht der erhoffte Ausweg aus seinem Dilemma war?, fragte sich der Ordensbruder, als er die Tür leise hinter sich schloss.

Auch Lucius erfüllte die flüchtige Begegnung mit Neugierde. Er konnte nicht sagen, woran es lag, aber irgendwie spürte er eine eigenartige Spannung zwischen dem jungen Mönch und seinem Abt. Das lag nicht daran, dass der Klostervorsteher diesen demütigen Benediktiner eben noch schallend geohrfeigt hatte. Dass die Backpfeife heftig gewesen sein musste, daran gab es keinen Zweifel. Wie wäre sonst dieser purpurrote Handabdruck auf seine Wange gekommen? Eine Ohrfeige allein war nichts Ungewöhnliches, aber vielleicht gab es ja zwischen den beiden etwas, das man zu einem späteren Zeitpunkt einmal nutzen konnte. Lucius hatte gelernt, auch noch so kleine Schwächen seiner Mitmenschen gedanklich zu speichern, um sie zu gegebener Zeit gegen sie auszuspielen.

Der Abt riss ihn aus seinen Gedanken. »Ihr seid allein zu uns gekommen, Mattäus?«

»Verzeiht, verehrter Abt, aber mein Name ist Lucius.«

»Lucius, der Sekretär? Aber der Novize sagte, der neue Prior wolle vorsprechen.«

»Gewiss.« Der Alte reichte ihm das Schriftstück. »Falls ihr Euch wundert, dass das Siegel des Erzbischofs bereits zerbrochen ist – Euer Portarius war so freundlich, Euch diese Arbeit abzunehmen.« Trotz seiner Ironie klang die Stimme wohlmeinend.

Mit skeptischer Miene entfaltete Heinrich von Rennenberg das Schreiben und überflog die Zeilen. Dann taxierte er den Neuankömmling mit missmutigem Blick. »Ehrlich gesagt hatte ich auf einen jüngeren Stellvertreter gehofft. Gerade jetzt, wo es in den nächsten Tagen viel zu tun geben wird. Euer bisheriger Dienstherr, Erzbischof Siegfried von Westerburg, wird schon bald mit einem riesigen Heer hier eintreffen.«

Lucius gefror bei diesen Worten das Blut in den Adern. Akribisch hatte er sich den Plan zurechtgelegt, wie er diesen Mattäus loswerden und darüber hinaus in Brauweiler die Stelle des Priors einnehmen könne. Und nun das! Die Kriegsvorbereitungen waren ihm nicht verborgen geblieben, aber dass der Erzbischof mit seinen Bewaffneten hierher ziehen würde, hatte er nicht geahnt. Keuchend rang er nach Luft.

»Fühlt Ihr Euch nicht gut?«, erkundigte sich der Abt besorgt.

»Doch, doch. Es ist vermutlich nur die Anstrengung der beschwerlichen Reise.« Mit kreidebleichem Gesicht sank der Alte auf einen der Schemel, die neben dem Schreibpult standen. »In den nächsten Tagen schon, sagt Ihr?«

»Ja, gewiss, aber macht Euch darum keine Sorgen. Ich werde Euch erst einmal ins Infirmarium bringen lassen. Der Krankenmeister wird Euch dort einen Kräutersud zur Stärkung geben. Und Ihr werdet sehen – bis Erzbischof Siegfried eintrifft, werdet Ihr schon wieder auf den Beinen sein und ihn begrüßen können.«

Diese Begegnung möge Gott verhüten!, dachte der Alte und atmete tief durch.

∾

»Ihr solltet den Becher vollständig leer trinken, Prior Lucius.« Der Infirmarius schaute seinen Patienten streng an, dann blickten die kleinen Augen des rundlichen Mannes schon wieder freundlich drein. Etwas verschämt lächelte er den Alten an. »Ich hoffe, es ist Euch recht, dass ich Euch so anspreche, auch wenn Ihr noch nicht in Euer neues Amt eingeführt wurdet?«

Lucius setzte den Becher widerwillig an die Lippen und nickte dem Krankenmeister gleichzeitig zu. Es war ihm gleichgültiger denn je, ob ihn einer dieser Einfaltspinsel mit seinem zukünftigen Titel ansprach oder nicht. Auch die Bitterkeit des Kräutersuds, der ihm zur Stärkung gereicht wurde, ließ ihn völlig kalt. Viel bitterer wirkte die Neuigkeit, die ihm der Abt soeben mitgeteilt hatte. Die Nachricht, dass sein ehemaliger Dienstherr, der Erzbischof von Köln, schon bald in Brauweiler eintreffen würde, beschäftigte ihn mehr als alles andere. Wie sollte er es nur anstellen, dass dieser ihm nicht in der Rolle des designierten Priors begegnete und feststellen musste, dass sein Zögling, Bruder Mattäus, verschwunden war? Auch von dem gefälschten Schreiben durfte Siegfried von Westerburg auf keinen Fall erfahren. Im Krankenlager saß er auf jeden Fall in der Mausefalle und würde nicht einmal fliehen können, wenn es zum befürchteten Eklat käme. Irgendwie musste er es schaffen, hier wieder herauszukommen, ohne dass der Klostervorsteher Verdacht schöpfte. Auch wenn er erst seit ein paar Stunden hier war, so hasste er diese Krankenstation. Als wären seine Aussichten nicht schon schlimm genug, meinte er in der stickigen Luft den Geruch des Todes wahrzunehmen. Er wollte sich gar nicht erst ausmalen, wie viele arme Mönchlein dieser Quacksalber mit seinen verdammten Kräutermischungen schon zu Tode gepflegt hatte. Das schleimige Lächeln des Dicken hatte ihn schon nach wenigen Minuten angewidert. So oder so musste er diesen Ort des Elends schnellstens verlassen. Doch wie?

Bitter rann der Sud seinen Rachen hinunter, als er unsanft aus seinen Überlegungen gerissen wurde. Es hatte an der Tür geklopft, die sich Sekunden später öffnete. Der junge Mönch trat ein, den Lucius eben erst im Gespräch mit dem Abt gestört hatte, als er dem Klostervorsteher seine morgendliche Aufwartung machen wollte.

»Gut, dass Ihr kommt.« Mit offenen Armen ging der Infirmarius, der Lucius' Ablehnung gespürt haben musste, auf den jungen Mann zu. »Seid so gut und leistet unserem Prior Gesellschaft. Ich muss rasch hinüber zu Bruder Paulus und nach seinem verstauchten Knöchel sehen. Trotz der Ruhe, zu der ich ihm geraten habe, verrichtet er schon wieder seine Arbeit im Kräutergarten.« Kaum hatte der junge Mönch das Zimmer betreten, war sein dicker Ordensbruder schon an ihm vorbei zur Tür gewatschelt. Kurz vor der Schwelle drehte er sich nochmals hastig um. »Achtet bitte darauf, dass Prior Lucius den Becher leer trinkt. Ich bin gleich zurück«, zischte er und war sofort darauf verschwunden.

Mit einer kurzen Kopfbewegung verneigte sich der Neuankömmling vor dem Prior und stand etwas verlegen am unteren Ende der Pritsche. Nervös trat er von einem Fuß auf den anderen.

Lucius registrierte seine Unsicherheit wohlgefällig. Sie würde sich gut nutzen lassen, um mehr darüber zu erfahren, was ihn auf so seltsame Art mit dem Abt verband. »Bruder, nehmt dort diesen Schemel und setzt Euch ein wenig zu mir.« Hastig kam der Mönch der Aufforderung nach. Kaum hatte er sich niedergelassen, begann der Alte ungeduldig das Gespräch. »Was führt Euch zu mir?«

»Ich hörte von Eurem Schwächeanfall und wollte nachsehen, ob ich etwas für Euch tun kann. Ich bin der Bibliothekar der Abtei und könnte Euch eine Schrift bringen, in der Ihr zur Entspannung ein wenig lesen könnt. – Ach, ich vergaß. Vielleicht strengt es Euch zu sehr an? Ich könnte auch daraus vorlesen.« Die Worte sprudelten nun nur so aus dem Mund des jungen Mannes heraus, und seine Stimme überschlug sich.

»Das ist sehr freundlich von Euch. Aber ich glaube nicht, dass dies momentan das Richtige für mich wäre«, entgegnete der Greis. Nach einer frommen Lektüre stand ihm nun wirklich nicht der Sinn. Mit enttäuschter Miene wollte sich der junge Geistliche bereits wieder erheben, doch der Alte hielt ihn am Ärmel seiner Kutte zurück. »So wartet. Ich bin erst gestern hier angekommen und interessiere mich natürlich dafür, wohin mich der Weg Gottes geführt hat. Sagt, was ist Abt Heinrich für ein Mensch?«

Verdutzt und gleichzeitig verlegen schaute der Mönch den Fragenden an.

»Ich meine, sorgt er sich um seine Schäfchen, die ihm der Herr hier in diesen Klostermauern anvertraut hat? Wie steht er beispielsweise zu Euch?« Lucius spürte, dass er einen wunden Punkt getroffen hatte, denn der Bibliothekar errötete und rutschte bei dieser Frage wieder unruhig auf dem Schemel hin und her.

»Ich glaube, ich sollte gehen. Gewiss werdet Ihr Euch
schon bald ein eigenes Bild machen. Es wäre nicht gottgefällig, wenn ich den Stab über meinen Hirten bräche.«

Erneut wollte sich der Mönch erheben, als Lucius ein
plötzlicher Gedanke kam. »Ich wollte Euch nicht in Verlegenheit bringen«, säuselte der Alte, der durch die Reaktion
seines Gegenübers bereits genug erfahren hatte. Zumindest
fürs Erste. Sein Augenmerk galt nun wieder der dringlichen
Frage, wie er sich in diesem Gemäuer vor dem nahenden
Erzbischof verstecken konnte. »Ihr spracht eben von den
Schriften, für die Ihr verantwortlich seid. Ist denn die Abtei
im Besitz einer großen Sammlung?«

»Das will ich meinen!« Voller Stolz richtete sich der
Ordensmann auf, und seine Betretenheit war verschwunden.

Langsam versuchte Lucius, sich auf seinem Krankenlager aufzusetzen. »Dann lasst uns hinüber zum Skriptorium
gehen. Zu gerne will ich mir mit Euch zusammen die Schriften
ansehen.«

Reflexartig sprang der Angesprochene auf, um dem Alten
zu helfen. »Und Ihr meint, Ihr seid bereits kräftig genug,
Euer Krankenlager zu verlassen?«, wollte er ehrlich besorgt
wissen. »Was wird der Infirmarius dazu sagen?«

Lucius ging gar nicht auf die Frage ein und griff nach
seinem Gehstock, der am Kopfende der Pritsche lehnte.
»Kommt, lasst uns gehen. Ich kann meine Neugierde nur noch
schwerlich zurückhalten. So, wie Ihr es voller Stolz betont,
ist die Sammlung sicher beachtlich. Die Zerstreuung inmitten Eurer wunderbaren Werke voller Gotteslob wird mir gut-
tun.« Überraschend wendig stand er bei diesen Worten auf
den Beinen und schob den Bibliothekar in Richtung Tür. Das
ungleiche Paar verließ das Krankenzimmer.

∼

Rabenschwarze Wolken waren am Himmel aufgezogen und warfen ein schier unwirkliches Licht auf die Weite der Felder. Nur über die Anhöhe, die vor ihnen lag, zog sich ein heller Streifen. Die breiten Furchen, die die unzähligen Wagenräder zurückgelassen hatten, bahnten sich ihren scheinbar unaufhaltsamen Weg in Richtung Horizont. Der heftige Regen des Vorabends musste auch hier niedergeprasselt sein und hatte den lehmigen Untergrund aufgeweicht. Die tiefen Hufabdrücke links und rechts der Wagenspuren ließen beinahe die Kraft der Tausenden von Schlachtrössern erahnen, die erst vor Kurzem über das Land gezogen waren. Stumm folgten die beiden Männer den Abdrücken. Sie hatten kein Wort miteinander gesprochen, seit sie vor etwa sechs Stunden vom verwüsteten Lagerplatz vor den Toren der Stadt Neuss aufgebrochen waren. Auch wenn die unverkennbare Spur das Einzige war, das sie bislang von dem gewaltigen Heer gesehen hatten, so hoffte Marcus, dass sie die Truppen bald erreichen würden. Ohne jegliches Gepäck kamen sie gut voran. Der Strom der Bewaffneten, der sich wie eine gewaltige Raupe durch die Landschaft fraß, konnte einfach nicht schneller sein als sie. Schließlich würden die weit über 1.000 Fußsoldaten das Heer der Berittenen in ihrem Vorankommen bremsen. Langsam merkte Marcus, wie seine Kräfte schwanden. Immer wieder trat er auf den Rand einer Furche und kam ins Straucheln. Niko hingegen schritt energisch und entschlossen voran. Er hatte bereits vor ihrem Aufbruch erklärt, dass jeder von ihnen auf sich allein gestellt sein würde, und so drehte er sich nicht einmal um, als Marcus zurückblieb.

Verdammter Eigenbrötler!, dachte Marcus und beschleunigte seinen Schritt, um den Vorsprung des Kroaten nicht noch größer werden zu lassen. Auch wenn er die Zähne immer wieder zusammenbiss, fühlte er, dass er am Ende seiner Kräfte war. Unter normalen Umständen hätte er einen solchen Marsch leicht bewältigt, doch das schmerzhafte Pochen in seinem Schädel wurde wieder heftiger. Von einem Ritter niedergestreckt zu werden, war für ihn nun einmal kein ›normaler Umstand‹. Und so fragte er sich, warum er diese Strapazen auf sich nahm; warum er einem Heer von Männern nachlief, von denen brutale Gewalt und die Vorahnung eines baldigen Todes ausgingen. Noch dazu zusammen mit einem finsteren Gesellen, der eine Reliquie von ihrem gottgewollten Ort geraubt und dabei einen harmlosen Priester skrupellos ermordet hatte. Nur zu genau wusste er die Antwort: Patty. Immer wieder erschien ihr verführerisches Lächeln vor seinen Augen, meinte er den Geruch ihrer Haut wahrzunehmen, ihren weichen Körper auf seinem zu spüren. Die Gedanken an sie gaben ihm immer wieder neue Kraft. Sie hatte ihn zum Mann gemacht, und wie ein Mann wollte er nun für sie kämpfen, sich durchschlagen, bis er sie aus den Klauen dieses niederträchtigen von Keppel befreit hatte. Auch wenn er noch keinen Einfall hatte, wie er es anstellen sollte, sie diesem versoffenen Mörder zu entreißen. Lieber wollte er in einem ungleichen Kampf sterben, als es unversucht zu lassen. Er spürte, wie Mut und Stärke in ihm aufstiegen. Auch die Vorstellung, dass Niko der Reliquienmörder sein könnte, machte ihm keine Angst mehr.

Er hatte den Kroaten gerade eingeholt, als der erste Blitz herniederzuckte. Das mächtige Grollen des Donners ertönte umgehend und riss Marcus aus seinen Gedanken. »Glaubst du, das Heer ist noch weit entfernt?« Zum ersten Mal seit Stunden sprach er ihn nun an, doch der Kroate schien seine Worte gar nicht wahrzunehmen. Regungslos starrte er vor sich hin und beschleunigte, trotz der Steigung, die sie nun erreicht hatten, nochmals seinen Schritt. Während Marcus Mühe hatte, auf gleicher Höhe mit ihm zu bleiben, schaute er sorgenvoll zum düsteren Abendhimmel empor und hatte den Eindruck, dass die Wolken noch dunkler geworden waren. Der Wind trieb das Unwetter geradewegs auf sie zu. Schon fielen die ersten dicken Regentropfen, die schnell durch Marcus' dünnes Leinenhemd drangen. Bereits kurze Zeit später spürte er die Nässe am ganzen Körper. Unweigerlich musste er an den gestrigen Abend denken. Jenen schrecklichen Abend, der ihn so brutal aus seinem unerwarteten Glück gerissen hatte. Voller düsterer Gedanken setzte er seinen Weg schweigend fort.

Es waren nur noch wenige Meter, bis sie den Zenit der Anhöhe erreicht hatten. Bei jedem Tritt quoll Regenwasser aus dem Erdreich und schwappte über ihrem durchnässten Schuhwerk zusammen. Der vor Anstrengung pulsierende Rhythmus seines Herzschlags dröhnte in Marcus' Schädel, und nur leise hörte er das gleichmäßige Atmen des Mannes neben ihm. Mit unverändert starrem Blick fixierte der Kroate den flachen Gipfel vor ihnen. Hinter dem Hügel würden sie einen weiten Ausblick auf die dahinterliegende Ebene haben und endlich das Heer der Bewaffneten zu sehen bekommen.

Als sie die Kuppe überwunden hatten, verlangsamte Niko merklich seinen Schritt. Auch er hatte offensichtlich erwartet, jetzt hinunter auf die Truppen des Erzbischofs zu blicken. Doch vor ihnen lag eine menschenleere Ebene, an deren Ende sich ein dichtes Waldstück erstreckte. Dort war eine Kate zu sehen, aus deren Kamin sanfter Rauch aufstieg. Mit einer Spur von Resignation in den Augen blieb der Kroate stehen. Marcus legte dem Mann, der ihn mit seinem eisernen Willen bis hierhin gezogen hatte, die Hand auf die Schulter. Niko zuckte bei der Berührung zusammen und riss sich sofort los.

»Ich brauche deinen Trost nicht. Ich gehe meinen Weg allein«, raunte er und setzte sich langsam wieder in Bewegung. Marcus folgte ihm den Hügel hinunter.

»Und hier vorne bewahren wir unsere wertvollsten Stücke auf.« Voller Eifer wies der junge Bibliothekar auf ein Regal, das bis zur Decke ragte. Auf der rechten Seite stand eine schmale Holzleiter, die er nun zielstrebig an das oberste Brett lehnte. Flink sprang er ein, zwei Sprossen hinauf und zog sorgsam einen Kodex heraus, bevor er, nun mit besonderer Vorsicht, wieder hinunterstieg. Er trug die Schriftsammlung auf seinen ausgestreckten Unterarmen, als servierte er am Hofe des Königs eine der köstlichsten Speisen. Mit dem Ellenbogen schob er die Utensilien, die auf einem der Schreibpulte lagen, achtlos beiseite. Dabei fiel ein Federkiel zu Boden und verteilte seine Tinte in groben Klecksen auf dem grauen Steinboden. Er schien sein Missgeschick völlig zu ignorieren und legte den Kodex vorsichtig auf der Holzfläche ab. Die Brüder, die im Skriptorium ihren Dienst verrichteten, hatten bereits ihr Tagewerk beendet und waren zur abendlichen Gebetsstunde zusammengekommen. Der junge Mönch war froh, dass er den Prior auf diese Weise ungestört in seine Welt der Schriften entführen konnte. Gewiss, auch er sollte sich zu dieser Zeit in der Klosterkirche befinden, doch der Infirmarius hatte ihn glücklicherweise mit der Betreuung des erkrankten Priors beauftragt.

»Haltet die Kerze ein wenig dichter heran, Prior Lucius. So könnt Ihr dieses wunderbare Werk besser genießen.« Gelangweilt tat der Alte, wie ihm gesagt wurde. Die Augen des jungen Bibliothekars hingegen strahlten eine kindliche Vorfreude aus, als er den Schriftenband aufschlug und ungeduldig ein paar Seiten weiterblätterte. Endlich hatte er die Stelle gefunden, die er gesucht hatte, und strich zärtlich über das Pergament. Ein prächtiges Bild, das Gottes Sohn am Palmsonntag zeigte, bedeckte die halbe Seite. Selbst im fahlen Kerzenschein leuchteten die Farben ungewöhnlich strahlend. Darunter floss der Text in einer akkuraten Schrift dahin, deren Buchstaben mit äußerster Präzision auf das Pergament gebracht worden waren. Goldverzierte Palmzweige umrahmten den Text.

»Dies ist die prunkvollste Abschrift des Lukasevangeliums, die Ihr je gesehen habt?« Erwartungsvoll schaute der Ordensbruder zu Lucius auf. Auch wenn dieser dem Bibliothekar zustimmen musste, gelang ihm nur ein gequältes Lächeln. Ihm war klar, dass er sich zusammenreißen musste, wenn er das Vertrauen des Jungen gewinnen wollte.

»Ihr habt recht! Es ist eine wunderbare Schrift, die gewiss Gottes Wohlgefallen erfährt und seiner würdig ist. Ihr könnt Euch glücklich schätzen, der Hüter dieses Werks zu sein.« Wenn es nicht dieser Mönch gewesen wäre, der ihn aus der bedrohlichen Enge des Krankenzimmers befreit hätte, so hätte Lucius bei seinen Worten laut aufgelacht oder sich gar aus Ekel vor seiner eigenen schleimigen Heuchelei über dem Kodex erbrochen. Der Bibliothekar hingegen ahnte nicht, wie dem Greis zumute war. Er erfreute sich einfach nur an der vermeintlichen gemeinsamen Bewunderung des Kunstwerks. Er hatte sich wohl nicht geirrt, als er im Zimmer des Abtes die Wärme hinter dem mürrischen Blick des neuen Priors entdeckt zu haben glaubte.

Lucius wollte sich bereits zum Gehen abwenden, als er mit geschultem Gespür eine innere Veränderung an dem jungen Mann bemerkte. Seine kindliche Freude war schlagartig einer Unentschlossenheit, einer eigenartigen Nervosität gewichen. Der Greis wusste instinktiv, dass dem Mönch etwas auf der Seele brannte, etwas, das er ihm nun anvertrauen wollte.

»Ich würde Euch gerne noch eine weitere Schrift zeigen«, stammelte der Bibliothekar aufgeregt.

Hatte sich Lucius getäuscht? Ging es nur um ein weiteres dieser wurmstichigen Bücher, mit dem er ihn langweilen wollte? Nein, so aufgeregt, wie der Junge nun mit fieberroten Wangen auf und ab tänzelte, steckte mehr dahinter.

»Aber gern«, säuselte der Alte mit unmittelbar wiederkeh-
render, wenn auch übertrieben wirkender Freundlichkeit.
Erleichtert und verschwörerisch zugleich bedeutete der Bibliothekar, ihm zu folgen. Langsam führte er seinen Begleiter
in den hintersten Winkel des Skriptoriums. Das Geräusch
des Gehstocks auf den Steinplatten hallte durch das leere
Gemäuer. Vor einem Stapel aus Schriftsammlungen und
Pergamentrollen, die achtlos auf dem Boden aufgeschich-
tet lagen, blieb der Jüngere stehen. Ohne die Rücksicht, mit
der er eben noch gehandelt hatte, schob er die Schriften mit
dem Fuß beiseite und beugte sich hinter den Stapel. Offensichtlich tastete er nach etwas. Erst jetzt bemerkte Lucius,
dass das Regal, hinter dem sich sein Begleiter zu schaffen
machte, ein wenig weiter vorstand als die anderen. Ein leises Stöhnen der Anstrengung ertönte, als der Bibliothekar
nun einen halb zerfallenen Kodex hervorzog. Zögerlich
drehte er sich zum vorgeblichen Stellvertreter des Abtes
um. Im gleichen Augenblick kehrte jene Unentschlossenheit in seinen Blick zurück. Angespannt stand er da und
umschlang das Buch mit beiden Armen. Fest presste er es
an seinen hageren Körper. Im Schein der Kerze erkannte
Lucius die Aufschrift: ›CODEX VIVACITAS‹ – ›Kodex der
Lebenskraft‹.

Die Sekunden, in denen sie einander stumm und regungslos gegenübergestanden hatten, kamen ihnen wie Stunden
vor. Lucius ahnte, dass es mit dieser Schriftsammlung etwas
ganz Besonderes auf sich hatte, das ihn bereits in seinen
geheimnisvollen Bann gezogen hatte. Der junge Geistliche
zögerte immer noch und überlegte angespannt, ob er sich
tatsächlich an den hoffnungsvollen Strohhalm klammern
und sich dem neuen Prior anvertrauen sollte. Er fragte sich,
wie er es anstellen könnte, seinen vermeintlichen Retter einzuweihen, ohne dass dieser ihn verlachen würde, wie es der
Abt anfangs getan hatte. Vielleicht würde er ihn verhöh-

nen und ihn dann in seiner Bedrängnis allein zurücklassen. Das demütigende Lachen des Klostervorstehers klang ihm wieder in den Ohren. Es war erst erstickt, als er ihm das Schreiben gezeigt hatte. Ja, die Reihenfolge war entscheidend. Diesmal wollte er umgekehrt vorgehen und so das hämische Gelächter vermeiden. Er würde dem Prior zuerst das Schriftstück offenbaren, um ihn so im Voraus von der Glaubwürdigkeit seines Geheimnisses zu überzeugen.

Wie ein Falke, bevor er unerbittlich zuschlägt, beäugte Lucius den Jungen. Was ging in ihm vor? Sollte er selbst den nächsten Schritt tun, um ihm seine Angst zu nehmen? Trotz seiner Erfahrung im Spiel mit menschlichen Opfern war er sich nicht sicher, wie er vorgehen sollte. Auch ihn, den alten Wolf, ergriff ein ungewohntes Gefühl der Unschlüssigkeit. Im gleichen Moment legte der Bibliothekar den Kodex neben den Schriftenstapel auf dem Boden ab. Hatte Lucius etwa das Vertrauen des jungen Mönchs verloren? Während er darüber nachdachte, reckte sich der Diener Gottes erneut hinter das Regal und ließ seinen Arm im Dunkel des Möbels verschwinden. Diesmal kam ein gefaltetes Pergament zum Vorschein. Langsam und nachdenklich öffnete der Bibliothekar das Schreiben. Dann hielt er inne. Lucius trat einen hastigen Schritt nach vorn. Später hätte er selbst nicht sagen können, ob es ihm nur darum gegangen war, den Kerzenschein näher an das Schriftstück heranzubringen, oder ob es die unerträgliche Neugierde war, die ihn zu dieser Eile bewegt hatte. Verängstigt umklammerte der junge Mönch das Schreiben und bückte sich nach dem Kodex. Mit weit aufgerissenen Augen stopfte er es zwischen die Seiten des aufgehobenen Buches und rannte mit der Schriftensammlung unter dem Arm aus dem Skriptorium. Ohne ein Wort der Erklärung ließ er den Greis zurück.

❧

Die Gewitterwolken waren über sie hinweggezogen und die Abendsonne zurückgekehrt. Aus den Tannen am Waldrand stieg die dampfende Feuchtigkeit des Regens auf. Auch wenn die Kate, die sie bereits vom Hügel aus gesehen hatten, nicht an ihrem Weg lag, wandte sich Niko nach rechts und steuerte auf das armselig wirkende Haus zu. Marcus folgte dem Kroaten und entdeckte vereinzelte Hufabdrücke, die auf das kleine Bauernhaus zuzuführen schienen. Trotz des Rauches, der aus dem brüchigen Kamin aufstieg, wirkte das Häuschen unbewohnt. Das Holztor des kleinen Bretterverschlags, der etwas abseits des Wohnhauses stand, schlug im Wind. Langsam ging Niko auf den Schuppen zu und tat einen vorsichtigen Schritt ins Halbdunkel. Der beißende Gestank von Hühnermist stieg ihm in die Nase und raubte ihm beinahe den Atem. Neugierig schaute er sich um, aber es war kein Federvieh zu entdecken.

Marcus war vor dem Haus stehen geblieben und beobachtete nun, wie der Kroate aus dem Bretterverschlag heraustrat und in seine Richtung zurückkam. Plötzlich hielt er inne und bückte sich nach etwas, das vor seinen Füßen lag. Er hob es auf und ging auf Marcus zu.

Noch bevor Niko ihm den gefundenen Gegenstand entgegenhalten konnte, erkannte Marcus, dass Blut zwischen den Fingern seines Weggefährten hindurchtropfte. Er trat einen Schritt zurück, als der Kroate seine blutverschmierte Faust ausstreckte und langsam öffnete. Auf seinem breiten Handteller lag ein abgetrennter Hahnenkopf. So, wie der Überrest des Gockels aussah, konnte es noch nicht lange her sein, dass sich hier jemand seine Fleischration für das Nachtmahl besorgt hatte. Marcus bemerkte, dass der Gemüsegarten, der zwischen der Kate und dem Schuppen lag, verwüstet und geplündert worden war.

Wortlos warf der Kroate den Tierkopf in die Büsche und ging auf die Tür des Wohnhauses zu. Ohne ein ankündigendes Klopfen oder Rufen öffnete er sie. Wahrscheinlich hatte er die gleiche Vermutung wie Marcus, dem nun klar war, dass sie hier niemanden antreffen würden.

Als die beiden in die Kate eintraten, bewahrheitete sich ihre Befürchtung, und ein Bild der Verwüstung bot sich ihnen dar: Das Regal neben der Feuerstelle, in der die Reste glimmender Lumpen einen beißenden Rauch entwickelten, war umgestürzt worden und lag inmitten eines Tonscherbenhaufens. Die Überreste der zerschlagenen Töpfe und Krüge auf dem anderen Regal wirkten wie die Spitzen bizarr anmutender Kronen. Auf dem Boden vor dem Regal hatte sich eine riesige Pfütze aus Sud und anderen Flüssigkeiten gebildet, die einen säuerlichen Geruch verströmten. Auch die übrige Einrichtung war restlos zerstört worden. Marcus spürte Erleichterung darüber, dass wohl niemand im Hause gewesen war, als die Horde über den kleinen Hof herfiel. Sein Blick traf eine Leiter, die durch die niedrige Zimmerdecke hinaufragte. An deren Fuße lagen Getreidekörner auf dem Boden verstreut. Die Stiege führte offensichtlich zu einer Art Vorratsboden. Stumm tippte der Weißblonde seinem Weggefährten auf die Schulter und deutete mit ausgestrecktem Zeigefinger zu dem Loch in der Decke. Beide Männer hielten fast zeitgleich die Luft an und horchten gespannt in die Stille. Dort oben schien sich nichts zu regen. Marcus atmete hörbar auf und stieg langsam die Sprossen hinauf, bis seine Augen die obere Kante der Zimmerdecke erreicht hatten. Erneut stockte ihm der Atem. Sein Blick fiel geradewegs auf zwei nackte Fußsohlen. Es gab keinen Zweifel: Die Füße, die sich ihm entgegenstreckten, gehörten einer jungen Frau. Patty!, durchfuhr es ihn. Eilig hastete er weitere Sprossen hinauf, ergriff einen Balken des Dachstuhls und zog sich auf den Boden. Jetzt erkannte er, dass der größte Teil der Frau unter einer Reihe von Säcken begraben lag. Lediglich ein grüner Leinenrock lugte teilweise darunter hervor. Marcus kam nur strauchelnd auf die Beine und stolperte zu den Säcken hinüber. Sein Herz pochte ihm bis zum Hals. Eilig zog er Sack um Sack von dem reglosen Körper, bis schließlich ein entsetzlicher Anblick freigelegt war. Die Frau war zweifelsohne tot, denn das, was Marcus sah, konnte sie unmöglich überlebt haben. Ein klaffender Schnitt zog sich senkrecht über den entblößten Rücken der Frau. Der Schlächter hatte ihr auf diese grauenhafte Weise das Kleid aufgetrennt. Von der Hüfte bis zum Saum war der Stoff zerrissen worden. Die ungeheure Schutzlosigkeit, mit der sie ihrem Peiniger ausgesetzt gewesen war, war noch zu spüren. Die tiefen Wunden mussten höllische Schmerzen verursacht haben, und dennoch hatten sie nicht ihren Tod herbeigeführt. Marcus schauderte am ganzen Körper und wehrte sich mit aller Kraft gegen den Gedanken, was der Kerl mit der jungen Frau angestellt haben mochte, bevor er sie hinterrücks erschlagen hatte. Die Schädelrückwand war mit grober Gewalt zertrümmert worden. Das herausströmende Blut hatte ihr langes Haar zu einer undefinierbaren Masse verklebt. Marcus spürte, wie sich sein Magen bei diesem Anblick zusammenkrampfte, und sackte auf die Knie.

Er zuckte unweigerlich zusammen, als er plötzlich eine Hand auf seiner Schulter spürte. Unwillkürlich riss er den Kopf herum. Sein erschrockener Blick traf die finstere Miene des Kroaten. Marcus wandte sich ab und wurde zugleich von diesem unbeschreiblichen Grauen angezogen, das vor ihm lag. Auch wenn ihn das Leid, das diese Frau ertragen haben musste, schmerzte, so fühlte er gleichzeitig Freude in sich aufsteigen, die angesichts der brutal zugerichteten Leiche etwas Bizarres an sich hatte. Doch er schämte sich dessen nicht. Auch ohne dass er das Gesicht der bedauernswerten Kreatur gesehen hatte, war er sich sicher, dass es nicht Patty sein konnte, die dort lag. Seine ärgsten Befürchtungen hatten sich gottlob nicht bewahrheitet. Durch den geronnen Brei von Blut und Hirnwasser hindurch hatte er erkannt, dass das Haar der Toten blond war. Marcus spürte, wie sich seine Innereien zusammenkrampften. Er drängte sich an Niko vorbei und hastete die Leiter hinunter. Gerade hatte er das Freie erreicht, als er sich auch schon übergeben musste.

Mit dem Rücken an die Wand der Kate gelehnt, saß Marcus auf dem feuchten Boden und sog gierig die Luft ein. Was waren das für Menschen, die zu einer solchen Gräueltat imstande waren? Ihm kamen die Hufabdrücke in den Sinn, die ihm aufgefallen waren, als sie die Spur des Heeres verlassen hatten. Es mussten wohl vier oder fünf Reiter gewesen sein. Unweigerlich kam ihm in den Sinn, dass der Satan, der die Tote so brutal misshandelt hatte, nicht allein gewesen war. Ob sie zugeschaut hatten, als sich der Kerl an ihr vergangen hatte? Oder waren sie allesamt über sie hergefallen? Erneut zog sich sein Inneres zusammen, und er musste würgen. Sein Magen war bereits leer, sodass er nur noch Galle erbrach.

Niko trat aus dem Haus und ging stumm an seinem weißblonden Gefährten vorbei. Mit seiner Linken stopfte er einen fast vollständig verkohlten Stoffstreifen in den Beutel, den er über der Schulter trug. So verbrannt, wie der Fetzen war, musste er aus der Feuerstelle stammen.

»Wohin gehst du?«

»Ich schaue im Schuppen nach, ob sich etwas Brauchbares findet, um ein Grab auszuheben«, antwortete der Kroate tonlos, ohne sich zu ihm umzudrehen.

❧

Mit ihren kurzen, geschickten Vorderläufen hielt die Ratte das Stück Brot, das sie kurz zuvor unter panischem Quieken in die Ecke geschleppt hatte. Als wüsste das Tier genau, dass

es sich dort in sicherer Entfernung zu dem Mann befand,
fraß es nun in aller Ruhe. Die Reichweite der Ketten ließ es
einfach nicht zu, dass Janssen nach der Ratte treten konnte.
Stetig knabberte sie an dem trockenen Stück Brot, das
zusehends weniger wurde, genauso wie Janssens Zuversicht
schwand, an der die Ungewissheit nagte. Seit ihn die Männer
gestern verlassen hatten, war er allein in seiner Zelle gewesen.
Nur einmal hatte sich die Tür quietschend geöffnet, als der
Folterknecht ein paar Stücke altes Brot und einen Holzbecher faulig riechenden Wassers hereingebracht hatte.

Der Wirt ertappte sich dabei, wie er seine Ängste in einem
Gebet formulierte. Eigentlich hatte er das Beten vor einigen Jahren aufgegeben. Nicht, weil er den Glauben an seinen Schöpfer verloren hatte oder er nicht mehr an den Sinn
eines Zwiegesprächs mit Gott glaubte – nein, die Machenschaften des Klerus waren es, die ihn von der Kirche hatten
abrücken lassen. Er wollte sich nicht länger von den drohenden Moralpredigten einschüchtern lassen, die die Pfaffen von ihren Kanzeln herabschmetterten, um sich tags darauf in den Badehäusern der Stadt in Exzessen zu ergehen.
Als er den Gesprächen in seiner Schenke zuhörte, war ihm
immer wieder klar geworden, dass sie ihre Scheinheiligkeit
nicht davon abhielt, einem armen Schlucker für die Vergebung seiner Sünden den letzten Heller aus der Tasche zu
pressen und ihm danach auch noch mit der ewigen Verdammnis zu drohen, wenn ihnen der Obolus nicht hoch
genug erschien. Und das erschien er ihnen nie. Janssen fragte
sich oft, ob Gott, dessen Sohn von Nächstenliebe gesprochen hatte, Gewalt gegen den Geist oder den Körper gut-
hieße. Seine selbst ernannten Stellvertreter auf Erden taten
es jedenfalls. Davon hatte er sich in den letzten Tagen einmal mehr überzeugen können. Sogar seine Frau Annehild
hatte nichts von seinen ungewöhnlichen Gedanken wissen
wollen und seine Meinung von den Kirchenmännern als

gotteslästerlich empfunden, auch wenn sie dies ihm gegenüber nie so deutlich gesagt hatte.

Annehild! Janssen fragte sich, wie es ihr gehen mochte. Ob die Männer des Schultheißen zumindest sie in Ruhe ließen? Gewiss hatte sie genug daran zu tragen, dass er hier im Blutturm saß. Er hoffte inständig, Hubertus Hohenfels würde ihr nichts antun. Überhaupt fragte er sich, was in den Mann gefahren war. Gut, er war schon lange nicht mehr der kleine Junge, dem er hier und da etwas zugesteckt hatte, wenn er mit seinen Freunden in ihrer Gasse spielte. Er war zu einem Mann gereift, der seiner Arbeit im Dienste des Schultheißen mit Ehrgeiz nachging. Mit zu viel Ehrgeiz, wie der Wirt schon vor längerer Zeit festgestellt hatte. In den letzten Wochen hatte sich Hubertus irgendwie verändert. Erst war er Berthold Janssen verlegen vorgekommen, wenn er Hubertus auf der Gasse traf oder dieser auf einen Krug Bier in seine Schenke kam. Dann waren die Besuche im ›Schwarzen Krug‹ seltener und die Begegnungen in der Stadt schroffer geworden, bis der junge Mann schließlich einen beinahe feindseligen Eindruck auf ihn machte. Wenn Janssen darüber nachdachte, waren die Schläge der letzten Tage eine unausweichliche Fortführung der jüngsten Entwicklung gewesen, auch wenn er ein solches Verhalten nie für möglich gehalten hätte. Doch warum? Was trieb Hubertus nur dazu? So sehr der Wirt sich auch das Hirn zermarterte, es wollte ihm nicht einmal der Ansatz einer Erklärung einfallen.

Und was war mit dem Schultheißen? Würde er tatsächlich die Folter anordnen, die er durch die Vorführungen des Meisters Hans angedroht hatte? Berthold Janssen spürte, wie er bei diesem Gedanken zu zittern begann. Er versuchte, gegen das Beben anzukämpfen, doch sein Körper wollte seinem Geist einfach nicht gehorchen.

Wie waren die Zeichen des Tages zu deuten? Sie waren heute nicht zurückgekehrt. Nicht einmal Hubertus Hohenfels war gekommen, um ihn mit seinen Schlägen zu malträtieren, wie er es an den vorherigen Tagen getan hatte. Und schon wieder waren seine Gedanken zu Hubertus und seinen Beweggründen für das brutale Vorgehen zurückgekehrt. Sofort fiel ihm erneut Annehild ein und dann plötzlich Marcus. Sein Kopf brummte, als umschwirrten Hunderte, gar Tausende Fliegen seinen kahlen Schädel. Er fühlte, wie ihm schwindelig wurde und seine Gedanken unaufhaltsam zu kreisen begannen. Nur mit Mühe gelang es ihm, sich zu innerer Ruhe zu zwingen.

Lange hatte er das Brot nicht angerührt, nun griff er nach einem der Stücke, bevor die Ratte ihm dies auch noch im Dunkel der hereinbrechenden Nacht stehlen konnte. Vielleicht würde ihn das Essen ein wenig ablenken. Missmutig blickte er auf den Kanten. Das Innere schimmerte weißlich im fahlen Licht, das durch die kleine Maueröffnung in seine Zelle fiel. Die Kruste war hart und knarrte bei seinem Versuch, das Brotstück ein wenig zusammenzudrücken. Wahrscheinlich hatte es seit Wochen irgendwo in einer Ecke des Blutturms gelegen. Auch wenn seine Frau und er weiß Gott nicht wie die Fürsten speisten und das Essen nicht an jedem Tag ausreichte, das Magenknurren zu unterdrücken – ein solcher Fraß hätte in seinem Haus niemals den Weg auf ihren Tisch gefunden.

Janssens Kiefer schmerzte, als er abzubeißen versuchte. Die Schwellung, die Hohenfels' Schläge hinterlassen hatten, zog sich bis unter das Jochbein hinauf. Der Wirt nahm einen Schluck Wasser und behielt das meiste davon in seiner Mundhöhle, um den Rand des Brotes hierin aufzuweichen. Nach und nach sog das steinerne Etwas die Feuchtigkeit auf und ließ sich nun kauen. Der Bissen rutschte kratzend den trockenen Rachen hinunter und hinterließ einen muffigen Geschmack auf der Zunge. Nur mühsam gelang es dem Wirt, das Wenige, das ihm der Folterknecht gebracht hatte, herunterzuwürgen. Er zwang sich zu essen. Er würde alle verfügbaren Kräfte brauchen, um die nächsten Tage lebend zu überstehen und zu Annehild zurückzukehren.

∾❧

»Das habe ich ja schon lange nicht mehr erlebt, dass ich mein wohlverdientes Bier hier mutterseelenallein in Eurer Schenke zu mir nehmen muss, Annehild! Wo sind sie denn alle hin?«, lallte Rupert, der Fischhändler, und wischte sich mit seinem Ärmel den Bierschaum vom Mund. Der Mann, aus dessen Gesicht eine rot geäderte Nase hervorstand, die so gar nicht zu seiner blässlichen Erscheinung passen wollte, saß an dem kleinen Tisch nahe des Tresens und schüttete, wie so häufig, einen Humpen nach dem anderen in sich hinein. Meist gesellte sich schnell eine Reihe Saufkumpane um den spendablen Zecher, auch wenn der stetige Fischgeruch, der ihn umhüllte, nicht gerade einladend war. An diesem Abend war es anders. Er war allein in der Schenke – beinahe allein.

Jetzt rülpste Rupert unüberhörbar und schaute mit spöttischem Blick über seine Schulter. »Verzeiht, verehrter Herr, ich wollte Euch natürlich nicht mit meinen Worten übergehen. Wenn ich vom ›Alleinsein‹ sprach, dann bezog ich mich lediglich auf Männer meines geringen Standes.« Er verneigte sich tief und rülpste dabei erneut.

»Ich glaube, Fischhändler, dass Ihr genug getrunken habt und morgen gewiss früh raus müsst. So rat ich Euch, geht heim zu Eurem Weib.« Der Dicke, der dort hinten in der Ecke gesessen hatte, war zu Ruperts Tisch hinübergekommen und baute sich bei diesen Worten vor ihm auf. Er trug einen braunen langen Mantel über seiner Tunika, der an den Rändern mit Fuchspelz besetzt war. Von Weitem ließ seine Kleidung ihn wie einen feinen Kaufmann aussehen.

Mit jedem Schritt, den er näher kam, erkannte man die ausgefransten Stoffränder. Wie auch der Träger des Mantels hatte der Fuchs, der die Ränder umsäumte, schon bessere Tage gesehen. An einigen Stellen waren die matt schimmernden Haare des Fells ausgefallen und gaben den ledernen Untergrund des Besatzes frei. Die Haare des Dicken hingegen fielen in üppigen grauen Locken bis auf seine Schultern und schimmerten durch die zerschlissenen Stellen seiner ebenfalls grauen Filzkappe. ›Mehr Schein als Sein‹, das waren noch die nettesten Worte, die die Neusser benutzten, wenn sie hinter seinem Rücken spotteten. Nicht, dass sie seine alberne Erscheinung davon abgehalten hätte, ihm ins Gesicht zu lachen, nein, seine familiären Bande riefen sie zur Zurückhaltung. Denn der ein oder andere, der sich nicht gezügelt hatte, hatte den Unmut seines Schwagers nur allzu schnell zu spüren bekommen. Die Macht seines angeheirateten Verwandten war das Einzige, das dem Korpulenten geblieben war, seit er das Handelshaus, sein väterliches Erbe, in den Ruin getrieben hatte.

Auch wenn Rupert an diesem Abend schon reichlich dem Bier zugesprochen hatte, so besann er sich nun dieses Umstandes und befolgte den Ratschlag des anderen Gastes. Widerwillig stand er auf und wankte zum Tresen, um seine abendliche Zeche zu begleichen. Mit einem aufmunternden Nicken drückte er Annehild einige Münzen in die Hand. Natürlich hatte auch er davon gehört, was zwei Tage zuvor mit Berthold Janssen geschehen war. Er kannte den Wirt nur allzu genau und schätze ihn als feinen, wenn auch leicht aufbrausenden Kerl. Auch Marcus hatte er, nach anfänglicher Skepsis, in sein Säuferherz geschlossen. Er mochte diesen ehrlichen Fleiß, mit dem der ehemalige Tagedieb seinem Ziehvater des Abends zur Hand ging, nachdem er bereits den ganzen Tag am Hafen geschuftet hatte. Und so konnte sich der Fischhändler nicht vorstellen, dass etwas an den Vorwürfen dran sein sollte, die man den beiden gegenüber anführte. Nie und nimmer hätte er vermutet, dass diese Anschuldigungen der Grund für das Fernbleiben der anderen Gäste war. Denn im Inneren ihres Herzen glaubten auch sie nicht an deren Wahrheitsgehalt. Doch ›glauben heißt nicht wissen‹, und so hielt man sich lieber fern, bevor man noch einer Mittäterschaft verdächtigt wurde. Ihre Frauen würden es ihnen ohnehin danken, wenn sie ein paar Stunden mehr als sonst daheim waren.

Noch einmal entledigte sich Rupert der überschüssigen Gase in seinem Magen, dann verließ er die Schenke.

Der Dicke kam nun zum Tresen herüber und zog seine Geldkatze aus dem Gürtel. Mit einem lauten Knall schlug er den prallen Beutel auf die blank gehobelte Holzplatte des Tresens.

»Drei Weißpfennige, Herr Thaddäus«, sagte Annehild kurz und mit tonloser Stimme. Selbiger hatte derweil den Verschluss seiner Geldkatze in aller Ruhe geöffnet und rührte bedächtig mit seinem wurstigen Zeigefinger in den Münzen.

»Als ich das letzte Mal bei Euch zu Gast war, gab's kaum einen Platz hier herinnen. Der Fischhändler hat recht. Wo sind denn heute alle Gäste?« Er lächelte die Wirtin selbstgefällig an und führte seine rührende Bewegung unbeirrt fort. Annehild antwortete nicht und hielt ihm die geöffnete Handfläche herausfordernd entgegen. »Ich habe Euren Gemahl heut gar nicht gesehen. Ich hoffe, er ist wohlauf? Nicht, dass er womöglich daniederliegt. Gar mit einem schlimmen Leiden?«

Annehild fiel es bei dem Gedanken an Berthold schwer, die Tränen zurückzuhalten. Sie riss sich zusammen. »Ihr erwartet hierauf keine Antwort, oder? Euer Mitgefühl ehrt Euch, doch würde es mich wundern, wenn Ihr als Einziger in der Stadt nicht um seinen derzeitigen Aufenthaltsort wüsstet. – Drei Weißpfennige!«

Thaddäus Weißenberg ließ die erste der drei Münzen in die Handfläche der Wirtin wandern. »Verzeiht, Ihr habt recht. Ich teile die Zuversicht, die ich in Euren Augen sehe, dass er bald wiederkehrt.« Voller Genuss waren ihm ihre geröteten Augen aufgefallen. Ein Genuss, den er auskosten wollte.

Seine Fingerspitzen hatten nun einen ganzen Taler erfasst. Langsam drehte er die große schwere Münze und hielt sie in den Kerzenschein der Stumpen, die auf dem Tresen standen. Als sei es nur ein wertloses Stück Metall von vielen, warf er den Taler zurück in die Öffnung der Geldkatze und begann erneut mit dem klimpernden Rühren. »Gewiss hat Euer Gemahl vor seiner … ›Abreise‹ mit Euch über mein Angebot gesprochen?« Fragend schaute er Annehild Janssen an und legte den zweiten Weißpfennig bedächtig in ihre immer noch ausgestreckte Hand. Bei dem Wort ›Abreise‹ und der Art, wie er es aussprach, war sie sich nicht sicher, ob sie dem Dicken das Gesicht zerkratzen oder weinend zusammenbrechen sollte. So leicht wollte sie sich nicht aus der Ruhe bringen lassen. Mit versteinerter Miene fixierte sie die Schweinsäugelchen des Dicken. Trotz der Selbstbeherrschung, zu der sie sich zwang, fiel es ihr schwer, die äußerliche Fassung zu bewahren. Nicht vor diesem fetten Kerl!, ermahnte sie sich. Du kannst vor jedem anderen weinen, aber nicht vor Thaddäus Weißenberg!

»Ihr habt bestimmt Verständnis dafür, dass ich den ursprünglich gebotenen Kaufpreis für eine solch schlecht besuchte Schenke nicht aufrechterhalten kann.« Dabei blickte er missbilligend über seine Schulter in die leere Gaststube. »Ich bin ein gottesfürchtiger Christ, der sich der Nächstenliebe verpflichtet fühlt, wie sie uns der Herr aufgetragen hat. Die Hälfte der genannten Summe will ich Euch ungeachtet der fehlenden

Gäste geben. – Überlegt es Euch. Ihr könnt das Geld gewiss gut brauchen, falls Euer Gatte – Gott möge es verhüten – nicht gesund zurückkehren sollte.« Bei diesen Worten legte er den dritten Weißpfennig mit Nachdruck zu den beiden anderen, sodass Annehilds Handrücken auf die Holzplatte sank.

Nur durch einen Schleier von Tränen sah die Wirtin, wie sich der Dicke umdrehte und wortlos die Schenke verließ.

Immer tiefer bohrte sich seine schleimige Zunge in ihre Ohrmuschel, und sie spürte, wie Speichel auf ihre halb entblößte Schulter tropfte. Ein Schauder lief ihr über den Rücken, der ihren ganzen Körper vor Ekel erzittern ließ. Während der Gnom mit der Linken ihre Fesseln fest umklammert hielt und ihr dabei die Hände in den Schoß presste, wanderte seine freie Hand gierig über ihren ganzen Körper. Jetzt hatte seine Rechte den Weg hinauf zu ihrem Busen gefunden, den er mit forderndem Griff knetete. Er stöhnte leise auf. Der faulig stinkende Atem, der aus seinem beinahe zahnlosen Mund strömte, stieg ihr beißend in die Nase. Die junge Frau spürte, wie er sich, auf Zehenspitzen stehend, immer fester und fordernder an sie schmiegte.

»Komm schon, mein Täubchen, wir können uns heute Nacht ein wenig vergnügen. Wen stört das schon? Den Gauklerkönig hast du bestimmt jeden Abend nach der Vorstellung rangelassen.«

Die Grapscherei des Zwergs hatte sie noch voller Abscheu ertragen, aber diese niederträchtigen Worte und die schmerzliche Erinnerung an den Tod Dominikus Dobbersteins trafen sie mitten ins Herz und trieben ihr umgehend die Tränen in die Augen. In ihrer Wut gelang es ihr, ihre Kräfte zu sammeln und den Kleinwüchsigen mit einem ruckartigen Anziehen des Beines von sich zu stoßen. Doch der Kerl war zu klein, als dass ihr Knie ihn dort getroffen hätte, wo es ihm den meisten Schmerz bereitet hätte. Die Polsterung seines fleckigen Gambesons hatte die meiste Wucht ihres Tritts abgefangen. Er schüttelte sich kurz und trat einen flinken Schritt auf Patty zu. Sekunden später traf sie der Handrücken des Kleinwüchsigen unterhalb des linken Auges.

»Mach das nicht noch einmal!«, zischte er. »Wir wollen doch nicht, dass Herr Dietrich nach seiner Rückkehr nur noch Stücke von dir vorfindet, oder?« Voller Wut rieb er sich die getroffenen Rippen. Dann stürzte er sich wieder ungestüm auf sie, um seinen Trieb weiter zu befriedigen.

Patty spürte ein Brennen auf ihrer Wange. Der Schlag hatte ihre zarte Haut an der getroffenen Stelle aufspringen lassen, über die nun ihre Tränen in einem Rinnsal hinunterliefen. Stoisch ließ sie das Drängen des Mannes über sich ergehen, legte ihren Kopf steif in den Nacken und starrte hinauf an die feuchte Decke ihres Gefängnisses. Der Schein der Wandfackel zeichnete den Schatten des Gnoms an das Gewölbe und ließ ihn unwirklich groß und mächtig erscheinen. Mit einem Mal erschien es Patty, als träte ein weiterer, noch gewaltigerer Schatten in das flackernde Bild. Noch ehe sie begriffen hatte, was geschah, wurde der Mann von ihr gerissen. Mit einem Klatschen prallte der Körper ihres Peinigers gegen die gegenüberliegende Wand. Ein langhaariger Hüne stand in der Mitte des Raums und blickte auf den Kerl, der langsam an der Mauer hinunterglitt.

»Ich glaube nicht, dass ich Euch an unseren Auftrag erinnern muss«, mahnte er mit dunkler, zufriedener Stimme. »Es war nur von ›Bewachung‹ die Rede. Ich erinnere mich nicht daran, dass Herr Dietrich von einer ›selbstgefälligen Behandlung‹ sprach. Er wird nicht damit einverstanden sein, wenn er nach der Schlacht feststellen muss, dass ihr Euch vor ihm mit der Rothaarigen vergnügt habt.«

Die Schlacht!, durchfuhr es Patty, die sich rasch gesammelt

hatte. War Dietrich von Keppel eine willenlose Gespielin so wichtig, dass er einen solch kräftigen Mann wie den Hünen vor ihr zu ihrer Bewachung abgestellt hatte, statt seine ungeheuren Kräfte im Kampfe neben sich zu wissen?

Als wolle ihr der Riese die Antwort auf ihre ungestellte Frage geben, drehte er sich zu ihr um. Erst jetzt erkannte Patty, dass sein rechter Arm fehlte. Ohne ein weiteres Wort trat er zu dem am Boden Liegenden, zog ihn an seinem Umhang in die Höhe und stieß ihn zur Tür. Ihr Retter musste den Kopf einziehen, als er die Zelle hinter seinem ungleichen Kameraden verließ. Rasselnd drehte sich der Schlüssel im Türschloss, dann war es totenstill.

Patty sank zu Boden und durchbrach die Stille mit einem verzweifelten Weinen. Sie wünschte sich, dass der Pfaffe sie ergriffen und seine Drohung der Hexenverbrennung wahr gemacht hätte. Der Tod auf dem Scheiterhaufen hätte nicht qualvoller sein können als die Ungewissheit hier im Kerker. Gegenüber dem, was das Schicksal noch für sie bereithalten würde, wären die Qualen des Feuers womöglich eine Erlösung gewesen. Das, was sie gerade erlebt hatte, war gewiss nur ein winziger Vorgeschmack auf die Gräueltaten, die sie noch zu erwarten hatte.

Doch hatte sie das Recht dazu, in Selbstmitleid zu zerfließen? Unweigerlich musste sie an den grausamen Tod Dobbersteins und der anderen Freunde denken. Wäre sie nicht gewesen, so hätte der selbst ernannte Heilige die Gaukler in Ruhe gelassen. Wäre sie nicht gewesen, so wären sie wohl nie ins Visier dieses ›feinen‹ Herrn von Keppel geraten, der sie allesamt abgeschlachtet hatte. Patty schluckte trocken, und gleichzeitig fiel ihr Marcus ein. Sie dachte an ihre Stunde der Leidenschaft und begann erneut zu weinen.

ᴥ

Patty! Marcus erwachte mit einem Mal aus dem Schlaf und riss erschrocken die Augen auf. Das aufgeregte Pochen seines Herzens dröhnte in seinen Ohren. Kalter Schweiß stand auf seiner Stirn und ließ ihn frösteln. Hatte er geträumt? War es dieses Haus, in dem sie der grauenhaften Fratze des Todes begegnet waren, das ihn so unruhig hatte schlafen lassen? Marcus versuchte seine Sinne zu ordnen und richtete sich langsam auf. Der Mondschein fiel durch die kleinen Fenster des Bauernhauses und tauchte den Raum in ein bläuliches Licht. Ein Licht, das das Zimmer unschuldig erscheinen ließ und nichts von dem mörderischen Schauspiel verriet, das sich hier vor wenigen Stunden ereignet haben musste.

Marcus wollte sich schon wieder zurücklehnen, als er den Umriss eines Mannes vor einem der Fenster erblickte. Auf dem Sims vor der Schattengestalt, die regungslos dastand, lag etwas Rundes, das Marcus im Gegenlicht des Mondes nicht näher erkennen konnte. Als er bemerkte, dass es sich bei der Silhouette um Niko handelte, durchfuhr ihn ein Gedanke, der seinen Puls noch weiter beschleunigte. Der Schädel! War es der Schädel des heiligen Quirinus, den der Kroate dort vor sich abgelegt hatte? Hatte er die Reliquie gestohlen, um einer dunklen Glaubensrichtung zu huldigen? Marcus hatte einmal von einem Kult gehört, der einer Mondgöttin frönte. Diese habe drei Gesichter, hatte der eigenartige Mann im ›Schwarzen Krug‹ behauptet. Bei zunehmendem Mond zeige sich die verführerische Jungfrau voller körperlicher Lust, bei Vollmond die fruchtbare Mutter und bei abnehmendem Mond das alte Weib, dem er eine heilende Kraft nachsagte. Auch wenn Marcus sich nicht erklären konnte, wie das unterschiedliche Erscheinungsbild des Mondes zustande kam, die Erläuterungen dieses Verwirrten hielt er auf jeden Fall für ausgemachten Unsinn. Als der Fremde dies bemerkt hatte, war er zornig geworden und hatte versucht, die Anwesenden mit körperlicher Gewalt von seinen Theorien zu überzeugen. Daraufhin hatte Berthold Janssen den Wicht gepackt und aus der Schenke geworfen. Sie hatten noch oft über die Fantastereien des Kerls gelacht und seine alberne Erscheinung nachgeäfft, bis ihnen die Freudentränen über die Wangen gelaufen waren.

Marcus war in diesem Moment alles andere als zum Lachen zumute. Der Kroate hatte bemerkt, dass sein Begleiter erwacht war, und riss seinen Kopf herum. Finster und stumm starrte er zu ihm herüber, während er rücklings versuchte, das runde Etwas vom Fenstersims verschwinden zu lassen. Hastig wickelte er einen Stofffetzen um den Gegenstand und stopfte ihn in seine Schultertasche.

»Was spionierst du mir nach!«

»Aber ich habe …, ich bin nur …«

»Du solltest lieber schlafen, statt mir nachzustellen. Morgen werde ich zum Heer aufschließen – mit dir oder ohne dich!« Er stand nun dicht an Marcus' Schlaflager und neigte sich über ihn, als wolle er ihn mit seiner bloßen Erscheinung erdrücken. Die Schultertasche hatte er auf den Rücken gedreht, sodass der junge Mann nicht einmal die Umrisse des Verborgenen ausmachen konnte. Niko hatte sich indes so weit vorgebeugt, dass der Lederriemen mit den drei Muscheln aus dem Halsausschnitt seiner Tunika herausbaumelte und ein tönernes Läuten erklingen ließ. Jetzt, da sie beide allein waren, schien es ihn gar nicht zu stören, dass Marcus seinen Halsschmuck fixierte. Er hatte gar den Eindruck, als drohe ihm der undurchsichtige Messerwerfer auf diese Weise ganz bewusst und unverhohlen. Er versuchte wegzuschauen, doch es gelang ihm nicht. Wie unter einem inneren Zwang musste er die Muscheln weiter anstarren. Wortlose Sekunden vergingen, die Marcus wie eine Ewigkeit erschienen, bis Niko ihn plötzlich unsanft gegen die Schulter stieß, sodass er zurück auf das Schlaflager fiel. »Ich rate dir, lass mich in Ruhe und schlaf!«

Die schiere Angst überkam den einstigen Taschendieb bei diesen barschen Worten. Konnte er überhaupt noch ein Auge zumachen oder musste er damit rechnen, dass ihm der Kroate des Nachts einen seiner Dolche in den Bauch stoßen würde? Ahnte Niko, dass der verwundete Priester Marcus von den drei Muscheln hatte erzählen können, bevor er gestorben war?

Niko war unterdessen zu dem kleinen Fenster zurückgekehrt und starrte erneut hinaus in die mondhelle Nacht. Die Schultertasche hatte er, als er sich von Marcus abgewandt hatte, nach vorne gezogen, sodass sein Körper den Blick hierauf weiterhin verdeckte.

Es gab keinen Zweifel! Der Messerwerfer versteckte deren Inhalt vor ihm.

Noch lange lag Marcus wach und lauschte angespannt den Geräuschen, die vom Fenster herüberhallten. Zuerst hatte er das Rascheln der Tasche gehört, dem sich ein leiser, dumpfer Laut anschloss. Der Kroate hatte die Reliquie wohl wieder herausgeholt und zurück auf den Fenstersims gelegt. Dann war es still gewesen, bis ein vorsichtiges Scharren ertönte. Anfangs konnte sich Marcus dieses Geräusch nicht erklären, aber schlagartig wurde ihm bewusst, dass es einer der Dolche sein musste, der es verursachte. Bearbeitete der Messerwerfer damit den Schädel des heiligen Quirinus oder schärfte er den Stahl für seine nächtlichen Pläne? Das Blut pochte vor Anspannung in den Adern des Heranwachsenden und ließ den fast vergessenen Kopfschmerz zurückkehren. Trotz der Todesangst, die er verspürte, übermannte ihn letztendlich die Anstrengung des heutigen Marsches, und dem jungen Mann fielen gegen seinen Willen die Augen zu.

❧

»Bei allen Teufeln der Hölle, ich bin zu weit gegangen! Ich hätte ihn einfach nicht so drängen dürfen.« Lautstark fluchte Lucius vor sich hin. In seiner Verärgerung über sich selbst war es ihm egal, ob ihn jemand hörte. Warum war gerade er, ein Meister des strategischen Vorgehens, so unvorsichtig gewesen und hatte diesen hastigen Schritt nach vorn getan? Er hätte sich am liebsten selbst geohrfeigt, dass er sich von der Ungeduld hatte leiten lassen, statt abzuwarten, bis ihm der junge Mönch das Schreiben reichte. Der törichte Tropf war drauf und dran gewesen, sich ihm anzuvertrauen, ihm sein Geheimnis zu verraten. In diesem Punkt war sich der Alte sicher. Offensichtlich hatte der Bibliothekar den Abt bereits eingewiesen. Dies musste das Mysterium sein, das die beiden miteinander verband.

Wut und Zorn stiegen in Lucius bei dem Gedanken auf, dass es hier in der Abtei ein Geheimnis gab, das er nicht kannte. Er tröstete sich damit, dass er schon wenige Stunden nach seiner Ankunft ganz nah daran gewesen war, es zu ergründen. Aber eben nur ›ganz nah‹. Er trat hinüber zu der einfachen Pritsche, die, neben dem kleinen Tisch mit seinen beiden Schemeln, das einzige Möbelstück in seiner Kammer war. Auch im Übrigen war der Raum ausgesprochen schmucklos. Nur über dem Türsturz hing ein Kreuz, von dem ein handgeschnitzter Herr Jesus mit einer Mischung aus Mitleid und Ermahnung auf ihn herabblickte. Am liebsten wäre Lucius aufgesprungen und hätte das Kruzifix mit dem Gehstock von seinem angestammten Platz heruntergerissen. Wie sollte er seinen neuen Mitbrüdern erklären, dass es zu diesem ›Sturz‹ des Gottessohns gekommen war? Der Greis ermahnte sich, seine Wut zu zügeln. Es war viel wichtiger, darüber nachzudenken, wie er die beiden drängendsten Fragen angehen sollte, die in ihm brodelten. Zum einen musste er sich überlegen, wie er dem baldigen Besuch des Erzbischofs und dessen möglicher Entdeckung seiner Machenschaften entgehen konnte. Zum anderen

musste er das Vertrauen des jungen Bibliothekars zurückge-
winnen, um hinter das Geheimnis des Kodexes und des dazugehörigen Schreibens zu kommen. Auch wenn ihn die zweite
Frage innerlich stärker beschäftigte, so musste er sich gleichzeitig eingestehen, dass die Problematik um den Erzbischof
den geringeren Aufschub duldete.

Lucius überlegte, wer ihm gefährlich werden, wer ihn verraten könnte. Sechs Brüder in Christo waren ihm in den
Stunden seit seiner Ankunft hier in der Abtei Brauweiler
begegnet. Dem Portarius mit seinen beiden Novizen und
dem Krankenmeister würde Erzbischof Siegfried keine
Aufmerksamkeit schenken, und der Verwalter der Bibliothek erschien ihm zu verschüchtert, als dass er sich an
einen solch hohen Kirchenfürsten wenden würde. Blieb
also einzig und allein Abt Heinrich von Rennenberg, und
mit diesem würde Siegfried das eine oder andere Gespräch
führen. Gedankenverloren drehte der vermeintliche Prior
ein kleines braunes Fläschchen in seinen gichtigen Fingern.
Er hatte es während seiner Überlegungen aus einer seiner
Taschen hervorgekramt, ohne es zu bemerken. Sein Blick
fiel wie zufällig auf die Aufschrift: ›colchicum autumnale‹ –
›Herbstzeitlose‹. Ein Medikus hatte ihm das Mittel irgendwann gegen seine Gicht gegeben und gleichzeitig auch davor
gewarnt. Zu hoch dosiert könne es mehr schaden als heilen.
Das war die Lösung! Er würde dem Abt einfach eine Dosis
unter das morgendliche Essen mischen und ihn mit einem
Schlag loswerden. Der Samen dieser kleinen Blütenpflanze
führte binnen kürzester Zeit zum Atemstillstand.

Welch ein Wunder der göttlichen Schöpfung, dachte der
Alte und blickte anerkennend zum Kreuz hinüber. Hübsch
anzuschauen und gleichsam todbringend. Er sah die puterrot
anlaufenden Gesichter seiner bisherigen Opfer vor seinem
geistigen Auge. Gesichter, die flehend nach Luft rangen und
kurz darauf die vornehme Blässe des Todes ausstrahlten.

Wenige Sekunden spürte Lucius eine innere Zufriedenheit. Dann musste er an den jungen Bibliothekar denken. Wie würde dieser die Nachricht vom Tod seines einzigen Mitwissers aufnehmen? Würde er sich womöglich noch weiter zurückziehen und das Geheimnis bewahren? Das Risiko war zu groß und der Tod des Abtes verfrüht. Zuerst musste er in das verborgene Mysterium des Kodexes eingeweiht sein, bevor er sich Heinrich von Rennenberg entledigen konnte.

Lucius besann sich darauf, dass eine geringe Menge des unter Umständen giftigen Heilmittels zu diesem Zeitpunkt die weitaus bessere Lösung wäre. Diese würde lediglich eine marternde Übelkeit hervorrufen, die es dem Abt unmöglich machen würde, seine Amtsgeschäfte weiterzuführen. Zumindest für die Zeit, in der sich Erzbischof Siegfried in Brauweiler aufhielt. Gewiss würde von Westerburg nur ein, zwei Tage hier verweilen und schon bald weiterziehen. Warum sonst hätte der kriegerische Kirchenfürst ein so gewaltiges Heer um sich scharen sollen.

Erneut spürte der Alte angesichts seines Vorhabens eine freudige Ungeduld in sich aufsteigen. Auch diese war verfrüht. Gut, der Abt wäre außerhalb der Reichweite des Erzbischofs, doch wer würde den hohen Gast an seiner statt empfangen – sein Stellvertreter, der Prior! Lucius musste lachen, als er sich vorstellte, wie er höchstpersönlich den Kirchenfürsten hier in den altehrwürdigen Mauern des Klosters willkommen hieß. Im selben Moment wich die zynische Heiterkeit aufsteigendem Zorn.

Trotzig warf der Alte das bräunliche Fläschchen zurück in die Tasche, zog sich sein Gewand über den Kopf und legte sich schlafen. Vielleicht würde ihm ja morgen früh eine bessere Idee kommen. Bisher hatte er sich immer auf seinen Verstand und seinen Einfallsreichtum verlassen können.

Im oberen Stockwerk des gleichen Gebäudes hoffte eine weitere Seele auf einen rettenden Gedanken. Unruhig wälzte sich der Biblothekar auf seiner Pritsche hin und her. Eigentlich sollten sich weder der Kodex noch das Schreiben hier im Dormitorium, dem gemeinsamen Schlafsaal der Mönche, befinden. Genau genommen sollte auch er zu dieser Stunde nicht hier sein, sondern im Skriptorium dem Hinweis des Abtes nachgehen. Zu dumm, dass er nicht selbst darauf gekommen war, nach den Gemeinsamkeiten der Verse zu suchen, die sich innerhalb ein und desselben Kapitels befanden. Vielleicht würde ihn das weiterbringen auf der Suche nach dem richtigen Wort.

Der Geistliche erwog, sich wieder zu erheben und in die Bibliothek zu schleichen, um dieser neuen Spur nachzugehen. Langsam ließ er seinen Arm von der Pritsche gleiten und tastete vorsichtig nach der Schriftsammlung, die er unter seiner nächtlichen Ruhestätte verborgen hatte. Gerade als seine Fingerspitzen den Einband des Kodexes berührten, setzte das gewaltige Schnarchen Bruder Ludgers ein, der neben ihm schlief. Erschrocken zog der junge Mönch seinen Arm zurück und japste nach Luft. Einst ruhend in der Obhut Gottes, war von ihm nur noch ein Nervenbündel übrig geblieben, seit er seinen geheimen Nachforschungen nachging.

Das Schnarchen des Mitbruders wurde gleichmäßiger, und mit der monotonen Regelmäßigkeit wich auch der Schrecken aus den Gliedern des Bibliothekars. Erneut sank seine Hand unter die Pritsche. Auch diesmal hielt er inne. Was wäre, wenn der neue Prior noch in der Bibliothek verweilte und er erneut auf ihn träfe? Wie sollte er dem Alten nur erklären, warum er das Skriptorium so fluchtartig verlassen hatte? In diesem Falle bliebe ihm keine andere Wahl, als ihn in sein Geheimnis einzuweihen. Der Prior würde ihn so lange bedrängen, bis er sich ihm anvertrauen und alles preisgeben würde. Der Klosterbruder spürte, wie sich kalter Schweiß auf seiner heißen Stirn bildete. Gleichzeitig fröstelte es ihn am ganzen Körper. Der innere Drang, dem Mysterium unverzüglich weiter nachzugehen, und die Angst vor einer Begegnung mit dem Stellvertreter des Abtes führten in seinem Inneren einen unerbittlichen Kampf.

Noch lange wütete diese Schlacht mit unentschiedenem Ausgang, bis er schließlich darüber einschlief.

Der vierte Tag

MIT EINEM DUMPFEN KNALL prallte Marcus' Kopf auf den gestampften Lehmboden des kargen Bauernhauses. Erschrocken riss der junge Mann die Augen auf und blickte sogleich in das finstere Antlitz des Kroaten. Im Augenwinkel erkannte er, dass er auf dem Boden neben der strohgefüllten Matratze lag, die ihm in der vergangenen Nacht als Schlaflager gedient hatte. Schlaflager? Es kam ihm vor, als habe er die ganze Nacht wach gelegen. Genauso oft, wie ihm seine Augenlider vor Müdigkeit zugefallen waren, war er voller Angst aufgeschreckt vor dem, was der Gaukler ihm antun mochte. Doch er lebte und war unversehrt.

War eben noch der Mondschein durch die kleinen Fenster gefallen, so erhellte nun die aufgehende Sonne den Raum mit ihrem warmen Licht. Niko stand direkt neben Marcus, der auf der Erde lag. Offensichtlich war der Kroate bereit, aufzubrechen. Seine Pferdedecke, die er aus den Flammen hatte retten können, hatte er sich quer über den Rücken gebunden. An seiner rechten Seite baumelte die Schultertasche. Im Gegenlicht erkannte Marcus die rundliche Wölbung des Leinenstoffs. Am Gürtel, der die Tunika des Kroaten in der Hüfte raffte, war an diesem Morgen einer seiner Dolche befestigt. War dies Zufall, oder steckte er dort griffbereit, um bei der nächsten Gelegenheit benutzt zu werden? Hatte Niko mit dem Mord auf den Moment des Aufbruchs gewartet, um gleich nach seiner Tat von diesem Ort zu verschwinden? Warum hatte er Marcus nicht einfach im Schlaf erstochen, sondern ihn zuerst von seiner Matratze gezogen?

»Was … warum …«, Marcus brachte angesichts seiner Todesangst kein weiteres Wort heraus.

»Du hast geträumt und bist dabei von deinem Schlaflager gerollt. So wie du dich hin und her gewälzt hast, war es nur eine Frage der Zeit, bis du mit dem Hinterkopf aufschlagen würdest. Dein Glück.« Nicht nur, dass Marcus noch nie so viele Worte auf einmal von Niko vernommen hatte, es war auch das erste Mal, dass er ihn amüsiert lächeln sah.

»Glück?«, stammelte er ungläubig und verwirrt.

»Ja, wenn du noch länger geschlafen hättest, wäre ich fort gewesen. So werde ich noch einen Moment draußen auf dich warten.« Der Gaukler schüttelte schmunzelnd den Kopf und verließ das Haus.

Marcus fuhr sich mit den Fingern durch seine langen weißblonden Haare und versuchte, seine Gedanken zu sortieren. Er wurde einfach nicht schlau aus dem Kroaten. Spielte der Kerl nur ein quälendes Spiel mit ihm, oder fühlte sich der Reliquiendieb so sicher, dass ihm gar nichts daran lag, sich des einzigen Mitwissers zu entledigen? Wie auch immer es sein mochte, Marcus spürte instinktiv, dass er nur an seiner Seite die Möglichkeit hatte, Patty jemals wiederzusehen. Sofern sie noch am Leben war!

Dies würde er niemals herausfinden, wenn er hier auf dem Boden saß und grübelte. Rasch sprang er auf die Beine, rieb sich noch einmal kurz über den Hinterkopf und trat dann hinaus ins Freie.

Nikos Heiterkeit hatte sich zwischenzeitlich wieder gelegt, und so kehrten sie so stumm, wie schon am Tag zuvor, zu der breiten Spur zurück, die das Heer durch die Landschaft gepflügt hatte.

Wenig später erreichten sie den Waldrand und traten ins Halbdunkel der Bäume. Die Sonne war zu dieser frühen Stunde noch nicht so weit aufgestiegen, dass ausreichend Licht durch die Wipfel fiel, um den Weg zu erhellen.

Die beiden Männer waren noch nicht weit gegangen, als

sie eine riesige Lichtung erreichten. Beinahe friedlich wirkte dieses Wiesenstück inmitten der dunklen Tannen. Dampfend stieg die Feuchtigkeit des Taus an jenen Stellen auf, die in Reichweite der morgendlichen Sonnenstrahlen lagen. Marcus musste daran denken, wie es wäre, wenn er Patty am Rande einer solchen Lichtung liebte. Ihre heißen Körper lägen vom Tau gekühlt da, um schon Minuten später erneut zu verschmelzen.

»Wir hatten sie beinahe erreicht«, knurrte Niko verärgert und riss seinen jugendlichen Gefährten aus dessen weltentrückten Gedanken.

Er hatte recht. Erst jetzt, als sie näher kamen, bemerkte der Traumtänzer, dass der Boden hier und dort aufgewühlt war. Das Heer hatte an dieser Stelle, nur eine knappe Stunde von ihnen entfernt, genächtigt.

»Sie werden kaum viel früher aufgebrochen sein als wir«, stellte der finstere Spielmann fest, der am Boden hockte und feuchte Erde durch seine Finger rieseln ließ. »Vielleicht erreichen wir sie noch, bevor sie an der Abtei zu Brauweiler ankommen.«

»Und dann?«, fragte Marcus. Die erwartete Antwort blieb aus. Der Kroate war schon wieder aufgesprungen und mit raschem Schritt weitergegangen.

❧

»Lasst uns nun die Becher erheben, Ihr ruhmreichen Kämpfer, und auf unseren ersten gemeinsam errungenen Sieg trinken, auf den Grundstein unseres neuen Bundes!« Stolz und voller Entschlossenheit in der Stimme reckte der Herzog von Brabant seinen Becher zum Burgfried empor, aus dessen Maueröffnungen immer noch Flammen züngelten. Graf Eberhard von der Mark und die anderen Adeligen, die direkt neben Johann standen, taten es ihm gleich.

»Zum ewigen Wohle Brabants und Colonia Ara Agrippina – der heiligen Stadt Köln«, rief jetzt auch Gerhard von Overstolz eifrig. Die Kölner Bürgerschaft hatte sich erst kürzlich in Brühl unter der Führung des Patriziers dem Brabanter im Kampf gegen den verbannten Erzbischof angeschlossen und kämpfte nun Seite an Seite mit dem Grafen Adolf von Berg und den anderen Vasallen des Herzogs.

Herzog Johann von Brabant hatte im Streit um das Erbe Limburgs reagieren müssen, als sich die Kunde verbreitete, Rainald von Geldern habe sein zweifelhaftes Anrecht für 40.000 brabantische Denare an den Grafen von Luxemburg verkauft. Ihm war schnell klar geworden, dass sich der Luxemburger mit dem machthungrigen Kölner Erzbischof Siegfried von Westerburg verbünden würde. Was also lag näher, als sich wiederum die militärische Schlagkraft der Kölner Bürgerschaft zu sichern, die sich mit jenem Kirchenfürsten im Streit befand?

Um ein Zeichen der Stärke zu setzten, hatten sie so die Zerstörung der Burg Worringen, Siegfrieds Bollwerk vor den Toren der Stadt, beschlossen und waren vor einer Woche hierher gezogen. Als der heftige Regen eingesetzt hatte, war es schwierig geworden, den Druck der Belagerung stetig aufrechtzuerhalten. Letztlich hatten die mächtigen Schleudermaschinen der Kölner den Ausschlag gegeben und den Widerstand gebrochen.

Auch wenn die Belagerung nun seit einigen Stunden vorüber war, drangen immer wieder Schreie aus der Burg zu ihnen herüber. Die siegreichen Krieger durchkämmten das Innere unaufhaltsam nach einzelnen Kämpfern, die sich nicht ihrem Schicksal ergeben wollten. Von Weitem sah man, wie sie die Leichen der Belagerten zum Rheinufer brachten und dort in den Fluss warfen.

»Der Fall seiner Burg wird Siegfried eine Lehre sein. Ich schätze, dass dem großkotzigen Erzbischof und seinem

Luxemburger Schoßhündchen die Vasallen nur so davonlaufen werden, wenn sich unsere Übermacht herumspricht«,
krakeelte Dietrich von Moers, der sich bei seinen selbst-
bewussten Worten stolz aufrichtete und voller Vorfreude
einen kräftigen Schluck Wein nahm. Die anderen Fürsten
stimmten dem Dicken fröhlich zu und stießen siegesge-
wiss mit ihren Bechern an. Nur der Herzog von Brabant
wirkte nachdenklich. Er ahnte, dass sich die Allianz der
Gegner nicht so schnell in die Flucht würde schlagen lassen und fragte sich, wie wohl der nächste Schritt des Erzbischofs, einem mittlerweile erfahrenen Heerführer, aussehen würde.

Hastig winkte er einen seiner Männer heran und entfernte
sich mit ihm ein paar Schritte von dem prunkvollen Zelt, vor
dem die Fürsten den Erfolg ihrer Belagerung feierten.

»Habt Ihr Nachricht von meinem Knappen, Walter von
Bisdomme?«, erkundigte er sich mit einer hörbaren Aufregung in der Stimme.

Der Gefragte schüttelte unmerklich den Kopf und schaute
dabei beinahe schuldbewusst. Die Antwort würde seinem
Dienstherrn nicht gefallen. »Nein, bisher nicht, Herzog
Johann.«

Besorgt rieb sich der Fürst das Kinn und bedeutete dem
Mann, dass er sich wieder entfernen könne. Die Rückkehr
seines Knappen war schon lange überfällig und die Informationen, die er mit sich bringen würde, von höchster Wichtigkeit. Er ahnte, dass das Heer seines Widersachers nicht minder schlagkräftig und groß war als das seine und dass genaue
Kenntnisse der Pläne seiner mächtigen Gegner womöglich
den entscheidenden Ausschlag geben könnten. Der Herzog
von Brabant ließ sich seine Sorge nicht weiter anmerken und
ging zurück zum Zelt.

❧

»Was wollt Ihr denn noch, verehrter Schwager?« Kaum hatte
der Mann den leeren Becher zurück auf den Tisch gestellt,
trat eilig ein Lakai heran und schenkte nach. Genüsslich
biss der hohe Herr in ein Stück Brot mit Rübenkraut und
betrachtete missbilligend seinen Verwandten, der unruhig
vor ihm auf und ab ging. »Seid so gut, und setzt Euch endlich dort auf den Stuhl. Euer Hin-und-her-Gerenne verdirbt
mir noch den morgendlichen Appetit.« Der Dicke tat, wie
ihm gesagt wurde, und setzte sich widerwillig nieder, ohne
seine Nervosität vollends beherrschen zu können. Das Hin
und Her vollzog er nun mit seinem Allerwertesten auf der
Sitzfläche, was umgehend mit einem lauter Seufzer seines
Gegenübers quittiert wurde.

»Ihr müsst den Druck erhöhen. Die Alte ist noch nicht
weit genug.«

»Aber was soll ich denn noch alles für Euch anstellen? Ihr
könnt von Glück sagen, dass das Kerlchen gerade am Münster
vorbeilief, als der tödlich verwundete Priester aus dem Gotteshaus stolperte. Erst seine Flucht gab uns die Möglichkeit,
diesen Wirt fortzusperren und ihm die Folter anzudrohen.«

»Anzudrohen? Ihr wollt damit sagen, dass ihr ihn bisher
noch gar nicht gefoltert habt?«

»Ihr geht zu weit!« Krachend schlug die Hand des Mannes auf die Tischplatte, sodass der eben erst gefüllte Becher
umstürzte. Wieder sprang der Lakai zum Tisch und begann,
die Lache aufzuwischen. Ein Tritt seines Dienstherrn ließ
ihn nach hinten taumeln. »Auch wenn ich der Schultheiß der
Stadt Neuss bin, so muss ich mich an Recht und Gesetz halten. Zumindest in einem bestimmten Rahmen.« Zur Beru-
higung biss er erneut in sein Brot.

»Der Wirt muss beseitigt werden!«, jaulte der Dicke mit
sich überschlagender Stimme. »Meine monetären Mittel
werden unter normalen Umständen nicht ausreichen. Nur
wenn die Alte allein ist, wird mein Plan gelingen können.«

»Immer mit der Ruhe. Ich habe die Sache demjenigen meiner Männer anvertraut, auf dessen blinden Ehrgeiz wir ganz und gar vertrauen können. Er wird seine Dienstbeflissenheit bestimmt derart übertreiben, dass Euer sehnlichster Wunsch schon bald in Erfüllung gehen wird. Darüber hinaus bin ich mir sicher, dass er die Weisung, die ich ihm zwischen den Zeilen mit auf den Weg gab, verstanden hat.« Der Schultheiß musste unweigerlich an das Bild denken, das sich ihm geboten hatte, als er den Gefangenen zum ersten Mal nach seiner Verhaftung erblickt hatte. Angewidert legte er das angebissene Brot zur Seite. »Da wir gerade von Geld sprechen, Euch ist hoffentlich klar, dass Ihr mir die Auslagen, die ich in Eurer Sache bereits hatte, ersetzten werdet?«

Die Ungeduld des Dicken wich schlagartig der Sorge um seine Münzen, und er rutschte noch aufgeregter auf dem Stuhl hin und her, sodass das Möbel nun unter seinem Gewicht laut zu ächzen begann. Seine dicken Wangen röteten sich vor Scham. »Gewiss, verehrter Schwager und Schultheiß, ich höre, dass die Sache bei Euch in den gewohnt fähigen Händen ist, und werde mich daher umgehend meinen Geldgeschäften widmen. Wir wollen nicht, dass ich Euch Euer Geld schuldig bleiben muss.« Verlegen lachend stand er auf und verließ eilig den Raum. Weitere Geldforderungen! Das war nun wirklich das Letzte, was er gebrauchen konnte.

Er hatte ein Tuch hervorgezogen und wischte sich die schweißnasse Stirn, als er nun vor dem Haus des Schultheißen stand. Indes kamen drei Stadtsoldaten auf das Gebäude zu. Der eine, ein junger drahtiger Mann, offensichtlich der ranghöchste, ging einige Schritte vor den anderen und schlug ein auffallend schnelles Tempo an, sodass die beiden älteren ihm beinahe nicht folgen konnten. Unvermittelt blieb er stehen und drehte sich zu seinen Begleitern um. »Ihr verfluchten Faulpelze, könnt Ihr nicht schneller gehen als eine

watschelnde Ente am Rheinufer? Selbst eine der klapprigen
alten Marktfrauen mit ihren Handkarren voll Kohl würden
Euch noch davonlaufen!«

»Aber wir…« Weiter kam der Stadtsoldat in seiner Rechtfertigung nicht, denn eine schallende Ohrfeige landete klatschend auf seiner Wange.

Es gab keinen Zweifel für den Dicken. Wer seinen Männern
wegen einer solchen Lappalie ins Gesicht schlug, konnte nur
derjenige sein, den sein Schwager, der Schultheiß, eben noch
beschrieben hatte.

Wie zufällig schlenderte der Füllige auf die drei zu. Dabei
steckte er das Schweißtuch zurück in seinen Wams und nestelte eine kleine Münze aus seinem Beutel. »Verzeiht, mein
Herr«, sprach er den jungen Soldaten an und drehte dabei
das Geldstück in seinen Fingern. »Könnt Ihr mir vielleicht
eine Auskunft erteilen?«

Der Blick des Soldaten fiel auf das Geldstück, dann
wandte er sich an seine Männer: »Geht vor zum Hof und
haltet Euch bereit. Wir werden später über Euer Verhalten
im Dienst sprechen, wenn ich hier fertig bin.« Die beiden
Angesprochenen trollten sich zum Haus des Schultheißen,
während sich einer von ihnen seine schmerzende Wange
hielt. »Wie kann ich Euch helfen?«, kläffte der Zurückgebliebene barsch. Er kannte den Dicken und wusste natürlich genau, dass dieser, Thaddäus Weißenberg, der Schwager
des Schultheißen war. Er mochte den schleimigen Kerl
genauso wenig, wie es sein Dienstherr tat. Die bettelnde,
schmierige Art dieses verarmten Landadeligen war ihm
einfach zuwider. Er hatte sein Gut heruntergewirtschaftet
und sein Lehen auf diese Weise verloren. Nun war er auf
der Suche nach einem neuen Lebensunterhalt. Wenn man
den Gerüchten Glauben schenken durfte, überbrückte er
diese Durststrecke wohl mit zweifelhaften Geschäften und
Machenschaften. Dennoch wollte sich Hubertus Hohen-

fels nicht davon abhalten lassen, für eine kleine Auskunft eine Münze von ihm anzunehmen. »Stellt Eure Frage. Wir werden sehen, ob ich Euch weiterhelfen kann.«

»Nun ja. Es geht um diesen furchtbaren Mord an dem armen Priester.« Scheinheilig bekreuzigte sich der Dicke. »Habt Ihr schon eine Spur, wo sich sein Mörder, dieser Reliquiendieb Marcus, aufhält? Man hört, der Wirt des ›Schwarzen Krug‹ könnte hierzu Auskunft geben.«

»Ihr seid gut informiert, Herr Thaddäus. Doch bisher hüllt sich der Kerl in Schweigen.«

»Welch gotteslästerlicher Schurke! Aber ich denke, wenn Ihr ihm noch ein wenig mehr zusetzt, wird es Euch gelingen, die schändliche Tat zu klären. Die Schar der gläubigen Bürger von Neuss vertraut auf Euch.« Mit diesen Worten ließ der Dicke die Münze wieder in seiner Geldkatze verschwinden, verbeugte sich und verließ eilig den Vorplatz des Münsters.

Verdutzt blieb Hubertus Hohenfels zurück. War die Münze, die so plötzlich aus seinem Blickwinkel verschwunden war, nicht für ihn bestimmt gewesen? Wie dem auch sei. Obgleich ihn der Schwager des Schultheißen hereingelegt hatte, der Kerl hatte recht gehabt. Er musste diesem Berthold Janssen einfach mehr zusetzen. Letztendlich würde er schon ausspucken, wo sich sein Mündel verbarg. Noch heute würde er sich des Wirts erneut annehmen. Das war er schließlich seinem Dienstherrn, der ihn hierfür fürstlich entlohnte, und der ganzen Stadt Neuss schuldig.

❧

»Die Wellen werden über dich hereinbrechen,
wie das Meer die Ägypter verschlang,
wie die Fluten die Erde vom Übel reinwuschen
und nur die Arche des Noah verschonten.«

A/2/14 – ›die‹, das 14. Wort im zweiten Vers des Kapitels, das mit ›A‹ betitelt war. Und wieder zählte der junge Bibliothekar die Worte ab. Aber heute war alles anders. Er hatte den Kodex heimlich aus dem Dormitorium herunter in sein Versteck bringen wollen, da standen schon Bruder Ignatius und Bruder Gernhard an ihren Pulten und hatten mit ihrer Arbeit begonnen. Um keinen weiteren Verdacht zu erregen, war er wie selbstverständlich an ihnen vorbeigegangen und hatte den Kodex auf sein Schreibpult gelegt, als sei es das Normalste der Welt, dass er die Schriftensammlung von draußen mit hereinbrachte und nicht wie sonst aus einem der Regale nahm.

Da der Kodex nun einmal auf seinem Arbeitsplatz lag, hatte er sich dazu entschlossen, dem neuen Gedankenansatz am helllichten Tage nachzugehen. Um das wertvolle Buch vor neugierigen Blicken rasch verstecken zu können, hatte er sich lediglich ein zweites, größeres Werk dazugeholt, das er im Zweifelsfalle über der geheimen Schrift ausbreiten konnte.

Zwischenzeitlich waren auch die übrigen Brüder im Skriptorium eingetroffen und hatten ihre Plätze an den Schreibpulten eingenommen. Sich an ihr Schweigegelübde haltend, das auf der Grundsatzregel des Benedikt von Nursia ›ora et labora‹ beruhte, arbeiteten die Mönche still vor sich hin. Nur das Kratzen der Federkiele verschmolz zu der gewohnten Geräuschkulisse. Da mittlerweile alle Brüder in ihre Arbeit vertieft waren, fühlte sich der Bibliothekar sicher und begann mit der Fortführung seiner geheimen Nachforschungen.

Auf einem Stück alten Pergament notierte er die Verse, die jeweils aus ein und demselben Kapitel stammten, säuberlich untereinander. Nur auf diese Weise würde es ihm gelingen, die möglichen Gemeinsamkeiten zu erkennen, und so die Bedeutung der Kapitelbezeichnungen, ›A‹, ›I‹ und ›T‹ zu entschlüsseln. Vielleicht hatte der Abt ja recht, und der Sinn, den diese Buchstaben ergaben, führte zu der entscheidenden Spur.

Auch wenn ihm der Klostervorsteher es ein ums andere Mal verboten hatte, tagsüber und im Beisein der anderen Ordensbrüder zu forschen, heute fühlte er sich ungewöhnlich mutig und stark. Er würde dem Geheimnis ein weiteres Stück näher kommen, dessen war er sich aus unerfindlichen Gründen sicher. Vergessen war die Angst, die er noch am Abend zuvor gespürt hatte, als er mit dem neuen Prior im Skriptorium gewesen war, und die ihn noch bis in den Schlaf verfolgt hatte. Gott hatte ihm wohl über Nacht seinen Tatendrang zurückgegeben. Bei diesem Gedanken musste er schmunzeln, ja, beinahe lachen. Ausgerechnet Gott, der sein Vorhaben nicht billigen würde, sollte ihm die Kraft dazu geschenkt haben?

In diesem Moment war er mit dem ersten Kapitel fertig geworden und betrachtete die Zeilen, die er aus Kapitel A zusammengeschrieben hatte. Dabei hatte er die Worte säuberlich unterstrichen, auf die die Koordinaten hinwiesen.

A/2/14 wie die Fluten <u>die</u> Erde vom Übel reinwuschen
A/3/29 <u>Heiliger</u> Nikolaus, rette uns vor der tobenden See
A/17/52 vor dem Klang seines <u>Namens</u> erzittern die Meere
A/9/19 und der <u>Sünder</u>, der entsteigt, aus den Fluten des
        Bösen,
A/4/23 der Herr <u>der</u> Meere und Flüsse, der Lenker der
        Wellen und Bäche
A/4/2   Am <u>40.</u> Tag wird das Meer sich teilen,
A/19/21 Doch das Wasser des Jordan gab ihnen reinen <u>Odem</u>,
        wie es auch dich den göttlichen Odem …

Aufmerksam las er die Zeilen immer und immer wieder auf der Suche nach einer Gemeinsamkeit. Er spürte, dass er der Lösung des ersten Kapitels bereits ganz nahe war, und so bemerkte er in seiner Konzentration nicht die Schritte, die sich seinem Schreibpult unaufhaltsam näherten.

Erst als alte knochige Finger nach seinen Notizen griffen, schrak er zusammen. Instinktiv wehrte er mit der Rechten die faltige Hand ab, während er mit der Linken versuchte, seine Aufzeichnungen samt Kodex unter dem großen Buch zu verbergen. In seiner Hast übersah er das Tintenfass, das eben noch am oberen Rand seines Pultes gestanden hatte. Die Ecke des Einbands hatte es hinuntergestoßen, sodass es nun mit einem lauten Knall auf dem Boden der Schreibstube zerschellte. Der Bibliothekar reckte sich über die Pultkante und konnte nur noch mit ansehen, wie sich die Tinte über die Steinplatten ausbreitete. Aus seinem Blickwinkel wirkte der Fleck beinahe wie ein Totenschädel. Unterdessen starrten ihn die elf Augenpaare seiner Mitbrüder an. Die einen schüttelten missbilligend die Köpfe, anderen wiederum huschte ein schadenfrohes Lächeln über die Lippen. Solch eine Ungeschicklichkeit war einfach typisch für diesen Tollpatsch. Voller Verärgerung fragten sie sich oft, warum der Abt ausgerechnet diesen Grünschnabel zum Vorsteher des Skriptoriums ernannt hatte, als diese Position vor einigen Monaten vakant geworden war. Ihnen erschien jeder Einzelne von ihnen besser geeignet für diese Aufgabe als das ungeschickte Bürschchen. Einige unter den Brüdern waren sich sicher, dass dieser hübsche schlanke Mönch dem Abt des Nachts zu Diensten war und dessen gotteslästerliche Wolllust befriedigte. Andere meinten zu wissen, dass er aus betuchtem Hause stamme und der Vater des Jungen regelmäßig der Ebbe in den privaten Kassen des Abts entgegenwirken würde. Der junge Bibliothekar hingegen ahnte nichts von dererlei Verdächtigungen.

Nachdem er sich einigermaßen gefasst hatte, wandte er den Blick dem Mann zu, der versucht hatte, nach seinen Notizen zu greifen. Er schaute in gütige Augen. Bruder Lucius stand vor ihm und lächelte den noch immer erschrockenen Mönch an.

»Ich bitte um Vergebung, verehrter Vater, ich …«

»Scht!«, zischte einer der Geistlichen und schaute vorwurfsvoll zu den beiden herüber. In seiner Aufgeregtheit hatte der Bibliothekar das Schweigegebot laut hörbar verletzt. Mit einer bestimmten, aber unverändert freundlichen Geste bedeutete der Alte seinem Ordensbruder, ihm zu folgen, und humpelte zur Tür des Skriptoriums. Hastig zog der junge Geistliche den Kodex aus seinem provisorischen Versteck, legte seine Notizen zwischen die Seiten und schlug die Schriftsammlung mit einem lauten Knall zu, als wolle er der Ermahnung seines Mitbruders trotzen. Dann eilte er dem Greis nach.

Verwundert schaute er sich um, als er zum Kreuzgang hinaustrat. Im Halbdunkel der Arkaden hätte er den Prior beinahe übersehen. Erst als dieser fordernd mit dem Gehstock an den Sandstein des Gemäuers geschlagen hatte, hatte der junge Mönch ihn wieder entdeckt. Die schemenhafte Silhouette des gebeugten Alten wirkte im Zwielicht des Ganges mit einem Mal unheimlich und beängstigend. Schlagartig kehrte die Verunsicherung des Vorabends zurück, und so ging der Bibliothekar nur zögerlich auf die Gestalt im Halbdunkel zu.

»Ich glaube, ich bin Euch eine Erklärung schuldig«, sprach ihn der Prior an. Seine Stimme klang nun wiederum so freundlich, wie sein Lächeln im Skriptorium gewirkt hatte. Eigenartig. Wann immer er dem Alten begegnete, befand er sich in einem Wechselbad der Gefühle. Ihm war stets zumute, als schütte ein Bader unvermittelt und überraschend einen Eimer kochenden Wassers in den gerade erkalteten Badezuber, der bereits Sekunden später wieder auf unerträglich niedrige Temperaturen abkühlte. Auch wenn er nicht wusste, woran er bei Bruder Lucius war, so hoffte er, gerade in ihm seine Zuflucht, den ersehnten Ausweg zu finden. Erst jetzt, als er dicht vor dem Greis stand, erkannte er diese halb verborgene Güte wieder, die ihm diese Hoffnung gab.

»Lasst uns hinaus in die Klostergärten gehen. Dort können wir uns ungestört unterhalten, ohne dass wir uns in der krakenhaften Reichweite Bruder Gisberts befinden.«

Bruder Gisbert hatte bereits vor vielen Jahren das unter den Ordensmitgliedern verhasste Amt des Zirkators übernommen. Das Amt jenes Mönches, der offiziell nur die Einhaltung des Schweigegelübdes überwachte. Gleichzeitig nutzte jener seine halbseidene Allgegenwärtigkeit, den Gesprächen der Brüder zu lauschen, die nicht unbedingt für die Ohren des Abts bestimmt waren. Wenn man dem Klostervorsteher eine Information zukommen lassen wollte, ohne ihn damit zu behelligen, so war es der sicherste Weg, diese einem Mitbruder im Vertrauen zuzuflüstern. Immer vorausgesetzt, man wähnte Bruder Gisbert in seiner Nähe. Oft fragten sich die Brüder, wie der Zirkator mit solch kleinen Ohrmuscheln so unglaublich gut hören konnte.

Kurze Zeit später hatten sie in stummer Zweisamkeit die Gärten erreicht. Langsam und vorsichtig setzte sich Lucius auf die steinerne Bank, die am Wegesrand stand, und bedeutete dem Jüngeren, sich ebenfalls niederzulassen. Etwas zögerlich nahm dieser am anderen Ende Platz. Sogleich rutschte er ein Stück nach rechts auf Lucius zu, um auch im Flüsterton mit ihm sprechen zu können. Weit und breit war zwar niemand zu sehen, aber man konnte nie sicher sein, ob die Büsche nicht vielleicht Ohren hatten.

Den Kodex legte er vorsichtig links neben sich ab. Sein Vertrauen musste erst noch weiter wachsen, bevor er sich dem neuen Ordensbruder offenbaren würde. Auch wenn er sich in der vergangenen, unruhigen Nacht grundsätzlich dazu entschlossen hatte, sich dem Prior anzuvertrauen, so war er einfach noch nicht so weit. Sein Vertrauen keimte zwar ungewöhnlich rasch wie die erste Frühlingsblume im warmen Sonnenlicht, doch dieses zartes Pflänzchen konnte jederzeit dem wiederkehrenden Frost zum Opfer fallen.

Nervös und aufgeregt sann der junge Mönch noch über die passenden, erklärenden Worte nach, als Bruder Lucius das Gespräch begann: »Wenn ich Euch am gestrigen Tage bedrängt haben sollte, so verzeiht, Bruder in Christo. Dies war nicht meine Absicht. Vielmehr wollte ich Euch Zuflucht gewähren, Zuflucht vor den Klauen des Abts.« Die schlagartig errötenden Wangen des Bibliothekars zeigten Lucius, dass ihn seine Instinkte, die Instinkte des alten Fuchses, nicht getrogen hatten. Er hatte mit seiner kühnen Behauptung ins Schwarze getroffen. Jetzt galt es, rasch und umsichtig nachzusetzen. Es war das immer wiederkehrende Spiel von ›Vertrauen schaffen‹ und ›Druck ausüben‹, das er in all den Jahren der Intrigen bravourös zu spielen gelernt hatte. »Doch nun bitte ich Euch, mir das Geheimnis nicht anzuvertrauen. Nicht, dass ich Euch nun nicht mehr zu helfen gedenke. Nein, es ist vielmehr die Sorge, Euch könnte der Gedanke bedrücken, mir Euer sorgfältig gehütetes Geheimnis zu offenbaren. Die Entscheidung ist die Eure. Ich werde da sein, wenn Ihr mich braucht.«

Nachdenklich griff der junge Mönch nach dem Kodex und presste ihn an sich, während er dem Greis nachblickte, der über den knirschenden Kies des Weges davonhumpelte.

✺

Sie hatten ein weiteres, kleineres Waldstück durchquert und blickten nun auf eine endlos scheinende Ebene, die sich hinüber zu einer leichten Anhöhe erstreckte. Marcus ahnte, dass es sich bei dem trutzigen Kloster mit seinen emporragenden Kirchtürmen um die Abtei zu Brauweiler handeln musste. Im Schatten der mächtigen Klosteranlage standen vereinzelte Bauernkaten. Die winzig klein erscheinenden Häuser schmiegten sich an die hintere Klostermauer – ein Bild der Idylle, das im Gegensatz stand zu der Mischung aus Anspannung, Furcht und Freude, die in dem jungen Mann bei diesem Anblick aufstieg. Zwischen ihnen und der Abtei erstreckte sich der riesige Tross des Heeres. Auch wenn die Menschen und Tiere noch winziger wirkten als die Bauernhäuser von Brauweiler, so spürte man selbst auf diese Entfernung die Kraft und Bedrohung, die von dieser kriegerischen Meute ausging. Trotz des Regens der letzten Tage wirbelte der gewaltige Zug Bewaffneter Staub auf, der in dicken Wolken über die Weiden der Abtei hinwegzog.

Marcus spürte, dass sich auch in Niko die Gefühle wandelten. Obgleich er unverändert stumm vor sich hin ging, hatte er seinen Schritt verlangsamt, und der Heranwachsende meinte, einen Seufzer der Erleichterung vernommen zu haben. Zwar hatten sie ihr Ziel, vor den Toren Brauweilers zu den Truppen aufzuschließen, nicht erreicht, aber schon bald würden sie zu ihnen stoßen.

»Was werden wir tun, wenn wir sie eingeholt haben?«, erkundigte sich Marcus nun. Trotz der Verunsicherung, die diese Frage vermuten ließ, klang seine Stimme voller Entschlossenheit.

»Wir werden uns als Söldner anbieten.«

Marcus war überrascht, dass er tatsächlich eine Antwort auf eine der wenigen Fragen bekam, die er auf ihrem gemeinsamen Weg an den Messerwerfer gerichtet hatte. Sollte sich etwa ein Gespräch zwischen ihnen entwickeln?

»An welche Männer werden wir uns wenden? Ich meine, welchem Grafen werden wir unsere Dienste anbieten?«

»Es kommt darauf an.«

»Es kommt darauf an?« So schnell würde er nun nicht aufgeben und die Unterhaltung verebben lassen. Zu oft schon war er vor der schroffen Art des Kroaten zurückgeschreckt. Es war an der Zeit, dass er sich seiner Stärke bewusst wurde.

»Den Teil des Heeres, dem Dietrich von Keppel angehört, werden wir meiden. So viel steht fest.«

Marcus war froh um diese Antwort. Er selbst hatte bei seiner Frage gar nicht an diese versoffene Bande gedacht. Noch im selben Augenblick verging ihm seine Freude. Patty war, sofern sie noch lebte, in den Händen dieses Kerls. Musste er nicht aus diesem Grunde gerade die Nähe von Keppels suchen?

Als habe Niko seine Gedanken erraten, ging er auf die stillen Überlegungen seines Weggefährten ein. »Es ist besser für dich und Patty, wenn du dich nicht in der unmittelbaren Nähe aufhältst. Wir werden den Kerl aus einer sicheren Position heraus beobachten und zuschlagen, sobald sich uns die Gelegenheit bietet.«

Marcus stand der Mund vor Erstaunen offen. Kümmerte sich Niko nun gar um seine Belange? War er es nicht gewesen, der betont hatte, dass sich jeder von ihnen um seine eigenen Ziele bemühen musste, ohne mit der Unterstützung des anderen rechnen zu können? »Machst du dir wirklich Sorgen um Patty und mich?«, schoss es aus dem Verblüfften hervor, dem sofort klar wurde, dass er mit dieser Frage zu weit gegangen war. Der Kroate verstummte.

✑

Die Soldaten hatten begonnen, ihre Zelte aufzubauen und sich zumindest provisorisch einzurichten. Ihre Vorkehrungen ließen erahnen, dass ihr Aufenthalt nur von kurzer Dauer sein würde. Die Grafen und höheren Herren wären in den inneren Ring der Klosteranlage vorgedrungen, während die einfachen Ritter mit ihren Männern Platz vor den Toren gefunden hatten. So groß und stolz sich die Anlage auch darbot, für alle Heeresangehörigen vermochte sie nicht ausreichenden Platz zu bieten.

Bereits beim Aufbau des nächtlichen Lagers formierte sich die Armee und teilte sich in die drei Einheiten, die schon bald Seite an Seite kämpfen würden.

Zu den Männern des Kölner Erzbischofs Siegfried von Westerburg, der sein Lager standesgemäß im Inneren der Klosteranlage bezogen hatte, gesellten sich die Soldaten der Grafen Dietrich ›Luv‹ von Kleve, Walram von Jülich und Johann von Heinsberg. Die Vasallen und Verbündeten der Grafschaft Geldern scharten sich hingegen östlich der Klosterpforte um den Grafen Rainald. Graf Heinrich von Luxemburg indes bildete den Kopf des dritten Truppenteils, der zusammen mit den limburgischen Parteigängern direkt hinter den Männern des Erzbischofs in die Schlacht ziehen würde. Ihnen wurde für diese Nacht das westliche Areal der angrenzenden Weiden zugeteilt.

Gerade verschwand der Fahnenwagen des Erzbischofs durch die Klosterpforte, als Niko und Marcus das Lager erreichten. Die Männer waren offensichtlich zu beschäftigt, als dass sie Notiz von den beiden Ankömmlingen nahmen. Ringsherum waren Ritter und Knappen damit beschäftigt, ihre Pferde zu versorgen oder ihr Nachtlager herzurichten. Auch wenn sich die düsteren Gewitterwolken des Vortages verzogen hatten, so war keiner der Männer darauf erpicht, die kommende Nacht schutzlos zu verbringen. Sie würden ihre Ruhe brauchen, um für die bevorstehende Schlacht gerüstet zu sein.

Nachdem sich Niko und Marcus ein wenig umgesehen hatten, ging der Kroate hinüber zu einem jungen Burschen, der gerade mühevoll Heu für die Pferde seines Herrn von einem Karren hievte. Er tippte dem Jungen auf die Schulter. »He, du, wo finde ich den Herrn von Keppel?«

»Einen Herrn von Keppel kenne ich nicht«, erwiderte der Angesprochene. Er war viel zu beschäftigt, als dass er sich umdrehte.

»Sein Banner zieren …«, weiter kam Niko nicht, denn seine Erkundigungen wurden barsch unterbrochen.

»Wer will das wissen und warum interessiert Ihr Strauchdiebe Euch überhaupt für den Herrn?«

Die beiden fuhren herum und blickten auf einen Knappen, der nicht viel älter zu sein schien als der Bursche, der sich um die Pferde kümmerte. Sein tadelloser Waffenrock erweckte den Anschein, es handele sich um einen feineren Herren. Zumindest hielt er sich offensichtlich dafür. Seine Haltung und der Blick, mit dem er die Männer taxierte, unterstrichen dies deutlich.

Der Messerwerfer schien hiervon nicht beeindruckt und trat entschlossen auf den hochmütigen Jüngling zu. »Ich glaube nicht, dass der Herr von Keppel es sonderlich schätzt, wenn Ihr Euch für die Nachricht interessiert, die ich ihm zu überbringen habe«, entgegnete Niko unbeirrt und stieß dem Knappen provozierend gegen die Schulter, sodass dieser nach hinten stolperte. Um dem Kerlchen deutlich zu machen, dass eine Gegenwehr für ihn nicht gut ausgehen würde, zog er, wie aus dem Nichts, einen Dolch aus dem Umhang.

Angesichts der Waffe zügelte der Knappe widerwillig sein Temperament, spuckte vor seinem Kontrahenten ins Gras und zischte: »Geht zum Teufel!« Dann drehte er sich um und stapfte wütend davon.

Der Kroate ließ den Dolch genauso flink verschwinden, wie er ihn hervorgeholt hatte, und wandte sich wieder an den Burschen, der starr vor Schreck dastand. Er zitterte, als Niko ihn mit finsterer Miene erneut ansprach. »Also zurück zu meiner Frage. Der Herr von Keppel und seine Männer tragen einen weißen Waffenrock mit einem roten, gezackten Brustring.«

Mit offenem Mund stand der Junge da und streckte seinen Arm nach rechts aus. Dann stammelte er beinahe lautlos: »Solch gewandete Recken habe ich dort drüben im Lager des Grafen von Geldern gesehen.«

Schräg grinsend tätschelte der Kroate die blasse Wange des plötzlich so Auskunftsfreudigen. »Habt Dank«, verabschiedete er sich und nickte seinem Begleiter kurz zu. Dann ging er in die Richtung, in die der Bursche gezeigt hatte, und Marcus folgte ihm eilig.

»Ich dachte, wir wollten die Nähe der Männer von Keppels vorerst meiden?«

»Du musst noch viel lernen. Wer wird uns die Geschichte von der ominösen Nachricht abnehmen, wenn man uns den Weg nach Osten weist und wir uns schnurstraks in die andere Richtung fortbewegen?« Marcus wurde rot und schämte sich ob seiner dummen Frage.

Nachdem sie zwischen einigen Zelten und Karren hindurchgegangen und außer Sichtweite waren, bogen sie nach links ab. Erst als sie sich sicher waren, dass sie jenen Truppenteil erreicht hatten, dem die Leute von Keppels nicht angehörten, blieb Niko erneut stehen. Sein Blick richtete sich auf einen stattlichen Kämpfer, der vor einem Zelt saß und seine Streitaxt von allen Seiten begutachtete. Der volle Bart des beleibten Recken schimmerte rötlich in der späten Mittagssonne. Auch wenn er wohl nicht der Herr der Männer war, die um ihn herum ihre Zelte aufgeschlagen hatten, so schien er eine Art Rädelsführer zu sein. Zumindest ließ dies der Eifer vermuten, mit dem die anderen seinen knappen Anweisungen folgten, die er ruhig vor sich hinmurmelte, ohne dabei den Blick von seiner Waffe zu nehmen. Marcus fiel auf, dass der Kraftprotz eine Gelassenheit innehatte, die etwas Väterliches ausstrahlte. Dies schien auch der Grund zu sein, warum die anderen Kämpfer ohne Murren auf seine Befehle reagierten, ja, sie schienen die Arbeiten gern für ihn zu erledigen.

Niko ging auf den Recken zu. »Wir wollen deinen Dienstherrn sprechen«, verkündete er und ließ dabei jene Art der Freundlichkeit vermissen, die er eben noch dem Stallburschen hatte angedeihen lassen.

Der Hüne hatte zwischenzeitlich einen alten Lumpen zur Hand genommen und ölte den Holzstiel seiner Axt. Ohne aufzublicken, antwortete er: »Ich glaube aber nicht, dass mein Dienstherr mit Euch sprechen will. Daher empfehle ich Euch, dass Ihr wieder dahin verschwindet, wo Ihr hergekommen seid.« Ruhig setzte er die Pflege seiner Waffe fort, auch wenn Marcus meinte, ein Zucken in seinem rechten Augenwinkel bemerkt zu haben.

»Ich glaube, du Fettwanst hast mich nicht recht verstanden.«

Marcus’ Herz setzte für einen Schlag aus. Auch die anderen Männer in der Runde verharrten in ihrem Tun und starrten zu den beiden hinüber.

»Mir hingegen scheint, Ihr solltet meine Empfehlung nun noch ernster nehmen und Euch schnellstens zum Teufel scheren.« Das Zucken des Augenwinkels wurde heftiger.

»Nicht, bevor ich Euch ebenfalls einen Rat mit auf den Weg gegeben habe: Lasst Euch auf einem Ochsenkarren in die Schlacht fahren. Ansonsten müsst Ihr fürchten, dass Eure dünnen Beinchen unter der Last Eures fetten Wanstes zusammenbrechen. Oder beabsichtigt Ihr, Euer armes Pferd mit Eurem Gewicht zu quälen?«

Mit einer ungeahnten Gewandtheit erhob sich der Kraftprotz plötzlich und schwang seine Streitaxt hoch über dem Kopf. Den Bruchteil einer Sekunde später sauste die Klinge auf Niko hernieder. Vor Schreck schloss Marcus blitzartig die Augen. Er wollte nicht mit ansehen, wie der Hüne den Kroaten in zwei Hälften teilte, egal, ob dieser nun der

Reliquiendieb war oder nicht. Doch statt des Berstens von Schädelknochen erklang ein lautes Klirren. Der junge Mann riss die Augen wieder auf. Sein undurchsichtiger Gefährte stand breitbeinig da, die Arme über sich gestreckt. In seinen starken Händen hielt er zwei seiner Dolche. Die gekreuzten Klingen hatten sich unterhalb des Axtkopfes verkeilt. Niko hatte eine unglaubliche Kraft aufbringen müssen, um den mächtigen Schlag abzufangen, aber es war ihm offenbar gelungen.

Der Bärtige schaute ihn mit einem Mal nicht mehr ärgerlich, sondern erstaunt an. Noch ehe er sich von seiner Überraschung erholen konnte, hatte Niko seinen Spann hinter die Hacke des Hünen gebracht und ihm das Standbein unter seinem Schwerpunkt weggezogen. Augenblicklich verlor der Mann das Gleichgewicht. Dann stolperte er rücklings über seinen Schemel, fiel nach hinten um und riss dabei die Zeltplane mit sich. Durch die Spannung der Stoffbahn zerbrach die obere Latte des Zeltes, und mit einem lauten Krachen begrub es den Recken, der wild um sich schlug und sich dadurch nur noch mehr in dem Gewebe verwickelte. Nur umständlich fand er eine Öffnung und streckte den Kopf durch einen Riss in einer der Zeltbahnen. Bevor er auch noch seine Gliedmaßen befreien konnte, hockte Niko vor ihm und setzte eine Dolchspitze unter das Kinn seines Gegners. Im Nu lag eine große Anspannung in der Luft. Marcus löste seinen Blick von den beiden Kämpfern und schaute erschrocken zu den anderen Anwesenden. Auf deren Gesichtern zeigte sich eine Mischung aus Überraschung und Unentschlossenheit. Würde einer der Bewaffneten eingreifen? Und wie würde Niko in dieser Situation reagieren? Würde er seinen Dolch mit einem kurzen Ruck durch die Kehle des Besiegten stoßen, um sich dann dem zu Hilfe Eilenden widmen? Die Stille, die Marcus endlos vorkam, wurde zunehmend unerträglich.

Unvermittelt erklang ein beherztes Lachen aus dem Hintergrund. Marcus fuhr herum und erblickte einen jungen Edelmann, den die Szenerie offensichtlich amüsierte. »Gebt Euch geschlagen, Arnulf. Ihr müsst zugeben, dass Euer Gegner, trotz der Unterlegenheit seiner Bewaffnung, der Sieger ist. Er hat die überzähligen Pfunde Eures Körpers geschickt für sich und gegen Euch genutzt. Die tägliche Ration kürze ich Euch dennoch nicht.«

Angesichts dieser Zusage musste der Unterlegene nun ebenfalls lächeln. Auch die Anspannung der anderen Männer löste sich schlagartig, und sie stimmten in das Lachen mit ein. Niko sprang auf die Beine, ließ flink die Dolche verschwinden und reichte seinem Kontrahenten die Hand. Nur mühsam befreite der sich aus dem Gewirr des Zelttuchs. Niko musste sein gesamtes Gewicht nach hinten verlagern, um dem schwergewichtigen Mann wieder auf die Beine zu helfen.

»Herr Ludolf hat recht, ohne Zweifel wart Ihr der Bessere. Ich glaube, ich war ein Dreikäsehoch von sechs, sieben Jahren, als ich dies einem Gegner zum letzten Mal eingestehen musste.« Anerkennend und mit freundlicher Miene schlug er dem Kroaten auf die Schulter, so heftig, dass dieser beinahe vornüberfiel. Marcus stieß einen Seufzer der Erleichterung aus. Er war froh, dass diese Begegnung nicht eskaliert war, doch noch immer war ihm nicht klar, warum sein Begleiter den stämmigen Mann so grundlos provoziert hatte.

Der Edelmann kam nun zu ihnen herüber, und die übrigen Männer setzten ihre Arbeit fort. »Euer Herr kann sich glücklich schätzen, einen so gewandten Kämpfer in seinen Reihen zu haben. Ach, ich vergaß mich vorzustellen. Mein Name ist Ludolf, Herr von Hollenfels. Meinen besten Mann, Arnulf, habt ihr ja schon kennengelernt.« Von Hollenfels grinste über das ganze Gesicht und knuffte seinem Recken aufmunternd in die Seite.

»Mein Name ist Niko«, antwortete der Angesprochene, »und Euer Lob ehrt mich. Was meinen Dienstherrn angeht, so irrt Ihr.«

Verwundert starrte der Edelmann den Kroaten an, der dessen Erstaunen keine Beachtung schenkte und fortfuhr: »Ihr müsst wissen, dass ich derzeit mein eigener Herr bin und nur zufällig hier in dieses Lager geriet.«

»Ihr habt also keine Anstellung?«

»Nein, ich lebe von Gelegenheiten, die sich hier und da auf meinem Weg ergeben.«

»Dann trifft es sich gut, dass Euer Weg Euch geradewegs zu mir geführt hat. Kämpft für mich. Ich zahle Euch einen fairen Lohn und will für Euer leibliches Wohl sorgen, solange Ihr mir dient.« Bei diesen Worten tätschelte er den Bauchansatz des Kraftprotzes, als wolle er die Güte der Verpflegung beweisen.

»Das würde ich gern, hoher Herr, doch …«

Die Miene Ludolfs von Hollenfels verdunkelte sich angesichts des Zögerns. »Nennt mir Eure Bedingung. Ich würde es nur ungern sehen, wenn wir uns schon bald im Felde gegenüberstünden.«

»Wir sind zu zweit!« Niko wandte sich um und deutete mit ausgestrecktem Arm auf Marcus, der etwas abseits stand.

»Wenn's weiter nichts ist. Das Gleiche soll für Euren Weggefährten gelten.« Zur Besiegelung des Handels streckte der junge Edelmann dem Kroaten die Hand entgegen, und dieser schlug ein. Sie waren nun Söldner des Ludolf von Hollenfels und würden damit in der bevorstehenden Schlacht zum Truppenteil des Grafen von Luxemburg gehören.

⁓⁂⁓

»Ihr habt nach mir schicken lassen, Vater Heinrich?«

»Ja, Bruder Lucius, gut, dass Ihr da seid. Eure Ankunft

kam keinen Tag zu früh. Wie Ihr sicherlich bemerkt habt, sind unsere Gäste bereits eingetroffen.«

Was für ein dummer Hinweis des Abtes, dachte der Prior bei sich. Welcher der Klosterbewohner sollte die 4.000–5.000 Bewaffneten übersehen haben, die vor und innerhalb der Klosteranlage ihr Lager errichteten? Selbst dem taubstummen Vestiarius, der den ganzen Tag tatenlos in seiner Kleiderkammer saß, war das rege Treiben kaum entgangen. Überall in der Anlage tummelten sich Krieger.

»Auch wenn Ihr aufgrund der Kürze der Zeit noch nicht in Euer Amt als mein offizieller Stellvertreter eingeführt worden seid, so brauche ich bereits zum jetzigen Zeitpunkt Eure Unterstützung«, fuhr der Abt fort. »Gewiss könnte einer der anderen Dekane die Messe für die Grafen und hohen Herren lesen. Doch ich halte es für angemessener, dass Ihr als zukünftiger Prior diese Aufgabe übernehmt. Die Übrigen können sich derweil um die anderen Schäfchen kümmern. Ich selbst werde mich für unseren verehrten Herrn Erzbischof bereithalten müssen.«

Der Erzbischof! Wie es der Greis befürchtet hatte, war die latente Gefahr der Entdeckung binnen weniger Stunden zur realen Bedrohung geworden. Er musste vermeiden, dass sein ehemaliger Dienstherr überflüssige Zeit mit dem Abt verbrachte, die die beiden nutzen könnten, um über für ihn gefährliche Dinge zu plaudern – etwa über ihn und die Neubesetzung des Amtes als Prior. Die längste Zeit, die sie miteinander im Gespräch verbringen durften, war die, welche eine ausführliche Beichte beanspruchte. Wenn sich Abt Heinrich von Rennenberg beim Kölner Kirchenoberhaupt darüber beklagen würde, dass ihm dieser einen solch alten Kleriker als neuen Stellvertreter geschickt hatte, hätte Lucius' letztes Stündlein geschlagen.

Darüber hinaus war es genauso riskant, sich selbst in einer der Messen zu zeigen. Es war äußerst wahrscheinlich, dass neben den Grafen auch hohe Vertreter des kirchlichen Landesfürsten anwesend sein würden, die über seine unerwartete Rolle hier in Brauweiler mehr als verwundert wären. Selbst wenn sich die Umstände seiner Verbannung noch nicht zu allen Kirchendienern des erzbischöflichen Hofs herumgesprochen hatte, Bruder Ignatius würde sich nicht erklären können, warum ausgerechnet der Schreiberling des neuen Priors Mattäus die Messe in der Klosterkirche las.

Lucius fragte sich gerade, ob sein Plan zur Vermeidung dieser misslichen Umstände ausgereift genug sei, als es an der Tür klopfte. Ein Novize öffnete, und ein Helfer des Speisemeisters trat ins Zimmer. In seinen Händen hielt er ein hölzernes Tablett, das er zum kleinen Tisch der Zelle trug. Hastig entfernte der überraschte Abt einige Pergamente und Schreibutensilien, um ausreichenden Platz zu schaffen. Auf dem Tablett stand ein Becher Wein, und durch das gewölbte Leinentuch, das daneben ausgebreitet lag, stieg feiner Duft auf. Lucius' Nase verriet ihm, dass sich darunter eine Kohlspeise verbergen musste. Darüber hinaus verbreitete sich im Raum der Geruch von heißem Schweinefleisch.

»Solange der hohe Besuch nicht unserer geschätzten Aufmerksamkeit bedarf, sollten wir uns noch etwas gönnen.« Voller Gier schaufelte der Klostervorsteher die dampfende Speise mit einem groben Holzlöffel in sich hinein. Dann nahm er einen kräftigen Schluck Wein, bevor er sich wieder seinem Stellvertreter zuwandte. »Der Sakristan wird nach Euch schicken lassen, wenn alles für die Messe bereitet ist. Ruht Euch derweil noch ein wenig aus.« Er wies mit dem Löffel zur Tür und widmete sich sogleich dem wohlriechenden Braten. Lucius verneigte sich knapp und verließ den Raum.

Als Lucius die Tür hinter sich geschlossen hatte, kramte er ein gelbliches Ledersäckchen unter dem Überwurf seiner Kutte hervor. Wie einen Glücksbringer küsste er es und ging mühevoll ein paar Schritte den Gang hinunter. An der Kreuzung zu einem dunklen Seitengang blieb er stehen und streckte die Hand nach links aus. Eine geöffnete Handfläche reckte sich ihm aus dem Dunkel entgegen, und das Säckchen wechselte klimpernd seinen Besitzer. Mit einem zufriedenen Ausdruck stützte sich der Greis auf seinen Gehstock und humpelte weiter. Der Abt hatte recht: Er sollte sich ein wenig in seiner Kammer ausruhen.

»Komm her, mein Täubchen, du willst es doch auch!« Mit einem Ruck zog der Kerl die Frau am Handgelenk. Vor Schmerz stieß diese einen leisen Schrei aus und stolperte unbeholfen zu ihm ins Zelt. Die Nachmittagssonne, die durch die Stoffbahnen fiel, tauchte das Innere der Behausung in ein warmes weiches Licht, das so gar nicht zu dem passte, was sie in der nächsten Stunde erwarten würde. Am Kopfende des Zeltes befand sich eine mit Stroh gefüllte Matratze, auf der eine fleckige Decke lag. Die Frau meinte den Gestank des provisorischen Nachtlagers bis zum Eingang der Behausung zu riechen und rümpfte die Nase. Über dem Scherenstuhl, der links von ihr stand, lag der schmierige Waffenrock, den der Recke bereits abgelegt hatte.

Erst als er sie ganz dicht an sich gezogen hatte, ließ er ihr schmerzendes Handgelenk los, aber nur Sekunden später durchfuhr sie ein Stich in der rechten Brust. Der Kerl hatte die frei gewordene Hand benutzt, um auf brutale Weise nach ihrem Busen zu grapschen. Von oben waren seine nasskalten Finger in den Ausschnitt ihres grünen Kleides geglitten und kneteten nun ihre weiche Haut mit wollüstiger Gier. Mit der anderen hatte er unter ihre Röcke gegriffen und bahnte sich nun seinen unaufhaltsamen Weg zu ihrem Geschlecht. Auch wenn sie in ihrem jungen Leben schon vieles erlebt und ertragen hatte, die sabbernde Geilheit dieses Mannes ekelte sie auf eine Weise an, wie sie es bisher noch nie empfunden hatte.

Mit einem Mal packte er sie an den Schultern und schleuderte sie an sich vorbei auf das Nachtlager. Ihre Nase hatte sie
eben nicht getäuscht, als sie noch am Eingang der Schlafstätte
gestanden hatte. Ein beißender, säuerlicher Geruch stieg
zu ihr empor, sodass sie beinahe würgen musste. Ihre Knie
waren hart auf den Boden geschlagen, und ihre Handflächen,
mit denen sie ihren Sturz aufgefangen hatte, drückten nun
die dünne Strohpolsterung bis auf das Erdreich herunter.
Sie verdammte den Augenblick, in dem sie hierher in dieses
gottverfluchte Zelt gekommen war. Im selben Moment verspürte sie von hinten einen brutalen Tritt und fiel bäuchlings
auf die Matratze. Der Gestank wurde noch durchdringender, als der Peiniger in ihr rotes Haar griff und ihr Gesicht
auf die Decke drückte. Dann zog er ihr den Rock über die
Hüften und legte ihr blankes Gesäß frei. Angewidert vernahm sie das Klatschen seiner Handfläche, die auf ihre linke
Pobacke einschlug. Der Schmerz, den sie dabei verspürte,
war nichts gegen den Stich, der ihren Körper durchzuckte,
als er nun brutal in sie eindrang. Hart stieß er immer wieder
zu, bis ihn schon kurze Zeit später ein vibrierendes Zucken
durchfuhr. Langsam spürte sie, wie der Druck seiner Hand
in ihrem Nacken nachließ und der Körper des Mannes von
ihr glitt. Sie hatte es einmal mehr überstanden.

Keuchend lag er mit halb geöffneten Augenlidern neben
ihr. Sein Atem stank nicht minder als das Nachtlager. Mühsam und unter Schmerzen richtete sie sich auf und streifte
die Röcke wieder herunter. Ein wenig Würde wollte sie sich
bewahren und richtet ihre Kleidung sowie ihr Haar. Nur
langsam kam sie auf die Beine.

»Nun, verehrter Herr, ich hoffe, Ihr wart zufrieden. Gebt
Ihr mir meinen Lohn oder soll ich mich in dieser Frage an
einen Eurer Männer richten?«

»Lohn?«, mit spöttischem Blick hatte er den Kopf gehoben und schaute verächtlich zu ihr herüber. »Ich kann mich nicht daran erinnern, dass ich jemals eine von Euch Trosshuren für Eure mäßigen Dienste bezahlt habe. Schert Euch zu Euren verlausten Schwestern zurück oder besorgt es einem dummen Narren, der Euch tatsächlich am Ende noch ein paar Münzen dafür gibt. Mir, Dietrich von Keppel, braucht Ihr mit einer solchen Forderung nicht zu kommen.«

»Aber derjenige Eurer Männer, der mich zu Euch brachte, versprach den üblichen Lohn!«, protestierte die rothaarige Dirne.

»Dann müsst Ihr diese Frage mit ihm klären«, murmelte von Keppel und versetzte ihr erneut einen Tritt. Dann drehte er sich auf die Seite und zog die stinkende Decke über seine Schulter.

Mit Tränen in den Augen verließ die Frau das Zelt. Sie konnte selbst nicht sagen, ob es die Wut über den geprellten Lohn oder der Schmerz zwischen ihren Beinen war, der sie zum Weinen brachte. Den Recken, der sie für seinen Herrn angeheuert hatte, brauchte sie jedenfalls nicht nach den versprochenen Münzen fragen. Ein solches Unterfangen hätte ihr nur weitere Tritte oder Schläge eingebracht.

Dietrich hingegen schlief tief atmend ein. Er hatte seinen Spaß gehabt, auch wenn die hässliche Hure ihn nur in ein paar Details an seine ›Belohnung‹ erinnerte, die er sich für seine Rückkehr aus der Schlacht aufbewahrt hatte.

Der Schlüssel drehte sich knarrend im Schloss, und eine Sekunde später fiel der Schein einer Fackel in ihr Verlies. Das grelle Licht, das ihre Zelle augenblicklich erleuchtete, blendete sie, und reflexartig kniff sie ihre Augenlider zusammen. Rasch hob sie ihren rechten Unterarm und ließ ihn langsam wieder sinken, um ihre Augen nach und nach an die plötzliche Helligkeit zu gewöhnen. Sie brachte ein Stoßgebet über die Lippen und hoffte, dass es nicht der Gnom sei, der zu ihr in die Zelle trat.

Durch ihre halb geöffneten Lider erkannte sie den Umriss des einarmigen Hünen. Seine prankenartige Linke umklammerte sowohl den Schaft der Fackel als auch den Henkel eines Tonkrugs. Vorsichtig stellte er das Gefäß vor ihr auf dem Boden ab.

»Du solltest etwas trinken. Für dein Essen muss ich noch einmal wiederkommen.« Mit einem schrägen Lächeln deutete sein Kinn auf die rechte Schulter, an der sein Arm fehlte. »Ich schätze aber, dass du lieber noch etwas auf deine Mahlzeit wartest, als dass ich Hunold zu dir schicke.« Mit zögerlichem Schritt verließ er die Zelle.

Patty hockte sich auf den feuchten Boden und setzte das randgefüllte Behältnis so hastig an ihre Lippen, dass etwas Wasser auf ihre Schulter schwappte; just auf jene Stelle, auf die der Speichel dieses Hunold getropft war, als er ihr geifernd ins Ohr gesabbert hatte. Auch wenn es beinahe einen ganzen Tag her sein musste, so kam es ihr vor, als wasche sie dieses Wasser rein. Langsam perlten Tropfen über ihre Haut. Am liebsten hätte sie den ganzen Krug Wasser benutzt, um sich zu säubern und die Erinnerungen an diesen ekligen Gnom von sich abzuwaschen. Sie wusste, dass es wichtiger war, zu trinken, und so beherrschte sie sich – wenn auch nur mit großer Mühe.

Schon kurze Zeit später erklang erneut das Rasseln der Zellenschlüssel, und der Hüne brachte eine Holzschüssel mit Haferbrei herein.

»Was ist mit Eurem Arm geschehen?«, sprach Patty ihn an. Sie ahnte, wenn es eine Möglichkeit gab zu entkommen, dann führte der Weg über diesen Riesen. Gewiss, er hatte die Befehle seines Dienstherrn als Grund angeführt, den Gnom von ihr zu reißen wie einen krank machenden Parasiten, eine Zecke, die man sich aus der Haut dreht. Aber sie spürte, dass sein Auftrag nicht alles gewesen war, was ihn bewogen hatte, ihr beizustehen.

»Ich wüsste nicht, was dich das anginge.« Der Schein des Feuers, der über seine harten Züge flackerte, verstärkte die Verbitterung, die aus seiner Stimme sprach. Sie hatte die Frage zu früh gestellt. Patty fühlte, dass sie zuerst sein Vertrauen gewinnen musste, bevor sie so nah zu ihm durchdringen konnte. Sie war auf dem richtigen Weg. Trotz seiner abweisenden Antwort war sie sich sicher.

»Verzeiht, Ihr habt recht«, antwortete sie mit einem warmen Tonfall, auch wenn ihr dies, angesichts ihres kalt feuchten Verlieses und dem ihr drohenden Schicksal, schwerfiel. Mit einer Geste der Entschuldigung senkte sie ihren Kopf, und ihre roten Locken rutschten über die entblößte Schulter. Langsam schaute sie wieder zu ihm auf. »Ich danke Euch für Eure Hilfe.«

»Schon gut«, murmelte er und quittierte ihr Lächeln mit einer burschenhaften Verlegenheit. Gleichzeitig erstrahlte ein Funkeln in seinen braunen Augen.

Nicht übertreiben, altes Mädchen, dachte Patty. Wenn du nun zu weit gehst, rutscht dir der Hecht wieder vom Haken oder springt gar aus dem Teich auf dich. Wenn du ihn derart bezirzt, dass seine Lust seine Dienstbeflissenheit übermannt, wird dich der Zwerg bestimmt nicht retten können.

Der Hüne räusperte sich und schien sich selbst zur Ordnung zu rufen. Rasch wandte er sich um und verließ den Raum. Als er die Tür schloss, kehrte die Finsternis zurück.

❧

Marcus hatte sich einige Schritte vom Lager entfernt und lehnte nun an einer knorrigen Kastanie. Er musste über all das nachdenken, was ihm in den letzten Tagen und Stunden widerfahren war. Seine Gedanken und Gefühle spielten verrückt, wie eine dicke Wespe, die man unter einem Filzhut gefangen hat.

Noch vor vier Tagen war er ein junger Mann gewesen, der mit dem Sonnenaufgang seiner Arbeit im Hafen nachgegangen war und mit Sonnenuntergang seinem Ziehvater in der Schenke geholfen hatte. Und nun? Nun war er wohl Teil einer bevorstehenden Schlacht geworden. Er würde ein Rädchen unter vielen sein im Streit um das Erbe Limburgs zwischen dem Kölner Erzbischof Siegfried von Westerburg und Herzog Johann von Brabant. Auf eine Art, die ihn selbst erschreckte, verspürte der Hellblonde so etwas wie Stolz. Ein Hochgefühl, entfacht durch seinen mit Eisenplatten verstärkten Wams und eine Holzkeule, die an ihrem oberen Ende mit Hufnägeln gespickt war. Mehr Rüst- und Waffenteile hatte Arnulf nicht aus dem dürftigen Fundus des Herrn von Hollenfels erübrigen können. Mehr war auch nicht nötig gewesen, um aus dem Neusser Jüngling einen entschlossenen Kämpfer zu machen.

Wofür kämpfte er eigentlich? Marcus kamen mit einem Mal Zweifel. Nikos schändlicher Reliquiendiebstahl, dessen niederträchtiger Mord an dem Priester und seine eigene Anwesenheit zur falschen Zeit am falschen Ort hatten ihn aus seinem halbwegs behüteten Leben gerissen. Würde er dieses Leben auf dem Schlachtfeld zurückerobern können?

Er war Patty begegnet, hatte sich in sie verliebt und die Erwiderung seiner Liebe erfahren, in einer Stunde der Lust, wie er noch keine durchlebt hatte. Würde er weitere dieser Momente erleben, wenn er für den Erzbischof, der ihm verhasst war, auf ein Schlachtfeld ziehen würde, um dort Männer zu erschlagen, die er nicht einmal kannte? Männer wie Walter von Bisdomme.

Doch den Kopf hängen zu lassen oder davonzulaufen, würde ihn in diesen Fragen nicht weiterbringen. Nur die Schlacht könnte ihm seinen inneren Frieden wiedergeben. Nur hier im Heerlager war er Dietrich von Keppel nah genug, um durch ihn Patty zu finden. Der Hellblonde richtete sich kerzengerade auf und spürte die Kraft in sich zurückströmen. Sie lebte, das fühlte er ganz deutlich. Er würde sie wiederfinden und den Klauen dieses widerwärtigen Säufers entreißen.

Auch den Kroaten würde er zur Strecke bringen und so seine eigene Unschuld in Neuss beweisen. Gewiss, so geschickt, wie Niko mit seinen Dolchen umgehen konnte, würde er den drahtigen Kerl nicht selbst bezwingen können. Vielleicht würde dies ja einer der Gegner in der Schlacht für ihn erledigen. Dann bräuchte er nur noch die Reliquie des heiligen Quirinus von Neuss aus der Schultertasche an sich nehmen und zurück in die Stadt zu bringen. Wie er schließlich seine Unschuld beweisen konnte, wusste er noch nicht, doch das würde ihm schon irgendwie gelingen.

Voller neu gewonnener Zuversicht schlug Marcus seine Keule in die Rinde der stämmigen Kastanie.

»Langsam, mein Söhnchen! Kastanien werden dir zu dieser Jahreszeit noch nicht auf den Kopf fallen, aber vielleicht prasselt ja etwas anderes in der nächsten Zeit auf deinen Schädel ein.«

Er hatte Arnulf in seiner Gedankenversunkenheit gar nicht kommen hören. Der Rotbart stand unvermittelt neben ihm und hielt ihm einen Helm, eine Eisenhaube, entgegen. Marcus zog die Hufnägel aus der Rinde und drehte sich dem Recken zu. Als er in das vernarbte Gesicht des Bärtigen blickte, kehrte seine Nachdenklichkeit schlagartig zurück. »Arnulf, in wie vielen Schlachten hast du bisher gekämpft?«

»Ach, Junge, irgendwann habe ich aufgehört zu zählen.«

»Und hast du immer gewonnen?«

Der Hüne starrte den jungen Mann verständnislos an. »Natürlich! Würde ich sonst vor dir stehen?«

»Nein, ich meine, hat sich für dich stets das erfüllt, wofür du in die Schlacht gezogen bist?«

Bei dieser Frage wurde nun auch der Gesichtsausdruck des erfahrenen Kämpfers nachdenklich. »Verstehe«, murmelte er und senkte den Blick. »Beim ersten Mal nicht.« Er schluckte hörbar. »Und danach habe ich es nur noch für Geld getan, welches ich bis heute auch immer bekommen habe.« Mit Traurigkeit in den Augen drückte er dem jungen Krieger die Eisenhaube in die Hand und ging wortlos davon.

∽

»Ihre Leiber werden schmelzen in der Glut,
und verbrennen werden die Häupter,
aus deren Inneren sie auf ewig
den Geist des Herrn verbannten.«

Den Kodex fest umklammernd, hatte er noch eine Weile dagesessen und in die Richtung gestarrt, in welche der Alte verschwunden war. Die Glocken der Klosterkirche hatten zur Non, der nachmittäglichen Gebetsstunde, gerufen und ihn aus seinen Gedanken gerissen. Zunächst hatte der junge Mönch gezögert, zweifelnd, ob er seinen klösterlichen Pflichten nachkommen sollte oder ob er seine geheimen Forschungen dem frommen Gebet vorzog. Erst als die ersten Soldaten über den Klostergarten herfielen wie die Ameisen über ein überreifes Stück Obst, war er aus seiner Versunkenheit in die Gegenwart zurückgekehrt und hatte bemerkt, dass er den Kodex immer noch in seinen Armen hielt. Mit dieser Schriftensammlung konnte er schlecht in der Kirche zum Gebet erscheinen, und so musste er gezwungermaßen in das Skriptorium zurückkehren.

Er war allein und hatte sich ein weiteres Stück Pergament genommen, auf dem er die entscheidenden Zeilen des zweiten, mit ›I‹ überschriebenen Kapitels notierte. Wiederum unterstrich er die Wörter der mysteriösen Formel säuberlich und las nun aufmerksam den Text:

I/12/27 und verbrennen werden die <u>Häupter</u>
I/28/17 und <u>eines</u> Tages, werden die Feuer der Hölle
I/12/26 und die Glut wird <u>dem</u> irdischen Jammertal ein
         Ende bereiten
I/13/24 und die Flammen, <u>sie</u> werden herniederregnen, wie
I/9/10   verbrennen werden sie alles <u>zur</u> letzten Stunde
I/9/12   verbrennen werden sie alles zur letzten <u>Stunde</u>
I/12/22 <u>und</u> die Glut wird dem irdischen Jammertal ein
         Ende bereiten.

Eine Zeile wiederholte sich. Dies fiel ihm erst jetzt auf, da er die Sortierung vorgenommen hatte. Nachdenklich rieb er sich ein Ohrläppchen.

Dann kramte der Bibliothekar das erste Pergament hervor und legte es neben die neuen Notizen. Dabei bemerkte er, dass seine heutigen Aufzeichnungen abermals aus sieben Zeilen bestanden wie schon beim letzten Kapitel, das er untersucht hatte. Ob hierin eine tiefere Bedeutung lag? Aufgeregt wie an jenem Tag, als er die Mönchsweihe erhalten hatte, wanderte sein Blick von einem Blatt zum anderen. Die Buchstaben tanzten vor seinen Augen.

Nein! So schwer es auch fiel, er musste sich auf eine Spur konzentrieren. Hastig blätterte er zu der Seite, auf der er die geheimnisvollen Koordinaten des Codes entdeckt hatte, und zählte die Hinweise des dritten Kapitels, die er noch nicht zusammengeschrieben hatte. Eins, zwei, drei, vier, fünf … das Ergebnis traf ihn wie ein Schlag. Wieder einmal war eine Spur im Sande verlaufen. Hatten die mit ›A‹ und ›I‹ betitelten Abschnitte jeweils sieben Zeilen hervorgebracht, so gab es nur fünf mit ›T‹ beginnende Koordinaten. Voller Resignation ließ er den Kopf auf den Kodex sinken.

»Du hast recht!«, sagte er zu sich. »Eine Spur nach der anderen! Wie lange schon hast du danach gesucht, überhaupt eine Spur zu finden. Und nun? Du hast gar drei Spuren und darfst dich nicht entmutigen lassen, wenn nicht die erste die richtige ist. Suche nach den Gemeinsamkeiten innerhalb der Kapitel!«

Ruckartig hob er den Kopf wieder und las Zeile für Zeile. Plötzlich schlug sich der junge Bibliothekar mit der Hand vor die Stirn. Ja, das war es! Warum hatte er es nicht gleich gesehen? Mit einem lauten Knall schloss er die Schriftensammlung, stopfte die Notizen in den Ärmel seiner Kutte und eilte um die Bücherwände herum. Stolpernd erreichte der Mönch das Regal im letzten Winkel des Skriptoriums und schob den Kodex eilig in sein angestammtes Versteck. Das Klatschen seiner Sandalen auf dem steinernen Boden schallte durch den Raum, als er die Bibliothek mit schnellen Schritten verließ. Er musste dem Abt umgehend von seiner Entdeckung berichten. In seiner Aufregung dachte der Geistliche nicht daran, dass ihm sein Vater in Christo verboten hatte, seine Forschungen am Tage fortzusetzen. Und das nicht nur einmal.

Schnaubend und nach Luft ringend, kam er an der Unterkunft des Abtes an. Immer wieder waren ihm andere Mönche in den Gängen begegnet, sodass er seinen Lauf hatte abrupt stoppen oder verlangsamen müssen. Darüber hinaus wimmelte es überall in der Abtei von Bewaffneten. Der

Klostervorsteher hatte die Ordensbrüder zwar vor einigen Tagen darüber informiert, dass Erzbischof Siegfried von Westerburg hier in Brauweiler eintreffen und Soldaten mit sich führen würde, dass die Zahl der Kämpfer derart groß sein würde, damit hatte niemand von ihnen gerechnet. Sie alle waren von einer Handvoll Soldaten ausgegangen, die Siegfried für sein Geleit durch die Wälder benötigte. Abt Heinrich von Rennenberg hatte ihnen mitgeteilt, dass der Kirchenfürst ihn in seiner Funktion als Beichtvater aufsuchen wolle. Wie groß mussten die Kirchplätze zukünftig sein, wenn ein jeder, der das Sakrament der Beichte empfangen wollte, ein solches Heer mit sich brachte?

Ungeduldig pochte der Bibliothekar an die schwere Eichentür. Nichts rührte sich. Erneut hämmerte er mit seiner Faust gegen das Holz und hatte schon Sorge, er würde den Abt nicht antreffen, als sich die Tür einen kleinen Spaltbreit öffnete. Durch diese Öffnung streckte sich eine rot geäderte knubbelige Nase, die zu dem rundlichen Gesicht des Decanus Bruno gehörte.

»Gott sei mit Euch«, grüßte dieser mit tiefer, eindringlicher Stimme. Dabei wirkte es beinahe, als klemme sein dicker Schädel förmlich zwischen Pfosten und Türblatt. »Was kann ich für Euch tun, Bruder?«

»Ich muss dringend Abt Heinrich sprechen.« Bei diesen Worten drückte der Bibliothekar mit der Rechten gegen den Türflügel, um sich Einlass zu verschaffen. Doch Bruder Bruno hielt dagegen.

»Leider ist dies nicht möglich. Abt Heinrich wurde von einer plötzlichen und starken Übelkeit befallen. Ihr wisst, dass unser verehrter Erzbischof bereits in den nächsten Stunden seine Beichte ablegen will. Ebenso sollte Euch klar sein, dass unsere Eminenz den weiten Weg nicht auf sich genommen hat, um dies bei dem Stellvertreter unseres geschätzten Abtes zu tun. Um die Möglichkeit des Bußsakraments zu gewährleisten, ist es daher umso dringlicher, dass sich Abt Heinrich vorerst zur Ruhe begibt und ganz besonders schont. Nur der Infirmarius darf zu ihm.« Für den Decanus war das Gespräch hiermit beendet, und er wollte die Tür wieder schließen.

Doch der ungebetene Besucher hatte seinen Fuß in den Türspalt gestellt. »Auch meine Unterredung mit ihm ist dringend und duldet keinen Aufschub.«

»Ich glaube nicht, dass Eure Zusammenkunft dringender ist als die mit unserem Herrn Erzbischof. Falls es Euch tröstet: Ein Gespräch mit unserem geliebten Siegfried von Westerburg am heutigen Abend musste Abt Heinrich bereits absagen und auf einen späteren Zeitpunkt verlegen. Auch die Beichte seiner Eminenz wurde auf den morgigen Tag verschoben. Wir hoffen, dass es dem Krankenmeister mit Gottes Hilfe gelingen wird, unseren verehrten Abt bis dahin wieder auf die Beine zu bringen. Daher wird Euer Ansinnen noch warten können. Ferner möchte ich Euch nicht an die Rangordnung innerhalb unserer Glaubensgemeinschaft erinnern müssen.« Mit finsterer Miene schaute er hinunter auf den quer stehenden Fuß des jungen Mönches. Schuldbewusst zog der Bibliothekar ihn zurück. Ihm wurde klar, in welch respektloser Weise er mit Decanus Bruno gesprochen hatte. Die Dekane waren schließlich ein Teil der Klosterführung und folgten in der Hierarchie auf Abt und Prior. Die Aufregung über seine Entdeckung hatte ihn dies für einen Moment vergessen lassen, und so konnte er nur hoffen, dass sein unehrerbietiges Auftreten kein disziplinarisches Nachspiel haben würde.

»Betet für unseren Abt«, befahl der Decanus und schloss die Tür.

Niedergeschlagen ging der Abgewiesene zum Kreuzgang und ließ sich dort nieder. Nachdenklich vergrub er seine

Hände in den weiten Ärmeln seiner Kutte und stieß dabei
mit seinen Fingerspitzen an die beiden Pergamente. Nach
Wochen der Suche war er ein Stückchen weitergekommen
und trat auf der Stelle. Auch wenn ihn die Gemeinsamkeiten in den Zeilen der ersten beiden Kapitel noch nicht entscheidend weitergebracht hatten, so wollte er die Freude
über das Entdeckte, sein erstes Fortkommen seit Wochen,
mit seinem Verbündeten, dem Abt, teilen. Doch war ein
Verbündeter nicht jemand, mit dem man sich auf Augen-
höhe befand? Waren nicht die Jünger Verbündete gewesen,
die gemeinsam Gottes Sohn gefolgt waren und sich gegenseitig unterstützt hatten, als Jesus gekreuzigt worden war
und sie allein nicht mehr weiter wussten? Der Abt aber hatte
ihn niemals unterstützt, wenn er nicht weiter wusste. Stattdessen hatte er ihm gedroht und ihn gnadenlos vorange-
trieben. Und dennoch war er der einzige Mensch auf Gottes Erde, mit dem er über das Geheimnis sprechen konnte,
der Einzige, der von seiner Entdeckung wusste. Der junge
Mönch bemerkte, wie Verzweiflung bei diesen Gedanken
in ihm aufstieg. Nein, er durfte derartige Überlegungen
nicht an sich heranlassen. Er war zu weit gegangen, um
nun so schuldbeladen vor seinen Schöpfer treten zu können. Er musste einen Ausweg finden und diesen Weg zu
Ende gehen. Nervös knüllte er die Pergamente in seiner
Hand. Der rettende Strohhalm war schon so nah gewesen.
Der Abt konnte nicht der Einzige bleiben, auf den er sich
in dieser Sache verließ, nicht der Einzige, mit dem er dieses drückende Geheimnis teilte.

Entschlossen sprang er auf die Beine. Er würde auf der
Stelle zum neuen Prior gehen und sich ihm anvertrauen. Er
musste sich von dem Joch befreien, das er auf seinen Schultern spürte.

Lange hatte Annehild gebraucht, bis sie sich endlich so weit gefasst hatte, dass sie das Haus verlassen konnte. Die ganze Nacht hatte sie an den abendlichen Besuch dieses niederträchtigen Kerls denken müssen. Noch mehr als das, was Thaddäus Weißenberg gesagt hatte, hatten die Gedanken an Berthold sie beunruhigt. Wie mochte es ihm ergangen sein? Erschöpft und übermüdet hatte sie den ganzen Morgen weinend in der Küche gesessen. War ihr Mann womöglich schon tot? Annehild fragte sich, ob sie Berthold zeit seines Lebens eine gute Gemahlin gewesen war, und begann, laut zu schluchzen. Auf einmal durchfuhr sie ein Ruck. Nein, die Gedanken an seinen möglichen Tod musste sie verdrängen! Um sich abzulenken, entschloss sie sich, zum Markt zu gehen und ein paar Eier zu kaufen. Sie musste unter Menschen, durfte nicht in Trübsal oder gar Verzweiflung verfallen. Sie durfte nicht aufgeben. Diesen Gefallen wollte sie Thaddäus Weißenberg nicht tun. Rasch hatte die Wirtin ihren Weidenkorb über den Arm gehängt und war erhobenen Hauptes aus dem Haus getreten.

Sie hatte die Gebrante Gaß verlassen und war auf der Hauptstraße angelangt, als sie auf der gegenüberliegenden Straßenseite die Witwe Jakobs erblickte. Sie hatte nach dem Tod ihres Mannes und ihres einzigen Sohnes niemanden, der sich um sie kümmerte. Und so hatte sich Annehild im letzten Winter ihrer angenommen, als die Alte wegen einer bösen Lungengeschichte ans Bett gefesselt war. Umso mehr freute sich die Wirtin nun, dass es der ehemals Kranken wieder so gut ging. Sie schien richtig flink auf den Beinen zu sein. Lächelnd nickte Annehild Janssen der Greisin zu. Hatte sie sich das nur eingebildet oder hatte die Alte den Kopf weggedreht und ihren Schritt beschleunigt? Noch ehe sie diese Frage beantworten konnte, war die Witwe in einer Seitengasse verschwunden.

Annehild, fang jetzt nicht an, Gespenster zu sehen. Bestimmt hat sie dich einfach nur nicht erkannt. Ihre Augen sind nun wirklich nicht mehr die besten, ermahnte sie sich selbst.

Sie genoss die Sonnenstrahlen nach dem Regen der letzten Tage mehr denn je und war dank dieser Ablenkung beinahe besserer Stimmung. Immer wieder schweiften ihre Gedanken zu Berthold, auch wenn sie sich dagegen wehrte. Sie biss sich auf die Unterlippe und spürte, wie sich ihre Augen mit Tränen füllten. Sie wollte ihr Gesicht dennoch nicht verbergen, hob selbstbewusst das Kinn und schaute geradeaus. Sie bemerkte nun durch den Tränenschleier, dass die Menschen, die ihr entgegenkamen, fast ausschließlich auf der anderen Straßenseite gingen. Ein etwa vierjähriges Mädchen, das von seiner Mutter ungeduldig weitergeschoben wurde, zeigte mit dem Finger auf sie. Dann schaute die Kleine zu ihrer Mutter auf und sagte etwas, das Annehild nicht verstehen konnte. Die Züge des Mädchens hatten selbst auf die Entfernung etwas Verachtendes. Unweigerlich musste die Verspottete wieder an die Begegnung mit der Witwe Jakobs denken. Hatte sie sich doch nicht getäuscht?

Als sie zu dem Stand des Bauern kam, bei dem sie für gewöhnlich ihre Eier kaufte, war sie sich sicher. Die Frauen, die dort standen und plauderten, ließen ihr Gespräch verstummen und zerstreuten sich in alle Richtungen, als sie sich näherte. Noch bevor die Wirtin den Stand erreicht hatte, hatte die Bäuerin ihren Mann in die Seite gestoßen und begonnen, die Körbe mit Eiern auf den Karren zu packen.

»Wartet, Norf-Bauer!«, rief Annehild. »Ich benötige noch einige Eier für die Schenke.«

»Ich glaube nicht, dass wir es nötig haben, unsere Ware an eine wie dich zu verkaufen«, herrschte die Bäuerin sie mit schriller Stimme an. Wieder stieß sie ihren Mann in die Seite. Nur diesmal fester. Mit einem Ausdruck von Bedauern im Blick begann nun auch der Bauer, die Ware wegzuräumen.

»Es tut mir leid, Annehild, aber wir wollen auch in Zukunft hier in Neuss unsere Eier …«

Weiter kam er nicht, denn seine Frau unterbrach ihn schroff. »Kauft Eure Eier woanders, falls Ihr jemanden findet, der mit Euch frevlerischen Mördern noch Geschäfte macht.«

»Frevlerische Mörder? Was ist nur in Euch alle gefahren! Mein Mann hat nie etwas Unrechtes getan.«

»Wo ist denn der Kirchendieb? Ihr mögt ihn decken, doch das müsst Ihr mit Eurem Schöpfer ausmachen. Oder ist gar der Satan Euer Herr?«

Jetzt reichte es. Wieder füllten sich Annehilds Augen mit Tränen. Diesmal waren es Tränen des Zorns. Wütend wandte sich die Wirtin ab und stapfte zurück in Richtung ›Schwarzer Krug‹.

Nach wenigen Metern kam ihr ein Gedanke. Schnellen Schrittes überquerte sie die Hauptstraße und ging durch die Gasthauß Gaß bis an deren Ende. Auch hier schienen ihr die Leute auszuweichen, doch die Enge der Gasse ließ es nicht zu, dass sie ihr ganz aus dem Weg gehen konnten. Trotzig starrte Annehild ihnen in ihre angsterfüllten Gesichter. Sie schauten, als erwarteten sie, dass ihnen die Wirtin jeden Augenblick die Kehle durchschneiden und sie anschließend ausrauben würde. Jene Wirtin, die sie vor wenigen Tagen noch freundlich gegrüßt hatten und die stets hilfsbereit zu jedem gewesen war, auch wenn sie nach außen hin oft abweisend gewirkt hatte. Die Leute kannten Annehild und wussten, wie sie wirklich war. Zumindest hatten sie das angenommen. Nun, da ihnen die ›Wahrheit‹ bekannt war, verspürten sie nur noch Furcht vor diesem ketzerischen Ehepaar und ihrem satanischen Zögling. Ein jeder von ihnen war froh, dass sich der Schultheiß des Wirts angenommen hatte und dieser Marcus verschwunden blieb. Auch wenn die kostbare Reliquie des heiligen Quirinus so wohl nie

ins Münster zurückkehren würde. Vielleicht würde Gott
ja ein Einsehen mit ihnen haben und seine Engel schicken.
Wie einst, als die Himmelsboten die Äbtissin Gepa nach
Neuss geführt hatten und der Schädel des Heiligen auf diese
wundersame Weise hierhergekommen war. Doch das war
über 200 Jahre her.

Annehild war froh, als sie die menschenleere Gasse, die an
der Stadtmauer entlangführte, erreicht hatte. Kurz darauf
blieb sie vor einem Turm stehen, der einen Teil der Befestigung darstellte. Es war der Blutturm. Hierin hielten sie
Berthold gefangen, wenn sie nicht schon seinen Leichnam
in die Erft geworfen hatten. Sie war hierhergekommen, um
diese Frage zu klären. Zu quälend war die Ungewissheit um
das Schicksal ihres Mannes.

»Berthold«, rief sie leise zu einer der Maueröffnungen
empor. »Berthold Janssen!« Es kam keine Antwort. Annehild versuchte es nochmals lauter, erneut blieb eine Erwiderung auf ihr flehendes Rufen aus. Als ihre Stimme nun noch
lauter wurde, öffnete sich die Tür, und Gernhard, jener Soldat, der die Wirtin bei der Verhaftung ihres Mannes hatte
trösten wollen, trat heraus.

»Um Gottes willen, Annehild, was machst du denn hier?
Willst du, dass man dich auch noch verhaftet und schin-
det?« Erschrocken hielt der Soldat sich die freie Hand vor
den Mund. Eigentlich hatte er nicht vorgehabt, der armen
Frau von der Folter zu erzählen und sie so noch besorgter
zu machen. Es war zu spät. Als die Unglückliche verstanden hatte, was man ihrem Mann antat, fiel sie laut schluchzend in Gernhards Arme. »Beruhige dich, Annehild. Meister
Hans hat noch nicht mit seiner Arbeit begonnen, sondern
lediglich die Folter angedroht.«

»Dann ist Berthold unversehrt?«

»Nun ja ...« Der Soldat wirkte verlegen und trat

unruhig auf der Stelle. »Hubertus hat ein paarmal auf ihn eingeprügelt. Erst eben war er hier. Dies ist auch der Grund, warum Berthold dir nicht antworten konnte. In Gottes Namen, verschwinde nun besser, Annehild!« Unruhig blickte er sich nach allen Seiten um, als erwarte er sogleich die Rückkehr des jungen Stadtsoldaten. »Dein Mann braucht ihnen nur zu erzählen, wo sich Marcus aufhält. Dann erlassen sie ihm bestimmt die Folter. Bis dahin werde ich mich um Berthold kümmern, so gut es geht. Versprochen. Aber man sollte dich besser hier nicht sehen, sonst kommen sie noch auf den Gedanken, du hättest auch etwas mit dieser scheußlichen Sache zu tun.« Voller Ungeduld schob er die Frau von sich und trat zurück durch die Tür ins Innere des Turms.

Wie soll er ihnen nur sagen, was er selbst nicht weiß!, dachte Annehild verzweifelt und ging entmutigt davon.

Zögerlich klopfte der Bibliothekar an die Tür.

»Bruder Lucius!«, rief er mit gedämpfter Stimme. »So öffnet doch, ich muss mit Euch sprechen.«

Die Tür wurde von innen geöffnet, doch statt des Priors stand der Infirmarius vor ihm.

»Ihr schon wieder«, brummte er verstimmt. »Nicht nur, dass ich unseren neuen Stellvertreter des Abtes zweimal innerhalb der letzten beiden Tage behandeln musste, jedes Mal taucht ihr auf, Bruder. Was gibt es denn so Dringendes, dass Ihr Eure Schriften allein lasst, wo sie Euch so häufig selbst während der Stundengebete benötigen?«

»Ich habe eine Botschaft von Abt Heinrich, die ich dem Prior überbringen soll.«

»Vom Abt? Eben lag dieser noch krank auf seinem Lager.« Misstrauen huschte über die Züge des Krankenmeisters.

»Ja, gewiss, sonst hätte der Abt diese wichtige Mitteilung selbst überbracht.« Der junge Mönch merkte, dass er sich mit seinen spontanen Notlügen selbst in Widersprüchen verwickelte. Warum sollte der Klostervorsteher sich zu seinem Stellvertreter begeben, statt nach ihm zu schicken? »Ich glaube, er wollte Bruder Lucius nicht anstecken, wo er so krank ist.«

»Zu spät!«, entgegnete der Infirmarius mit ironischem Unterton. »Wenn Ihr auch von Übelkeit und Erbrechen befallen werden wollt, so kommt nur herein. Ich bin hier ohnehin fertig.« Ohne ein weiteres Wort schritt der Krankenmeister kopfschüttelnd an dem aufdringlichen Ordensbruder vorbei. Nach ein paar Schritten blieb er allerdings stehen und drehte sich nochmals um. »Ich weiß nicht, was Ihr wirklich von Bruder Lucius wollt, aber ich gehe davon aus, dass ich Euch beim Beichten Eurer Lügen sehe, wenn sich der Trubel hier in der Abtei gelegt hat. Damit der Erzbischof noch heute seine Absolution erhält und weiterziehen kann, werde ich mich um unseren verehrten Abt Heinrich kümmern.« Mit hochrotem Kopf sah der Bibliothekar dem Infirmarius nach, wie er davonging.

Vorsichtig trat er in die Unterkunft des Priors. »Ich bitte um Vergebung, Bruder Lucius, und hoffe, dass ich Euch nicht störe?«

Der Alte lag auf seinem Lager, die Decke bis zum Hals hochgezogen. Als er erkannte, wer ihn besuchte, richtete er sich mit überraschender Schnelligkeit auf.

»Nein, nein, kommt nur herein. Ihr spendet mir Trost.« Als er bemerkte, dass der Mönch weit von seinem Bett entfernt stehen bleiben wollte, fügte er hinzu: »Habt keine Frucht vor einer Ansteckung. Euer Krankenmeister vollbringt wahre Wunder, und dank Gottes Hilfe befinde ich mich schon auf dem Weg der Besserung. Setzt Euch her.« Mit seiner knochigen Hand wies er auf einen Schemel, der in der Ecke des Raumes stand. Der Angesprochene nahm ihn und tat, wie ihm geheißen wurde.

»Erzählt, was führt Euch zu mir?«, fragte Lucius sanft und lächelte freundlich.

Hatte sich der junge Bibliothekar eben noch fest vorgenommen, den freundlichen Alten in sein Geheimnis einzuweihen, so befielen ihn erneut Zweifel.

»Ich mache mir Sorgen um Euch. Mir scheint, als würdet Ihr eine schwere Last in Eurem jungen Herzen tragen. Gewiss meint Ihr, Ihr müsstet Euer Kreuz, das Gottvater Euch aufgebürdet hat, allein tragen. Doch ich will Euch helfen, auch wenn wir uns bisher kaum kennen. Kannte unser Herr Jesu den Simon von Zyrene? Und hat nicht dennoch jener Simon Jesus von Nazareth geholfen, sein schweres Kreuz zu tragen? Auch Gottes Sohn erhielt Hilfe auf seinem Weg, den ihm der Vater gewiesen hatte.«

»Nicht, dass ich Eure gnädige Hilfe nicht annehmen wollte! Es ist nur … der Abt …«

»Es wird unser Geheimnis bleiben, wenn Ihr Euch mir nur anvertrauen wollt.« Der Alte schaute ihm tief in die Augen und nickte ihm fast unmerklich zu.

»Ihr erinnert Euch an jenes Schriftstück, das ich Euch vergangene Nacht zeigte. Es ist ein Schreiben des …« Er stockte wieder und schluckte heftig. »Es ist ein Schreiben von Albert dem Großen.«

»Ihr meint Albert den Deutschen, Albertus Magnus, den bedeutenden Kirchenlehrer? Ihr müsst Euch irren. Der Dominikaner ist bereits seit acht Jahren tot.« Der Greis kannte die Lebensgeschichte des gelehrten Klerikers nur zu genau. Hatten sich ihre Wege doch des Öfteren gekreuzt. Zweimal hatte Albert im Streit zwischen der Kölner Bürgerschaft und Lucius' erstem Dienstherrn, Erzbischof Konrad von Hochstaden, vermittelt. Wie schon beim Kleinen Schied im Jahre 1252, so auch sechs Jahre später im Großen

Schied. In beiden Fällen hatte der Kirchenlehrer zugunsten der Bürgerschaft entschieden und sich so den Zorn Konrads zugezogen. Von Hochstaden war schließlich nichts anderes übrig geblieben, als Gift und Galle spuckend zuzustimmen. Lucius' zweitem Erzbischof, Engelbert von Heinsberg-Valkenburg, war der Dominikaner hingegen zweifach zu Hilfe gekommen. Nicht nur, dass er Papst Urbans Zweifel entgegenwirkte, als dieser die Wahl Engelberts zum Erzbischof nicht bestätigen wollte, nein, auch bei der späteren Freilassung aus der Gefangenschaft hatte er sich für Albert verwandt. Zu Lucius' Unzufriedenheit hatte sich der Dominikaner in die Friedensverhandlungen eingemischt und war schließlich auf diplomatischem Wege erfolgreich gewesen. Wenn es nach dem Alten gegangen wäre, hätte Engelbert gut und gerne weiter im Kerker schmachten dürfen.

Der junge Mönch riss ihn aus seinen Erinnerungen. »Wer sagt Euch, dass der Brief neueren Datums ist? Es ist ein Schreiben an den vatikanischen Generalbibliothekar aus dem Jahre des Herrn 1270.«

Lucius hatte den Eindruck, der Bibliothekar wolle ihn auf den Arm nehmen wie einen Bauerntölpel, mit dem sein Gutsherr eine ausgemachte Schelmerei trieb. »Warum nicht gleich an den Heiligen Vater persönlich?«, spottete er.

»Es liegt mir fern, Euch zu belehren, verehrter Prior, aber Ihr überseht, dass der Stuhl des Heiligen Vaters nach dem Tod Clemens' IV. im Jahre des Herrn 1268 für beinahe drei Jahre unbesetzt blieb. Dies war auch der Grund, warum Albertus Magnus sich an den vatikanischen Bibliothekar wandte und nicht eigenmächtig vorging. Er wollte die Entscheidung einem zukünftigen Santo Padre überlassen. Doch der Kodex hat Papst Gregor X., den Nachfolger Clemens', leider nie erreicht.«

An der Art, wie er das Wort ›leider‹ betonte, erkannte der Kleriker, dass sein unerfahrener Gesprächspartner diesen Umstand tatsächlich zutiefst bedauerte. Das drückende Geheimnis hatte also offensichtlich mit einem Schreiben Albertus Magnus' und einer Schriftensammlung zu tun. Vermutlich handelte es sich bei dem Kodex um jenes Buch, das der Bibliothekar hinter dem Regal hervorgeholt hatte.

Er musste behutsam vorgehen, um den jungen Mann nicht erneut zu verschrecken. »Ihr müsst verzeihen, aber die Jahre meines Alters haben nicht nur meinen Leib geschwächt. Auch mein Geist kann Eurem hellen Verstand nicht so schnell folgen. Sagt, welche Entscheidung, welcher Kodex? Doch ruhig der Reihe nach. Nehmt Euch die Zeit, die Ihr braucht, um die Dinge ausreichend zu erläutern.«

Der Bibliothekar war überglücklich, sein Geheimnis endlich mit jemand anderem teilen zu können. Eilig rutschte er mit dem Schemel näher an das Krankenlager und begann mit verschwörerischer Stimme zu erzählen: »Nach allem, was ich weiß, war Albert der Große im Jahre des Herrn 1270 nach Köln zurückgekehrt. Kurze Zeit später lud Abt Heinrich ihn in das Kloster zu Brauweiler ein. Er hatte vom Interesse Alberts an der Naturwissenschaft gehört und spekulierte darauf, ihm einige Bücher verkaufen zu können, die für die Abtei wertlos erschienen. Wie man sich noch heute erzählt, waren sie einst ein Geschenk des Schlosskaplans des Grafen Engelberg von Berg gewesen. Ihr kennt selbstverständlich den Schriftenstapel in der hinteren Ecke des Skriptoriums?«

»Ja, schon, aber hat denn der Abt wirklich geglaubt, diesem hochgelehrten Mann einen solch zerfledderten Haufen Pergament anbieten zu können?«

»Nein, zu jener Zeit waren die Werke vollständig und standen ordentlich sortiert in den Regalen. Albertus Magnus kam und sichtete die vermeintlichen Schätze. Der Erzählung nach hielt er die Bücher allesamt für alchemistischen Schabernack. Bis er schließlich auf den einen höchst interessanten Kodex stieß. Nach einigen Stunden, während derer er sich zurückgezogen hatte, überreichte er Abt Heinrich ein Bündel, das dieser nach Rom schaffen sollte. Der Klostervorsteher versprach es, doch als Albert das Kloster wieder verlassen hatte, öffnete Heinrich von Rennenberg das Bündel und fand darin den Kodex. Er wollte nicht einsehen, warum dem Kloster nun auch noch Kosten dafür entstehen sollten, eines dieser wertlosen Bücher nach Rom zu schaffen. Auch wenn sich zwischen ihm und Albert zwischenzeitlich eine enge Freundschaft entwickelt hatte, so ignorierte er doch die Bitte des Kirchenlehrers. Voller Zorn über die entgangenen Einnahmen ging er in die Bibliothek, riss die für das Kloster nutzlosen Schriften aus den Regalen und warf den besagten Kodex dazu.

Der Abt war später froh gewesen, dass ihn Albertus nicht auf den Kodex angesprochen hatte, als er im Jahre des Herrn 1274 erneut nach Brauweiler kam, um den neuen Altar der Klosterkirche einzuweihen. – So, nun wisst Ihr alles, was über die Geschichte des Kodexes bekannt ist.« Erst nachdem der junge Mönch geendet hatte, schien er erstmals wieder richtig Luft zu holen und atmete tief durch.

»Das ist alles?« Vor Ungeduld verlor der Prior beinahe die Beherrschung. Der Oberkörper des Bibliothekars zuckte zurück, und Lucius bemerkte sofort, dass er sich zurückhalten musste, um den zarten Funken des Vertrauens nicht auszulöschen. »Ihr wisst Beachtliches zu berichten, junger Freund«, ermunterte er ihn weiterzusprechen. »Und wie seid Ihr nun in den Besitz der Dokumente gekommen?«

»Alles begann, als ich gerade zum Mönch geweiht und dem Skriptorium zugewiesen worden war. Der oberste Bibliothekar, also mein Vorgänger im Amt, war zu jener Zeit Bruder Randolf. Aus reinem Neid verachtete dieser alte, vergrämte Kerl alles Frische und Junge, und so ließ er mich stets niedere Arbeiten verrichten. Er war der Meinung, dass ich in meinem jugendlichen Überschwang die wertvollen Werke nur beschädigen würde. Lange Zeit durfte ich nur Handreichungen für die älteren Mönche verrichten, bis er einen Einfall hatte, wie die stetig leere Kasse des Klosters geschont werden könne. Die Schreiber mussten fortan gebrauchte Pergamente für ihre Notizen und Skizzen benutzten. Was lag also näher, als die bislang wertlosen alchemistischen Schriftsammlungen auseinanderzunehmen und die Tinte von den einzelnen Seiten zu schaben. Dies wurde fortan meine Aufgabe, und so verbannte man mich in die dunkelste Ecke des Skriptoriums, wo ich mich tagein, tagaus mit einem Messerchen bewaffnet über die Pergamente hermachte. Oft schmerzten meine Finger des Abends, und mein Geist wollte verkümmern ob der eintönigen Arbeit. Die älteren Mönche hingegen hatten ihren Spaß daran, und so ließen sie die Vorräte an gereinigten Seiten von Zeit zu Zeit verschwinden, um mich zur schnelleren Arbeit anzutreiben. Am Tage der heiligen Rebekka im Jahre des Herrn 1284 stieß ich schließlich auf das besagte Schriftstück. Ich hatte gerade begonnen, den Einband am Rücken des Kodexes zu lösen, als mir das Schreiben des Albertus Magnus, von dem ich Euch berichtete, in den Schoß fiel. Der Brief war eine willkommene Abwechslung zu meiner eintönigen Beschäftigung, und so las ich ihn. Auch wenn ich noch keine Vorstellung von dem Geheimnis hatte, das er enthielt, so wurde mir schlagartig klar, dass dieser Kodex etwas ganz Besonderes war. Ich versteckte ihn hinter dem letzten Regal und fuhr mit meiner Arbeit fort.

Von da an hat mich das Rätsel nicht mehr ruhen lassen. Erst später, als mir die Ausmaße des Mysteriums klar geworden waren und ich die Formel entschlüsselt hatte, weihte ich Abt Heinrich ein.« Der Bibliothekar seufzte an dieser Stelle seiner Erzählung tief, und Lucius hätte die Unterbrechung nur zu gerne genutzt, um nach dem Inhalt der geheimen Formel zu fragen. Jedoch überwog die Sorge, ihn erneut zu verschrecken. Beinahe schmerzhaft biss er sich auf die Unterlippe und behielt seine Frage für sich. Der junge Mönch fuhr fort: »Kurze Zeit später starb Bruder Randolf unerwartet, und der Abt setzte mich zur Überraschung aller an dessen Stelle. Wie ich heute vermute, damit ich die Suche ungestört fortsetzen konnte. Natürlich nur des Nachts, versteht Ihr?«

»Ja, aber was sind das für Nachforschungen, die Ihr noch nicht abgeschlossen habt?«

»Der Vers, den ich entschlüsselt habe, ist entweder nicht vollständig oder enthält ein falsches Wort.«

»Ein falsches Wort?«

»Ja, oder habt ihr jemals von einer 40. Stunde gehört?«

»Um Euch in dieser Frage weiterhelfen zu können, was ich zweifelsohne gerne täte, benötige ich mehr Einzelheiten, junger Freund. Wie lautet denn der Vers, in dem von der ›40. Stunde‹ die Rede ist?« Lucius' Herz jubilierte innerlich. Jetzt hatte er den Burschen genau da, wo er ihn haben wollte.

Dieser zögerte und sprach erst weiter, nachdem der Mönch ihm aufmunternd zugenickt hatte. »Bevor ich Euch hierauf eine Antwort gebe, müsst Ihr mir bei unserem Herrgott schwören, dass Ihr mit niemandem darüber sprechen werdet. Nicht einmal mit unserem Herrn Abt.« Fordernd schaute er den neuen Prior an.

»Ich schwöre Euch dies bei allem, was mir heilig ist.« Feierlich hob der Greis die Hand zum Schwur und blickte den Bibliothekar mit ernster Miene an. Innerlich musste er bei seinen Worten schmunzeln.

»Nun gut. Die Formel lautet: ›Die Häupter …‹« Weiter kam der junge Mönch nicht, denn die Tür zu Lucius' Kammer flog polternd auf.

∾

Am späten Nachmittag saßen die Männer des Ludolf von Hollenfels inmitten ihrer Zelte beisammen.

»Ich schätze, dass wir bereits morgen in die entscheidende Schlacht aufbrechen werden«, flüstere Niko Marcus zu, der direkt neben ihm am Feuer saß. Der Hellblonde blickte den Kroaten fragend an, der nun mit seinem Dolch in die Mitte des Runds deutete. Ein junger Knappe drehte einen schweren Eisenspieß über der Feuergrube. Von Zeit zu Zeit tropfte Fett von der Schweinehälfte in die Flammen. Daraufhin züngelten sie hoch auf, und der Duft nach gebratenem Fleisch zog zu ihnen herüber. »Sie haben die letzten Vorräte zusammengetragen. Zum einen verlieren wir dadurch unnötigen Ballast, und zum anderen ziehen die Männer gestärkt und zufrieden in den Kampf.«

»Mit leerem Magen kämpft es sich schlecht«, mischte Arnulf sich in das Gespräch ein. Der Recke schien angesichts der bevorstehenden Mahlzeit froh und besonders gut gelaunt zu sein. Die prallen Wangen über seinem roten Bart glühten vor lauter Vorfreude. Man sah förmlich, wie ihm das Wasser im Munde zusammenlief. Unweit des Feuers standen große Weidenkörbe, aus denen runde Brotlaibe hervorschauten, und daneben dampfte ein eiserner Kessel, in dem zwei der Männer einen mit Kaninchenfleisch versetzten Linsenbrei zubereitet hatten. Einige der Recken standen schon mit ihren Holzschalen bereit und lauerten nur noch darauf, dass der Koch beginnen würde, die Rationen auszuteilen. Noch umlagerter als der Linsenbrei war das große Weinfass, das Herr Ludolf hatte anstechen lassen. Die Menge schien gerade groß genug zu sein, um die Kämpfer fröhlich zu stimmen, sie aber andererseits nicht betrunken zu machen. Wenn Niko recht behielt, würden sie morgen einen klaren Kopf brauchen.

Angesichts seiner Gedanken an den nächsten Tag verging Marcus schlagartig der Appetit.

»Wir sollten uns langsam unsere Portion sichern«, gluckste Arnulf, »bevor die anderen schon alles unter sich aufgeteilt haben.«

»Du kannst meine haben«, entgegnete der junge Krieger und stand auf. Der Hüne schaute ihm fragend, wenn auch nicht unglücklich über die unerwartete Vermehrung seiner Ration, nach. Mit nachdenklicher Miene verließ Marcus das Rund der Männer.

Auch vor den anderen Zelten hatten sich die Kämpfer versammelt und machten sich ebenfalls gut gelaunt über die Vorräte her. Ihre Fröhlichkeit ließ den Betrachter nicht erahnen, was sich diese Männer für den kommenden Tag vorgenommen hatten.

Marcus überquerte den breiten Weg, der die Heeresteile voneinander trennte. Auf seiner Seite lag der Teil des Heeres, der von Graf Heinrich von Luxemburg angeführt wurde und dem auch Ludolfs Männer angehörten, jenseits des Weges der Teil, den Graf Rainald von Geldern kommandierte. Irgendwo dort drüben musste sich auch Dietrich von Keppel aufhalten. Ob Patty bei ihm war?

Diese Frage beschäftigte Marcus, als er nun zielstrebig den Weg kreuzte und den äußeren Zeltring erreichte. Auch wenn er allein und ohne Nikos Dolche wahrscheinlich nichts gegen Dietrich und seine Männer ausrichten konnte, so musste er einfach erfahren, was mit Patty geschehen war.

So unauffällig wie möglich schlenderte er zwischen den Zelten hindurch und suchte nach den weißen Waffenröcken mit den gezackten Brustringen. Dabei fragte er sich unablässig, ob seine Entscheidung klug gewesen war, sich hier in Gefahr zu begeben. Dann aber machte er sich wieder Mut und redete sich ein, dass ihn die Halunken womöglich aufgrund des Wamses und der Eisenhaube gar nicht erkennen würden. Darüber hinaus würden sie ihn hier in Brauweiler wohl auch nicht vermuten. Gewiss gingen die Schurken davon aus, dass sie alle Gaukler vor den Toren der Stadt Neuss tot zurückgelassen hatten.

Plötzlich zuckte Marcus zusammen, als sein Blick zwischen zwei Zelten hindurch fiel. Hatte er gerade durch den Spalt einen der Männer Dietrichs entdeckt? Vor den beiden Behausungen, die diesen Spalt bildeten, saßen fünf Soldaten und dösten in der tief stehenden Nachmittagssonne. Auch wenn sie die Augen beinahe geschlossen hatten, so schien es Marcus angesichts ihrer finsteren Mienen nicht gerade ratsam, dort hindurchzugehen. Was er am wenigsten gebrauchen konnte, war ein Tumult in unmittelbarer Nähe zu Dietrichs Zelten, und so entschloss er sich, die Recken weiträumig zu umrunden.

Durch das Gewirr des Lagers hatte er die Orientierung verloren. Hastig suchend, wanderte sein Blick umher, als ihm auf einmal der Atem stockte. Erst jetzt bemerkte Marcus, dass er schon fast vor dem Zelt des Herrn von Keppel stand. Diese unmittelbare Nähe war nicht der einzige Grund für sein Entsetzen. Nein, es war vielmehr das Banner, das dort im Winde flatterte. Ein rotes Banner, auf dem drei weiße Muscheln prangten.

»Was gibt es da zu glotzen«, fuhr ihn einer der Männer an, dem der erstarrte Bursche aufgefallen war. Der barsche Ton des Bewaffneten riss Marcus aus seiner Regungslosigkeit. Eilig drehte er sich um und rannte zwischen den Zelten davon.

»He, was soll das?«, schimpfte ihm ein Ritter hinterher, den Marcus auf seiner Flucht beinahe umgerannt hätte. Nur mit Mühe hielt sich der schwer gerüstete Mann auf den Beinen.

»Verzeiht, es war nicht meine Absicht«, entschuldigte sich der Hellblonde und verlangsamte seinen Schritt. Suchend und mit gehetztem Blick schaute er sich um. Hatte ihn der Soldat des Herrn von Keppel erkannt? Kalter Schweiß trat unter dem Rand der Eisenhaube hervor, und nur langsam beruhigte er sich wieder. Es schien ihm niemand zu folgen. Rasch ging er weiter.

Schon kurze Zeit später gelangte er wieder zu den Unterkünften des Herrn Ludolf, wo die Männer ihr Mahl bereits beendet hatten.

»Nun hast du das Beste der Schlacht verpasst«, begrüßte ihn Arnulf und ließ einen kräftigen Rülpser ertönen. Marcus spürte, dass seine Knie zitterten, und so setzt er sich schnell zwischen Niko und den Rotbärtigen.

»Was ist denn mit dir los? Du siehst ja aus, als wärest du gerade Gevatter Tod persönlich begegnet!« Der Riese ahnte nicht, wie richtig er mit seiner Aussage lag. »Diese Begegnung hat wohl noch etwas Zeit. Zumindest bis morgen.«

Marcus hörte das Lachen des Bärtigen gar nicht, der sich köstlich über seinen eigenen Scherz amüsierte. Nachdenklich hatte er den Kopf zu Niko gewandt und starrte auf dessen Halsschmuck. Was hatten diese Muscheln am Hals des Kroaten und auf dem Banner des Herrn von Keppel zu bedeuten? Hatten die beiden Männer bei dem niederträchtigen Reliquienraub zusammengearbeitet? Womöglich war der Dolchwerfer einer von ihnen! Marcus war sich plötzlich sicher. Das musste der Grund sein, warum dieser undurchsichtige Kerl dem Heer gefolgt war. Er wollte sich seinen mörderischen Kameraden wieder anschließen. Dies erklärte auch, warum sie ihn vor den Toren der Stadt Neuss am Leben gelassen hatten. Was führte der Kroate im Schilde? Wartete er nur auf eine Gelegenheit, ihn, den einzigen Mitwisser, zu töten? Nein, dazu hätte er ausreichend Zeit gehabt, als Marcus bewusstlos gewesen war. Wahrscheinlich brauchte er ihn als Sündenbock für den Raubmord in Neuss.

Marcus zuckte zusammen und riss den Kopf herum, als er plötzlich eine starke Hand auf seiner Schulter spürte.

»Immer langsam, mein Söhnchen.« Arnulf schaute ihm tief in die Augen, und seine Heiterkeit war verflogen. »Was dir eben widerfahren ist, weiß ich nicht, und es interessiert mich ehrlich gesagt auch nicht. Was ich jedoch weiß ist, dass du vor dem morgigen Tag noch ein paar Übungen mit der Keule vertragen kannst. Lass uns rüber zur Kastanie gehen.« Der Bärtige hatte recht, und so schüttelte Marcus seine düsteren Gedanken ab und ging mit ihm davon.

Wie ein kleiner Junge, den seine Eltern erst vor wenigen Stunden in die Obhut des Klosters gegeben hatten, stand der verschüchterte Bibliothekar vor dem schweren Eichentisch. Demütig hielt er den Kopf gesenkt und traute sich nicht einmal aufzuschauen. Erst jetzt, da sie beim Abt angekommen waren, ließ Bruder Gisbert seinen Arm los und stieß den Mönch gleichzeitig bis zur Tischkante vor. Hinter dem Tisch saß in sich zusammengesunken Abt Heinrich. Der Klostervorsteher wirkte blass, fast grünlich im Gesicht und stützte sich angestrengt auf die Armlehnen. Vor ihm stand eine große Schüssel mit etwas Wasser, umrankt von frischen Leinentüchern. Obwohl ihm das Sprechen offensichtlich schwerfiel, erklang seine Stimme in der erwarteten Strenge. »Nicht nur, dass ich mich in dieser Stunde, in der unser verehrter Erzbischof bei uns eingetroffen ist, mit dieser unsäglichen Übelkeit …« Würgend beugte sich der Abt vor und erbrach sich über der Schüssel. Der Infirmarius, der an seiner Seite bereitgestanden hatte, wischte ihm mit einem feuchten Leinentuch über den Mund und betupfte dann mit einem anderen die Stirn des Geschwächten. Mühsam hob Heinrich die Hand und verscheuchte den Krankenmeister wie eine lästige Fliege. »Als ob dies nicht schon genug wäre. In den letzten Stunden sind mir verschiedene Klagen über Euch zugetragen worden. So habt Ihr Euch gegenüber Bruder Bruno, einem ehrenwerten Decanus unserer Abtei, ungebührlich betragen und habt Euch meiner Bitte nach Ruhe widersetzt.«

Trotz seiner Verschüchterung verspürte der Bibliothekar das Verlangen, die Schelte des Abtes zu unterbrechen und ihm zu erklären, dass seine neueste Entdeckung der Grund für sein Vergehen gewesen war. Ihm war klar, dass er vor den anderen auf dererlei Rechtfertigung verzichten musste.

Einen neuerlichen Würgereiz unterdrückend, fuhr der Abt fort: »Auch der Krankenmeister hat Klage über Euch geführt. Er berichtete mir, dass Ihr Euch des Öfteren darin übt, das neunte Gebot zu verletzen: Ihr sprecht bewusst die Unwahrheit! Darüber hinaus scheut Ihr Euch nicht, meinen Namen in diesem Zusammenhang zu verwenden. Es mag an meiner Erkrankung liegen, aber ich kann mich nicht erinnern, Euch mit einer Botschaft für Bruder Lucius betraut zu haben.«

Die Stimme des Abtes wurde lauter, und der junge Mönch zuckte erschrocken zusammen. Zwar hatte er bereits geahnt, dass seine Lügen zu kühn gewesen waren und der Infirmarius es nicht bei einer Rüge bewenden lassen würde. Gleichwohl war er überrascht ob der Schnelligkeit, mit der sein sündiges Tun dem Abt zu Ohren gekommen war. Der Bibliothekar hielt immer noch den Kopf demütig gesenkt, und so entging ihm das feixende Grinsen des Krankenmeisters. Auch für seine unverschämten Lügen hatte der junge Mönch gute Gründe. Diese konnte er erst recht nicht anführen. Er mochte sich nicht ausmalen, was der Abt mit ihm anstellen würde, wenn dieser davon erführe, dass er den neuen Prior in ihr Geheimnis eingeweiht hatte. Zumindest so weit er mit seiner Erzählung gekommen war, als Bruder Gisbert plötzlich in die Kammer gestürmt war.

Dieser nutzte die entstandene Stille und mischte sich unverzüglich in die Anschuldigungen des Abtes ein. »Verzeiht, verehrter Abt, wenn ich Eure verständliche Verärgerung zusätzlich mehren muss, aber es ist nun mal meine Aufgabe als Zirkator, die Einhaltung unserer klösterlichen Ordnung und die Wahrung des Schweigegelübdes zu überwachen. Einen Verstoß gegen Letzteres kann ich tolerieren, wenn er denn dazu dient, dass ein Mönch einem erkrankten Mitbruder im Gebet beisteht. Doch als ich die Zelle des Bruders Lucius betrat, erschien es mir, als störte ich die beiden bei einer geheimen Unterredung. Dieser hier ...«, er zeigte mit verächtlicher Miene auf den Beschuldigten, »... erschrak derart, dass ich befürchtete, sein Herz bliebe stehen. Versteht mich nicht falsch, verehrter Vater, denn es liegt mir fern, unseren zukünftigen Prior zu beschuldigen. Ich bin mir vielmehr sicher, dass unser feiner Bibliothekar ihn hat anstiften wollen. Ein abschließendes Urteil möchte ich jedoch Eurer geschätzten Menschenkenntnis und gottgegebenen Weisheit überlassen.« Die Bösartigkeit in seiner Stimme verwandelte sich sogleich in Unterwürfigkeit, was den Beschuldigten erschaudern ließ. Vorsichtig hob Bruder Gisbert den Kopf ein wenig, um die Reaktion des Abtes zu erhaschen. Dessen Regung war nicht eindeutig einzuordnen. In seinen Augen blitzte eine Mischung aus Nachdenklichkeit, Misstrauen und Zorn.

Tatsächlich war der Klostervorsteher unentschlossen. Schlagartig war ihm klar geworden, dass er in gewisser Weise auf diesen Mönch angewiesen war, wollte er das Geheimnis des Kodexes entschlüsseln, ob es ihm gefiel oder nicht. »Wir sollten unserem jungen Bruder ebenfalls die Möglichkeit geben, sich zu den Vorwürfen zu äußern. Dies gebieten unsere Ordensregeln. Ihr habt gewiss Verständnis dafür, dass mir zum jetzigen Zeitpunkt die Kraft dazu fehlt.« Als wolle er seine Worte unterstreichen, begann der Abt erneut zu würgen und deutete dabei mit einer kraftlosen Handbewegung an, dass sich Bruder Gisbert samt des Beschuldigten entfernen sollte. Enttäuscht ergriff der Zirkator den Bibliothekar am Oberarm und stieß ihn zur Tür. Trotz der ruppigen Behandlung wirkte dieser erleichtert angesichts des glimpflichen Ausgangs der Unterredung.

Gerade als sie die Tür erreicht hatten, ergriff Abt Heinrich erneut das Wort. »Bevor die Sache abschließend geklärt ist, haltet Ihr Euch von meinem Stellvertreter fern!« Seine strenge Stimme hatte sich binnen einer Sekunde hörbar erholt. »Und ich hoffe, dass ich mich in diesem Punkte klar genug ausgedrückt habe!«

❦

Lucius lachte leise. Selbst dieser tumbe Krankenmeister hatte sich täuschen lassen. Aus lauter Furcht vor einer Ansteckung hatte sich der Infirmarius nicht allzu nah an den greisen Mönch herangetraut, sodass er gar nicht hatte bemerken konnte, wie Lucius sich den knochigen Finger tief in den Rachen gesteckt hatte. Sein gebrechlicher Körper hatte prompt reagiert und den Dicken noch weiter zurückweichen lassen.

»Bemüht Euch nicht weiter, Bruder Infirmarius, der Herr will mich nach einem langen und erfüllten Leben zu sich rufen«, hatte der Alte mit verstellter heiserer Stimme geröchelt und seine schleimtriefende Hand in Richtung des Angesprochenen gereckt. Bei der Erinnerung an diese Szenerie und seine schauspielerische Leistung lachte er in sich hinein. Der Krankenmeister schien heilfroh gewesen zu sein, als es an der Tür geklopft hatte. Eilig hatte er geöffnet und die Gelegenheit genutzt, sich in Sicherheit zu bringen und gleichzeitig den jungen Bibliothekar mit der Betreuung des neuen Priors zu beauftragen.

Bei dem Gedanken an jenen jungen Mönch schwand seine Freude. Auch wenn er endlich das Vertrauen dieses Tölpels erlangt und einiges über das eigenartige Geheimnis erfahren hatte, so konnte er einfach nicht mit seinem derzeitigen Wissensstand zufrieden sein. Das Gegenteil war der Fall. Die bruchstückhaften Einzelheiten hatten seine beinahe krankhafte Neugierde ins Unermessliche gesteigert. Die sündige Wissbegierde nagte an ihm und würde ihn nicht eher ruhen lassen, bis er dem Mönch alle Details entlockt hatte. Was immer dahintersteckte, er würde es sich zunutze machen. Er und kein anderer. Der Bibliothekar würde ihm nicht in die Quere kommen. Dafür würde er umgehend sorgen, sobald er das Bürschchen nicht mehr benötigte. Bliebe nur noch der andere Mitwisser: Abt Heinrich von Rennenberg. Auch ihm würde etwas ›zustoßen‹. Ein süffisantes Lächeln umspielte erneut seine Lippen.

Hin- und hergerissen zwischen Freude über das Erreichte und Verärgerung über das Unausgesprochene, wälzte sich der Greis noch lange auf seinem Nachtlager. Immer wieder fragte er sich, was der Kirchenlehrer Albertus Magnus nur so Wichtiges in jenem Kodex gefunden haben könnte. Gewiss, der Dominikaner Albert hatte sich zeit seines Lebens für die Naturwissenschaften interessiert. Dass die geheime Formel mit Alchemie in Verbindung stand, glaubte Lucius nach reiflichen Überlegungen nicht so recht. Wahrscheinlich hätte Albert der Große in diesem Falle eher einen befreundeten Gelehrten konsultiert, den er aus seinen Jahren an einer der Universitäten kannte, als den Generalbibliothekar des Vatikans einzuschalten.

Lucius war beinahe über seine Überlegungen eingeschlafen, als ihm die Stimme des Bibliothekars wieder in den Ohren klang: ›Habt ihr jemals von einer 40. Stunde gehört?‹ Der Frage des jungen Mönchs war der Alte ausgewichen, um nähere Einzelheiten über die ›jetzige Fassung der Formel‹ zu erfahren. Nun dachte er selbst darüber nach. Die 40 war zwar eine biblische Zahl, die in den Schriften des Herrn häufig eine Rolle spielte, aber an eine 40. Stunde konnte er sich beim besten Willen nicht erinnern. So sehr er sich auch das Hirn zermarterte, etwas Greifbares wollte und wollte nicht dabei herauskommen. Ohne weitere Details kam er in der Sache einfach nicht voran. Wann immer er einem Geheimnis nachgegangen war, hatte er eine Spur gefunden. Diesmal schien es anders zu sein, und das reizte ihn bis aufs Blut. Schnellstmöglich würde er eine Gelegenheit herbeiführen müssen, um mit dem jungen Mönch unter vier Augen sprechen zu können. Am besten schon morgen früh!

Der fünfte Tag

Im Unterbewusstsein hörte er ein Klopfen an seiner Tür.

»Abt Heinrich, so wacht auf!«

Mühsam öffnete der Klostervorsteher die verklebten Augen. Sein Mund fühlte sich trocken und rissig an wie ein lehmiger Acker in der Sommersonne. Schlagartig erinnerte ihn der Geruch in seiner Zelle daran, dass das Erbrechen noch die halbe Nacht angehalten hatte, bis sich sein Körper hohl und leer angefühlt hatte.

»Was gibt es denn?«, antwortete er dem Störenfried mit heiserer Stimme.

»Eure Eminenz, Erzbischof Siegfried verlangt es nach der Beichte.«

»Sagt ihm, ich komme so schnell wie möglich.« Während sich der Abt von seinem Nachtlager erhob, blickte er verschlafen hinüber zu dem kleinen Fenster, durch das nur spärliches Licht in den Raum fiel. Die Sonne war gerade erst aufgegangen. Behäbig ging er zu dem Tischchen, auf dem eine Schale und ein Wasserkrug standen. Nachdem er sich den ekelhaften Geschmack des Erbrochenen aus dem Mund gespült hatte, wusch er sich ausgiebig das Gesicht. Er hatte nach einem furchtbaren Tag eine noch furchtbarere Nacht verbracht, fühlte sich nach dieser Erfrischung jedoch deutlich besser. Nur seine Beine zitterten noch ein wenig, als er sich nun die Gewänder überstreifte. Allzu lange konnte er den hohen Kirchenfürsten nicht mehr warten lassen. Auch wenn dessen Zuwendungen nur sehr spärlich flossen, so war das verarmte Kloster auf diese angewiesen. So rasch es sein Zustand an diesem Morgen zuließ, eilte er den Kreuzgang entlang zum Eingang der Klosterkirche.

»… Ego te absolvo a peccatis tuis in nomine patris et filii et spiritus sancti …« Kaum hatte Heinrich von Rennenberg die Worte der Absolution zu Ende gesprochen, war der Erzbischof aufgesprungen und aus dem Beichtstuhl geeilt. Der Abt hingegen verweilte noch einen Augenblick auf seinem Platz und atmete mehrmals tief durch. Er war angesichts der plötzlichen Krankheit froh, dass das Sündenbekenntnis nicht allzu lange gedauert hatte, obgleich ihn dies wunderte. Trotz aller augenscheinlichen Frömmigkeit des Oberhirten konnte sich der Abt beim besten Willen nicht vorstellen, dass dies alle Verfehlungen gewesen sein sollten, die der Erzbischof sich in der letzten Zeit geleistet hatte. Schließlich war sein kurfürstliches Dasein zu weltlich geprägt, als dass seine Beichte nur ein paar Belanglosigkeiten zutage brächte. Die Größe und Schlagkraft seines Heeres war es wohl, was ihm die Sicherheit verlieh, nicht allzu bald vor seinen Schöpfer treten zu müssen.

Aus dem Hauptschiff der Kirche klang nun der Lärm der nach und nach eintreffenden Ritter zum Beichtstuhl herüber. Er musste sich in die Sakristei begeben, um sich auf die Messe vorzubereiten. Denn die edlen Herren im Gefolge des Erzbischofs warteten gewiss nicht gerne auf den göttlichen Segen, der sie in der bevorstehenden Schlacht vor Verstümmelung und dem Tod bewahren sollte.

Als der Abt mit den Dekanen den Altarraum betrat, hatte sich das Kirchenschiff bereits bis auf den letzten Platz gefüllt. Die prächtigen Waffenröcke und bunten Banner ergaben ein farbenfrohes Bild, das nichts von dem Blutbad erahnen ließ, das diese Männer mit ihrem Gefolge binnen weniger Stunden anrichten würden. Beim Eintreffen des Klostervorstehers hatten die übrigen Mönche ihren Gesang angestimmt, und Abt Heinrich blickte prüfend in die Gesichter der Ritter, die Siegessicherheit ausstrahlten. Es schien, als gäbe es keinen Kämpfer im Tross des Erzbischofs, der auch nur den geringsten Zweifel daran hegte, dass sie noch am gleichen Tage als glorreiche Sieger aus der Schlacht zu Worringen hervorgehen würden. Der Blick des Abtes wanderte durch die ersten Reihen und erfasste die beiden Brüder des Erzbischofs sowie Dietrich ›Luf‹ von Kleve, den Grafen Adolf von Nassau und den Ritter von Dyck. Sein Eindruck schien sich zu bestätigen. Nur in den Zügen des Burggrafen von Hammerstein meinte er eine nervöse Anspannung erkennen zu können.

Der Gesang der Mönche endete, und der Abt begann, die Messe zu lesen. »In nomine patris et filii et spiritus sancti …«

⁕

Diesmal kamen der riesenhafte Recke und sein kleinwüchsiger Geselle gemeinsam in ihre Zelle. Der Hüne trug eine Fackel, während der Gnom eine große Schüssel mit Wasser hereinbrachte. Mit einer Geschicklichkeit, die man von einem Einarmigen nicht erwartet hätte, steckte der Hüne den Schaft der Fackel in einen Wandring. Dabei fiel der Lichtschein auf eine Stoffbahn, die er über dem Unterarm drapiert hatte. Patty erkannte, dass es sich dabei um ein prunkvoll verziertes Kleid handelte. Unter dem rötlichen Stoff blitze das helle Leinen eines sauberen Unterkleides auf. Patty ertappte sich dabei, dass sie sich auf das neue Gewand regelrecht freute, auch wenn die Umstände alles andere als erbaulich waren.

»Wasch dich und zieh dir die frischen Kleider hier an.« Der Recke warf ihr die Kleidungsstücke zu, und Patty fing sie reflexartig auf.

»Wie soll ich das anstellen?« Sie streckte den beiden ihre gefesselten Handgelenke entgegen. Der Einarmige zog gelassen ein langes Messer, das an seinem Gürtel hing, und durchschnitt die Hanfseile mit einem Ruck. »Du kannst dir ausreichend Zeit nehmen. Wir reiten erst gegen Mittag von hier fort«, erklärte er mit der gleichen Geruhsamkeit.

»Wohin bringt Ihr mich?«

»Warum glaubst du, hat dich Herr Dietrich nicht gleich genommen, nachdem er dich dem Gauklerpack entrissen hatte?«, mischte sich nun der sabbernde Gnom ein. Bei seinen Worten zitterte er vor Erregung, sodass Wasser über den Rand der Schüssel schwappte. »Unser Herr ist in gewissen Dingen durchaus ein Genießer. – Auch wenn man es ihm nicht unbedingt ansieht. Er hat sich dich als eine Art Belohnung nach der Schlacht aufgehoben.« Seinen Worten folgte ein hämisches Lachen, und ein weiterer Schwall des Wassers platschte auf den strohbedeckten Boden.

»Es ist genug, Hunold. Stell die Schüssel ab und verschwinde.«

»Meinst du nicht, es wäre besser, bei ihr zu bleiben? Schließlich ist sie ja jetzt ungefesselt?«

Patty schauderte am ganzen Körper bei der Vorstellung, sich vor diesem lüsternen Zwerg auszuziehen und am ganzen Körper waschen zu müssen. Ihre Hoffnung galt in diesem Augenblick einzig und allein dem Funken Anständigkeit, den der langhaarige Recke zuvor hatte erkennen lassen. Ein Stoßgebet huschte über ihre trockenen Lippen und wurde offenbar erhört. Der Lange versetzte dem Gnom einen kräftigen Tritt und wies dann mit dem Kinn zur Tür.

»Ich muss mich doch nicht wiederholen, Hunold? Verschwinde!« Zornig blitzten die Augen des Hünen, die keinen Zweifel ließen, seinem Spießgesellen Schlimmeres anzutun, falls sich dieser seinen Anweisungen widersetzen würde. Dies schwante auch Hunold, und so stellte er die Schüssel widerwillig ab und verließ die Zelle, jedoch nicht ohne noch einige Flüche zu murmeln.

»Ich danke Euch«, hauchte Patty mit sanfter Stimme und war sich sogleich nicht mehr sicher, ob ihr Dank nicht verfrüht gewesen war.

»Zieh dich aus«, befahl der Einarmige tonlos, und ein eigenartiger Glanz lag in seinem Blick.

❧

»Treue Vasallen, meine Gesandten haben Euch in meinem Namen große Reichtümer versprochen und so seid Ihr hierher an den Rhein gekommen, um von mir die Einlösung des Versprechens einzufordern.« Die Messe war zu Ende gegangen, und Siegfried von Westerburg richtete das Wort an seine Grafen und den niederen Adel, welche in der Klosterkirche versammelt waren.

Hätten sie es nicht besser gewusst, so wäre ihnen nie der Gedanke gekommen, dass es sich bei diesem schwer gerüsteten Kämpfer um den Kölner Erzbischof handelte, einem hohen Herrn der heiligen Mutter Kirche. Auf der Brust seines Waffenrocks prangte das Wappen des Erzstiftes, ein schwarzes Kreuz auf weißem Grund, und an seinem Gürtel wippte ein mächtiges Schwert, als wolle es durch seinen Takt die Worte des Kirchenfürsten mit Nachdruck unterstreichen. »Für gewöhnlich fangen die Fischer hier im Rhein nur Aale, Barsche und Brassen. Die spärlichen Rotaugen, die ihnen in die Netze gehen, werfen sie gar zurück in den Fluss. Nun hat sich ein Walfisch in unseren erzbischöflichen Teil des Gewässers verirrt.« Ein Raunen erfüllte die Klosterkirche. »Hört, Ihr Herren, uns ist am heutigen Tage ein großes Glück zuteilgeworden. Der Walfisch, den wir erbeuten werden, ist Herzog Johann von Brabant.«

Bei diesen Worten wurde aus dem Raunen ein Siegesjubel, der dröhnend durch das Kirchenschiff schallte. Die wenigen Mönche, die noch zur Ansprache des Erzbischofs geblieben waren, zogen verängstigt die Köpfe ein. Ihre blassen Gesichter waren im tiefen Schatten der Kapuze kaum noch zu erkennen. Nur einen Ordensbruder, der etwas abseits saß, schien die euphorische Stimmung nicht im Geringsten einzuschüchtern.

»Gott wird uns noch heute zu einem großen Sieg führen!«, brüllte der Erzbischof in den immer noch anhaltenden Jubel hinein. »Er hat uns zu einem übermächtigen Heer werden lassen, und so wird es uns mit seiner Hilfe ein Leichtes sein, den Walfisch zu erlegen. Bereits in einer Stunde werde ich mit meinen Mannen aufbrechen und nach Worringen ziehen, wo es der Herzog mit seinem Gefolge gewagt hat, meine Burg anzugreifen. An Ort und Stelle werden wir sein erbärmliches Heer in Stücke schlagen. Wer immer einen Teil des Walfisches von dannen tragen will, der folge mir nach!«

Nun durchbrachen Fanfaren das Johlen der Ritter, und Siegfried von Westerburg schritt den Mittelgang der Kirche hinab zum Portal. Rechts und links des Ganges knieten die Gefolgsmänner nieder, als der Erzbischof durch ihre Mitte trat. Dann schlossen sie sich ihm an und zogen hinter ihm in den Klosterhof.

Auch hier setzte sich der Siegesjubel der Männer fort, als sich Dietrich ›Luf‹ von Kleve in die Nähe des Erzbischofs drängte. Beinahe flüsternd sprach er ihn untertänig an: »Verzeiht die Frage, Eure Eminenz, aber werdet Ihr höchstpersönlich das Oberkommando über die drei Truppenteile führen?«

»Papperlapapp«, zischte der Kirchenfürst, der huldvoll lächelnd in die Menge grüßte. »Dies wird nicht erforderlich sein. Noch bevor der Brabanter weiß, wie ihm geschieht, werden unsere Ritter seinen jämmerlichen Haufen in Grund und Boden geritten haben. Wir brauchen keinen Oberbefehlshaber auf dem Schlachtfeld! Falls Ihr jedoch mit Eurer Frage meintet, ob ich das Heer auf dem Weg nach Worringen anführen werde, so könnt Ihr beruhigt sein.« Ohne weitere Beachtung des Grafen schritt der Erzbischof durch die jubelnde Menge zum Tor.

❧

Schnell verbreitete sich im Lager der Befehl zum Aufbruch. In Windeseile begannen die Bewaffneten, sich für die Schlacht zu rüsten, und überall wurden die letzten Vorbereitungen getroffen. Die Zelte und Wagen würden sie zurücklassen, denn schon in wenigen Stunden wären sie siegreich zurück, bevor sie mit neuen Lehen und weiterem Reichtum belohnt nach Hause ziehen würden.

Auch im Lager des Ludolf von Hollenfels war schon bald die Kunde eingetroffen. Arnulf wischte ein letztes Mal mit dem ölgetränkten Lappen über das Blatt seiner Streitaxt. Seine Augen glänzten vor lauter Vorfreude. Vielleicht würde er sich von dem reichlichen Lohn, den Ludolf ihm versprochen hatte, eine kleine Kate kaufen und sich zur Ruhe setzen. Das Kribbeln in der Magengegend, das er angesichts der bevorstehenden Schlacht verspürte, ließ ihn gleichzeitig wieder an den Plänen seines Ruhestandes zweifeln. Es genoss es einfach zu sehr, mit seinen Kameraden in den Kampf zu ziehen, als dass er sich aufs Altenteil zurückziehen wollte. Ja, wenn er eine Frau finden würde, die sein Herz eroberte wie er zuvor so manchen Wehrturm, wäre dies etwas anderes.

An eine solche Frau musste Marcus gerade denken – Patty! Auch wenn er sich auf der einen Seite vor dem fürchtete, was ihn in den nächsten Stunden erwarteten würde, so fühlte er sich andererseits stark und tapfer. Seine Schöne und er gehörten zwar verschiedenen Truppenteilen an, doch es müsste ihm gelingen, während der Schlacht in die

Nähe der Herren von Keppel zu gelangen. Er sehnte sich bereits nach dem Augenblick, in dem er mit ansah, wie Dietrich vom Schwert eines Feindes getroffen zu Boden sank. Vielleicht würde er auch selbst die Gelegenheit haben, diesen Satan im Getümmel zwischen Freund und Feind niederzustrecken. So oder so, der Kerl durfte das Schlachtfeld auf keinen Fall lebend verlassen. Danach würde Marcus sich davonstehlen, um sich auf die Suche nach Patty zu machen.

Er fühlte, wie sein Herz heftiger zu schlagen begann, als er sich vorstellte, wie er sie in seinen Armen halten und ihren warmen Körper an den seinen drücken würde. Er fühlte, wie sich ihr weicher Busen an seine Brust schmiegte. Doch Sekunden später durchfuhr ihn wieder diese Angst, sie sei bereits tot. In diesem Falle bliebe ihm nur der Trost der Rache an ihrem Peiniger.

»Wir brechen bald auf!«, rief in diesem Moment Herr Ludolf in das Rund seiner Männer. In seiner vollständigen Rüstung war er kaum noch zu erkennen. Er saß auf einem prächtigen Schimmel, und die Spitze seiner Lanze ragte hoch in den frühen Morgenhimmel. Sein Knappe hielt das nervöse Tier am Zügel, das bereits die Gefahr witterte. Auch in den Reihen der übrigen Männer machte sich eine eigenartige Anspannung breit, die beinahe greifbar war.

»Formiert Euch! Die Heeresspitze mit unserer Eminenz dem Erzbischof hat sich bereits in Bewegung gesetzt.«

Zwei gepanzerte Reiter flankierten den Herrn von Hollenfels, und die Kämpfer sammelten sich hinter den dreien. Suchend schaute Marcus sich um.

»Was ist los, Söhnchen?« Arnulfs eiserner Handschuh lag urplötzlich auf der Schulter des jungen Mannes. »Nervös vor deiner ersten Schlacht?«

»Ja, das schon, aber eigentlich suche ich Niko.«

Der Riese stutzte und blickte ebenfalls umher. »Du hast

recht. Ich habe ihn auch schon seit längerer Zeit nicht mehr gesehen. Wahrscheinlich hat er sich im letzten Moment aus dem Staub gemacht.« Auch wenn sie diesen geschickten Kämpfer hätten gebrauchen können, so war es Arnulf letztendlich einerlei, ob der Kroate an seiner Seite kämpfte oder nicht. Zumindest hatte der Verschwundene keine ihrer Waffen oder Rüstungsteile mitgenommen.

Marcus zweifelte an Arnulfs Vermutung. Er mochte einfach nicht glauben, dass Niko sich davongestohlen hatte, nachdem er den Weg bis nach Brauweiler auf sich genommen hatte. Er hatte sein Ziel, welches es auch immer sein mochte, fest im Blick gehabt. Während der junge Mann weiter Ausschau hielt, kamen ihm die drei Muscheln wieder in den Sinn. Die Muscheln am Halsschmuck des Kroaten, die Muscheln auf dem Banner des Herrn von Keppel. War sein Weggefährte doch ein Komplize Dietrichs und hatte sich nun, wo die Schlacht kurz bevorstand, seinem Dienstherrn angeschlossen? Würde er von Keppel vielleicht gerade jetzt davon berichten, dass Marcus am Leben und auf der Suche nach Patty war?

In diese Überlegungen hinein erhielt er einen leichten Stupser zwischen die gepolsterten Schulterblätter. »Es geht los«, hörte er den Soldaten hinter sich raunen. Stockend rückten die Männer vor, bis sich schließlich das gesamte Gefolge des Herzogs von Luxemburg und Graf Rainald von Geldern mit seinen Vasallen hinter dem mächtigen Tross des Kölner Erzbischofs eingereiht hatten. Gut 4.500 Reiter und gewiss nochmals so viele Bewaffnete zu Fuß zogen in Richtung Worringen. Wie ein Heuschreckenschwarm fraß sich das Heer durch die Wiesen und Weiden und hinterließ das Lager vereinsamt.

Die klösterliche Ruhe kehrte nach Brauweiler zurück.

»Ruhe? Wieso soll ich noch länger ruhen, wenn es mir bereits wieder gut geht?«

»Verehrter Bruder Lucius, Ihr braucht Euch in Eurem Zustand nicht persönlich in das Skriptorium zu begeben. Ich werde umgehend einen Novizen dorthin schicken, sodass er Euch die Schriften holt, die Ihr zu studieren wünscht.« Um seinen Worten Kraft zu verleihen, drückte der Krankenmeister den immer noch blass wirkenden Prior auf dessen Lagerstätte zurück.

Auch wenn ihm die Hintergründe bisher verborgen geblieben waren, so war er sich sicher, dass die Weisung des Abtes, den Prior vom Bibliothekar fernzuhalten, richtig gewesen war. In der Tat hatte ihre Zweisamkeit recht verschwörerisch auf ihn gewirkt, als er sie in der Zelle des Stellvertreters überrascht hatte. Ob nun Verrat oder körperliche Lust dahintersteckte, vermochte er nicht zu sagen, doch gottgefällig waren ihre Gründe bestimmt nicht.

»Nun? Welche Schrift wünscht Ihr? Ich werde Sie Euch bringen lassen.« Mit einem Ruck, der den Infirmarius vollkommen überraschte, stieß ihn der kränkliche Greis von sich und richtete sich wieder auf. Flink schwang er die Beine herum und stand mit einem Satz vor dem dicken Ordensbruder. Grimmig stierte Lucius ihn an.

»Als der Stellvertreter unseres erkrankten Abtes befehle ich Euch beiseitezutreten!« Bei diesen Worten griff der Prior nach seinem verzierten Gehstock und drängte sich am Krankenmeister vorbei aus der Zelle. Verärgert stierte dieser dem Alten nach. Wie sollte er nur Abt Heinrich erklären, dass ihm der Patient entkommen war und sich gegen den Willen des Klostervorstehers gerade in das Skriptorium begab?

Bei jedem Schritt stieß Bruder Lucius das Ende des Gehstocks lautstark auf die steinernen Bodenplatten des Kreuzgangs. Was war nur in diesen Kerl gefahren? Hatte der Abt ausgerechnet den Infirmarius in das Geheimnis des Kodexes eingeweiht, oder warum versuchte dieser plötzlich, jeglichen Kontakt zwischen ihm und dem jungen Mönch zu unterbinden? Was auch immer die Gründe für sein Verhalten waren, er würde sich nicht von solch einem klerikalen Quacksalber aufhalten lassen. Er würde hinter das Geheimnis der Schriftsammlung kommen und als Einziger daraus seinen Nutzen ziehen. Keiner dieser Waldschrate konnte ihm das Wasser reichen, ihm, der die hohe Schule der Intrigen und Vorteilsnahme von drei erzbischöflichen Kirchenfürsten gelernt hatte.

Mit wütender Miene und vor Anstrengung und Erregung hochrotem Kopf hatte er bereits kurze Zeit später das Skriptorium erreicht.

Erstaunt sahen die Mönche von ihrer Arbeit auf, als Lucius die Tür zum großen Schreibsaal polternd aufstieß. Sein entschlossener Blick fiel auf den jungen Leiter der Bibliothek, der am anderen Ende des Raumes an einem Pult stand. Verlegenheit machte sich augenblicklich auf seinem Gesicht breit. Hastig schlug der Mönch das Buch zu, das vor ihm auf dem Tisch lag, und verschwand eilig hinter den Regalen in seinem Rücken. So schnell es ging, hinkte Lucius an den immer noch überrascht dreinschauenden Brüdern vorbei und folgte ihm in den verborgenen rückwärtigen Teil der Bibliothek.

»Ich muss sofort mit Euch reden«, zischte der Prior den jungen Geistlichen ungeduldig an. Der Angesprochene schien ihn gar nicht gehört zu haben und richtete eine Leiter sorgfältig an einem der hohen Regale aus. Als sei sein Tun von ungeheurer Dringlichkeit, wieselte er die Sprossen empor und versuchte, das Buch, in dem er eben noch gelesen hatte, in eine viel zu kleine Lücke der obersten Bücherreihe zu quetschen. Der Stellvertreter des Abtes stand nun direkt am Fuße der Leiter.

»Habt Ihr nicht gehört, was ich gesagt habe?«, fuhr er ihn erneut an und rüttelte leicht an einer Sprosse. Erst jetzt reagierte der junge Diener Gottes und schaute hinunter auf den Greis, der seinen fast kahlen Kopf weit in den Nacken legte.

»Ihr müsst verzeihen, ehrwürdiger Bruder Lucius, aber ein wichtiger Auftrag unseres Herrn Abtes lässt mir leider keine Zeit, mit Euch zu sprechen. Schon bald kann unsere Eminenz Erzbischof Siegfried zurückkehren. Bis dahin muss meine Abschrift für unseren hohen Gast fertig sein. Vielleicht können wir morgen, oder besser in der nächsten Woche, miteinander plaudern.«

Plaudern? Lucius war nicht der Sinn nach lockerem Geschwätz. Er vernahm ein lautes Räuspern hinter sich.

»Verzeiht, Bruder Lucius, aber ich möchte nur rasch diese Schrift zurückgeben.«

Bruder Gisbert, der Zirkator, stand plötzlich neben ihm und streckte dem Bibliothekar ein dünnes ledergebundenes Buch entgegen. Während der Zirkator den Arm immer noch in die Höhe hielt, neigte er den Kopf und schaute dem Prior nun direkt in die Augen. »Ich denke, dass ich Euch nicht daran erinnern muss, aber unsere jungen Mönche vergessen nur allzu schnell, dass uns unser Ordensvater das Gelübde des Schweigens während der täglichen Arbeit auferlegt hat. Es gehört nun einmal zu meinen Aufgaben, unsere unerfahrenen Brüder stetig an diese Regel zu erinnern. Gewiss seid ihr der Letzte, der jenen hier in Versuchung führen wollte.« Mit gesenktem Blick verneigte er sich demütig vor Lucius.

Ein weiterer Wachhund war offensichtlich zwischen ihn und den Bibliothekar getreten. Lucius wurde klar, dass er unter diesen Umständen nicht weiterkommen würde. Zumindest nicht für den Augenblick.

»Der Herr segne Euch«, sprach er kurz und mit beinahe tonloser Stimme. Dann hinkte er wütend davon.

Hatte sich die morgendliche Sonne bei ihrem Aufbruch noch zaghaft, ja fast ängstlich am Horizont gezeigt, so streckte sie ihnen nun ihre Strahlen wie wehrhafte Speere entgegen. Ein tiefroter Schimmer zog sich über das weit vor ihnen liegende Ende der Weiden. Marcus blinzelte dem aufgehenden Feuerball entgegen und zog sich die Eisenhaube tiefer in die Stirn. Starr blickte er auf die Fersen seines Vordermannes. Nach einiger Zeit wurde ihm schummrig vom stetigen Auf und Ab der unaufhaltsamen Schritte. Er hob das Kinn und sah nach rechts, um nicht erneut in die tief stehende Sonne blicken zu müssen. Vor ihnen lag eine leichte Steigung, die oberhalb in einem dichten Gehölz endete. Misstrauisch ließ Marcus seinen Blick über den dunklen Waldrand streifen. Er fragte sich, ob die Männer kampfbereit wären, wenn sie dort oben in einen Hinterhalt geraten würden, als ihn ein heller Fleck stutzen ließ. Der Fleck bewegte sich parallel zu ihrer Richtung, doch viel schneller als der Tross. Er kniff die Augen zusammen und fixierte das Etwas. Ja, es gab keinen Zweifel, der helle Fleck war ein Pferd, auf dem ein dunkel gekleideter Mann saß. Er meinte zu erkennen, dass der Reiter eine dunkle Kutte trug. War dies tatsächlich ein Mönch, der dort oben parallel zum Tross ritt? Wohin wollte dieser Geistliche nur so eilig? Der Reiter wurde schneller, und Sekunden später hatte Marcus ihn aus den Augen verloren.

»Pass auf, wohin du trittst!«, maulte der Soldat vor ihm verärgert und drehte sich im Gehen zu seinem Hintermann um. Seinen Blick auf den Waldrand gerichtet, hatte Marcus ihm in die Hacken getreten, sodass der Recke ins Straucheln geraten war.

»Wenn unser Herrgott will, dass ich heute noch zu Boden gehe, dann soll dies durch den Hieb eines Gegners geschehen und nicht durch den Tritt eines unachtsamem Tölpels unseres eigenen Heeres.«

Immer noch nachdenklich, murmelte der junge Mann ein
paar Worte der Entschuldigung und konzentrierte sich wieder auf den Weg, der vor ihm lag.

Eigentlich konnte er sich nur irren, denn die Entfernung
war viel zu groß gewesen. Und doch war ihm die Silhouette des vorbeieilenden Mönchs irgendwie bekannt vorgekommen. Aber wann hatte er zuletzt einmal einen Diener Gottes gesehen? An der Abtei zu Brauweiler war ihm
zumindest keiner der Ordensbrüder begegnet. Die Kleriker hatten sich während des Aufenthalts des Heeres allesamt innerhalb der Mauern verschanzt, und bis dorthin
war der hellblonde Kämpfer nie vorgedrungen. Du musst
dich irren, sagte er sich und marschierte weiter. Die Ereignisse waren einfach zu viel für ihn gewesen. Wie die Bilder
des Kreuzwegs, den er sich von Zeit zu Zeit in der ›Kapelle
der Lieben Frau‹ angesehen hatte, erschienen ihm die Bege-
benheiten der letzten Tage vor seinem geistigen Auge. Ob
sein Weg heute im Tode enden würde? Er dachte an jene
verhängnisvolle Morgenstunde vor dem Neusser Münster,
seine Ankunft im Heereslager und das erste Aufeinander-
treffen mit Dietrich von Keppel. Als ihm nun die Gauklertruppe und Patty einfielen, war sein Hals wie zugeschnürt.
Marcus schluckte trocken. Am liebsten wäre er einfach aus
der Reihe getreten und hätte sich irgendwo mit seiner tiefen
Trauer verkrochen. Doch schon erwachten seine Rachegelüste erneut, und seine Entschlossenheit, Patty zu finden,
kehrte zurück.

∾

Nur langsam zog sie ihr Unterkleid über die schlanken
Hüften und gab ihren nackten Unterleib den Augen des
Hünen preis. Sie kannte die geifernden Blicke der Männer
von ihren Auftritten nur allzu genau, doch dies hier war

etwas ganz anderes. Eine heiße Röte stieg ihr ins Gesicht. Es war ihr nie peinlich gewesen, wenn sie einer der Gaukler das ein oder andere Mal entblößt gesehen hatte, während sie sich an einem Bach wusch. Nein, im Gegenteil. Auf irgendeine eigentümliche Art hatte sie das Interesse genossen und den Männern den Anblick auf eine seltsame Weise gegönnt. Nun empfand Patty eine unbeschreibliche Scham, die gleichsam in Angst überging. Voller Furcht hielt sie den Kopf gesenkt. Was würde der Einarmige mit ihr anstellen, wenn sie nackt vor ihm stand, wie Gott sie in ihrer Schönheit geschaffen hatte? Erst jetzt, als sie das Leinen über ihre rote Mähne gezogen hatte, richtete sie ihren Blick wieder auf. Sogleich trat ihr Bewacher energisch auf sie zu. Patty stockte der Atem. Langsam streckte der Mann die Hand nach ihr aus. Seine Finger wirkten gepflegt und passten so gar nicht zu dem schmutzigen Verlies, in dem sie sich befanden. Fast zärtlich strich er mit den Fingerspitzen über die weiche Haut ihres Busens und umkreiste schließlich ihre Brustwarze. Patty spürte, wie sich jeder Muskel ihres Körpers voller Panik anspannte und ihr Atem stockte. Steif vor Angst senkte sie ihren Blick, der nun auf das Messer am Gürtel des Einarmigen fiel. Würde sie eine Chance haben, danach zu greifen und blitzartig zuzustoßen? Und dann? Selbst wenn es ihr gelingen würde, den Hünen niederzustechen und davonzulaufen – wie weit würde sie kommen? Wahrscheinlich würde der geifernde Gnom bereits im nächsten Gang auf sie lauern und über sie herfallen. Sie biss sich auf die Unterlippe und ließ den Giganten gewähren. Plötzlich gefror die Bewegung des Mannes.

»Verzeiht«, sprach er mit leiser Stimme und nahm seine Hand von ihrer Brust. »Wascht Euch und zieht Euch dann an. Wir werden bald aufbrechen.« Bei dieser Äußerung hatte er sich bereits umgewandt. Ohne ein weiteres Wort verließ er die Zelle. Krachend fiel die Tür ins Schloss.

Patty atmete tief durch, und die Anspannung wich aus ihren Gliedern. Im Schein der Fackel sah sie, wie ihre Tränen in die Wasserschüssel tropften und sich kleine Wellenkreise bis an ihre Ränder bildeten. Ermattet sank sie auf ihre Knie. Dann fuhr sie mit beiden Händen in das Nass und schaufelte sich die Flüssigkeit hastig in ihr glühendes Gesicht. Kühlend liefen die Rinnsale über ihre Haut bis zu jener Stelle ihres Körpers, die die Hand des Hünen eben noch bedeckt hatte. Ein weiteres Mal war sie einem gewaltsamen Schicksal entkommen. Wie lange würde ihre Glückssträhne noch anhalten? Was würde erst mit ihr geschehen, wenn sie die beiden zu ihrem Dienstherrn geschafft hatten? Wieder traten ihr Tränen in die Augen und trübten ihren Blick. Diesmal waren es weiß Gott keine Tränen der Erleichterung.

❧

»Das geschieht dir recht, du elender Dieb!«, hatte Janssen sich am Morgen selbst murmeln hören, als er das tote Tier im ersten Sonnenstrahl entdeckt hatte.

Leblos lag die Ratte in einer Ecke seines Kerkers. Es war nur eine Frage der Zeit, bis von dem verdammten Vieh ein bestialischer Geruch ausging. Meister Hans würde dies als eine willkommene Bereicherung seiner Peinigungen ansehen und den Kadaver nicht entfernen. Allein bei dem Gedanken an den zu erwartenden Gestank drehte sich dem Wirt der Magen um, und bittere Säfte stiegen in seine Mundhöhle. Um den abscheulichen Geschmack zu beseitigen, biss Janssen rasch, wenn auch mit Widerwillen, in eines der Brotstücke, die ihm ein Handlanger des Folterknechts namens Gundolf Stunden zuvor gebracht hatte. Die Feuchtigkeit des Steinbodens hatte das Backwerk matschig werden lassen. Auf diese Weise ließen sich die Stücke zumindest ohne Kieferschmerzen zerbeißen. Zu gerne hätte der Wirt das eklige

Brot mit einem guten Tropfen Wein hinuntergespült, doch
selbst seine tägliche Wasserration hatte er bereits in sich hin-
eingeschüttet. Schon beim Erwachen hatte er einen unbändigen Durst verspürt und den groben Holzbecher hastig bis
auf den Grund geleert.

Knarrend öffnete sich die Tür, und Hubertus von Hohenfels trat ein. Berthold Janssen zuckte unweigerlich zusammen, als er Meister Hans hinter dem Stadtsoldaten entdeckte.
Grinsend schob sich der Folterknecht an Hubertus vorbei in
die Zelle. Janssen konnte nicht sagen, wie lange sie sich nicht
mehr seiner angenommen und ihn stattdessen in quälender
Ungewissheit allein gelassen hatten. Hatte er zunächst noch
die winzige Hoffnung gehabt, Hohenfels sei gekommen, um
ihn in die Freiheit zu entlassen, so war er nun angesichts des
hohnlachenden Schinders vom Gegenteil überzeugt. Gewiss
würden sie nun mit der angedrohten Marter beginnen.

Meister Hans trat immer noch feixend hinüber in die Ecke,
in der die tote Ratte lag. Als er den Kadaver erblickte, gefror
sein breites Lächeln. Einen Wimpernschlag später kehrte die
Häme in sein narbiges Gesicht zurück. Genüsslich hob er ein
paar Daumenschrauben auf, die er sich bereits vor Tagen dort
zurechtgelegt hatte. Tag und Nacht hatte das Folterwerkzeug
Janssens schrecklichste Befürchtungen wachgehalten. Als der
Folterknecht langsam auf seinen ›Gast‹ zuging, begann auch
Hubertus zu grinsen. Janssens größte Angst schien sich umgehend zu bewahrheiten. Er roch bereits den säuerlichen Atem
seines Peinigers, der nur noch eine knappe Elle von ihm entfernt war, als dieser plötzlich stutzte und zurückschreckte.
Sein Gesicht wirkte starr und fahl, wie das einer Statue aus
Kalkstein. Vorsichtig streckte er die freie Hand nach Janssens
Stirn aus und wich erneut zurück, noch ehe er die rot glän-
zende Haut berührt hatte. Mit weit aufgerissen Augen trat
er hastig zu seinem Begleiter hinüber, der ihn nur verständnislos anblickte.

»Wollt Ihr nicht Eure Arbeit tun, Meister Hans?«, sprach der Gehilfe des Schultheißen mit Verärgerung in der Stimme.

»Antoniusfeuer!«, zischte der Folterknecht leise und deutete mit einem Kopfzucken in Richtung des Gefangenen. Bei diesen Worten erstarrte auch Hohenfels' Gesicht, und er trat einen hastigen Schritt zurück. Schon hatte Meister Hans den Ärmel des Stadtsoldaten gepackt und ihn rücklings durch die Tür bugsiert. Knarrend schloss sich diese, und der Wirt blieb wieder allein zurück.

Warum hatte es sich der Bursche so plötzlich anders überlegt?, wunderte sich Janssen. War dies wieder eines ihrer grausamen Spielchen? Er hatte wohl gesehen, dass der Folterknecht zu Hubertus gesprochen hatte, bevor sie die Zelle beinahe panisch verlassen hatten. Meister Hans' Stimme war zu gedämpft gewesen, als dass der Wirt seine Worte hätte verstehen können.

Berthold Janssen bemerkte in diesem Moment, dass ihm kalter Schweiß auf der Stirn stand, und auch dieser unbändige Durst war wieder da.

∾

»Und Ihr seid sicher, mein Herzog, dass Siegfried von Westerburg Eure Herausforderung annehmen und mit seinen Truppen hierhereilen wird?«

Der Angesprochene saß auf einer Truhe, den Blick gesenkt, und nickte nachdenklich. »Er wird kommen, Graf Gottfried«, gab Herzog Johann von Brabant mit tonloser Stimme zur Antwort. »Wenn es ihm gelungen ist, all seine Vasallen um sich zu scharen – und davon bin ich überzeugt –, dann verfügt der Kirchenfürst über ein Heer, das größer und mächtiger ist als das unsere. Was sollte ihn also noch davon abhalten, die Entscheidungsschlacht zu suchen?«

Der Graf von Vianden fuhr erschrocken zusammen. »Und

wie sollen wir ihn in der Schlacht besiegen können? Wäre es nicht klüger, Worringen angesichts der Übermacht zu verlassen?«

Der Herzog hob langsam den Kopf und schaute Graf Gottfried mit eiskalter Miene an. »Wir werden jeden seiner Schritte kennen und ihm zuvorkommen!« Die Selbstsicherheit, mit der er diese Worte sprach, beruhigte den Vasallen ein wenig.

»Da kommt ein Reiter!« Aufgeregt wies der Posten auf eine Silhouette, die sich rasch auf das Lager des Brabanters zubewegte. Auf der Stelle sprangen die übrigen Wachen auf und griffen eilig nach ihren Waffen. Der Reiter kam im gestreckten Galopp auf die Zelte zu. Als er näher kam, erkannten die Männer, dass der Ankömmling eine Mönchskutte trug. Was trieb ausgerechnet einen Gottesdiener dazu, wie vom Teufel gehetzt auf die Belagerer zuzupreschen?

Kurze Zeit später hatte der Geistliche die Wachen erreicht. Aufgeregt zogen die Soldaten die Schwerter, doch den Kleriker schienen die gezückten Klingen nicht im Geringsten abzuschrecken. Auch wenn er den Lauf des Pferdes verlangsamte, schien er in seinem blinden Wahn entschlossen, in das Lager hineinzureiten. Beherzt warf einer der Männer sein Schwert beiseite, packte den Mönch an der Kutte und riss ihn aus dem Sattel. Mit einem dumpfen Knall schlug der Körper des Mannes auf den sandigen Boden. Während zwei der Bewaffneten den Gaul am Zügel ergriffen, eilten die anderen herbei und drückten Arme und Beine des Gestürzten fest auf den Boden.

»Haltet ein!«, keuchte der Gottesdiener nach Luft ringend. Verzweifelt warf er den Kopf hin und her. Gerade als einer der Männer zum tödlichen Schwerthieb ausholen wollte, glitt die Kapuze vom Kopf des Gefangenen. Der Posten, der den Reiter entdeckt hatte, reagiert als Erster und trat mit einem raschen Schritt zwischen den Soldaten und den am Boden Liegenden. Energisch umklammerte er die kräftigen Handgelenke des Schwertführenden.

»Bist du des Teufels? Es ist der Knappe des Herzogs. Walter von Bisdomme!«

Die Männer standen wie angewurzelt da und starrten mit großen Augen auf den vermeintlichen Mönch. Sie erkannten, wen sie überwältigt hatten. Sofort ließen sie von ihm ab, und Walter rappelte sich mühsam auf.

»Ich muss sofort zum Herzog!« Immer noch nach Luft japsend, rieb er sich den schmerzenden Rücken und griff mit der anderen Hand an seinen leinenen Kopfverband.

»Folgt mir, ich bringe Euch zu unserem Herrn.«

Herzog Johann von Brabant saß immer noch vor seinem Zelt, als sich die Männer näherten.

»Verzeiht, mein Herzog, Euer Knappe Walter ist soeben eingetroffen.«

Als hätte der Herzog nur auf diese Nachricht gewartet, sprang er auf und trat seinem Gefolgsmann beherzt entgegen. Mit strahlenden Augen ergriff er seine Schultern. »Walter, Ihr ahnt gar nicht, wie sehr ich mich freue, Euch lebend zu sehen. Sprecht, was wisst Ihr von Siegfried und seinem Heer zu berichten?«

»Es ist, wie Ihr es geahnt habt, mein Herzog. Erzbischof Siegfried wird binnen kürzester Zeit hier in Worringen eintreffen. Er hat viele Grafen und Herren um sich versammelt, sodass sein Heer wohl an die 10.000 Kämpfer zählt.«

Bei diesen Worten spürte ein jeder in der Runde die Anspannung, die sich verbreitete wie ein plötzlicher Nebel über dem Moor. Allein der Herzog von Brabant behielt einen kühlen Kopf. »In welcher Ordnung zieht das Heer nach Worringen?«, fragte er und rieb sich nachdenklich das stoppelige Kinn.

»Erzbischof Siegfried persönlich führt die erste Schar an. Er reitet siegessicher in seinem prächtigen Fahnenwagen voran.

Gewiss ist sein Truppenteil der schlagkräftigste des ganzen Heeres. Danach folgt der Tross des Grafen von Luxemburg, der mir die schwächste Einheit zu sein scheint, und schließlich Graf Rainald von Geldern mit seinem niederen Adel.«

Im Nu verflog die Nachdenklichkeit des Herzogs, und das kämpferische Funkeln kehrte in seine Augen zurück. Hastig sprach er: »Ruft die Priester zusammen, auf dass sie uns Gottes Segen spenden, aus der alles entscheidenden Schlacht siegreich hervorzugehen! Eilt Euch, die Zeit drängt.«

Auch wenn keiner der Fürsten verstand, woher Herzog Johann mit einem Mal den Mut nahm, der sich in seiner Miene widerspiegelte, so vertrauten sie doch auf seine Erfahrung aus vielen gewonnen Schlachten.

»Gott führt uns zum Sieg!«, rief der Brabanter und reckte seine Faust in den rötlichen Morgenhimmel.

»Gott führt uns zum Sieg!«, erschallte es aus den Kehlen der Männer, die das Aufkeimen von Johanns Zuversicht mit angesehen hatten.

Zur Eile getrieben, hatten die Priester schon bald die Messe gelesen und die Kämpfer mit dem Segen des Allmächtigen in die Schlacht entlassen. Bereits während des Gottesdienstes hatte Herzog Johann darüber nachgedacht, wie er sein Heer aufstellen würde. Angesichts der Kunde, die Walter von Bisdomme aus dem Lager des Erzbischofs mitgebracht hatte, konnte nur die eine Taktik zum Siege führen: Sie mussten Siegfrieds Heer angreifen, bevor sich der Feind neu formiert und seinen mächtigsten Truppenteil, den Tross des Erzbischofs, in das Zentrum gebracht hatte. Nur wenn dessen Schlagkraft am linken Flügel verkümmern würde, hätten sie eine Chance gegen die Übermacht des Gegners.

Rasch versammelte der Herzog von Brabant seine Anführer um sich. Untereinander tuschelnd und murmelnd, standen die Grafen und niederen Adelsleute vor dem Zelt des

Brabanters. Die Nervosität der Männer war deutlich zu spüren. Einige schienen innerlich mit den Hufen zu scharren wie wilde Araberhengste vor einem Reiterwettstreit.

Als nun Herzog Johann seine Stimme erhob, trat auf einen Schlag konzentrierte Stille ein.

»Verehrte Herren, seit einer Stunde wissen wir nun um die verletzliche Stelle unseres Feindes und werden unsere Kraft an diesem Punkt einsetzten. So seid ohne Furcht. Auch wenn dem Erzbischof mehr Schwerter und Lanzen folgen, als wir in unsren Reihen zählen, so werden wir dennoch siegreich aus dieser Schlacht hervorgehen. Ja, wir werden Siegfried und seine Bastarde zermalmen wie faulige Früchte!« Bei diesen Worten brach Jubel unter den Männern aus, den der Herzog mit einer kurzen Handbewegung unterbrach. »Graf Ruprecht, Euch wird eine besondere Verantwortung zuteil werden.«

Der Graf von Virneburg richtete sich stolz auf und schlug sich zum Zeichen seiner Bereitschaft mit der geballten Faust auf die Brust. Der eiserne Handschuh prallte laut schallend auf den Panzer, den er bereits angelegt hatte.

»Eure Aufgabe wird es sein, das gesamte Heer im Sinne unserer Taktik zu führen. Also behaltet stets den Überblick und schickt Eure besten Boten zu den Flügeln unseres Heeres, um die Truppenteile zu führen. Ich selbst werde mit meinen tapferen Streitern und Euch, treue Limburger, die Streitmacht des Gegners in zwei Teile spalten. Wenn es uns gelingt, den Feind anzugreifen, bevor er sich auf die Schlacht vorbereitet hat, dann werden wir dort in der Mitte den Tross des Luxemburgers, den schwächsten Teil des Heeres, antreffen. Ihr, Graf Arnold von Looz, bildet mit Euren Rittern den rechten Flügel und reitet gegen den Grafen von Geldern. Zum Schutz Eurer äußeren Flanke überstelle ich Euch zudem das brabantische Fußvolk. Der Gelderner bildet derzeit den Schluss des herannahenden Feindes, und so wird sein Truppenteil als letzter hier in Worringen eintreffen. Obgleich seine Männer noch erschöpft sein werden vom Aufmarsch, ist Eure Aufgabe nicht zu unterschätzen, denn sie werden Euch in ihrer Anzahl überlegen sein.« Herzog Johann unterbrach seine Ansprache und blickte mit ernster Miene zum Grafen von Berg. Nach einem fast lautlosen Seufzer fuhr er fort: »Doch die schwerste Aufgabe erwartet Euch, Graf Adolf. Ihr werdet auf der linken Seite den Männern des Erzbischofs gegenüberstehen. Sein Tross ist der stärkste und größte. Treibt ihn noch weiter nach links, denn in der jetzigen Formation wird er von dort keine Unterstützung erhalten. Als Führender des Heerzuges steht er bei dessen Ankunft am rechten Flügel. Noch bevor er sich in der Mitte der Streitmacht positionieren kann, müssen wir die Bastarde angreifen. Overstolz, Ihr werdet den Grafen von Berg mit Eurer Miliz unterstützen. Der Hass Eurer Kölner Bürger auf den Erzbischof wird Eure Unterzahl vergessen machen. Darüber hinaus stehen Euch, Graf Adolf, Eure bergischen Bauern zur Seite.«

Bei diesen Worten hätte der Graf am liebsten laut aufgelacht. Seine Bauern trugen nur leicht gepolsterte Wämser und hatten sich notdürftig mit Dreschflegeln, Sensen und Knüppeln bewaffnet. Noch nie zuvor hatte einer dieser Kerle auf einem Schlachtfeld gestanden. Ihr Mut war aller Ehren wert. Ob dieser den kampferprobten Panzerreitern Siegfrieds standhalten würde, war mehr als ungewiss. Graf Adolf ließ sich seine Zweifel nicht anmerken. Forsch zog er sein Schwert aus der Scheide und küsste die Klinge. Langsam ließ er die Waffe wieder sinken und verneigte sich vor Johann.

»Ihr wisst nun, wie wichtig es für unseren Sieg ist, dass wir dem verdammten Heer des Erbschleichers so schnell wie möglich entgegentreten. Also lasst uns keine Zeit verlieren. Wir brechen auf!«

»Ich gottverdammter Esel!« Der Bibliothekar schlug sich so heftig gegen die Stirn, dass die übrigen Mönche, die im Skriptorium ihrer Arbeit nachgingen, durch das laut klatschende Geräusch aufgeschreckt wurden.

»Hm, hm«, räusperte sich einer der alten ermahnend und wandte sich dann wieder seiner Abschrift zu. Sein drohender Blick störte den Zurechtgewiesenen nicht im Mindesten. Er war der Lösung so nahe wie nie zuvor. Der Hinweis des Abtes war im wahrsten Sinne des Wortes Gold wert gewesen. Nachdem er seine Begegnungen mit dem neuen Prior und den folgenden Tadel Heinrichs verdrängt hatte, hatte er sich umgehend wieder auf die Suche gemacht. Gewiss, der Klostervorsteher hatte ihm untersagt, am Tage zu forschen, doch die Suche nach der Gemeinsamkeit der Verse und der Bedeutung der Kapitel hatten seiner gesamten Kraft bedurft. Eine Kraft, die er in ausschließlich nächtlicher Arbeit nicht hatte aufbringen können. Und so war es auch kein Wunder, dass er nun am Tage genau auf diese weiterführende Spur gestoßen war. Er hatte die letzten Verse zusammengetragen. Jene fünf Verse, deren Koordinaten mit einem ›T‹ begannen:

T/11/32 <u>vier</u> Früchte des Ackers will ich ihm darbringen

T/18/6 wir <u>geben</u> uns hin und fallen danieder auf feuchtem Sand

T/9/4 Und die Erde werde <u>zerstöret</u>, auf dass sie zurückkehrt

T/17/12 … und die <u>unendlichen</u> Weiten der Erde werden sich erschließen …

T/3/11 Die Frucht des Feldes hingegen ist der <u>Reichtum</u>, den er erlangen wird.

Nun war ihm alles klar geworden. Hatten die ersten Verse, die er zusammengestellt hatte, allesamt mit Wasser zu tun, so war in jedem der zweiten Sammlung von Feuer die Rede.

Heute nun bildete die Erde die Gemeinsamkeit und in diesem Zusammenhang ergaben auch die Titelbuchstaben einen Sinn. Das ›T‹ stand für den Anfangsbuchstaben des lateinischen Wortes ›terra‹, die Erde, und ›I‹ meinte das Feuer, im Lateinischen ›ignis‹. Der Schlüssel des falschen Wortes musste schließlich im Titelbuchstaben ›A‹ liegen. Dieser konnte sich sowohl auf das Wort ›aqua‹, also Wasser, als auch auf ›aer‹, die Luft, beziehen.

Angesichts dieser Erkenntnis begann der junge Mönch wie besessen in dem Kodex zu blättern. Hastig überflog er die Verse. Wie lange er auch suchte, keine der Zeilen bezog sich auch nur im Entferntesten auf die Luft, jenen Stoff, den der Mensch noch dringender benötigte als Speis und Trank.

Fühlte er sich eben noch, als habe er mit seiner Entdeckung die Pforte zur ewigen Glückseligkeit aufgestoßen, so überkam ihn nun eine tiefe Leere. Resigniert schlug er die Schriftsammlung mit einem lauten Knall zu, und wieder ertönte das ermahnende Zischen des alten Schreibers. Auch jetzt war ihm der Tadel einerlei. Er hatte die Lösung endlich gefunden und stand dennoch mit leeren Händen da. Die Stelle des vermeintlich falschen Wortes ›40.‹ trug die Bezeichnung ›A/4/2‹. Er wusste, dass jenes ›A‹ nicht ›aqua‹, sondern ›aer‹ bedeutete. Doch das vierte Kapitel, das Kapitel des Elements Luft, fehlte. Hatte er einen separaten Band, der die Fortsetzung des Kodexes bildete, im Stapel der Schriften übersehen? Beinahe wollte er schon losstürzen, um nach dem fehlenden Teil zu suchen, als er sich eines Besseren besann. Eine Suche zum jetzigen Zeitpunkt wäre zu auffällig und würde die anderen Mönche unweigerlich auf ihn und die Schriften aufmerksam machen. So sehr ihn das Verlangen nach einer sofortigen Suche auch quälte, er musste diese auf die kommende Nacht verschieben. Ob er in der Zwischenzeit Abt Heinrich von seiner Entdeckung unterrichten musste? Nein, auch dazu war noch Zeit. Wenn er noch in dieser Nacht das fehlende Kapitel finden würde und er dem Klostervorsteher die Lösung am nächsten Morgen in ihrer Gesamtheit präsentieren könnte, so wäre sein Triumph vollkommen.

∽

»Das könnt Ihr nicht zulassen!«, schrie Thaddäus Weißenberg. »Ihr müsst in dieser Stunde auch an Eure Schwester denken. Die Pacht, die diese florierende Schenke mit sich brächte, würde ihr – und mir – einen gesicherten Lebensunterhalt bescheren.«

»Ich glaube nicht, verehrter Schwager, dass Ihr in der Position seid, mir, dem Schultheißen der Stadt Neuss, Vorschriften zu machen. Hättet Ihr Euch nicht selbst durch Eure eigene Torheit um Euer Lehen gebracht, so wäre das Auskommen meiner Schwester, Eurer Gemahlin, gesichert.«

»Unter den gegebenen Umständen wird uns überdies auch nichts anderes übrig bleiben«, mischte sich jetzt Hubertus Hohenfels ein, der dem Schultheißen soeben die Nachricht von der Erkrankung des Wirts überbracht hatte.

»Ihr habt es gerade nötig, Stadtsoldat«, fuhr ihn Weißenberg an. »Hättet Ihr Euren Dienst getan, wie es mir Euer Herr zusagte, so hätte der Wirt bereits seine Mittäterschaft am gotteslästerlichen Diebstahl der Reliquie gestanden und wäre inzwischen seiner gerechten Strafe zugeführt worden. Ihr seid schuld, dass nun das Antoniusfeuer Einzug hält – im Blutturm und vielleicht schon bald in der gesamten Stadt!« Mit hochrotem Kopf wies der Dicke mit seinem wurstigen Zeigefinger auf den Stadtsoldaten. Stinkender Schweiß trat aus seinen Poren und rann über die fettglänzende Stirn. Ihm wurde klar, dass er sich gegenüber seinem Schwager zügeln musste, und so stürzte er sich erneut auf dessen Handlanger. »Ihr werdet mir den Schaden ersetzen, und wenn Ihr bis zu Eurem Lebensende dafür schuftet! Ein Vermögen wird mir entgehen, allein durch Eure Nachsichtigkeit gegenüber dem elenden Schurken. Ihr steckt womöglich mit ihm unter einer Decke?« Sein Zeigefinger zappelte aufgeregt durch die Luft und näherte sich Hubertus bedrohlich.

»Haltet ein, Thaddäus Weißenberg!«, unterbrach nun der Schultheiß die Schimpftiraden seines Schwagers und zog ihn am Ärmel zurück. »Hubertus, sprecht, haltet Ihr es für unbedingt erforderlich, den Wirt Janssen aus dem Blutturm zu entlassen?«

»Nun ja …«, überlegte dieser angesichts der Aufgebrachtheit des Verwandten seines Dienstherrn. »Wir könnten ihn noch ein Weilchen bei uns behalten, aber Meister Hans weigert sich, mit der Folter zu beginnen. Er meidet jeglichen Kontakt zu dem Kranken.«

»Ihr hört es, Schwager, unter diesen Umständen werden wir kein Geständnis aus dem Kerl herausbekommen, und ohne dies fehlt selbst mir jede Handhabe. Es ist ihm nichts nachzuweisen.«

Wütend blickte der Dicke von einem zum anderen. »Und wenn einer seiner Handlanger vielleicht …«

»Vergesst es«, winkte der Schultheiß ab. »Die jungen Burschen sind zu unerfahren und werden den sturen Esel nicht zum Reden bringen. Darüber hinaus braucht Meister Hans in diesen Tagen jede helfende Hand. Es gibt einfach zu viel zu tun in diesen Zeiten.«

Ratlos starrten die drei vor sich hin, bis Thaddäus Weißenberg der rettende Gedanke kam. »Ein göttliches Zeichen!«, rief er aus. »Ist der Mann bereits schwer erkrankt?« Fragend und mit fröhlicher Miene blickte er den Stadtsoldaten erwartungsvoll an.

»Ich bin natürlich kein Medikus, aber das Fieber erscheint mir recht hoch.«

»Das ist fein.« Der Dicke rieb sich die schwitzigen Hände, sodass ein schmatzendes Geräusch die gespannte

Stille durchbrach. Dann strich er sich sinnierend über die runde Nase. »Ihr entlasst den Kerl aus seinem Verlies und schickt ihn nach Hause. Die Bürger der Stadt werden, trotz ihrer Entrüstung über den abscheulichen Raubmord, Euren Gerechtigkeitssinn loben. Alsbald wird das Fieber steigen und den Wirt dahinraffen.« Freudig erregt und voller Stolz über seinen Plan, tanzte Weißenberg von einem Bein auf das andere. »Und wenn dann auch noch seine fette Gemahlin am Antoniusfeuer leidet, ist alles perfekt. Ein jeder wird sehen, dass Gott die frevelhaften Sünder ihrer gerechten Strafe zuführt. Die Schenke wird nach ihrem Tod in den Besitz der Stadt übergehen, sodass Ihr mir das Haus ohne weitere Kosten für Eure Schwester samt Inventar überschreiben könnt. Ich gehe recht in der Annahme, dass die Wirtsleute keine leiblichen Kinder haben, oder?« Auf eine zustimmende Antwort hoffend, starrte er den Schultheißen an, der ob der Skrupellosigkeit seines Verwandten kreidebleich geworden war. Ohne ein weiteres Wort nickte der Schultheiß.

Auch Hohenfels war angesichts des unterbreiteten Plans entsetzt. Er ahnte nun, vor welchen Karren er sich hatte spannen lassen. Und vor allem, welch ein Satan diesen Karren lenkte. Er wagte kein Wort zu sagen.

Nach ein paar Minuten der Stille, die dem Stadtsoldaten unendlich lang erschienen waren, ergriff der Schultheiß wieder das Wort. »Hubertus, Ihr sagtet, der Inhaftierte müsse umgehend freigelassen werden? Dann veranlasst alles Weitere.«

Der Angesprochene grüßte knapp und verließ mit schweren Schritten den Raum.

»Seid Ihr nun zufrieden, Schwager?«, erkundigte sich das Oberhaupt der Stadt Neuss.

»Nun, wenn unser Plan aufgeht, so will ich es wohl sein.«

»Unser Plan? Ich meine, es war eher der Eure?«

»Vielleicht war dies der Fall. Doch sollen die Leute auf den Straßen annehmen, dass sich der Schultheiß ihrer Stadt, der Vertreter des Landesfürsten, seine Entscheidungen vom verarmten Landadel vorschreiben lässt? Die Ehre gebührt Euch allein, verehrter Schwager.« Feixend verneigte sich der Dicke vor seinem Verwandten und verließ rückwärtsschlurfend den Raum.

Zum dritten Mal an diesem Tage öffnete sich die Tür zu Janssens Zelle. Offenbar gestoßen, stolperte ein junger Bursche in das Halbdunkel des Raums. Er schaute sich furchterfüllt um, dann trat er, wenn auch zögerlich, auf den Angeketteten zu. Erst jetzt, als der Junge näher kam, erkannte der Wirt in ihm Gundolf, einen der Handlanger des Folterknechts. Rasselnd pendelte ein Schüsselbund in seiner Hand hin und her. Was hatten die Kerle nun mit ihm vor? Langsam ging der Geselle des Henkers vor ihm in die Hocke, und Janssen sah in seine angsterfüllten Augen. Mit starr ausgestreckten Armen schloss der Bursche ungelenk die eisernen Fesseln auf und sprang dann hastig zurück auf die Beine. Eilig verließ er die Zelle, ohne die Tür hinter sich zu schließen.

»Wirt, du bist frei. Gehe zurück zu deinem Weib«, drang eine Stimme durch die offene Tür vom Gang herüber. War dies eine Falle? Ungläubig hob Berthold Janssen seine steifen Arme, sodass die geöffneten Ketten klirrend ins feuchte Stroh fielen.

»Mach schon, bevor wir es uns anders überlegen!«

Der Wirt glaubte die Stimme des Hubertus Hohenfels erkannt zu haben. Damit wollte er sich jetzt nicht weiter beschäftigen. Der Mann, der zu ihm sprach, meinte es offensichtlich ernst. Mühsam und mit schmerzenden Gliedern, versuchte er sich an der Wand hochzuziehen. Auf halber Höhe verloren seine Hände ihren Halt, und er sank ermattet zu Boden. Plötzlich erschrak er, und Furcht durchzuckte seinen Körper. Es waren offensichtlich nicht die Folgen der Schläge oder die lange Regungslosigkeit, die ihn hinderten, aus eigener Kraft aufzustehen. Der Durst! Ich habe Fieber!, wurde ihm schlagartig klar und schon verschwamm das Bild der offen stehenden Zellentür vor seinen Augen. Er spürte noch, wie seine Schläfe hart auf dem steinernen Boden aufschlug. Dann wurde es um ihn herum dunkle Nacht.

Rasch hatte das Heer des Brabanters das mit Wasser gefüllte Bruch überquert und erreichte nun die alte Römerstraße, wo die Kämpfer des Grafen von Berg lagerten. Auch das Aufgebot der Stadt Köln und das der bergischen Bauern hatten hier ihre Zelte errichtet. Graf Adolf löste sich von den Truppenteilen Johanns und ritt hinüber zu seinen Männern. Alarmiert von den Hufschlägen des mächtigen Heeres, erwartete Graf Eberhard von der Mark bereits seinen Schwager. Er saß hoch zu Pferde, als Graf Adolf sein wuchtiges Schlachtross vor ihm zum Stehen brachte.

»Bringt die Truppen in Stellung. Siegfried von Westerburg wird jeden Moment mit seinem Heer eintreffen.«

Schon seit Stunden hatte Eberhard ungeduldig auf diesen Befehl gewartet.

Jenseits der Römerstraße formierten sich die beiden anderen Heeresteile und bildeten schon bald die Linie, die dem angriffslustigen Erzbischof entgegentreten würde. Wenn es ihnen gelänge, ihre Taktik umzusetzen, würden sie selbst gegen die zu erwartende Übermacht Siegfrieds bestehen können.

Trotz der ungeheuren Zahl der gepanzerten Reiter und Fußsoldaten entstand eine gespannte Stille. Abwartend starrten gut 5.000 Augenpaare auf die gegenüberliegende Seite des Terrains, wo der mächtige Feind jede Sekunde Stellung beziehen würde. Nur das nervöse Schnauben der Pferde durchbrach die unheimliche Ruhe. Selbst die Tiere schienen zu ahnen, welches Grauen hier in den nächsten Stunden wüten würde.

Auf einmal dröhnte die Luft. Eine gewaltige Staubwolke bewegte sich aus Richtung Brauweiler auf die Ebene zu, und bereits kurze Zeit später standen die Männer des Herzogs Johann der gewaltigen Streitmacht des Erzbischofs gegenüber. Trotz der Anspannung verspürte der Brabanter Erleichterung. Walter von Bisdomme hatte recht behalten. Auf dem Banner im Zentrum des herannahenden Heeres erblickte er den zweischwänzigen roten Löwen des Luxemburgers und diesem nachfolgend das Wappen des Grafen von Geldern. Wie sein Knappe es vorausgesagt hatte, bildete der Erzbischof bei ihrem Eintreffen die Spitze des Heeres und brachte nun so seine Männer am linken äußeren Rand in Stellung. Der erfahrene Anführer hatte offensichtlich erkannt, dass es Auge in Auge mit den feindlichen Truppen zu spät war, die gewaltige Masse seiner Kämpfer neu zu formieren, und ging unmittelbar zum Angriff über. Mit unbändiger Kraft und voller Siegessicherheit preschten die Reiter des Erzbischofs auf den Flügel der bergisch-kölnischen Allianz zu. Schon jetzt, als die ersten Reihen krachend aufeinandertrafen, zeigte sich die Überlegenheit der bischöflichen Truppen. Mutig stemmten die kölnischen Patrizier ihre Lanzen den berittenen Angreifern entgegen, doch die Gewalt der Schlachtrösser durchbrach ihre Reihen. Augenblicklich schien der Feind von allen Seiten auf sie einzuschlagen.

»Formiert die Reihen und drängt sie zurück!«, rief Graf von Berg seinen Männern zu. Aber die Übermacht der Angreifer war zu groß. Mann um Mann sanken die Tapferen zu Boden. Bereits jetzt, da die Schlacht erst begonnen hatte, war die Erde bedeckt von Toten und Verwundeten.

»Knappe, alarmiert so schnell Ihr könnt Graf Ruprecht. Unser Oberbefehlshaber soll umgehend Verstärkung schicken, bevor uns diese Bastarde abschlachten«, befahl Graf Adolf einem Reiter, der sofort davongaloppierte. Gleichzeitig zerrte er geistesgegenwärtig am Zügel seines Pferdes, und das Tier scheute. Nur um Haaresbreite verfehlte die Lanzenspitze eines erzbischöflichen Kämpfers seinen Brustpanzer und ging ins Leere. Rasch zog der Graf seinen Wallach herum und hieb dem Lanzenreiter sein Schwert in den Rücken. Der Getroffene riss die Arme empor und fiel mit einem markerschütternden Schrei aus dem Sattel. Sich vor Schmerzen krümmend, wand sich der Todgeweihte am Boden, bevor er fast unmerklich zuckend liegen blieb. Graf Adolf hingegen hieb seinem Pferd die Fersen in die Flanken und hetzte das Tier in die kämpfenden Massen. So heftig er auch um sich schlug, so viele Angreifer er auch niederstreckte, er schien nicht verhindern zu können, dass die Übermacht um ihn herum unerbittlich wütete. Er musste ohnmächtig mit ansehen, wie seine Männer einer nach dem anderen den Schwertern der kurkölnischen Reiter zum Opfer fielen. Als schließlich auch deren Miliz aufgerückt war, schien die vernichtende Niederlage seines Trosses unausweichlich, denn auch die markgräflichen Kämpfer seines Schwagers hatten bereits hohe Verluste erlitten und wichen Schritt um Schritt zurück.

Dann wendete sich das Blatt unerwartet. Die brabantischen und limburgischen Reiter überquerten die alte Römerstraße und griffen augenblicklich in das blutige Massaker ein. Der Hilferuf des bergischen Grafen, der von Adolf ausgesandte Reiter, hatte den Grafen von Virneburg offensichtlich unbeschadet erreicht.

Zu einem Eingreifen kam es nicht mehr. Der Heeresflügel des Erzbischofs zog sich zurück, ohne den Kampf mit der eingetroffenen Verstärkung aufzunehmen. Erst am Ende des Tages würde Siegfried von Westerburg erkennen, dass dies der erste taktische Fehler war, den er in der Schlacht begangen hatte. Graf von Berg nutze indessen den Rückzug, um seine Truppen neu zu ordnen.

Alles dies hatte Marcus nur aus der Ferne beobachtet. Von Weitem waren die Schreie der Gefallenen und das Klirren der Waffen zu ihnen herübergedrungen, doch seine Anspannung war zu hoch gewesen, als dass er sich hiervon hatte beeindrucken lassen. In diesem Moment glaubte er zu spüren, was Arnulf gemeint hatte, als er von der Vorfreude auf die Schlacht, Seite an Seite mit den Kameraden, gesprochen hatte. Er erschrak angesichts seiner Erkenntnis. Doch so kurz vor dem bevorstehenden Kampf wollte er dieses irritierende Gefühl einfach nicht näher an sich heranlassen.

Schon seit ihrem Eintreffen auf dem Schlachtfeld verharrten die Krieger um Marcus abwartend auf einer kleinen Anhöhe, und so konnten sie sehen, wie sich der zurückziehende Tross des Erzbischofs auf die Mitte des feindlichen Heeres zubewegte. Auch in ihrem Truppenteil ertönte jetzt der Befehl zum Angriff, und der Tross des Grafen von Luxemburg setzte sich in Bewegung. Gemeinsam mit dem Erzbischof würden sie nun Herzog Johann von Brabant und seine Vasallen angreifen, die auf einer gegenüberliegenden Anhöhe Stellung bezogen hatten. Wie in Trance und ohne jegliche Angst stürmte Marcus an Arnulfs Seite voran. Ihr Truppenteil kam nur langsam voran, denn ihr Weg führte sie über Straßen und morastige Gräben hinweg.

Voller Ungeduld löste sich der brabantische Tross aus der Formation des Heeres und stürmte auf sie zu. Noch ehe der Brabanter die luxemburgischen Kämpfer erreicht hatte, schloss der erzbischöfliche Truppenteil zu ihnen auf. Erst jetzt wurde dem Herzog von Brabant klar, dass er in seiner blinden Ungeduld jegliche taktische Überlegungen außer Acht gelassen hatte. Nur dem unwegsamen Gelände hatte er es zu verdanken, dass sich die beiden Trosse des Feindes gegenseitig behinderten und sich keine Ordnung in den Reihen einfand. Noch ehe sich das Durcheinander gelichtet hatte, erreichten die brabantisch-limburgischen Reiter den Feind. Von taktischem Vorgehen konnte nun auf beiden Seiten keine Rede mehr sein, und der unerbittliche Kampf, Mann gegen Mann, entbrannte.

Der tosende Hufschlag der riesigen Schlachtrösser dröhnte in Marcus' Ohren, der immer noch an Arnulfs Seite stand. Aus dem Augenwinkel sah er einen limburgischen Kämpfer auf sich zustürmen. Der Mann schwang einen gewaltigen Morgenstern, der schon im nächsten Moment auf seinen Schädel niedersausen würde. Flink wich Marcus einen Schritt zur Seite und schlug mit seiner Keule blindlings zu. Die Eisennägel bohrten sich in die Stirn des Angreifers, und sein Blut spritzte in alle Richtungen. Ruckartig zog Marcus die Waffe zurück und wandte sich um. Ein feindlicher Reiter hatte sich zwischen den Hünen und ihn gezwängt und hieb auf den Gefährten ein. Marcus spürte die schwitzige Wärme des Tiers, das ihn immer weiter abdrängte. Mit einem dumpfen Knall traf das Schwert des Gegners auf die Streitaxt seines Freundes. Lange würde Arnulf den Hieben nicht standhalten können. Marcus nahm alle Kraft zusammen und schlug die gespickten Keule in den Oberschenkel des Reiters. Der Mann schrie laut auf und riss den Kopf herum. Mit schmerzerfüllten Augen starrte er auf Marcus herunter und ließ von Arnulf ab. Behäbig führte er sein Schwert auf die andere Seite des Pferdes und holte aus. Marcus versuchte, seine Keule aus dem Muskel des Ritters zu reißen, aber die Nägel hatten sich zu tief in das Fleisch gebohrt. Die Klinge des Schwerts blitzte bereits über ihm in der Mittagssonne, als der Mann in seiner Bewegung verharrte und vornüber fiel. Marcus sprang reflexartig zur Seite. Wie aus dem Nichts tauchte Arnulfs grinsendes Gesicht hinter dem Schlachtross auf.

»Danke, mein Söhnchen!«, rief er kurz über den Lärm der tobenden Schlacht hinweg und wandte sich schon dem nächsten Angreifer zu. Nur langsam begriff Marcus, dass er gerade Arnulfs Leben gerettet hatte und der Bärtige seine Schuld mit einem beherzten Axthieb nur Augenblicke später beglichen hatte.

❧

Sie waren bereits vor Stunden aufgebrochen, und der Weg zog sich langsam und quälend dahin. Seither hatte Patty immer wieder nach einer geeigneten Stelle Ausschau gehalten, an der sie fliehen konnte. Sie würde einfach vom Wagen springen und davonlaufen, hatte sie sich ausgemalt. Doch dann hatte sie der Mut wieder verlassen.

Vor dem Wagen ritt der Gnom auf einem niedrig gewachsenen Gaul, der ihn gar nicht mehr zu klein geraten erscheinen ließ.

»Ich danke Euch«, sprach Patty den Einarmigen an, der neben ihr auf dem Bock saß.

»Wofür?«, brummte dieser zurück, ohne sie anzusehen. »Dafür, dass ich von Euch abließ und Euch nicht das antat, was Euch sowieso in den nächsten Stunden widerfahren wird?«

»Ja«, antwortete Patty kurz. Sie wusste nur zu genau, dass der Mann recht hatte mit dem, was er sagte. Aber wahrscheinlich wäre die Schändung durch den Hünen noch vergleichsweise erträglich gewesen.

Nachdem sie lange Zeit geschwiegen hatten, richtete sie erneut das Wort an ihren Begleiter: »Man nennt mich Patty. Wie ist Euer Name?«

»Simeon«, antwortete der Angesprochene knapp.

»Was ist mit Eurem Arm geschehen, Simeon? Habt Ihr ihn im Kampf verloren?«

»Pah, wie man es nimmt«, verächtlich lachte der Mann
auf. »Der feine Herr Sohn des Dietrich von Keppel war es,
der ihn mir abtrennte. Die hinterhältigen Strolche vergingen
sich gerade an einer jungen Schankmaid, als ich das Wirtshaus betrat und sofort einschritt. Sie schienen einlenken zu
wollen und zeigten Reue, als der räudige Hund unversehens
nach seinem Schwert griff.«

Bei diesen Worten schaute Patty ihn fassungslos von der
Seite an. »Und wie kommt es dann, dass Ihr heute ausgerechnet bei seinem Vater im Dienst steht?«

»Was glaubt Ihr, welcher Herr einen einarmigen Soldaten gebrauchen kann? Welcher Handwerksmeister benötigt wohl einen Krüppel bei der Verrichtung seines täglichen Werks? – Jahre später las mich Herr Dietrich aus der
Gosse auf. Zu spät erkannte ich, in welche Hölle ich geraten war. So habe ich zumindest bis zum heutigen Tage mein
Auskommen. Auch wenn ich mein elendes Leben oft ver-
damme und mir wünschte, ich wäre damals an der Verwundung verreckt.«

Die junge Frau verspürte tiefes Mitleid. Nun konnte sie
sich ein Bild machen und verstand das widersprüchliche
Verhalten ihres Bewachers. Auf der einen Seite verhielt er
sich wie der feine aufrichtige Kerl, der er früher einmal
gewesen sein musste, auf der anderen Seite hatte ihn der
Umgang mit diesen niederträchtigen Ganoven bereits nega-
tiv beeinflusst. Verbittert hatte er wohl immer wieder mit
ansehen müssen, wie sie sich nahmen, was sie wollten, während er leer ausging. Bis er schließlich ebenfalls versuchte,
wie sie zu sein. Wenn es eine Möglichkeit zur Flucht gab,
dann führte sie über ihn. Sie musste seine sanfte Seite in
ihm zum Klingen bringen, noch ehe sie auf den Herrn von
Keppel trafen.

✑

Vom blinden Blutrausch angetrieben, wütete der Kampf Mann gegen Mann unaufhaltsam weiter. Der Bannerträger der Luxemburger sah sich plötzlich von einer Übermacht brabantischer Fußtruppen umgeben. Von allen Seiten griffen sie an, bis sich schließlich die Lanze eines Angreifers in seine Brust bohrte. Der Lanzenträger zog die Waffe zurück, und aus der Wunde des Luxemburgers schoss das Blut hervor. Wie ein Mehlsack sank der Getroffene vom Pferd und ließ das Banner zu Boden gleiten. Einer der Brabanter stellte rasch seinen schweren Stiefel auf die hölzerne Stange und zerrte mit aller Gewalt an dem Stoff. Voller Siegesgewissheit hielt der Soldat die Trophäe nun hoch über seinen Kopf und riss die Flagge in blinder Wut entzwei. Graf Heinrich von Luxemburg blickte voller Schrecken auf den Mann und erstarrte für einen Moment im Sattel.

»Herr Graf von Luxemburg, dass Ihr es wagt, das Limburger Land Euer Eigen zu nennen und versucht, es mir zu entwenden, das müsst Ihr nun mit meinem Schwert ausmachen!«, rief ihm der Herzog von Brabant zu und trieb sein Pferd voran. Kraftvoll bahnte sich das Schlachtross den Weg durch die Kämpfenden und hielt geradewegs auf den Luxemburger zu, der sich ebenfalls seinem Erzfeind zuwandte. Herzog Johann und Graf Heinrich schienen entschlossen, den Streit um das Erbe Limburgs hier und jetzt im direkten Zweikampf zu entscheiden. Laut klirrend trafen ihre Waffen aufeinander, und Fußsoldaten beider Parteien eilten herbei, um ihren Herren zu Hilfe zu kommen. Während die Luxemburger versuchten, den Herzog abzudrängen, griffen die Männer des Brabanters das Pferd des Grafen an. Ein Schwertstreich traf das Tier am Unterbauch, und Gedärme quollen aus der klaffenden Wunde hervor. Der Luxemburger kämpfte weiter und hieb nach seinem Gegner, bis ihm einer der Brabanter sein Schwert in den Rücken stieß. Zur gleichen Zeit brach das tödlich verwundete Pferd zusammen und begrub den Körper des Grafen von Luxemburg unter sich. Der Jubel der Männer, die diese blutrünstige Tat vollbracht hatten, brandete auf und ließ Marcus erschaudern. Für einen Wimpernschlag vergaß er die Angreifer um sich herum und dachte an die sinnlosen Schrecken, die dieser Tag mit sich brachte.

Der Herzog von Brabant war indessen mit dem Verlauf der Schlacht zufrieden. Nachdem sie den ersten Angriff des Kurkölners abgewehrt hatten, war es ihnen gelungen, ihren Schlachtplan ein Stück weiter voranzutreiben. Der mittlere Truppenteil des feindlichen Heeres hatte sich tatsächlich als der schwächste erwiesen, und so konnte der mächtige brabantische Tross einen Keil in die gegnerischen Linien trieben. Auch der Bruder des Herzogs, Graf Walram von Ligny, und dessen Bastardbrüder – Balduin und Heinrich, der Herr von Houffalize – waren bereits gefallen. Doch den beiden Flügeln des zahlenmäßig überlegenen Heeres hatten sie noch keine nennenswerten Verluste beibringen können.

Jetzt, da der Druck der Angreifer nachzulassen schien, erinnerte sich Marcus wieder an seinen ›eigenen‹ Schlachtplan. Er hatte sich vorgenommen, zum Flügel des Grafen von Geldern vorzudringen, um seinen ›persönlichen‹ Feind, Dietrich von Keppel, niederzustrecken. Zumindest wollte er mit ansehen, wie dieser tot zu Boden fiel. Mühsam kämpfte er sich nach links, wo der Tross des Gelderners die Schlacht mit dem Flügel des Grafen Arnold von Looz und Graf Walram von Jülich zwischenzeitlich aufgenommen hatte. Immer wieder schlug Marcus mit seiner eisengespickten Keule auf seine wechselnden Gegner ein, ohne wirklich Notiz von ihnen zu nehmen. Zu sehr war er auf sein Ziel fixiert.

Wie durch ein Wunder gelang es ihm, sich lebend zum linken Flügel vorzuarbeiten, als er hoch über den Helmen der Männer plötzlich das rote Banner mit den drei weißen Muscheln entdeckte. Dort drüben musste sich Dietrich mit seinen Vasallen befinden. Er schien noch nicht zu spät gekommen zu sein, um den Tod des Herrn von Keppel mit ansehen zu können.

Marcus hatte die Kämpfenden beinahe erreicht, als ihm ein hämmernder Schmerz in den rechten Oberschenkel fuhr. Sein Bein knickte unter ihm weg, und der junge Mann fiel zu Boden. Er erkannte, dass ihn der Huf eines ausschlagenden Schlachtrosses getroffen hatte. Panisch tastete er seinen Schenkel ab, der Knochen schien zum Glück nicht gebrochen zu sein. Also biss er die Zähne zusammen und versuchte, aufzustehen. Zeitgleich verdunkelte sich der Himmel über ihm. Der Schatten eines bulligen Mannes fiel auf den Gestürzten. Marcus blickte in das Gesicht seines Angreifers, das sich zu einer teuflischen Maske verzerrt hatte. Mit einem furchterregenden Schrei ließ der Krieger seinen wuchtigen Streitkolben auf den am Boden Liegenden niedersausen. In der letzten Sekunde rollte dieser sich zur Seite. Dröhnend traf die Waffe neben seinem Ohr auf den Boden, und die Erde bebte. Erst jetzt bemerkte der Hellblonde, dass er gänzlich unbewaffnet war. Er hatte seine Keule beim Sturz verloren. Wütend holte der Bulle erneut aus und ging zum nächsten Angriff über. Nochmals würde ihm der Wurm nicht davonkriechen. In der Gewissheit, dass sein junges Leben nun ein jähes Ende nehmen würde, schloss Marcus die Augen. Doch der todbringende Schlag blieb aus. Trotz des Schlachtenlärms meinte er zu hören, wie der Streitkolben zu Boden fiel. Ungläubig riss er die Augen auf und starrte zu dem Bulligen empor. Mit fassungslosem Blick, den Mund weit geöffnet, griff sich der Mann an die linke Seite seiner Brust. Seine zitternden Finger umklammerten den Schaft eines Dolches, der tief in seinem Wams steckte. Marcus erkannte die Waffe sofort und blickte sich suchend nach Niko um. Da stand der Kroate auch schon neben ihm und zog seine Waffe aus den Rippen des Feindes, der tot nach hinten umfiel.

»Woher … Wieso …?«, weiter kam Marcus nicht. Während sein Lebensretter bereits den nächsten Angreifer abwehrte, entdeckte er seine Keule neben sich und streckte sich nach dem Kampfgerät aus. Nur mühsam und unter Schmerzen kam er wieder auf die Beine. Kaum hatte er sich aufgerichtet, hielt er suchend Ausschau, aber das Banner mit den drei Muscheln war nirgends zu sehen.

⚬◡⚬

»Wie glücklich ist ein Mensch, der sich nicht verführen lässt von denen, die Gottes Gebote missachten, der nicht dem Beispiel gewissenloser Sünder folgt und nicht zusammensitzt mit Leuten, denen nichts heilig ist …«

Die Worte des Vorlesers dröhnten dem jungen Bibliothekar in den Ohren, als habe der Mönch die Anfangsverse des Ersten Buchs der Psalme eigens für ihn ausgewählt. Es konnte einfach nicht sein, dass Bruder Augustinus wusste, was es mit dem Geheimnis des Kodexes auf sich hatte! Der wiederkehrende Zyklus sah diesen Text nun einmal für das heutige Mahl zur Mittagszeit vor. So sehr er sich dies allerdings einreden wollte, die Zweifel keimten augenblicklich wieder auf. War es wirklich nur Schicksal, oder hatte der neue Prior womöglich alles ausgeplaudert?

»Vor Gottes Gericht können sie nicht bestehen, und in der Gemeinde der Treuen ist für sie kein Platz. Der Herr kennt die Taten der Menschen, die auf ihn hören, und behält sie im Gedächtnis …«

Gebannt starrte der Bibliothekar auf die kärgliche Mahlzeit vor sich und wagte weder links und noch rechts zu schauen oder gar einen Bissen anzurühren. Kannte der Herr wirklich alle Taten? Natürlich, und er würde sie im Gedächtnis behalten bis zum Jüngsten Tag, wie es der Psalm sagte. Er wusste, dass er bereits zu weit gegangen war und sich der gerechten Strafe Gottes nur entziehen können würde, wenn es ihm gelänge, den Weg zu Ende zu gehen und das Rätsel zu lösen. Einzig und allein das ewige Leben, das der Kodex verhieß, würde ihn jetzt noch vor dem Zorn des Allmächtigen retten können. Hoffnung keimte in ihm auf und verdrängte die Verzweiflung. Er würde die geheime Formel liefern und es dem Abt überlassen, alles Weitere zu besorgen, das nötig war, um die Prophezeiung wahr werden zu lassen. Doch dazu musste er erst einmal das fehlende Kapitel, das die Verse des vierten Elements in sich barg, ausfindig machen.

Schon heute Nacht sollte es so weit sein. Da war er sich sicher. Bereits morgen früh würde er vor den Abt treten und ihm die entschlüsselte Formel präsentieren können. Wo war der Abt? Sein Blick fiel auf den leeren Platz am Kopfende der Tafel – direkt neben Prior Lucius.

Der Bibliothekar war nicht der Einzige, dessen Gedanken nicht um den Psalm kreisten, den Bruder Augustinus zur Erbauung der Mönche während der Mahlzeit verlas. Seit einigen Minuten schon beschäftigte sich der Stellvertreter des Abtes ausschließlich mit den nachdenklichen Zügen des jungen Gottesdieners. Woran mochte das Bürschchen nur denken? Lucius meinte selbst aus der Entfernung zu erkennen, dass immer wieder hoffnungsvolle Schimmer über sein Gesicht huschten. Ob er seit ihrer letzten Unterredung auf das vollständige Geheimnis gestoßen war? Nein, dann wäre er jetzt nicht mehr hier im Kreise der frommen Brüder. Der Alte war sich sicher, dass es nur ein weiteres Mosaiksteinchen sein konnte, das den jungen Mann so verhalten optimistisch stimmte.

Nachdenklich schob sich Lucius einen Löffel Hirsebrei in den Mund. Zwei Dinge waren es wohl, die nun das Zünglein an der Waage bildeten, seinen Erfolg vom Misserfolg trennten. Zum einen musste er so schnell wie möglich das Gespräch mit dem jungen Mönch wieder aufnehmen. Er musste die beiden Wachhunde des Abtes, Zirkator Gisbert und diesen überaus lästigen Krankenmeister, aus dem Weg räumen. Es wäre zu ihrem Besten, wenn sie von ihm abließen und ihn zu dem Jungen vorließen. Anderenfalls ... Genüsslich schloss der Prior den Mund und zermahlte die Hirse knirschend zwischen seinen Zähnen.

Noch leichter erschien ihm indessen der zweite Punkt seines Plans. Der Bibliothekar durfte auf gar keinen Fall weiteren Kontakt zum Abt herstellen. Lucius musste verhindern, dass der junge Mönch die Ergebnisse seiner Nachforschungen mit dem Klostervorsteher teilen konnte. Allein gelassen mit der drückenden Last des Geheimnisses, würde er ihm förmlich in die Arme laufen und in ihm, seinem neuen Prior, den erlösenden Zuhörer und Mitwisser suchen. Zumindest hatte der unerfahrene Geistliche ja bereits einen ersten Schritt in diese Richtung getan.

Dass ihm auch dieser Teil seines Plans gelingen würde, davon war Lucius überzeugt, als nun Bruder Paternus zum leeren Platz des Abtes trat. Beinahe geräuschlos und in aller Ruhe räumte der hagere Mönch Becher und Teller zusammen. Der Abt würde heute nicht mehr an der Speisung der Ordensbrüder teilnehmen.

Nur Lucius, der wie beiläufig aufsah, bemerkte das verstohlene Lächeln, dass über die schmalen Lippen des Bruder Paternus huschte und für den Bruchteil einer Sekunde das Dunkel seiner zahnlosen Mundhöhle freigab.

Es war ein Glück gewesen, dass ausgerechnet jener Mönch dem Küchenmeister in dieser Woche zur Hand gehen sollte. Der Refectarius hätte zum jetzigen Zeitpunkt keine bessere Wahl treffen können. Das schmierige Erscheinungsbild des Küchengehilfen war nicht das Einzige, was Lucius an Hartmut Böhler erinnerte. Jenen Schurken, der für ihn bereits in vergangenen Tagen am Hofe des Erzbischofs die ein oder andere Gefälligkeit erledigt hatte. Auch wenn Lucius anfangs sehr überrascht gewesen war, ihn hier als Bruder Paternus anzutreffen, so war ihm schon bald eine adäquate Beschäftigung für diesen skrupellosen Handlanger in den Sinn gekommen. Wenngleich es ihn einige Münzen gekostet hatte. Doch die gewohnte Gewissenhaftigkeit, mit der Hartmut Böhler oder Bruder Paternus, wie er sich nun nannte, vorging, war jeden Heller wert.

∽

»Dort drüben!« Niko musste ebenfalls nach dem Herrn von Keppel Ausschau gehalten haben und deutete auf einige Reiter, die sich im Rücken des Heeres zum Rhein hinunterbewegten. Von Weitem erkannte Marcus das rote Banner mit den drei Muscheln, das im Wind flatterte. Offensichtlich hatten sich die feigen Hunde aus der Schlacht zurückgezogen.

»Wir schneiden ihnen den Weg ab. Sie dürfen uns nicht entkommen!« Der Messerwerfer wies mit dem ausgestrecktem Arm durch die kämpfenden Massen bis hinüber zum Flügel des Erzbischofs.

»Du meinst, wir sollen ihnen durch das gesamte Schlachtfeld hindurch folgen? Das ist Irrsinn, Niko.«

»Wieso? Du hast es auch von der Mitte des Heeres bis hierhin geschafft. Warum sollten wir nicht gemeinsam die doppelte Distanz zurücklegen können?« Der Kroate blieb stehen und sah den jungen Mann fragend an. »Wenn du nicht willst ...«, fügte er hinzu und bahnte sich bereits wieder den Weg durch die Kämpfenden.

»Warte, Niko, ich komme mit!«

244

Hatten die Männer des Herzogs von Brabant dem Feind im Herzen ihres Heeres auch große Verluste beschert, so blieb die zahlenmäßige Überlegenheit der Widersacher ungebrochen und trug in den Flügelkämpfen der Schlacht ihre Früchte. Vor allem der Tross des kurfürstlichen Erzbischofs stürmte unaufhaltsam auf die Truppen des Grafen Adolf von Berg und das Aufgebot der Stadt Köln ein.

Beinahe resignierend, bemerkte Graf Adolf, dass die Verstärkung durch die bergischen Bauern bislang gänzlich ausgeblieben war. Führungslos und ohne jegliche Schlachterfahrung hatten sie sich aus dem kriegerischen Geschehen herausgehalten und lagerten unbeteiligt auf einer Anhöhe hinter den verzweifelt kämpfenden Truppen des Grafen. Tatenlos sahen sie zu, wie der Anführer der Kölner Patrizier, Gerhard Overstolz, vom Pferd stieg, um seine tapferen Fußtruppen anzuführen. Schon nach kürzester Zeit brach der Patrizier unter der Last seiner Panzerung zusammen und rang nach Luft. Einige seiner Männer eilten herbei, aber jede Hilfe kam zu spät.

So irrten nun auch jene Truppenteile, die dem Grafen von Berg bislang tapfer zur Seite gestanden hatten, führungslos umher. Die Übermacht des angreifenden Erzbischofs schien den linken Flügel des Brabanters schon bald zu überrennen. Es war nur eine Frage der Zeit, bis die kurfürstlichen Truppen ihren direkten Gegner zermalmt hatten und von hier aus in die Flanke des Brabanters einfallen würden.

Der Laienbruder Walter von Dodde war es schließlich, der entscheidend in die Schlacht eingriff. »Heia, ruhmreiche Grafschaft Berg!«, rief er, als er auf seinem Pferd in der Mitte der bergischen Bauern eintraf. Verdutzt schauten ihn die Landmänner aus den rechtsrheinischen Landstrichen an. Ob sie nun aus Monheim, dem rheinischen Langenfeld oder dem kleinen Dorf an der Dusel kamen, so recht wussten sie alle nicht, warum sie ihr Lehnsherr, Graf Adolf von

Berg, überhaupt hergeführt hatte. Daheim auf den Feldern gab es zu dieser Jahreszeit für jede tüchtige Hand mehr als genug zu tun. Warum sollten sie sich hier, gehüllt in notdürftig gepolsterte Wämse und bewaffnet mit ihren morschen Dreschflegeln und Knüppeln, einfinden?

Walter von Dodde spürte, dass er die Männer wachrütteln musste, und sprach: »Nie ist es Euch schlecht ergangen unter der Herrschaft Eures Lehnsherrn. Während die Bauern anderenorts vor Hunger starben, auf dass sich ihre Grafen die Kornkammern füllten, hat Graf Adolf nie mehr als den biblischen Zehnten gefordert, der ihm zusteht. Der Feind ist bereits ermattet von der Schlacht der letzten Stunden. Doch die Verluste des Grafen wiegen schwer. Daher ist es an der Zeit, Eurem Lehnsherrn zu Hilfe zu eilen. Folgt mir nach, tapfere Bauern!«

Bei diesen Worten ging ein Ruck durch die Männer, die erkannten, dass es nun an ihnen war, für ihr bescheidenes Auskommen und das Überleben ihrer Familien zu kämpfen.

Walter von Dodde reckte die Faust in die Luft: »Heia, ruhmreiche Grafschaft Berg!«

»Heia!«, halte es aus zahllosen Kehlen zurück. Der Laienbruder wendete sein Pferd und ritt die Anhöhe hinab. Bevor er noch am Fuße des Hügels angekommen war, stürmten die ersten der Männern, denen seine Ansprache gegolten hatte, an ihm vorbei auf das Schlachtfeld.

So gut es Dodde auch gemeint hatte, was nun folgte, hatte er sich in seinen kühnsten Gedanken nicht ausgemalt. Bar jeder Kenntnis über Schlachtordnung und Wappen, begannen die Bauern auf alles einzuschlagen, was sich bewegte – ob Feind, ob Freund. Mit ihren Keulen und Äxten schlugen sie auf jeden ein und richteten ein unvorstellbares Blutbad an. Mit unverhohlener Gewalt verbreiteten sie Schrecken und Tod unter den Männern.

»Gib acht, Marcus!«, schrie Niko dem jungen Mann zu, der sich instinktiv duckte. Der hölzerne Kolben eines Dreschflegels sauste dicht über seinem Kopf hinweg. Von Anfang an hatte er es für eine irrsinnige Idee des Kroaten gehalten, sich quer über das Schlachtfeld zu bewegen. Aber sie hatten ihr Ziel, den nahe liegenden Rhein, beinahe erreicht. Sie waren auf ihrem Weg hierher über Hunderte von Leichen gestiegen. Marcus hatte unzählige blutende, verstümmelte Körper gesehen, doch das, was sich hier am äußeren Flügel der Schlacht abspielte, übertraf alles, was ihm in den letzten Stunden begegnet war.

»Herzog Johann ist tot. Die Schlacht ist vorüber!«

Ungläubig starrten die wenigen Männer, die im Lager des Brabanters zurückgeblieben waren, den Reitern entgegen, die langsam auf ihre Zelte zukamen. Die weißen Waffenröcke der Berittenen, über die ein gezackter roter Brustring verlief, waren über und über mit Blut bespritzt, und ihre Gesichter trugen die Züge ehrlicher Trauer. Auch wenn das unbekannte Banner sie allesamt misstrauisch machte, trat einer der Recken zögerlich zu dem Pferd des Bewaffneten, der ihnen die Nachricht zugerufen hatte.

»Meint Ihr?«, fragte er voller Argwohn. »Mir scheint es, als schalle immer noch Kriegslärm hier herüber.«

Kaum hatte der Mann seinen Zweifel ausgesprochen, zogen die Reiter beinahe gleichzeitig ihre Schwerter. Mit einem gewaltigen Ruck stieß der Angesprochene seine Klinge in die Brust des vor ihm stehenden Soldaten, der auf der Stelle tot zusammensackte. Indes preschten auch die Übrigen voran und metzelten die Krieger nieder, die fassungslos ihrem Schicksal gegenüberstanden.

»Plündert die Zelte! Und dann verschwinden wir. Sollen sich diese törichten Narren auf dem Schlachtfeld gegenseitig die Köpfe einschlagen.«

Wenig später verließen die Reiter so unvermittelt das Lager, wie sie gekommen waren, und ihr rotes Banner wehte im Wind.

∾

Lieber Bruder in Christo,
verehrter Abt Heinrich,

wie die Chronik unserer Abtei am Tegernsee zu berichten weiß, ist es nun mehr als 500 Jahre her, dass die Gebeine des heiligen Quirinus auf wundersame Weise in den Besitz unseres Klosters gelangten. Seither vertrauten Pilger, die Gott, der Herr, zu uns geleitete, auf seine Fürsprache. Tausende wurden so von ihren Augen- und Ohrenleiden geheilt. Selbst jenen, die am Schwarzen Tod erkrankten und dennoch die Kraft aufbrachten, zu uns zu reisen, schenkte Gott sein Erbarmen und befreite sie von der Strafe für ihr gotteslästerliches Handeln vergangener Tage.

Und auch wir, die Brüder des Benediktinerklosters am Tegernsee, stehen tief in seiner Schuld. Hat uns der Herr doch auf diese Weise ein Dasein geschenkt, das es uns ermöglichte, Werke christlicher Nächstenliebe zu vollbringen.

Gespeist von der Dankbarkeit der geheilten Pilgerschar, verfügten wir stets über die ausreichenden weltlichen Mittel, um zu helfen, wo es unserer Hilfe bedurfte. Nur zu oft konnten wir auch Euch mit regelmäßigen Zahlungen unterstützen und so der Abtei zu Brauweiler ein angemessenes Auskommen sichern.

Doch Schreckliches ist unserem Kloster widerfahren. Vor einigen Wochen drang eine Schar Bewaffneter in unsere geheiligten Mauern ein und raubte die Reliquien des heiligen Quirinus vom Tegernsee. Unser Herr allein weiß, womit wir dieses frevlerische Tun verdienten.

Bedächtig und mit versteinerter Miene ließ der Infirmarius das Schreiben sinken und blickte besorgt in das Gesicht des Abtes, das nach diesen Zeilen noch lebloser wirkte als zuvor. Grünlich fahl schimmerte seine Haut unter dem kalten Schweiß, der sein Antlitz bedeckte. Was würde ohne die Zuwendungen des Klosters am Tegernsee aus ihrer Abtei werden? Doch so, wie sich sein Krankheitszustand momentan darstellte, würde er den drohenden Niedergang des Klosters gar nicht mehr erleben. Das Einzige, das ihn nun noch retten konnte, war das Geheimnis des Kodexes.

Er fragte sich, ob der junge Bibliothekar auf sich allein gestellt die Lösung finden konnte und vor allem finden wollte. Brauchte er nicht den Ansporn seiner weltlichen und geistlichen Drohungen, um zu einem erfolgreichen Abschluss seiner Suche zu kommen?

Darüber hinaus bliebe noch die Frage, ob sein ›Lieferant‹ überhaupt imstande war, die übrigen Horte des Geistes herbeizuschaffen. Schließlich befanden sich ja zurzeit nach seinem Kenntnisstand nur zwei in ihrem Besitz.

Sein Magen krampfte sich erneut zusammen, und ein stechender Schmerz durchfuhr seinen Körper, als ramme ihm der Leibhaftige seinen glühenden Dreizack in die Eingeweide. Abt Heinrich wurde schwarz vor Augen, und das Krankenlager schien sich zu drehen.

Eigentlich hatte er sich am Morgen schon auf dem Weg der Besserung gefühlt. Nachdem er aber wieder Appetit verspürt und eine warme Mahlzeit zu sich genommen hatte, war dieser elende Brechreiz schlagartig aufs Neue aufgetreten. Übelkeit war ihn buchstäblich angesprungen, wie ein Berglöwe, der sich auf dem Rücken seines Opfers festkrallt, und hatte ihn nicht wieder freigegeben. Auch nicht, nachdem er sich mehrfach übergeben hatte. Die Krämpfe waren nun noch stärker als am Tag zuvor.

Schon bei den ersten Bissen hatte er befürchtet, dass es keine gute Idee gewesen war, wieder Nahrung zu sich zu nehmen. Selbst der stark verdünnte Wein hatte einen bitteren Nachgeschmack in seiner Mundhöhle hinterlassen.

Kraftlos und müde lag er nun auf seinem Schlaflager. Immer wieder irrten seine Gedanken zwischen dem Brief seines Amtsbruders vom Tegernsee und dem Geheimnis des Kodexes hin und her, bis ihm schließlich vor körperlicher Erschöpfung die Augen zufielen.

Unverändert knüppelten die bergischen Bauern alles nieder, was sich ihnen in den Weg stellte und entfachten ein Durcheinander, das keinerlei Vermutung über den Ausgang der Schlacht zuließ. Würden sie in ihrem blinden Eifer die eigenen Streiter des brabantischen Heeres ermorden und so den ohnehin zahlenmäßig überlegenen Männern des Erzbischofs zum Sieg verhelfen? Oder würden ihre Dreschflegel und Knüppel durch göttlichen Zufall die gegnerischen Soldaten Siegfrieds treffen? Da sie im Rücken der eigenen Streitmacht das Schlachtfeld betreten hatten, trafen sie nun erst einmal auf die zu ihrer Truppe gehörenden Kämpfer, die sie jedoch nicht als solche erkannten. Erst nach einiger Zeit verstanden die Krieger wiederum, welch tödliche Gefahr von ihren Verbündeten ausging. Begünstigt durch die unerwartete Schwächung ihres Gegners, rückten die Truppen des Erzbischofs rascher als erwartet vor – schnell vermischten sich die Männer des Grafen Adolf und die angreifenden Soldaten des Erzbischofs mit den blindwütigen bergischen Bauern.

Während sich auf diese Weise jegliche Truppenordnung mehr und mehr auflöste und der Schlachtverlauf im Chaos zu versinken drohte, versuchte ein jeder nur noch, sein nacktes Leben zu retten – ob Feind, ob Freund.

Auch Marcus achtete inzwischen lediglich darauf, nicht von einem der umhersausenden Bauernknüppel getroffen zu werden. Gerade jetzt wich er wieder einer dieser behelfsmäßigen, aber tödlichen Waffen aus. Flink sprang er zur Seite und lehnte den Oberkörper so weit zurück, wie er konnte, ohne nach hinten umzustürzen. Wer hier und jetzt zu Boden fiel, war verloren. Wie jener Kölner Panzerreiter, den gerade dieses grausame Schicksal ereilt hatte. Der Kolben eines Dreschflegels hatte ihn mit einem dumpfen Schlag auf die Brust getroffen, und der Reiter war rücklings aus dem Sattel seines Schlachtrosses neben Marcus gefallen. Noch bevor der Mann richtig auf dem morastigen Boden aufgeschlagen war, hatten zwei Mistforken den Schuppenpanzer durchbohrt und waren in seinen Körper eingedrungen. Mit einer kreisenden Bewegung hatten die Bauern ihre Harken herausgezogen und den zuckenden Leichnam in seiner sich schnell ausbreitenden Blutlache zurückgelassen. Ehe Marcus begriffen hatte, was sich zu seinen Füßen abgespielt hatte, waren sie bereits auf den Nächsten losgegangen. Erst Sekunden später wurde Marcus bewusst, welches Glück er gehabt hatte, dass er nicht derjenige gewesen war.

Ein lautes Zischen in seinem rechten Ohr machte ihm klar, dass er gerade abermals einem dieser bäuerlichen Knüppel entgangen war. Doch einen Atemzug später spürte er einen kräftigen Schlag in seine Kniekehlen und er stürzte nach hinten. Noch im Fallen blitze das Bild des Kölner Patriziers ein weiteres Mal vor seinem geistigen Auge auf. Dann traf die Kante seiner Eisenhaube auf den Morast auf und gab seinen schutzlosen Schädel mit einem harten Aufschlag frei. Im Augenwinkel sah Marcus einen der beiden Harkenträger auf sich zustürzen, und gleich darauf erklang ein hölzernes Splittern. Verdutzt schaute der Bauer auf seine Waffe. Ein kräftiger Schwerthieb hatte die untere Hälfte des Stils unvermittelt abgetrennt. Marcus sprang rasch auf die Beine und sah in das offene Visier eines Reiters, aus dem ihn ein vertrautes Augenpaar anblickte. Sein Retter in höchster Not war der brabantische Knappe, Walter von Bisdomme, gewesen.

»Ich schätze, ich muss den Burschen erst einmal erklären, wer hier gegen wen kämpft. Und du solltest die Gelegenheit nutzen, die Fronten zu wechseln.« Walter gab seinem Pferd die Sporen und zog gleichzeitig die Zügel an. Der Schimmel stieg auf die Hinterläufe, und der Knappe des Herzogs reckte sein Schwert empor. »Bergische Bauern, folgt mir!« Dann trieb er sein Pferd durch die Kämpfenden hindurch und ritt die Anhöhe hinauf, die hinter ihnen lag. Augenblicklich lösten sich die Bauern von ihren ›Gegnern‹ und zogen sich ebenfalls zurück, während die alte Schlachtordnung wiederhergestellt wurde. Mit der taktischen Ordnung kehrte auch die Überlegenheit der Erzbischöflichen zurück.

Rasch hatte Marcus den Rat des Brabanters befolgt und die Seiten gewechselt. Jetzt, da Dietrich von Keppel verschwunden war, wollte er lieber an der Seite Walters untergehen, als für die Sache Siegfrieds zu streiten. Auch Niko hatte sich ihm angeschlossen. Als äußeres Zeichen der Verbundenheit hatten sie die Waffenröcke zweier getöteter Patrizier übergestreift.

Für einen Moment hatte Marcus an seiner Entscheidung gezweifelt und an Arnulf gedacht. Dann hatte er den Bärtigen entdeckt und jeder Skrupel war verflogen. Blutüberströmt lag er da, mit einem Lächeln auf den Lippen. Seine kräftige Faust umklammerte selbst noch im Tode den Stiel seiner mächtigen Streitaxt. Wie war er überhaupt hierhergekommen, so weitab von den Männern des Herrn von Hollenfels? Er musste ihm gefolgt sein, um ihn zu schützen. Marcus sprach in Gedanken ein kurzes Gebet und wandte sich dann rasch dem nächsten Angreifer zu.

❧

Die beiden Männer hatten mehr als ein Dutzend Zelte aufgestellt, die in der frühen Nachmittagssonne beinahe etwas Anmutiges ausstrahlten. Über der Feuergrube hing ein großer Kessel, in dem ein grauer Erbseneintopf brodelte. In die gekochten Hülsenfrüchte hatte der Gnom ein Stück Schweineschulter geschnitten, das dem Ganzen die verlockend würzige Note gab. Danach hatte der Einarmige Hunold in den Wald geschickt, um weiteres Feuerholz zu holen.

Auf diese Weise beruhigt und gefeit vor geifernden Über-

griffen des Kleinwüchsigen, saß Patty mit geschlossenen
Augenlidern auf einem umgestürzten Baumstamm und
genoss den Duft der bevorstehenden Mahlzeit. Die Sonnenstrahlen, die auf ihr Gesicht fielen, streichelten ihre Haut mit
einer angenehmen Wärme, und ihr feuerrotes Haar glänzte
noch verführerischer als sonst. Beinahe vergessen schienen die
Umstände, die sie hierhergeführt hatten, verdrängt die Gedanken an das Schicksal, das sie schon bald erwarten würde.

Doch die Wirklichkeit holte sie schnell wieder ein. Der
Baumstamm hatte sich fast unmerklich angehoben, als sich
jemand neben sie gesetzt und sie so in die grausame Realität zurückgeholt hatte.

Patty zuckte zusammen und riss die Augen auf. Sie blickte
in das Gesicht des einarmigen Hünen, der sich lautlos niedergelassen hatte. Mit einem sanften Lächeln schien er sie
beruhigen zu wollen. Ein Lächeln, das ihr ihre momentane
Situation unwirklich erscheinen ließ. Doch neben der duf-
tenden Mahlzeit, den wärmenden Sonnenstrahlen und dem
Lächeln des Riesen gab es noch ihre hoffnungslose Lage,
ihr absehbares Schicksal, dem sie unbedingt entkommen
musste. – Kostete es, was es wollte. Sie musste die Gunst
der Stunde nutzen, auch wenn sie sich dabei liederlich vor-
kommen würde. Ihr Leben stand auf dem Spiel, und da war
kein Platz für falsche Skrupel.

»Es tut mir leid für Euch, die Sache mit Eurem Arm. Es
muss furchtbar sein, dass Ihr darüber hinaus Eurem größten Peiniger zu Diensten sein müsst. Ich verstehe sehr wohl
die Gründe, die dazu geführt haben, aber gibt es denn keine
andere Möglichkeit für Euch? Was wäre, wenn Ihr eine
Frau fändet, die für Euch sorgen und Euren Lebensunterhalt verdienen könnte?« Bei diesen Worten rückte sie näher
zu ihm und fuhr mit gespreizten Fingern durch sein Haar.
Auch wenn er sich nicht zu regen schien, so merkte Patty
doch, dass sich sein Kopf an die Innenseite ihrer Handflä-

che presste. Sein weiches Haar erinnerte sie an Marcus, und sie kam sich wie eine Verräterin vor. Doch jetzt ging es um Leben und Tod.

Der Hüne starrte verwirrt vor sich hin und schüttelte fast unmerklich den Kopf. »Wer sollte diese Frau sein? Wollt Ihr vielleicht …«, weiter kam er nicht. Feurig presste Patty ihre Lippen auf seinen Mund, aber der Mann riss sich los. »Versteht meine Zurückweisung nicht falsch, aber Dietrich würde uns gewiss verfolgen, wenn wir versuchen würden, zu fliehen. Man entführt einem Herrn von Keppel nicht ungeschoren sein Spielzeug, das er auserwählt hat.«

Bei dem Wort ›Spielzeug‹ zuckte Patty zusammen und wandte den Kopf zur Seite. Erst jetzt wurde dem Einarmigen bewusst, was er gesagt hatte, wie sehr er die Schöne verletzt haben musste. Rasch ergriff er ihre zarten Schultern und drehte sie zu sich herum.

»Verzeiht, ich habe das nicht so gemeint«, erklärte er, und Schamesröte zeigte sich auf seinen Wangen. »Für mich seid Ihr alles andere als ein Spielzeug. Ihr seid die wunderschönste Frau, die ich je gesehen habe.«

Bevor Patty auch nur ein Wort erwidern konnte, unternahm nun der Hüne einen Vorstoß und küsste sie leidenschaftlich. Du bist auf dem richtigen Weg, dachte die junge Frau, als sich seine Zunge zwischen ihre Lippen bohrte. Dieser arme Kerl wird dich aus deiner Gefangenschaft befreien, ehe Dietrich von Keppel das Lager erreicht. Sie war dem Ziel so nah.

Hufschläge durchbrachen die Stille. Der Große ließ auf der Stelle von Patty ab und sprang auf die Beine. Mit ein paar raschen Schritten eilte er hinüber zum Zelt und nahm seine Waffe auf. Gerade als er sich wieder aufgerichtet hatte, traten drei Reiter aus dem Dickicht.

»Ach, Ihr seid es nur«, begrüßte der Einarmige die Ankömmlinge unwirsch und ließ das Schwert sinken.

»Was für ein herzlicher Empfang. Heißt man so einen

Waffenbruder willkommen, den man nach langer Zeit lebend wiedersieht? Doch wahrscheinlich bin ich zu streng mit Euch. Höfische Manieren sind nicht die Fertigkeiten, die Dietrich von einem Laufburschen erwartet.« Die Stimme des Reiters klang spöttisch und herablassend zugleich. »Aber ich werde Euch verzeihen, da Ihr zumindest schon etwas für unser leibliches Wohl vorbereitet habt.« Bei diesen zweideutigen Worten gaffte er Patty unverhohlen an, und seine Begleiter stimmten in ein grölendes Gelächter ein.

»Du wirst die Finger von ihr lassen«, fuhr ihn der Einarmige an und versuchte, sein Schwert aus der Scheide zu ziehen.

»Ach ja?« Der Mann schwang sein rechtes Bein nach vorn über den Hals seines Pferdes und glitt betont langsam aus dem Sattel. »Hast wohl selbst ein Auge auf sie geworfen, was? Vielleicht sollten wir um die Schöne kämpfen. Ich schlage einen Stockkampf vor, damit ich dich nicht allzu sehr verletze.« Beifall heischend wandte er sich zu seinen Kameraden um, die ebenfalls von ihren Gäulen gestiegen waren. »Ach, ich vergaß, du kannst den Stock ja leider nicht mit beiden Händen greifen!« Wieder erklang das hämische Lachen der Reiter. Patty merkte, wie der Hüne die verletzende Bemerkung herunterwürgte. An den weißen Waffenröcken mit gezacktem Brustring hatte sie bereits bei ihrem Eintreffen erkannt, dass die drei Männer zu Dietrichs Gefolge gehörten. Im Heereslager vor den Toren der Stadt Neuss hatte sie sie gewiss nicht gesehen. Sie wären ihr dort durch ihre Niederträchtigkeit aufgefallen.

»Sie gehört Herrn Dietrich!«, erklärte der Einarmige und ließ das Schwert sinken. Für ihn bestand offenbar kein Zweifel, dass dies der Warnung genug sei und Patty vor jeglichen Übergriffen schützen würde.

»Der Einarmige hat recht, Oderich. So leid es mir für uns tut.« Grinsend trat nun auch der Gnom aus dem Wald, beladen mit einem Arm voll dicker Äste. »Das Beste, was dieses Lager für Euch derzeit bereithält, ist wohl mein Erbseneintopf. Falls Eure Reise nach Rom erfolgreich war, wird Euch Dietrich vielleicht ein Stück von ihr übrig lassen, wenn er mit ihr fertig ist. Vorausgesetzt, er kehrt lebend aus der Schlacht zurück. – Anderenfalls müssen wir uns das Täubchen teilen.« Bei diesen Worten brachen die Neuankömmlinge in schallendes Gelächter aus und traten hinüber zum Kessel.

☙

Plötzlich nahm der Schlachtverlauf eine unerwartet Wende. Marcus fragte sich später immer wieder, wie Walter es angestellt haben mochte, aus einer wilden Schar Bauern eine geordnete Einheit von Kämpfern zu formen. Denn noch bevor die erzbischöfliche Übermacht die Tapferen des bergischen Grafen niedergerungen hatte, war die neu formierte Verstärkung auf das Schlachtfeld zurückgekehrt. Befürchteten die Männer des Grafen von Berg anfangs, die Bauern würden erneut auch auf sie einschlagen, so atmeten sie schon bald auf, als sie erkannten, dass diese nun Freund von Feind zu unterscheiden wussten. An ihrer brutalen Vorgehensweise hatte sich indessen nichts geändert. Entschlossen und in geordneten Formationen fielen sie den erzbischöflichen Truppen von der Rheinseite her in die Flanke und schlugen mit unerbittlicher Kraft zu.

Verstärkt durch die formierten Bauern, schien sich das Blatt zugunsten des Grafen von Berg zu wenden. Eingekesselt vom Aufgebot der Stadt Köln, den Truppen des Grafen Adolf und letztlich auch der mörderischen Angriffslust der bergischen Bauern, schwand die Siegessicherheit des kurfürstlichen Trosses. Ihr unendliches Vertrauen auf den Triumph schien mit einem Mal gebrochen, und Mann um Mann fiel den Waffen der Feinde zum Opfer.

Dies erkannte schließlich auch Erzbischof Siegfried, und so entschloss er sich, sich zu ergeben, bevor die Bergischen bis zu ihm vordringen konnten und ihn ehrlos töten würden. Sein Blick schweifte in panischer Angst über die Köpfe der Kämpfenden, bis er schließlich den schwarzen Waffenrock entdeckte, auf dem der goldene Löwe prangte. Es war Gottfried von Brabant, der jüngere Bruder des Herzogs, dem er sich ergeben wollte. Rasch versuchte Siegfried, zu ihm vorzudringen, doch sein Pferd hatte Mühe, durch die Leiber der Toten voranzukommen, und strauchelte immer wieder, ja, schien beinahe zu stürzen. Hinter sich hörte er bereits das Kriegsgebrüll der bergischen Bauern, als er den Grafen Adolf in seiner Nähe erblickte. Einige Wimpernschläge später hatte er den Bergischen erreicht und übergab ihm die Zügel seines Pferdes zum Zeichen seiner Kapitulation. Die Kämpfenden um sie herum ließen augenblicklich die Schwerter sinken, als der Graf seinen Gefangenen über das Schlachtfeld hinweg zum Rhein hinunterführte. Die Schlacht hatte mit dem Sieg des brabantischen Heeres geendet.

Ein unbeschreiblicher Jubel brach aus, und einige Männer des Brabanters eilten zum Fahnenwagen des Erzbischofs. Rasch hatten sie dort die letzte Gegenwehr bezwungen und kappten den Mast. Der Baum fiel und die weiß-schwarze Fahne des Kurfürsten sank auf das Erdreich, das von Regen und Blut getränkt, unter den Schritten Tausender Kämpfer und durch die Hufschläge des riesigen Reiterheeres an diesem Tag in knöchelhohen Morast verwandelt worden war. Die Freude der Sieger vermischte sich mit der Niedergeschlagenheit der Unterlegenen, und zurück blieb ein Schlachtfeld übersät mit den toten Leibern beider Seiten.

Auch in Marcus wüteten die widersprüchlichsten Gefühle. Hatte er eben noch auf der Seite der Verlierer gestanden, so endete die Schlacht für ihn als Gewinner. Gewinner? Was hatte er schon gewonnen, in einer Schlacht, die eigentlich nicht die seine war? Einzig die Rachegelüste an Dietrich und die Suche nach seiner Liebe hatten ihn hierhergebracht. Und nun stand er da als ›Gewinner‹ und ging doch leer aus. Der Herr von Keppel war verschwunden, und das sinnlose Morden hatte ihn Patty nicht einen Schritt näher gebracht.

Mit dem Gefühl einer unendlichen Leere sank er auf die Knie, ausgelaugt und urplötzlich müde. Er spürte nur noch, wie seine Beinlinge die Feuchtigkeit der Erde langsam aufsogen. In diesem Moment legte sich eine Hand auf seine schmerzende Schulter.

»Komm, lass uns gehen. Es ist zu Ende«, hörte er den Kroaten mit erschöpfter Stimme sagen.

Patty war auf dem umgestürzten Baumstamm, etwas abseits des Feuers, sitzen geblieben. Ihr stand weiß Gott nicht der Sinn danach, zusammen mit diesen widerlichen Kerlen auch nur eine Mahlzeit einzunehmen. Immer wieder hatte der Ritter, den der Gnom Oderich genannt hatte, zu ihr herübergestarrt und sie von Zeit zu Zeit mit obszönen Gesten bedacht. Als der Einarmige ihr schließlich eine Schale Erbseneintopf gebracht hatte, wurde er das erneute Ziel des Spotts der anderen. Die Häme, an der sich der Kleinwüchsige mit wachsender Begeisterung beteiligte, schmerzte Patty. Der Hüne schien sich indessen an die üblen Scherze über seine Verstümmelung gewöhnt zu haben. Wie konnte er diese Niederträchtigkeit nur mit solch stoischer Ruhe aushalten?

Patty spürte Wut und Mitleid in sich aufsteigen. Gleichzeitig wunderte sie sich auch über die tiefen Gefühle für den Fremden. Hatte sich ihre List, den Hünen zu umgarnen, um ihrem Schicksal zu entkommen, verselbstständigt? Das Mitgefühl, das sie empfunden hatte, als sich die Männer über seine Verwundung lustig gemacht hatten, war aufrichtig und gleichzeitig anders gewesen, als jene Art von Mitleid, die sie beim Anblick eines kranken Bettlers verspürte. Angesichts dieser verwirrenden Gefühle musste sie unweigerlich an Marcus denken. Hatte sie sich wirklich in jenen jungen Mann verliebt, oder war ihre Hingabe im Lager vor den Toren der Stadt Neuss nur Mittel zum Zweck gewesen? Patty spürte, wie Tränen über ihre Wangen liefen; Tränen der Verzweiflung. Sie, die sich immer so stark gefühlt hatte, wusste plötzlich nicht mehr, was in ihr vorging, wem ihre echte Zuneigung galt, und wem sie ihre Liebe nur vorgaukelte.

Diese Zweifel waren es nicht, die ihr Schauer des Schreckens über den Rücken laufen ließen. Es waren die erneuten Hufschläge, die aus dem Dickicht zu ihnen herüberdrangen. Ihre ärgsten Befürchtungen, es handle sich bei den Reitern, die sich dem Lager rasch näherten, um Dietrich von Keppel und seine Männer, wurden kurz darauf bestätigt.

Jubelnd sprangen die Kämpfer auf, die eben noch am Feuer gesessen hatten, und eilten ihrem Herrn entgegen. Dieser schien das Gejohle zu genießen und ritt gemächlich auf die Lichtung.

Als die Reiter nun die Zelte erreicht hatten, stand Patty nur regungslos da, unfähig, sich zu rühren, und starrte Dietrich fassungslos an. Ihre Blicke trafen sich, und der Schönen wurde schlagartig bewusst, dass es für jeden Fluchtversuch zu spät war – ob mit oder ohne den Einarmigen. Langsam glitt von Keppel aus dem Sattel seines Pferdes und stand nun neben ihr. Mit einem festen Griff erfasste er ihr Kinn und küsste sie gierig. Ekel überkam die Rothaarige. Dann ließ er mit einem schmatzenden Geräusch von ihr ab und stieß ihren Kopf brutal nach hinten, sodass Patty rücklings über den Baumstamm fiel, auf dem sie eben noch gesessen hatte. Herablassend sah er auf sie hinunter.

»Du bist später dran. Zuerst muss ich mich um die Geschäfte kümmern.« Mit einem Nicken deutete er auf das größte der Zelte und trat hinüber zu Oderich.

Die Männer kannten diese Geste ihres Dienstherrn. Eilig ergriffen zwei von ihnen Patty und zerrten sie auf die Beine. Auch Hunold war herbeigewieselt und schob die Stoffbahn zur Seite, die das Zelt eben noch verschlossen hatte. Als die Männer sie an ihm vorbei ins Innere stießen, verbeugte sich der Kleinwüchsige mit einer übertriebenen Geste und lachte leise vor sich hin.

»Ich habe Euch und Eurem Herrn bereits das Lager gerichtet«, säuselte er voller Schadenfreude und lachte erneut hämisch auf.

Die Männer packten grob Pattys Handgelenke und banden sie an die rechte der beiden Zeltstangen, die das großflächige Zeltdach emporhielten. Der Lederriemen schnitt brennend in ihre blasse Haut, die sich sofort rotviolett verfärbte. Der eine zog die Fesseln nochmals straffer, dann verließen beide das Zelt, und Finsternis erfüllte das Innere, als sich der Eingang schloss.

Von draußen vernahm Patty die durchdringende Stimme Dietrichs: »Ich hoffe, Eure Reise war erfolgreich, Oderich?«

»Aber gewiss, Herr Dietrich. Wie Ihr uns aufgetragen habt, haben wir Euch beide mitgebracht.«

Die Gefangene hörte bei diesen Worten ein klatschendes Geräusch, als habe der Ritter einen blanken Gegenstand in die Höhe geworfen und ihn sodann wieder aufgefangen. Ein Geräusch, das sie während Jacob van der Keuls Übungsstunden wohl tausendmal gehört hatte. Der Gegenstand, den der Ritter in die Luft geschleudert hatte, musste schwerer sein als die Bälle des Jongleurs. Zu laut und dumpf war der Ton gewesen.

»Sehr gut, so ist unsere Lieferung nunmehr vollständig.«

»Vollständig?«

»Ach ja, Ihr könnt es ja nicht wissen. Ich hatte vor der Schlacht noch die Gelegenheit, eine ›kleine Besorgung‹ zu machen.« Dietrich lachte bei seiner Bemerkung laut auf. »Hunold, lege sie zu den anderen.«

Das Schlurfen kleiner Schritte erklang, und kurz darauf hörte Patty aus dem Nebenzelt das Knarren eines Scharniers, das sie an eine schwere Truhe erinnerte. Im selben Moment blendete sie das Sonnenlicht, das direkt in ihr Gesicht fiel. Die Rothaarige kniff die Augen zusammen und erkannte im gleißenden Gegenlicht die Silhouette Dietrichs, der breitbeinig im Zelteingang stand.

»Und jetzt zu dir, meine schöne Irin!«

∽∾

Die Schlacht war zu Ende gegangen, und es war nicht viel übrig geblieben.

›Es bleibt nie viel übrig‹, hatte Niko gesagt, als sie an jenem Morgen vor den verkohlten Resten des Gauklerlagers gestanden hatten. Marcus musste an den Augenblick zurückdenken, in dem sie vor den Toren der Stadt Neuss aufgebrochen waren, um Rache an Dietrich und seinen Männern zu üben und Patty zu befreien. Tausende von Männern waren seitdem gestorben, und was hatte er erreicht? Nichts! Seine Liebe hatte er immer noch nicht in die Arme schließen können. Und die Männer, die unter dem roten Banner der drei weißen Muscheln ritten, waren ungeschoren entkommen. Die drei Muscheln! Marcus fielen die letzten Worte des sterbenden Priesters auf dem Platz vor dem Neusser Münster ein: ›Drei Muscheln … Armarius Niko…‹, hallte es in seinen Ohren. Nach all dem, was in der Schlacht geschehen war, wollte er einfach nicht mehr glauben, dass der Kroate etwas mit dem feigen Reliquiendiebstahl zu tun haben könnte. Auch auf seine Theorie, dass Niko mit dem Herrn von Keppel unter einer Decke steckte, wollte er nicht länger vertrauen. Schließlich hatte sein Begleiter ihm in den letzten Tagen bereits zweimal das Leben gerettet.

Wahrscheinlich hätte Marcus das Schlachtfeld ohne ihn nicht einmal lebend erreicht. Wenn Niko ihn im verbrannten Gauklerlager ohnmächtig zurückgelassen hätte, statt sich die Nacht hindurch um ihn zu kümmern, wäre er vielleicht schon unweit seines Zuhauses gestorben.

Darüber hinaus war es der zielsichere Dolchwurf des Kroaten gewesen, der einen bulligen Mann vor wenigen Stunden daran gehindert hatte, Marcus' Schädel mit dem wuchtigen Schlag seines Streitkolbens zu zertrümmern. Es konnte, es durfte einfach nicht sein, dass ausgerechnet dieser Mann, mit dem er sich auf eine besondere Weise verbunden fühlte, zu Dietrichs Schergen gehörte. Und doch! Was bedeuteten nur die drei Muscheln an Nikos Lederband?

Einige Kämpfer hatten in der Zwischenzeit das Schlachtfeld nach wertvollen Waffen, Schilden und Panzerplatten durchkämmt. Die bergischen Bauern und so manche Bewohner aus der Umgebung waren ihrem Beispiel gefolgt und hatten den Toten sprichwörtlich ihr letztes Hemd genommen. Die kostbaren Stoffe waren ihr vornehmliches Ziel gewesen. Nackt, entstellt und ohne ihre Wappen nicht zu erkennen, lagen Tausende Leichen über das Areal verstreut.

Marcus hatte noch nie zuvor eine so große Anzahl Männer an einem Ort gesehen. Schon gar nicht eine so große Anzahl toter Männer. Und so konnten ihn nicht einmal die üppigen Speisen erfreuen, die der Herzog für seine tapferen Streiter hatte heranschaffen lassen. Alle Kämpfer, ob Ritter oder gemeine Soldaten, saßen an langen Tischen am Rande des Schlachtfeldes und betäubten ihre Erinnerung an die vergangenen Stunden mit jeder Menge Wein. Gewiss hatten viele von ihnen dort unten auf dem Schlachtfeld einen Freund oder gar Verwandten grausam sterben sehen. Gleichwohl dankte ein jeder Gott dafür, dass er nicht dort unten lag, aufgeschlitzt oder verstümmelt.

Das dumpfe Geräusch, mit dem Niko seinen Weinbecher neben ihm auf der Tischplatte abstellte, riss Marcus aus seinen Gedanken. »Und nun?«, fragte er und schaute den Kroaten an, der ihm auf einmal so vertraut war; mit dem ihn das Schicksal hatte zusammenwachsen lassen.

»Ich werde dem roten Banner folgen«, antwortete der Angesprochene, und Verbitterung stand ihm ins Gesicht geschrieben. Wie in jenen Tagen im Gauklerlager, als der hellblonde Neusser ihm zum ersten Mal begegnet war. Dann entspannten sich seine Züge, und der Hauch eines Lächelns kehrte zurück. »Und wohin führt dich dein Weg, Marcus?«

Der junge Mann wusste keine Antwort auf diese Frage und starrte vor sich auf das Schlachtfeld, wo sich eine Vielzahl von Ordensbrüdern und Laienpredigern bereits darangemacht hatte, die Leichen auf Karren zu den Massengräbern zu bringen.

Der Tod dieser Männer hatte eine bizarre Einigkeit heraufbeschworen. Dominikaner, Franziskaner, Augustiner, die unterschiedlichsten Arten von Bettelmönchen und andere Geistliche, deren Tracht Marcus nicht kannte, taten ihren letzten Dienst an den Verstorbenen.

Unvermittelt sprang er auf und stieß mit aller Wucht gegen die Tafel, sodass die Weinbecher nur so purzelten.

»Pass auf, verdammter Hundsfott!«, brüllte ihn ein Bärtiger an, dessen Rotwein auf seinen Schoß floss. Der hellblonde Kämpfer hörte die unfreundliche Maßregelung gar nicht. Hastig war er über seine Bank gestiegen und hatte den Tisch umrundet.

»Der ist wahnsinnig geworden! Die Ereignisse waren wohl zu viel für das Bürschchen«, kommentierte ein anderer Marcus' plötzliche Rastlosigkeit. Als sei ein angriffslustiger Hornissenschwarm hinter ihm her, rannte er hinunter auf das Schlachtfeld.

Niko schaute verwundert und mit halb geöffnetem Mund zu, wie sein Weggefährte über die Gefallenen stolperte, sich seinen Weg durch sie hindurch bahnte, bis er schließlich einen der Leichenkarren erreicht hatte. Wild gestikulierend, redete er auf einen Mönch in dunkler Kutte ein, bis die beiden sich schließlich innig umarmten. Gebannt blickte der Kroate den Männern entgegen, die sich nun von dem morbiden Transport abwandten und in seine Richtung kamen.

»Niko, das ist Pater Norbert«, japste Marcus mit strahlendem Gesicht und immer noch außer Atem, als er die Tafel wieder erreichte. »Setzt Euch zu uns, Pater«, fügte er aufgeregt hinzu und schob mit seinem Ellenbogen den Mann, der dem Kroaten gegenübersaß, unsanft von der Bank. Mit einer ausladenden Handbewegung bot er Pater Norbert nun den frei gewordenen Platz an.

»Du musst wissen, Niko, Pater Norbert ist ein alter Bekannter von mir. Er ist ein feiner Kerl und darüber hinaus der einzige Kleriker, den ich kenne, der nicht nur seinen eigenen Vorteil im Sinn hat.«

»Ihr übertreibt«, erwiderte der Mönch, und schmunzelnd fügte er hinzu: »Aber vielleicht steckt ein Fünkchen Wahrheit in dem, was Ihr sagt. Zumindest was das Rheinland und den Heiligen Stuhl in Rom angeht.« Er zwinkerte Niko zu und griff nach dessen Becher. Noch bevor der Kroate den Verlust seines Rotweins bemerkt hatte, leerte Norbert den Trank bis auf den Grund. »Habt Dank für die Erfrischung«, lächelte er und stand bereits wieder von der Bank auf. »Ich werde meine Arbeit fortsetzen und später zu Euch zurückkehren. Die armen Seelen bedürfen meiner Arme Kraft und des Segens, den ich ihnen spende. Ihr müsst mir später erzählen, Marcus, wie es Euch erging und was Euch in diese so grausame Schlacht geführt hat.«

»Gewiss, Pater Norbert«, rief Marcus ihm nach. Da war der Ordensbruder bereits wieder hinunter auf das Schlachtfeld geeilt.

»Du bist der Meinung, dass man ihm vertrauen kann, Marcus? Dass er nicht einer dieser Scharlatane in christlicher Robe ist?«

Der Angesprochene sah den Kroaten verdutzt an, als wundere er sich, dass überhaupt ein Mensch auf Gottes Erden an der Aufrichtigkeit Pater Norberts zweifeln konnte. »Vor etwa drei Jahren hat er sich aufgemacht, um mich zu retten. Auch wenn er mich nicht einmal kannte, so sah er der Gefahr mutig ins Auge, um mich zusammen mit meinem Ziehvater, Berthold Janssen, und meinem Freund Gernot Thelen aus den Fängen eines feigen Mörders zu befreien, statt sich in die Obhut seines Klosters zurückzuziehen.«

Er war so tief in seine Erinnerungen eingetaucht, dass er gar nicht bemerkte, dass auch sein Gefährte in Nachdenklichkeit verfallen war. Stattdessen beschäftigte er sich, da er gerade seinen Namen genannt hatte, mit dem Menschen, der ihm lieb und teuer war: seinem Ziehvater, Berthold Janssen! Wie mochte es dem Wirt in den letzten Tagen ergangen sein? Er hörte förmlich die derben Flüche, mit denen er sein plötzliches Verschwinden quittiert haben musste.

So in sich gekehrt, saßen die beiden Weggefährten neben-
einander, ohne dass der eine des anderen Melancholie
bemerkte.

～

Laut plätschernd tropfte das überschüssige Wasser zurück
in die Schüssel. Dennoch wrang sie das Leinentuch nur so
stark, dass es einerseits genügend Kühlung bringen, andererseits nicht sein Bettzeug durchnässen würde, wenn sie
es zurück auf seine Stirn legte. Unterdessen kümmerte sich
Wenzel bereits um frische Wadenwickel.

»Ich weiß gar nicht, wie ich Euch danken soll, Wenzel.
Wenn Ihr Berthold nicht gefunden und zu mir gebracht
hättet, wäre er bestimmt schon vor seinen Schöpfer getreten.«

Der Bauer war auf dem Weg zum Stadttor gewesen, als
er den reglosen Körper des Wirts in einer Mauernische
hatte liegen sehen. Zuerst hatte er weitergehen wollen, da
er sich nicht mit diesem halb nackten Bettler hatte abgeben
wollen. Dann hatte er das leise Stöhnen vernommen, das
ihn an seine Christenpflicht erinnert hatte. Als er sich zu
dem Mann heruntergebeugt und ihn angestoßen hatte, war
der Körper zur Seite gerollt, und er hatte den Wirt Berthold Janssen erkannt. Es war nicht einfach gewesen, seinen schweren Leib bis hierher in den ›Schwarzen Krug‹ zu
schleppen, doch letztlich hatte er es geschafft. Zusammen
mit Annehild hatte er ihn auf das Bett gelegt und gemeinsam mit ihr seine Wunden versorgt. Jetzt kümmerten sie
sich um das hohe Fieber.

»Was haben diese verdammten Kerle nur mit ihm
gemacht?«, stammelte seine Gemahlin mit tränenerstickter
Stimme und strich sanft über Bertholds glühende Wangen.
»Er hat nie etwas Unrechtes getan.«

Zu Anfang war der stämmige Wirt noch bei Bewusstsein gewesen, auch wenn er in einer Art Dämmerzustand gewesen zu sein schien. Dann hatte er die Besinnung gänzlich verloren. Nur sein gotterbärmliches Aufstöhnen, das von Zeit zu Zeit erklang, zeigte ihnen, dass er noch lebte.

»Es wird schon wieder werden«, beruhigte sie der Bauer und legte seinen Arm tröstend um Annehild. »Du wirst sehen, in ein, zwei Tagen ist er wieder auf den Beinen und steht hinter dem Tresen.« Wenzel klang optimistisch, auch wenn er innerlich vom kompletten Gegenteil überzeugt war. Sollte er der geplagten Frau sagen, dass er mit einem baldigen Ableben ihres Gatten rechnete? »Das Wichtigste ist, dass sie von seiner Unschuld überzeugt sind. Und das sind sie gewiss, denn sonst hätten sie ihn nicht nach Hause geschickt. Und du wirst sehen, bald kommt auch Marcus zurück und hilft dir in der Schenke«, fügte er rasch hinzu. Auch hieran glaubte er nicht ernsthaft.

»Ich danke dir für deinen Trost und deine Mühe, Wenzel. Aber gehe nun heim zu eurem Hof. Deine Frau macht sich bestimmt schon Sorgen. Der Weg ist noch weit, und wir kommen allein zurecht.«

»Wie du meinst, Annehild. Am nächsten Samstag komme ich wieder zum Markt nach Neuss, und dann werde ich nach euch beiden schauen. Aber nur, wenn Berthold mir dann ein Frisches zapft und wir auf seine Gesundheit anstoßen.« Er zwinkerte der Wirtin aufmunternd zu und verließ die Gaststätte. Mit einem mulmigen Gefühl in der Magengegend ging er in Richtung Hantportz. Sie würden schon bald auf Berthold anstoßen. Nicht auf seine Gesundheit, sondern anlässlich des Leichenschmauses. Dies war so sicher wie das Amen in der Kirche. Noch nie hatte er von einem gehört, der das Antoniusfeuer überlebt hatte, nachdem er im Fieberwahn das Bewusstsein verloren hatte. Bestenfalls hatten die Patienten leichtes Fieber bekommen, bevor ihnen einige

Gliedmaßen abgestorben waren. Nur jene hatten überlebt – wenn auch verstümmelt.

Noch lange hatte Annehild am Bett ihres Mannes gewacht und immer wieder mit ihm gesprochen, auch wenn er sie offensichtlich nicht wahrnahm. Sie hatte die feuchten Leinentücher ein ums andere Mal gewechselt, bevor ihr vor Erschöpfung die Augen zugefallen waren und ihr Kopf auf die behaarte Brust ihres Mannes sank. Endlich war er wieder zu Hause!

∽

Das Gelage an den Tischen dauerte immer noch an, als die Sonne langsam ihren Lauf beendete. Zu groß war die Freude in den Herzen der Männer, zu sehr wühlte das Erlebte in ihren Gedanken und Gefühlen, als dass sie sich bereits zur Ruhe begeben konnten. Auch der Wein schien an diesem Abend ihre Müdigkeit eher zu verscheuchen als zu verstärken.

Marcus und Niko indessen hatten sich ein wenig zurückgezogen und saßen am Waldrand, als sich Pater Norbert näherte, der nach ihnen suchte. Jetzt hatte er die beiden entdeckt, und sein Schritt wurde schneller.

»Wir haben unser Werk der Nächstenliebe für heute beendet«, berichtete er mit erschöpfter Stimme und ließ sich neben Niko ins harsche Moorgras fallen. »Wie ich die Lage sehe, werden wir bereits morgen in aller Herrgottsfrühe weitermachen müssen.« Zu gerne hätte Marcus ihn auf der Stelle mit seinen Fragen bestürmt. Wollte er doch wissen, wie es dem Mönch ergangen war, seit er das Oberkloster vor den Toren der Stadt Neuss verlassen hatte und in die Welt hinausgezogen war. Trotz seiner unbändigen Neugierde sah er ein, dass es besser wäre, seinem Freund nach den grausamen Stunden der Schlacht eine Ruhepause zu gönnen.

So schwiegen die drei Männer, bis der Kroate die Stille unterbrach. »Pater Norbert, unser gemeinsamer Freund hier erzählte mir, dass Ihr einer der wenigen Männer der Kirche seid, denen man vertrauen kann.«

Hatte er wirklich ›Freund‹ gesagt? Marcus stutzte und freute sich zugleich.

Noch bevor der Geistliche antworten konnte, fuhr Niko fort. »Ich verstehe, dass Ihr müde seid – wie auch wir. Doch lasst mich Euch bitten, dies hier zu segnen. Es wäre mir wichtig.« Bei diesen Worten hatte er begonnen, in seiner Schultertasche zu kramen, die neben ihm im rauen Gras lag. Marcus gefror das Blut in den Adern. Wenn seine Befürchtungen der letzten Tage wahr waren, würde Niko nun die Reliquie, den Schädel des heiligen Quirinus von Neuss, hervorholen. Nein, das konnte einfach nicht sein!

Voller Anspannung beobachtete der junge Mann, wie sein Gefährte etwas Weißgräuliches aus seiner Tasche zog, konnte jedoch nicht genau erkennen, worum es sich dabei handelte. Niko hatte sich nämlich dem Pater zugewandt und verdeckte so mit seinem Rücken den Gegenstand, den er hervorgeholt hatte. Über die Schulter des Kroaten konnte Marcus in das Gesicht Norberts blicken, der nun die Augen aufriss.

»Woher habt Ihr das?«, fragte der Mönch in überraschtem Ton.

Instinktiv griff Marcus nach seiner Waffe. Wenn das, was Niko in den Händen hielt, das war, wofür er es hielt, würde er ihm die eisernen Nägel seiner Keule in den Schädel schlagen.

Du willst den Mann töten, der vor wenigen Stunden dein Leben gerettet hat?, hörte er eine innere Stimme fragen. Kalter Schweiß bildete sich auf der Stirn des Heranwachsenden, und seine Hände fühlten sich feucht an.

»Es ist eine Arbeit, die ich für meine geliebte Frau gefertigt habe«, hörte er Niko sagen und verstand dennoch kein Wort. Ungeduldig reckte sich der hellblonde Neusser nach vorn und blickte über die Schulter seines Weggefährten auf den Gegenstand, den dieser beinahe zärtlich umfasste. Zu seinem Erstaunen handelte es sich um eine hölzerne Halbkugel, in deren abgeflachter Seite eine Kreuzigungsgruppe geschnitzt war. Das trockene, gräuliche Holz war an der gerundeten Seite fein geschliffen worden, sodass seine glatte Oberfläche matt im Abendlicht glänzte. Die Details der geschnitzten Figuren wirkten liebevoll herausgearbeitet. »Da wird sich Eure Frau freuen. Nicht nur, dass ihr Mann gesund aus der Schlacht zurückkehrt, nein, Ihr bringt ihr auch noch dieses wunderbare Werk mit nach Hause. Ein unverkennbares Zeichen Eurer Liebe.«

»Was das Zeichen meiner Liebe betrifft, so habt Ihr recht, Pater. Doch die Freude …« Mit Schmerz und Trauer in seinem Blick ließ der Kroate seinen Kopf sinken. Die hölzerne Kreuzigungsgruppe fiel ins Gras, als er die Arme hochriss und sein Gesicht in den Händen vergrub. Sein lautes Schluchzen durchschnitt die Stille der Abgeschiedenheit. Marcus begriff, dass sein Freund, wie ihn Niko eben selbst genannt hatte, seinen Trost brauchte, und ergriff von hinten dessen Schultern.

Es dauerte eine Weile, bis der Mann, der stets so kalt und abgeklärt gewirkt hatte, seine Fassung zurückgewann. Marcus spürte seine Dankbarkeit, als Niko nun die Hand ergriff, die immer noch auf seiner Schulter lag. Mit einem lauten Schlucken unterdrückte er weitere Tränen.

»Meine Frau ist tot«, flüsterte er tonlos und schluckte erneut. »Wir lebten in Siscia, einer kleinen Ortschaft in Kroatien. Auch wenn wir oftmals nicht wussten, woher wir unser Brot für den nächsten Tag bekommen sollten, so waren wir doch glücklich und vertrauten auf Gott. Alisa, so hieß meine Frau, war an jenem Tage zum Beten in die Kirche unseres Dorfheiligen gegangen. In die Kirche des heiligen Quirinus von Siscia. Ich wollte dieses Geschenk für sie fertigstellen und blieb unter einem Vorwand daheim.« Kraftlos hob er dabei die hölzerne Kreuzigungsgruppe auf. »Ihre kleine Schwester, Silvija, begleitete sie an jenem Tage.

Wie mir meine Schwägerin später berichtete, hatte sich Alisa gerade zum Beten vor der Statue des Heiligen niedergekniet, als die Pforte der Kirche polternd aufflog und Bewaffnete das Gotteshaus betraten. Silvija, die sich auf der anderen Seite des schmalen Kirchenschiffs befunden hatte, hatte sich hinter dem Marienaltar versteckt, als die Männer auf meine Frau zustürmten. Sie bildeten einen Kreis um sie und stießen sie laut lachend von einem zum anderen. Nachdem sie sie auf diese Weise eingeschüchtert hatten, befragten sie Alisa nach dem Schrein des Heiligen. Doch sie hatten sich geirrt – es gab in unserer Kirche keinen Schrein. Auch wenn Quirinus Bischof von Siscia gewesen war, so ruhen seine Gebeine seit vielen Hundert Jahren in Rom, um sie vor solchen Grabräubern zu schützen.

Als Alisa die Männer mit dieser Wahrheit konfrontierte, wurden sie zornig und begannen, brutal auf sie einzuschlagen. Silvija zog sich immer weiter hinter den Altar zurück und konnte so nicht beobachten, was weiter geschah. Sie hörte nur die Schreie ihrer Schwester, die immer lauter wurden, bis sie schließlich verstummten. Dann erklang ein hämisches Lachen, und die Männer verließen das Gotteshaus.

Noch lange hatte Silvija zitternd in ihrem Versteck ausgeharrt, bis sie sich dem leblosen Körper ihrer Schwester, meiner geliebten Frau, genähert hatte. Blutüberströmt hatte Alisa dagelegen, mit durchschnittener Kehle auf den Stufen vor der Statue des Heiligen.« Wieder schluchzte Niko laut und vergrub das Gesicht in seinen Händen. Sogleich richtete er sich erneut auf, und seine Stimme klang urplötzlich entschlossen und hart. »Silvija hatte gehört, dass die Männer ihren Anführer mit Dietrich anredeten. Über das Aussehen der feigen Hunde hat meine Schwägerin nicht viel berichten können. Nur wenig hatte sich in ihr Gedächtnis gebrannt: Die weißen Waffenröcke mit ihrem gezackten Brustring und das rote Banner mit den drei weißen Muscheln! Seither trage ich diesen Halsschmuck zur Erinnerung an die Mörder meiner einzigen Liebe und an die Rache, die ich ihnen an jenem Tag geschworen habe.« Er zog das Lederband hervor, an dem die drei Muscheln baumelten, und schluckte schwer.

Auch Marcus musste mit den Tränen kämpfen. Nicht nur die tragische Lebensgeschichte des Kroaten stimmte ihn unendlich traurig, es waren vielmehr seine eigenen Verdächtigungen, denen er Niko in Gedanken ausgesetzt hatte. Es schämte sich wie nie zuvor und sank in sich zusammen.

»Beinahe ein Jahr bin ich umhergezogen, bis ich auf die Spur Dietrich von Keppels gestoßen bin und sie dann so nah vor dem Ziel verlor. Aber ich werde nicht eher ruhen, bis ich den Kerl zur Strecke gebracht habe. Das bin ich Alisa schuldig.« Mit festem Griff umklammerte er die drei Muscheln, wie Marcus es bereits im Lager der Gaukler beobachtet hatte.

Eine bedrückende Stille machte sich breit, bevor Pater Norbert das Wort ergriff. »Der Segen Gottes soll Euch ein Trost sein, und so segne ich Eure Arbeit gern, die Ihr aus Liebe zu Gott und zu Eurem angetrauten Weib vollbracht habt. Auch wenn ich Eure Gefühle der Rache nur allzu gut verstehe, so bedenkt: ›Die Rache ist mein, so spricht der Herr!‹ – Er wird Euch führen, und Ihr werdet das Richtige tun, wenn der Tag gekommen ist, Niko.«

Pater Norbert hielt seine Hand über die geschnitzte Kreuzigungsgruppe und segnete sie. Daraufhin sprach er ein kurzes Gebet.

Nach und nach beruhigte sich Niko wieder, und beinahe kehrte eine unwirkliche Normalität ein. Eine Normalität, als sei nichts geschehen; nicht vor wenigen Augenblicken noch von Gräueltaten berichtet worden. Aber nur beinahe.

»Ich muss mich bei dir entschuldigen, Niko«, sprach Marcus, der seine Scham nicht länger für sich behalten konnte.

Der Kroate sah ihn verdutzt an. »Wofür, Marcus? Ich kann mich nicht daran erinnern, dass du mir jemals etwas zuleide getan hast. Wenn du dich dafür entschuldigen möchtest, dass du mich bei meiner Verfolgung dadurch aufgehalten hast, dass ich dich im zerstörten Gauklerlager erst wieder auf die Beine bringen musste, bevor wir dem Heer folgen konnten, dann vergiss deine Entschuldigung ganz schnell wieder.«

»Nein, es ist nur …«

»Es war nicht deine Schuld, dass wir die Kerle aus den Augen verloren haben. Das Schlachtgetümmel war zu dicht, als dass ich Dietrich hätte rechtzeitig erreichen können. Der feige Hund hat sich einfach zu früh aus dem Staub gemacht.« Freundschaftlich legte der Kroate seine Hand auf Marcus' Schulter.

Dieser sprang auf die Beine. Er seufzte laut, dann fasste er sich ein Herz: »Niko, ich habe dich für den Reliquiendieb des heiligen Quirinus gehalten!«

Sein neuer Freund lachte nur, und Pater Norbert mischte sich in die Unterhaltung ein. »Marcus, du Kindskopf, Niko hat uns doch eben erzählt, dass es in Siscia gar keine Reliquie des Heiligen gibt oder gab.«

»Pater Norbert, ich meine auch nicht die des Bischofs aus Siscia, sondern den Schädel des heiligen Quirinus von Neuss!«

Nun starrten beide Männer Marcus überrascht an.

»Du meinst, die Männer des Herrn von Keppel sind in Siscia nicht fündig geworden und sodann nach Neuss gereist, um dort einen Diebstahl zu begehen? Absurd!«

»Ich kann nichts beweisen! Aber Tatsache ist, dass diese Männer in Siscia versucht haben, eine Reliquie zu stehlen, die es dort gar nicht gab. Wahr ist ebenfalls, dass an jenem Morgen, an dem ich zu Eurer Truppe stieß, Niko, Diebe den Schädel des heiligen Quirinus aus dem Neusser Münster gestohlen haben. Es mag ein Zufall sein, dass es sich um zwei Heilige ein und desselben Namens handelt. Aber wenn ihr mich fragt, passt auch der feige Mord an dem wehrlosen Priester, der sie bei ihrer Tat überraschte, zu Dietrichs Handschrift.«

»Und wieso hast du ausgerechnet mich verdächtigt?«

»Deshalb!« Marcus griff nach den Muscheln, die um Nikos Hals hingen. »Kurz bevor der Priester für immer seine Augen schloss, sprach er von drei Muscheln. Danach brachte er mit letzter Kraft zwei weitere Worte hervor, von denen eines wie dein Name klang, Niko.«

»Und das andere Wort?«, fragte Pater Norbert.

»Das habe ich zuvor noch nie gehört, es war irgendetwas mit ›A‹.«

Nachdenklich blickte der Kroate vor sich ins Gras. Dann murmelte er: »Sagt, Pater, wie viele Heilige des Namens Quirinus gibt es?«

»Hm …« Pater Norbert schien eifrig nachzudenken, doch der Schein trog. »Nun ja, …«, stammelte er, »… die Lehre der Heiligen war nie meine Stärke.« Dabei fragte er sich selbst, ob er überhaupt eine theologische Stärke besaß. Wenn Marcus ihn vorhin gelobt hatte, dann war es seine Menschlichkeit, die der junge Mann an ihm so schätzte, nicht aber seine theologischen Kenntnisse. Humanität beinhaltete mehr als pures Wissen. Deshalb lehrte man sie auch an keiner der theologischen Fakultäten.

»Ich kenne, und das ehrlich gesagt erst seit eben, nur diese beiden. Vermutlich gibt es auch keine weiteren, denn der Name Quirinus stammt aus dem Römischen, und die Römer traten erst sehr spät zum christlichen Glauben über.«

»Ihr irrt, Pater!« Die Köpfe der drei Männer flogen beinahe gleichzeitig herum. Vertieft in ihr Gespräch hatten sie den Knappen des Herzogs, Walter von Bisdome, gar nicht kommen hören. Unversehens hatte er hinter ihnen gestanden und ihrem Gespräch gelauscht.

»Auch ich stamme aus einer Gegend, in der man einen Heiligen dieses Namens verehrt – den heiligen Quirinus von Malmedy. Zusammen mit dem Bischof von Rouen und Diakon Scuviculusin brachte er die frohe Botschaft Gottes in das Tal der Seine, wo sie den Märtyrertod fanden. Man enthauptete die drei und brachte ihre Köpfe bis in den französischen Norden, wo sie bestattet wurden. Später gelangte die Reliquie des Quirinus nach Malmedy, wo sie sich befand, bis sie ….« Erwartungsvoll blickten die Gefährten den Knappen mit halb offenen Mündern an. »Ja, Eure Vermutung ist richtig. Wie ich von einem Soldaten aus meiner Heimat gestern erfuhr, wurde der Schädel kürzlich gestohlen.«

Dies konnte einfach kein Zufall sein!

❧

Durch die Fenster des Skriptoriums fiel der flackernde Schein der Kerzen in den Prälaturhof. Von dort unten hätte ein jeder den fahlen Schatten an der Fensterreihe vorbeihuschen sehen können, wenn, ja, wenn sich jemand im Hof aufgehalten hätte. Zu dieser Stunde, so kurz nach den Vigilien, schliefen die Mönche im Dormitorium, dem gemeinsamen Schlafsaal, und sammelten ihre Kräfte für den kommenden Tag, der bereits beim ersten Hahnenschrei mit der Laudes beginnen würde.

Nur den jungen Bibliothekar hatte es nicht in seinem Bett gehalten. Lange hatte er wach gelegen und dem Chor der schnarchenden Brüder gelauscht, bis er den Eindruck gehabt hatte, dass er der Letzte war, den die Müdigkeit des

Tages noch nicht übermannt hatte. Beinahe lautlos war er wieder aufgestanden.

Nein, von Müdigkeit konnte bei ihm nun wirklich nicht die Rede sein. Vielmehr durchzog ihn eine innere Anspannung aus Neugierde und Ungeduld. Den ganzen Tag hatte er diesem Moment entgegengefiebert. Dem Moment, in dem er die Suche nach dem fehlenden Kapitel des vierten Elements, dem Kapitel der Luft, endlich fortsetzten konnte. Eilig stellte er den Leuchter in gebührlichem Abstand neben dem Schriftenstapel ab und warf sich auf die Knie. Der junge Mönch griff nach dem obersten Buch und schlug es hastig in der Mitte auf. Sein Blick fiel sogleich auf eine detaillierte Skizze, die eines der unzähligen Heilkräuter darstellte. Enttäuscht warf er den Band achtlos hinter sich. Hatte er wirklich geglaubt, dass ihm bereits die erste Schrift den fehlenden Teil offenbaren würde? Nein, er musste sich nun, so kurz vor dem Ziel, in Geduld üben. So schwer es ihm auch fiel.

Rasch hatte er das nächste Buch aufgeschlagen und schob es in den Schein der Kerzen. So nah er es auch ans Licht hielt, die verblassten Zeichen waren keine Buchstaben, sondern wirre Kritzeleien, scheinbar ohne jede Ordnung.

Auch der nächste Kodex brachte nur Ernüchterndes hervor und beschäftigte sich ausschließlich mit den vier alchemistischen Stufen auf dem Weg zur Schaffung des Steins der Weisen: nigredo, albedo, citrinitas und rubedo – die Schwärzung, Weißung, Gelbung und letztlich die höchste Stufe, die Rötung.

Die Kerzen auf dem fünfarmigen Leuchter waren bereits weit heruntergebrannt, als der junge Mönch die letzte Schrift zur Hand nahm. Müdigkeit und zunehmende Resignation zehrten an seinen Kräften. Der schwache Funke der Hoffnung hatte bis zu diesem letzten Buch das Feuer der Zuversicht in ihm weiterbrennen lassen. Mit diesem Buch hielt er den Schlüssel in der Hand! Dessen war er sich plötzlich sicher, als ihm auffiel, dass der Einband der Schrift in Form und Farbe dem Kodex der ersten drei Elemente glich. Zu dumm! Warum hatte er nicht vorher darüber nachgedacht und gezielt nach einem Buch gesucht, das dem einen Kodex ähnelte? Unnötige Zeit hatte er auf diese Weise sinnlos vertan und sich der Gefahr ausgesetzt, bei seiner Suche entdeckt zu werden. Wie hätte er seine nächtliche Anwesenheit im äußersten Winkel des Skriptoriums erklären sollen, wenn einer der Brüder ihn überrascht hätte? Doch nun hatte er sein Ziel erreicht. Er konnte es förmlich spüren.

Genüsslich lehnte er sich an eines der Regale und atmete tief durch. Sogleich schlug er die letzte Schriftensammlung langsam auf. Entsetzen stand ihm mit einem Mal ins Gesicht geschrieben. Er spürte einen Stich, der sich von seinen Schläfen durch den gesamten Schädel zog.

Die Pergamentseiten des Buches waren leer! Hastig blätterte er vor und zurück, aber auf keinem der Bögen stand auch nur ein einziges Wort geschrieben. Der leere Kodex verschwamm vor seinen Augen, und ein Schleier aus Tränen der Enttäuschung legte sich über seinen Blick. Auch morgen würde er dem Abt keine Lösung des Rätsels offenbaren können. Einzig und allein die Erkenntnis des gemeinsamen Bezugs der drei Kapitel würde er Heinrich präsentieren können und die Gewissheit, dass es irgendwo einen zweiten Kodex geben musste, in dem sich Verse des vierten Elements befanden. Der Klostervorsteher würde toben und seinen Zorn über die Unvollständigkeit seiner Arbeit ungezügelt an ihm auslassen.

Dicke salzige Tränen liefen über seine glühenden Wangen und tropften auf die Seiten der Schriftensammlung, die immer noch offen auf seinem Schoß lag. Durstig sog die raue Oberfläche des staubigen Pergaments die Feuchtigkeit auf. Was war das? Waren seine Sinne die dankbare Beute des

Wahnsinns geworden? Auf der aufgeschlagenen Seite des Buches erschien wie von Zauberhand deutlich lesbar das Wort ›Trost‹. Er riss die Augen auf und eine weitere, noch dickere Träne landete auf dem Pergament. »Dein Gott«, las er laut die Worte, die zum Vorschein kamen. War das eine Botschaft des Herrn? Der junge Mönch traute seinen Augen nicht. Das konnte nicht sein! Nur langsam begriff er, dass die Feuchtigkeit seiner Tränen eine verborgene Schrift sichtbar gemacht hatte. Hastig steckte er zwei Finger der linken Hand in den Mund und befeuchtete sie mit seinem Speichel. Dann rieb er seine nassen Fingerspitzen aufgeregt über die Seiten, und Silbe um Silbe kam zum Vorschein. Doch die Wortfragmente waren kaum sichtbar gewesen und im Nu wieder im Nichts verschwunden. Nur die Worte ›Trost‹ und ›Dein Gott‹ waren zurückgeblieben.

Eine letzte Träne lief aus seinem Augenwinkel über die Wange und fing sich an seiner Oberlippe. Instinktiv streckte er die Zungenspitze heraus und fuhr sich gedankenlos über die Lippe. Der Bibliothekar zuckte zusammen. Ja, das musste der Schlüssel sein! Die Träne hatte salzig geschmeckt. Das Salz in ihr hatte die Buchstaben zum Vorschein gebracht. Geistesgegenwertig überlegte er, woher er zu dieser nachtschlafenden Zeit Salz bekommen würde, um eine Tinktur anzurühren, die der Zusammensetzung seiner Tränen glich und ihn dem Geheimnis näherbringen würde.

Er musste in die Vorratskammer des Speisemeisters gelangen! Diese war stets verschlossen, und Fenster, durch die er hätte eindringen können, gab es nicht. Nur der Refectarius, der Speisemeister selbst, hatte, neben dem ihm übergeordneten Ordensbruder, dem Cellerar, einen Schlüssel. Diese Schlüssel hüteten beide Mönche wie ihre Augäpfel. Zu viele der Brüder frönten der leiblichen Gier nach allem Essbaren, als dass die Verantwortlichen den Zutritt zur Vorratskammer leichtfertig ermöglichten.

Um die Gewissheit zu erlangen, dass es sich bei diesem geheimnisvollen Buch um das vierte Kapitel handelte, würde es vollkommen ausreichen, wenn er eine komplette Seite zum Vorschein brächte. Er benötigte nur wenig salzige Flüssigkeit, um sicher zu sein. Nur wenig? Dem jungen Mönch blitzte ein Gedanke durch den Kopf, der ihn auf die Beine springen ließ. Polternd fiel das Buch auf den Steinboden. Der Bibliothekar eilte hinüber zu einem der Schreibpulte und kehrte alsbald zu dem scheinbar leeren Buch zurück.

In seiner Rechten hielt er eines der kleinen Messerchen, mit denen die Mönche Korrekturen auf den Pergamenten vornahmen. Langsam schob er den Ärmel seiner Kutte hinauf und setzte die Klinge waagerecht auf die Haut seines Unterarms. Einen Moment zögerte er noch, dann zog er den geschärften Stahl quer über seinen Arm. Ein brennender Schmerz durchfuhr ihn, und er presste die Lippen zusammen, um den in ihm aufkeimenden Schrei zu unterdrücken. Tränen schossen ihm in die Augen, und rasch beugte er sich nach vorn. Das salzige Nass tropfte über seine Wangen auf die linke Seite des aufgeschlagenen Buches. Sofort erschienen weitere, deutlich lesbare Buchstaben auf dem Pergament. Der Bibliothekar ließ das Messerchen fallen und verrieb die Tränen mit der Hand. Trotz der Schmerzen, die sich bis in die Fingerspitzen zogen, lächelte er angesichts des Ergebnisses seiner Selbstkasteiung.

Für kurze Zeit verdrängte er die körperliche Pein und blinzelte mit kindlicher Neugierde auf die Worte. Doch der Text war nur unzureichend erkennbar, als dass er sich ein Urteil darüber hätte erlauben können, ob es sich um Verse des vierten Elements handelte. Wieder nahm er das Messerchen zur Hand und führte es zu seinem Unterarm. Und wieder fuhr die Klinge tief in die Haut.

Noch drei weitere Male hatte er so in seinen Unterarm geschnitten, bis der größte Teil der Schrift erkennbar war und er darüber hinaus das Gefühl hatte, dass sein Vorrat an Tränen gänzlich erschöpft war. Vielleicht hatte er sich aber auch nur zu sehr an die Schmerzen gewöhnt.

Als er den Ärmel losließ, rutschte der raue Stoff über die frischen Wunden und der unerwartete Schmerz ließ ihn aufjaulen.

›Und der Herr wird kommen und jene zum Hochzeitsmahle laden, die die Gebote … und lautes Zähneknirschen wird erklingen im irdischen Jammertal. Auf dass all jene, die …‹

Panisch wanderte sein Blick über die lesbaren Zeilen. So lange er auch suchte, es fand sich keine Textstelle, die sich auf das Element der Luft bezog. Stattdessen füllten Prophezeiungen des Jüngsten Gerichts die gelblichen Seiten.

Die Wortwahl indessen ließ keinen Zweifel zu: Der Schreiber der Verse war derselbe, der auch den geheimen Kodex verfasst hatte. Jedoch war dieses Buch fraglos nicht jenes, das er suchte. Wütend schlug er die Schrift zu und warf sie weit von sich. Mit einem lauten Krachen prallte das Buch gegen die Mauer und zerfiel in seine einzelnen Seiten.

Der sechste Tag

DIE SONNE WAR GERADE AUFGEGANGEN und hatte das Zelt spärlich erhellt, als Patty erschrocken die Augen aufriss. Ein animalisches Schnarchen durchschnitt die morgendliche Stille. Dies musste das Geräusch gewesen sein, das sie aus dem leichten Schlaf geweckt hatte.

Es kam es ihr vor, als habe sie ihre Augen nur für ein paar Minuten geschlossen gehabt. Sie wusste nicht genau, wie lange sie wach gelegen hatte. Es mussten Stunden gewesen sein. Die Angst, Dietrichs Lust könne erneut erwachen und ihn zu ihr herübertreiben, hatte sie nicht ruhen lassen. Die Schmerzen, die ihren ganzen Körper auch jetzt noch, Stunden danach, durchzogen, hatten ihr Übriges getan.

Dietrich hatte einen seiner Männer gerufen, nachdem er mit ihr fertig gewesen war. Dieser hatte ihr auf Anweisung seines Dienstherrn die Handgelenke auf dem Rücken zusammengebunden.

»Legt sie dort drüben ab«, hatte er erschöpft gejapst. »Vielleicht bekomme ich ja in der Nacht noch einmal Appetit.«

Der Gefolgsmann hatte Patty ruppig in die Ecke des Zeltes gestoßen, die Dietrichs Schlafstätte gegenüberlag, und war gegangen. So kauerte sie seit dem Anbruch der Nacht nun hier im feuchten Gras.

Trotz allem, was geschehen ist, du musst dir deine Würde bewahren, redete sie im Geiste auf sich ein. Blicke dem Kerl trotzig ins Gesicht! Deinen Körper kann er bezwingen, aber niemals deinen Geist.

Patty drehte sich auf die Seite und stieß einen kurzen, erstickten Schrei hervor. Sie hatte den Schwung der Drehung aufgrund ihrer gefesselten Hände nicht abfangen können, und so war ihre geschwollene Wange gegen den harten Untergrund gestoßen.

Es hatte ihm offensichtlich Freude bereitet, sie zu schlagen, während sie ihm wehrlos an den Zeltpfosten gefesselt ausgeliefert gewesen war. Immer wieder hatte sein Handrücken die gleiche Stelle ihres Jochbeins mit voller Wucht getroffen, bis ihre Haut aufgeplatzt war. Dann hatte er einen Dolch gezogen und das Kleid, das ihr der Einarmige gegeben hatte, der Länge nach aufgeschlitzt. Zwar hatte sie die metallene Kälte der Dolchspitze auf ihrer nackten Haut gespürt, war sich aber sicher gewesen, dass er dabei keinen Zentimeter ihres Körpers verletzt hatte. Es machte den Anschein, als habe Dietrich ausreichend Übung darin, die Klinge seines Dolches nur so tief anzusetzen, dass die zarte Haut seines Opfers bei dieser Art der Entkleidung nicht zu Schaden kam.

Anschließend war er einige Male langsam um sie herumgegangen, bis er plötzlich und lautlos hinter ihr stehen geblieben war. Sein schlecht riechender Atem war ihr in die Nase gestiegen, als er seinen Hals um den Pfosten gereckt hatte und seine Lippen auf ihre entblößte Schulter gedrückt hatte. Keuchend und schwer hatte sein Atem in ihrem Ohr geklungen.

Nachdem sein Mund eine schleimige Speichelspur vom Hals bis zum Schultergelenk hinterlassen hatte, hatte er ihr schließlich mit dem Dolch die Fesseln durchtrennt und sie auf seine Schlafstätte gestoßen. Hastig war er ihr auf das Lager gefolgt und hatte ihr das zerschnittene Kleid vom Leib gerissen.

Am heutigen Morgen dankte sie ihrem Geist, dass er sich alsbald in eine Art wacher Ohnmacht begeben hatte, sodass sie sich nicht mehr an das erinnern konnte, was danach geschehen war. Nur das Gefühl von Ekel und Hass war aus dieser Nacht zurückgeblieben. Ob sie diesen Ekel, diesen Hass jemals überwinden und die Berührung eines Mannes wieder ertragen könnte? Unweigerlich musste sie an Marcus denken und begann zu weinen.

»Hunold, bring mir einen Becher Wein!«, brüllte Dietrich, der gerade seine Augen geöffnet hatte, jetzt in die Morgenstille. Ihr Peiniger war erwacht.

Sein Rücken schmerzte, als er sich zum wiederholten Male bückte und die Handgelenke des Mannes ergriff. Zugleich hoben sie den Körper des Toten an. Dabei fuhren Marcus' Fingerspitzen in die verkrustete Spalte eines Schwerthiebs, der den Unterarm des Toten aufgeschlitzt hatte. Die glasigen Augen des Leichnams starrten ihm ausdruckslos ins Gesicht. Ob er ein Soldat des Brabanters gewesen war? Oder hatte jener zuvor an seiner Seite im Tross des Luxemburgers gekämpft? Irgendjemand hatte dem Toten die Kleider vom Leibe geschnitten, und so ließ sich diese Frage nicht beantworten. Pater Norbert murmelte ein lateinisches Gebet, während sie den reglosen Körper auf den Wagen zu den anderen hoben.

Direkt nachdem sich Niko auf den Weg gemacht hatte, hatten sie begonnen, den anderen Mönchen bei ihrer abscheulichen Arbeit zu helfen. Leiche um Leiche hatten sie hinüber zu dem Massengrab gekarrt, doch die grauenvollen Spuren der Schlacht schienen unendlich zu sein.

Walter hatte die drei bereits am Abend zuvor verlassen und war zu seinem Herzog zurückgekehrt. Der Kroate hingegen war bis zum frühen Morgen geblieben. Aber schließlich hatte er sich wieder an die Fersen des Herrn von Keppel geheftet.

Nur Marcus hatte nicht recht gewusst, wohin er gehen sollte. Nikos Suche schien ihm aussichtslos. Selbst wenn er

Dietrich von Keppel erneut aufspüren würde, so war es fraglich, ob er nah genug an ihn heran käme, um ihn zu töten. Eine bessere Gelegenheit, den Schurken niederzustechen, als in der Schlacht würde sich so schnell nicht wieder bieten.

Das Elend und Leid, das Marcus in den letzten Tagen erlebt hatte, hatte ihn mürbe gemacht. Oft hatte er sich in den vergangenen Stunden nach der Umarmung Pattys gesehnt, doch in seiner Müdigkeit überfiel ihn die erschreckende Sicherheit, dass seine Geliebte nicht mehr am Leben sei. Eine plötzlich Angst durchfuhr ihn, wenn er daran dachte, sich dennoch auf die Suche zu begeben, um schließlich Bestätigung für seine grausamen Vorahnungen zu bekommen. War es da nicht besser, sie so in Erinnerung zu behalten, wie er sie zuletzt gesehen hatte, als sie sich geliebt hatten? Ein Schicksal, wie es Niko durchlebte, konnte und wollte er nicht aushalten.

Schließlich hatte er daran gedacht, nach Neuss zurückzukehren, an den Ort, an dem er sich bis zu jenem Morgen vor ein paar Tagen heimisch gefühlt hatte. Bevor er seine Unschuld nicht beweisen konnte, konnte er nicht nach Hause, ohne sein Leben zu riskieren. Aber war dies überhaupt möglich?

Vielleicht würde er Klarheit in die Sache bringen können, wenn er hinter das Geheimnis der Reliquiendiebstähle käme.

»Meint Ihr, Pater Norbert, dass es noch mehr Heilige des Namens Quirinus gibt?«

Der Kleriker verzog das Gesicht.

»Denn wenn dem so wäre, könnten wir der Diebesbande zuvorkommen, oder? Vielleicht gelingt es uns ja, die Kerle zu überwältigen und so meine Unschuld zu beweisen!«

Der Pater verzog sein Gesicht noch mehr. »Marcus«, antwortete er in mitleidigem Ton. »Ich sagte dir bereits am gestrigen Abend, dass ich mich mit diesen Dingen nicht so gut auskenne. Und wenn es uns tatsächlich gelingen sollte, glaubst du denn wirklich, dass ausgerechnet wir beide eine Bande von Reliquienräubern überwältigen könnten? Darüber hinaus, wer sagt dir denn, dass wir es gemeinsam versuchen werden?«

Marcus überhörte die letzte Frage des Geistlichen geflissentlich. Er kannte diesen abenteuerlustigen Mönch zu genau, um Zweifel daran haben zu können, dass dieser ihn begleiten würde, wenn sich nur der Hauch einer Chance böte.

In der Zwischenzeit hatten sich die beiden vom Leichenkarren abgewandt und den nächsten toten Soldaten an Armen und Beinen aufgehoben.

»Wenn du meinst, dass uns die Antwort auf deine Frage weiterbringt, könnten wir in Gottes Namen ein paar Ordensbrüder befragen oder die Bibliothek eines Klosters aufsuchen.«

Der junge Neusser war beruhigt, dass der Pater das Wort ›uns‹ benutzt hatte. Seine Einschätzung schien sich also zu bestätigen. »Das ist ein guter Vorschlag, Mönchlein. So gefällt Ihr mir schon besser.«

Norbert zog die linke Augenbraue hoch. Marcus wusste genau, dass sein Freund diese Anrede ganz und gar nicht schätzte.

»Am Abend vor der Schlacht lagerten wir vor den Toren der Abtei Brauweiler. Sie liegt gar nicht weit entfernt von hier«, schlug er sogleich wieder ernstere Töne an.

»Brauweiler? Ich lernte vor einigen Jahren auf einer Pilgerreise einen Ordensbruder aus Brauweiler kennen. Wenn er nicht übertrieben hat, so verfügt die Abtei über eine umfangreiche Schriftensammlung. Ich hörte, der junge Mönch sei zwischenzeitlich sogar zum Leiter der Bibliothek aufgestiegen. Jener Armarius Nikodemus wird uns gewiss weiterhelfen können.«

Marcus ließ die Handgelenke des Toten, den sie gerade hinübertrugen, augenblicklich fallen und stand wie vom

Blitz getroffen da. Der Schädel des Soldaten schlug mit einem dumpfen Laut auf den Boden, und das Gewicht des leblosen Körpers zog Pater Norbert abrupt nach vorn.

»Bist du verrückt geworden, Junge? Willst du, dass ich mir das Kreuz verrenke?« Der Gottesdiener hatte den Leichnam nun ebenfalls losgelassen und rieb sich mit verärgerter Miene den Rücken. Marcus schien ihn gar nicht wahrzunehmen. Der Mönch blickte auf und bemerkte erst jetzt seine Teilnahmslosigkeit.

»Marcus?«, sprach er ihn vorsichtig mit besorgter Stimme an. »Was ist mit dir geschehen?«

»Die Worte des Priesters …«

»Welche Worte, Marcus? So rede doch!«

Norbert hatte Marcus an den Schultern ergriffen und schüttelte den jungen Mann auffordernd. Dieser schien endlich aus seiner Entrückung zu erwachen und starrte den Geistlichen mit weit aufgerissenen Augen an. »Was habt Ihr eben gesagt?«

»Ich fragte dich, ob du verrückt geworden bist.«

»Nein! Davor sagtet Ihr etwas anderes.« Marcus wirkte plötzlich ärgerlich. Pater Norbert dachte nach, was sein Freund meinen könnte; schließlich wiederholte er seine letzten Worte. »Ich sagte: Armarius Nikodemus wird uns weiterhelfen können.«

»Ja! Das ist es! Als der Priester in meinen Armen starb, sprach er nicht nur von den drei Muscheln. Seine letzten Worte waren ›Armarius Niko…‹ – weiter kam er nicht mehr. Pater, sagt, was ist ein Armarius?« Die Stimme des Heranwachsenden überschlug sich beinahe vor Aufregung. Endlich gab es wieder eine Spur, eine Hoffnung, die wahren Diebe zu finden.

»›Armarius‹ ist die lateinische Bezeichnung für den Bibliothekar in einem Kloster. Er verwaltet die Bücher und Schriften und leitet die Arbeit der Brüder im Scriptorium, der Schreibstube, an. Und Ihr meint, der Priester erwähnte ausgerechnet den Namen des Armarius der Abtei zu Brauweiler, bevor er starb?«

»Gewiss, die Männer des Herrn von Keppel müssen von Nikodemus gesprochen haben, als sie die Reliquie aus dem Schrein genommen haben. Der Priester hat sie wohl überrascht und wollte mir vor seinem Ableben einen Hinweis auf die Täter geben.«

»Aber ich kann mir nicht vorstellen, dass Nikodemus, so wie ich ihn kennengelernt habe, etwas mit einer solch schändlichen Tat zu tun hat. Auf unserer Pilgerschaft machte er mir eher einen gottesfürchtigen Eindruck, auch wenn er mir recht ungefestigt vorkam. – Damit meine ich nicht die Beständigkeit seines Glaubens. Vielmehr ließ er sich rasch von älteren Brüdern, die mir des Glaubens müde schienen, beeinflussen, wenn wir des Abends in der Herberge über Fragen unserer Religion stritten.«

»Aber es könnte sein, dass ihn ein solcher Ordensbruder in die Sache hineingezogen hat, oder etwa nicht?«

Pater Norbert dachte kurze Zeit über den Einwand seines jungen Freundes nach, dann nickte er stumm.

»Lasst uns nach Brauweiler zurückkehren und der Spur nachgehen. Ich flehe Euch an, helft mir, Pater. Es geht um meine Rechtschaffenheit und um mein Leben.«

Wieder nickte der Mönch nachdenklich.

❧

Von den Nachwirkungen seines übermäßigen Weingenusses gezeichnet, war Dietrich aufgestanden, hatte sich Beinlinge sowie ein einfaches Leinenhemd übergestreift und war aus dem Zelt gegangen, ohne Patty weiter zu beachten. Erleichtert atmete sie auf. Zumindest für den Moment schien sie keine weitere Schändung durch diesen Kerl erwarten zu müssen. Er würde wiederkommen. Wozu hatte er sie sonst am Leben gelassen?

Der Eingang des Zeltes öffnete sich, und Patty zuckte zusammen. Sogleich entspannten sich die Muskeln ihres Körpers wieder. Simeon war hereingekommen. Mit mitleidigem Blick trat der Einarmige auf sie zu und half ihr, sich aufzusetzen. Er legte ihre Kleider, die sie getragen hatte, als sie die Kerle verschleppten, neben ihr ins Gras und griff nach seinem Dolch. Mit einem Ruck durchschnitt er ihre Fesseln. Vorsichtig nahm die Rothaarige ihre Arme nach vorn und bedeckte ihre Scham. Ihre Schultern brannten und lenkten vorübergehend von den übrigen Schmerzen ab, die ihren Körper durchzogen.

»Soll ich dir helfen, dich anzukleiden?«, fragte Simeon fürsorglich.

»Nein, es wird schon gehen.«

Rasch nahm sie das Unterkleid an sich und presste es vor ihren Körper. Der Mann verstand, dass sie nun allein sein wollte, und wandte sich zum Zeltausgang.

»Was hat er mit mir vor?«

Der Hüne blieb stehen und drehte sich zögernd um. Würde er sie nicht unnötig verängstigen, wenn er ihr mit seinen Befürchtungen antworten würde? Zu oft hatte er ohnmächtig mit ansehen müssen, wie Dietrich sich ein Weib genommen hatte, das ihm gefiel. Und immer hatte es auf die gleiche Weise geendet.

»Ich weiß es nicht«, log er.

»Hilf mir, Simeon!« Pattys flehender Blick traf seine traurigen Augen.

»Wie sollte ich?« Sein Kinn deutete auf die rechte Schulter. Dann senkte er den Kopf und verließ das Zelt.

»Hast du sie auch nicht begrapscht? Du weißt, dass Herr Dietrich es nicht gern hat, wenn man sich an seinen Sachen vergreift.« Hämisch grinsend stand Oderich vor dem Einarmigen und versperrte ihm den Weg.

»Sie ist keine ›Sache‹!«, entgegnete dieser mit wütender Stimme.

»Ach, nein? Was sonst?«

Sie standen nun so dicht voreinander, dass sich ihre Nasenspitzen beinahe berührten. Langsam drehte Oderich seinen Kopf zur Seite und blickt hinüber zu seinen beiden Kumpanen, ohne dabei auch nur einen Zentimeter zurückzuweichen.

»So, wie sich unser Krüppel erregt, scheint er tatsächlich ein ehrliches Interesse an dem Miststück zu haben.« Hämisch grinsend starrte er dem Einarmigen nun wieder direkt ins Gesicht, und die anderen Burschen lachten laut auf. Simeons Unterlippe zitterte vor Wut. »Dass so ein halber Kerl Chancen bei einem solchen Teufelsweib hat, wage ich zu bezweifeln.«

Das Lachen der Männer erklang erneut. Jetzt konnte der Hüne sich nicht mehr beherrschen. Voller Wucht rammte er dem Spötter seine Faust in die Magengegend, und der Mann sackte zu Boden. Der Einarmige holte gerade zu einem gezielten Tritt aus, als ihn ein Knüppel in die Kniekehle traf. Wie ein gefällter Baum kippte er nach hinten und schlug auf dem Boden auf. Einer der Kumpane Oderichs hatte nur auf den Fausthieb des Hünen gewartet und ihn mit einem Schlag niedergestreckt. Auch der andere war aufgesprungen und rammte dem am Boden Liegenden das abgerundete Ende seiner Lanze in den Brustkorb. Simeon blieb die Luft weg. Er sah, wie auch der Mann, der ihn mit seinem gezielten Schlag zu Boden geworfen hatte, erneut ausholte. Geistesgegenwärtig rollte er sich zur Seite, und so ging dieser Angriff ins Leere. Auch Oderich war wieder auf die Beine gesprungen und griff nach seinem Schwert.

»Halt, Ihr hirnlosen Narren!« Die heisere Stimme Dietrichs ertönte und die Streitenden hielten inne. »Steckt Euer Schwert zurück in die Scheide, Oderich. Und auch Ihr anderen legt Eure Waffen weg. Ich dulde es nicht, dass sich meine Männer gegenseitig umbringen!«

Mit zorniger Miene taten die Kämpfer, wie ihnen gesagt wurde. Die Augen Oderichs blitzten Simeon feindlich an. Die Anständigkeit dieses Einarmigen war ihm schon lange ein Dorn im Auge. Nur zu oft hatte er den Männern ein deftiges Vergnügen genommen, und nun war endlich die Gelegenheit da gewesen, mit dem Hünen abzurechnen. Doch Dietrich hatte ihren Plan durchkreuzt.

»Hunold, du wirst mich begleiten. Wir reiten zurück zur Abtei Brauweiler. Kleide dich wie ein einfacher Reisender. Wir wollen kein Aufsehen erregen. Simeon, du bist dafür verantwortlich, dass mir mein Täubchen nicht davonfliegt. Falls doch, werde ich Oderich persönlich dabei helfen, dir deinen anderen Arm auch noch abzuhacken!« Von Keppel blickte mit zusammengezogenen Augenbrauen von einem zum anderen. »Dies gilt im Übrigen für Euch alle. Nur für den Fall, dass Ihr in die Versuchung kommen solltet, Euch an meinem Hab und Gut zu vergreifen.« Mit diesen Worten verschwand er im Zelt.

»Ich glaube, wir können uns auf ein paar unterhaltsame Tage freuen«, zischte Oderich seinen Kumpanen zu, als sie abseits der übrigen Männer standen. »Wir sollten zusehen, dass der Käfig leer ist, bevor Dietrich zurückkommt. Vorher kümmern wir uns um den Krüppel.«

❧

Pater Norbert zog ein grobes Stoffbündel hervor und warf es Marcus zu. Verdutzt fing dieser es auf und rollte es auseinander.

»Es ist meine Ersatzkutte. Nicht, dass ich mir einen üppigen Besitz anlegen wollte. Doch nur allzu oft bin ich auf meiner Wanderschaft von einem ordentlichen Regenguss überrascht worden, ohne dass ich eine Gelegenheit gehabt hätte, mich unterzustellen. Ich glaube, dass Gott nicht wollte, dass ich mich auf meinem Weg erkälte, und so hat er mich zu der Stelle im Wald geführt, an der ich diesen toten Bruder gefunden habe. Es muss schon eine Weile dort gelegen haben und brauchte seine Kutte nicht mehr.«

Mit angewidertem Blick roch Marcus an dem groben Stoff.

»Keine Sorge, ich habe das Ding lange in einem Bach gewässert und bereits selbst getragen. Wenn es übel riechen sollte, dann nur wegen meines Schweißes.« Er grinste und zog eine kleine Schere aus seiner Schultertasche.

Der junge Mann sah den Mönch ungläubig an. »Ihr wollt nicht wirklich ...«

»Wenn wir uns unauffällig in der Abtei umhören wollen, dann erscheint es mir das Sinnvollste, dort als pilgernde Ordensbrüder aufzutreten.«

»Ja, gewiss, aber müsst Ihr denn deshalb ...«

»Nun stelle dich nicht dümmer an, als du bist, Marcus.« Kaum hatte Pater Norbert den Satz zu Ende gesprochen, hatte er bereits in die langen Haare seines jugendlichen Freundes gegriffen und eine Strähne seiner blonden Mähne abgeschnitten.

Der Mönch hatte recht. Wenn der Armarius tatsächlich etwas mit dem Diebstahl zu tun hatte, konnten sie wohl nicht mit der Tür ins Haus fallen. Sie mussten sich so unauffällig wie möglich benehmen, um den Bibliothekar nicht zu warnen. Nur so würden sie der Spur nachgehen können, der Spur, die wiederum zu Dietrich führen würde. Zumindest hoffte Marcus dies. Er würde seine Unschuld beweisen können und den Mörder Pattys töten. Dies war seine Mähne weiß Gott wert. Marcus hätte alles dafür gegeben.

Strähne um Strähne war gefallen, bis Pater Norbert zuletzt auch noch das Schurmesser angesetzt hatte. Marcus fuhr sich jetzt mit der Hand über den kahlen Kopf und ertastete die stoppelige Tonsur. Er konnte nur vermuten, dass er in der Kutte des Toten nun beinahe wie ein echter Mönch aussah.

ꝏ

»Euer Abt erwartet uns!«

Die beiden Männer, die an der Pforte von ihren Pferden gestiegen waren, gefielen dem Portarius ganz und gar nicht. Es war der drohende Unterton des Großen, der in seinem Inneren eine Alarmglocke schrillen ließ. Misstrauisch schaute er in die Gesichter der beiden. Irgendwie kamen ihm die Burschen bekannt vor. Den Kleinen hatte er schon einmal gesehen, und die Gesichtszüge des anderen riefen ebenfalls eine ungute Erinnerung in ihm hervor. Sie erweckten nicht gerade den Anschein frommer Pilger, für die sie sich ausgaben.

»Habt Ihr nicht gehört, Portarius, was ich gesagt habe?«

»Leider muss ich Euch enttäuschen, verehrter Bruder. Abt Heinrich liegt danieder. Ich bedaure, dass Ihr den Weg auf Euch genommen habt und nun nicht mit ihm sprechen könnt. Ihr habt gewiss eine weite Reise hinter Euch. Woher kommt Ihr, sagtet Ihr noch gleich?«

»Ich glaube nicht, dass ich Euch in Kenntnis setzte, woher wir kommen.« Dietrich blickte den Portarius scharf an und rieb die Zähne aufeinander. Der Mönch vernahm das fast lautlose Mahlen und beobachtete, wie die rechte Hand des Mannes unter dessen Umhang fuhr, um nach dem Schaft seines Dolches zu greifen. Angesichts der Waffe erschrak der Wächter der Pforte zu Tode, ohne sich dies jedoch anmerken zu lassen.

»Ich denke, der Stellvertreter des Abtes, unser verehrter Prior Lucius, wird Euch weiterhelfen können. Vielleicht kann er Euch ja sogar zu Abt Heinrich vorlassen.« Mit einer einladenden Handbewegung wies er durch das Portal ins Innere der Klosteranlage. Warum sollte er sein ärmliches Leben länger als nötig aufs Spiel setzen? Sollte sich der Prior mit diesen Galgenvögeln herumschlagen! Für ihn war die Angelegenheit just klar geworden, als er den ungewöhnlichen Dolch wiedererkannt hatte. Er wusste, dass die beiden Männer schon einmal an der Pforte vorgesprochen hatten. Auch wenn er sich nicht daran erinnern konnte, wie lange es her war, dass die Fremden zum ersten Mal nach dem Abt gefragt hatten, so war ihm sehr wohl im Gedächtnis geblieben, dass die merkwürdigen Gestalten an jenem Tag ein langes Gespräch mit dem Klostervorsteher geführt hatten. Danach waren sie eilig davongeprescht und hatten ihn beinahe über den Haufen geritten. An jenem Tag hatten sie diese auffälligen Waffenröcke getragen, deren Brust ein gezackter Ring zierte. Doch auch in der Maskerade, die sie heute trugen, hatte er sie schließlich entlarvt.

Sorgenvoll blickte der Bewacher der Pforte den beiden Männern nach, die jetzt ihre Pferde hinauf zum Wirtschaftshof führten.

»Es ist unmöglich. Ihr könnt Bruder Heinrich nicht sprechen.« Auch wenn er nicht wusste, wieso, aber eine innere Stimme sagte Lucius, dass die zwei Reisenden etwas mit dem Geheimnis zu tun haben mussten. Warum sonst sollten solche Galgenstricke urplötzlich im Kloster erscheinen und darauf beharren, mit dem Abt zu sprechen. Neugierig beobachtete der Alte den Gnom, der etwa einen Schritt hinter seinem Anführer stand. Seit der Prior sie empfangen hatte, umklammerte der Zwerg ein großes Leinenbündel, das er in den Armen hielt wie einen sterbenskranken Säugling.

»Wir haben etwas mitgebracht, das für Euren Abt von größter Wichtigkeit ist.«

Also tatsächlich! Lucius freute sich wie ein kleiner Junge, dass er einmal mehr auf sein Bauchgefühl hatte vertrauen können. »So lasst es – was immer es ist – bei mir. Der Camerarius bewacht zwar unsere wenigen Münzen wie seinen Augapfel, aber er wird Euch entlohnen, wie Ihr es mit unserem Abt vereinbart habt. Es soll nicht Euer Schaden sein, dass Vater Heinrich erkrankt ist. Sobald er sich von seiner schweren Krankheit erholt hat, werde ich ihm Eure Lieferung übergeben. Ich nehme an, sie ist dort drin?«, erkundigte sich Lucius scheinheilig und wies beiläufig auf das Bündel. Wäre es tatsächlich ein sterbenskranker Säugling gewesen, so wäre das Kind erstickt, so sehr verkrampften sich bei diesen Worten die Arme des Kleinwüchsigen. Die Männer beäugten misstrauisch den Prior und rührten sich nicht vom Fleck.

Der Greis verstand, dass er so nicht weiterkommen würde. »Lasst uns allein«, wies er die beiden Novizen an, die die Männer zu ihm geführt hatten und immer noch neben seinem Stuhl standen.

Als die Gottesdiener die Tür hinter sich geschlossen hatten, wandte sich der Prior wieder an die Besucher, die fast ein wenig verunsichert schienen. »Wir können offen sprechen«, erklärte Lucius mit fester Stimme. Auch wenn der Große wie ein brutaler Schläger aussah und dabei nicht den ärmlichsten Eindruck machte, der Hellste war er gewiss nicht. So hatte sich der Alte kurzerhand entschlossen, es mit einer Täuschung zu versuchen. »Heinrich hat mich in das Geheimnis eingeweiht. Da ich über alles Bescheid weiß und wir unter uns sind, könnt Ihr mir nun das Bündel übergeben.«

Der Gnom war bereits einen Schritt auf den Geistlichen zugegangen, als der Anführer den Arm ausstreckte und seinen Begleiter zurückhielt. »Nicht dass ich Euch nicht traue, Prior, aber diese Sache möchte ich gerne mit dem Abt persönlich regeln.«

Lucius hatte den Mann offenbar unterschätzt. Seine einfache Behauptung hatte nicht ausgereicht, um den Burschen hereinzulegen. Also musste er diesen Kerl an dem Punkt packen, den Männer wie er verstanden.

»Nun gut«, erwiderte er ruhig. »Wie viel Heinrich Euch auch immer geboten hat, von mir erhaltet Ihr das Doppelte.« Der Große schien mit einem Mal interessiert und gesprächsbereit. »Im Übrigen steht Euch der Abt zurzeit so oder so nicht als Handelspartner zur Verfügung. Er liegt nun einmal auf dem Sterbebett. Zumindest solange ich dies wünsche, wenn Ihr versteht, was ich meine.«

Und ob Dietrich verstand. Er hatte schnell erkannt, dass diesem verfluchten Prior alles zuzutrauen war.

»Und Ihr kennt das Geheimnis wirklich, das uns zum Reichtum führen wird?« Misstrauisch erwartete der Kleinwüchsige die Antwort des Alten auf diese elementare Frage. Zumindest musste der Prior eine Vorahnung haben. Denn jemandem weismachen zu wollen, er könne den Handel aus den leeren Schatzkammern der Abtei bezahlen, würde dem dümmsten Tor nicht in den Sinn kommen.

»Noch nicht ganz«, entgegnete Lucius etwas zögerlich. »Doch ich weiß, wer den Schlüssel des Geheimnises in den Händen hält, und werde ihn schon bald zum Reden bringen. Abt Heinrich hatte seine beiden engsten Vertrauten beauftragt, ihn von mir fernzuhalten. Bedauerlicherweise ist einer von ihnen ebenfalls erkrankt. Es scheint dasselbe bedrohliche Leiden zu sein, das auch unseren geliebten Abt ereilt hat.« Von Keppel meinte ein verschwörerisches Zwinkern des Alten zu erkennen, der seine Schilderung lammfromm säuselnd fortsetzte. »Der andere Vertraute des Klostervorstehers befürchtete offensichtlich, dass eine Epidemie in der

Abtei ausbrechen könnte, und ist spurlos verschwunden. Und das, wo wir den Krankenmeister gerade jetzt so dringend gebraucht hätten.« Sein Blick verlor unvermittelt die gespielte Süße und gefror zu Eis. »Ich hoffe, meine Ausführungen haben Euch überzeugt, dass es das Beste ist, wenn wir zusammenarbeiten?«

Dietrich nickte kurz. »Gewiss, das haben sie. – Das Bündel bleibt jedoch in unserer Obhut, bis Ihr die gesamte Lösung in Euren Händen haltet. Ich nehme an, dass wir so lange als Gäste in Eurer Herberger verweilen können?« Der Alte nickte zustimmend und mit dem Ausdruck innerlicher Zufriedenheit. Dann wandten sich die Fremden um und machten Anstalten, sich zu entfernen. In der Tür hielt Dietrich inne und sprach, ohne sich umzudrehen: »Bevor Ihr Eurem Küchenmeister unnötige Arbeit bereitet, wir zwei bevorzugen niemals die gleichen Speisen zu uns zu nehmen und den gleichen Wein zu trinken. Unsere Geschmäcker sind einfach zu verschieden.«

Es schien heute der Tag der merkwürdigen Ankömmlinge zu sein. Der Portarius konnte sich nicht daran erinnern, wann zuletzt so viele seltsame Gestalten kurz hintereinander Einlass erbeten hatten. Abgesehen von dem Abend, an dem der Erzbischof mit seinem Heer eingetroffen war. Damals hatte er nach kurzer Zeit aufgegeben, jeden Einzelnen zu befragen, wohin er wolle und was er innerhalb der Klostermauern zu suchen habe. Schließlich hatte der Mönch seinen Posten an der Pforte unbesetzt zurückgelassen.

Als diese beiden merkwürdigen Mönche näher kamen, war er felsenfest davon überzeugt gewesen, dass auch sie nach dem Abt fragen würden. Umso verwunderter war er nun, als sich der kleinere als Bekannter des Bibliothekars vorgestellt hatte. ›Ob der Herr Armarius Nikodemus zu sprechen ist?‹, hatte er ehrerbietig dahergesäuselt, als ob das junge Bürschchen, nach dem sie fragten, die Abtei leiten würde. Dabei war Nikodemus nur der Obere der Bücherwürmer!

Der Portarius war sich sicher, dass seine Abneigung gegen Schriften und alle, die sich für sie interessierten, nicht daher kam, dass er sich mit dem Lesen ein wenig schwertat. So führte er auch nicht seine Barschheit auf diesen Umstand zurück, als die beiden Neuankömmlinge nach der Größe der Bibliothek gefragt hatten und er sie, ohne zu antworten, schroff zur Abtei hinaufgeschickt hatte. Was bildeten sich die Kerle nur ein? Dass sie etwa bessere Ordensbrüder seien, nur weil ihnen eine mühsam erlernte Fertigkeit besser gelang als ihm? Gewiss, ohne die Lesungen aus der Heiligen Schrift wäre ihr Leben ärmer. Aber auch er hatte eine verantwortungsvolle Aufgabe, die die Sicherheit der ganzen Ordensgemeinschaft bewahrte.

❧

Auch heute war Nikodemus nicht zur Sext gegangen. Stattdessen saß er allein im Skriptorium und sinnierte über dem aufgeschlagenen Kodex. Es war nur eine Frage der Zeit, bis den anderen Brüdern auffallen würde, dass er immer seltener zu den Gebetsstunden erschien. Die Hauptsache war jedoch, dass der Abt dies nicht bemerkte. Er würde sich seinen Reim darauf machen und rasch dahinterkommen, dass Nikodemus während der Gebete an ihrem Geheimnis arbeitete. Auch wenn er ihm ausdrücklich verboten hatte, außerhalb der Schlafenszeit nach der Lösung zu forschen. Doch seit beinahe zwei Tagen hatte er den Abteivorsteher weder zu den Mahlzeiten noch bei den wenigen Gebeten, an denen er selbst teilgenommen hatte, gesehen. Man erzählte sich unter den Brüdern, dass er schwer erkrankt sei. Und so hatte der Bibliothekar zurzeit nichts zu befürchten. Der

Prior würde ihn nicht bei Abt Heinrich anschwärzen, denn er schien tatsächlich so eine Art väterlicher Freund werden zu wollen.

Gedankenversunken blätterte der Armarius in der geheimnisvollen Schrift. Wenn jemand absichtlich das letzte Kapitel in einen anderen Kodex verbracht hatte, wollte er dann gänzlich verhindern, dass jemand die Fortsetzung des Buches fand? Bestimmt nicht! Wenn dieser jemand gewollt hätte, dass das Geheimnis für immer verloren war, dann hätte er die Schrift einfach verbrannt. Wahrscheinlich wollte er nur, dass das Geheimnis nicht irgendeinem Dummkopf in die Hände fiel, und hatte aus diesem Grund den Weg zur Lösung erschwert.

Nikodemus versuchte, sich in den Hüter des Geheimnisses hineinzuversetzen. Wo würdest du einen Hinweis auf das verbleibende Kapitel verstecken?, fragte er sich selbst. Natürlich! Der entscheidende Fingerzeig musste sich am Ende dieses Kodexes befinden. Eilig schlug der Bibliothekar die letzte Seite auf, doch das Pergament war leer. Bei dem Gedanken, der Schreiber der Zeilen könnte erneut die Geheimtinte benutzt haben, schmerzte sein linker Unterarm.

Dann fiel ihm auf, dass der Verfasser des Hinweises ja nicht zwangsläufig der Schreiber des Kodexes sein musste. Nein, es war sogar wahrscheinlicher, dass es derselbe gewesen war, der auch die gekritzelten Koordinaten zwischen die verklebten Blätter geschrieben hatte. Aber waren nicht diese beiden wiederum ein und dieselbe Person? Seine Gedanken drehten sich im Kreis, und der Kodex begann, vor seinen Augen zu tanzen.

Du musst dich auf die Lösung konzentrieren, befahl er sich selbst und begann, die Dicke des letzten Pergaments zu ertasten. Diesmal waren wohl keine Seiten miteinander verklebt. Sein Blick fiel auf den hinteren Einband des Kodexes. Nikodemus schreckte auf. Das häufige Blättern der letzten

Wochen und Monate hatte das Leder an einer Stelle gelöst. Vorsichtig begann er, mit einem Messerchen den Einband aufzutrennen, und legte schließlich eine Zeichnung frei, die sich im Inneren des Leders verborgen hatte. Dies musste der Hinweis auf den Verbleib des Kapitels über das vierte Element sein. Sein Herz machte vor Freude einen Satz und ließ seinen Atem augenblicklich schneller gehen.

In der oberen linken Ecke der Darstellung war ein Dreieck zu sehen, das etwa auf halber Höhe von einer waagerechten Linie durchteilt war und dessen einer Winkel nach oben zeigte. Irgendwo hatte Nikodemus dieses Zeichen schon einmal gesehen. Es konnte nur auf einer der Seiten gewesen sein, die den Anfang eines Kapitels darstellten, denn nur diese waren mit Ornamenten verziert gewesen. Die übrigen Pergamente waren schmucklos und hatten ihre Schönheit nur durch die akkurate Schrift zum Ausdruck gebracht.

Ungeduldig schlug Nikodemus die erste Seite der Schriftensammlung auf. Das kunstvoll geschnörkelte ›A‹ des Titels wurde von vielerlei Mustern umrankt, die farbig ausgemalt waren. Der Blick des Armarius fiel auf den Rand der Seite. Der Rahmen bestand aus gleichschenkligen Dreiecken. Doch diese geometrischen Formen standen auf der Spitze des Polygons, und statt der Unterteilung durch eine Linie verzierte ein Punkt oder winziger Kreis das Innere der Figur. Der junge Mönch blätterte rasch weiter, bis er auf die Titelseite des nächsten Kapitels stieß. Hier fand sich die gleiche Umrandung des Buchstabens, nur dass die Dreiecke, die ebenfalls einen Punkt umrahmten, genau andersherum standen. Er war auf der richtigen Spur! Aqua, das Wasser, war das gegensätzliche Element zu ignis, dem Feuer. In diesem Moment ahnte er bereits, welche Umrandung sich auf der Anfangsseite des dritten Elements offenbaren würde. Am Anfang des Kapitels zur Erde würde sich gewiss das durchteilte Dreieck zeigen, wie es auf der Seite des Einbands zu sehen war. Mit dem Unterschied, dass dieses auf der Spitze stehen würde.

Ein lauter Seufzer der Erleichterung entwich dem Bibliothekar, als sich seine Vermutung bestätigte. Es musste sich bei den vier Symbolen um die Zeichen der Alchemisten handeln, die diese für die vier Elemente benutzten. Gespannt schlug er nun wieder die letzte Seite auf und betrachtete die Skizze. Nach dem Dreieck folgte das Gleichheitszeichen der Mathematiker und dahinter ein weiteres Symbol. Unter einem spitzen Winkel, der ebenfalls nach oben zeigte, war ein Kreuz zu erkennen. Der Winkel erinnerte Nikodemus an ein Dach – es musste sich um eine Kirche handeln! Das Kapitel des vierten Elements musste sich in einem Gotteshaus befinden.

Begeistert stürzte Nikodemus sich nun auf den unteren Teil der Darstellung. Nach einiger Zeit erkannte er an den grob skizzierten Bäumen und Hügeln, dass der laienhafte Zeichner offensichtlich versucht hatte, eine Landkarte zu hinterlassen.

Auf der rechten Hälfte fand sich, wenn auch etwas kleiner dargestellt, das Kirchensymbol wieder. Links neben dem Zeichen schlängelte sich eine senkrechte Linie über das Blatt. Der Strich schien sich zärtlich an die Kirche zu schmiegen und schloss sie mit ihren Kurven beinahe ein. Darüber hinaus war nichts auf der Karte eingezeichnet.

Die Freude über den Fund der Skizze schien schon beinahe wieder verflogen, als sein Blick wie zufällig auf eine Stelle links der Linie fiel. Etwas unterhalb des Kirchensymbols entdeckte er ein paar Punkte, die zunächst wie zufällige Tintenspritzer wirkten. Allmählich aber meinte Nikodemus, eine bewusst gewählte Anordnung zu erkennen. Es waren insgesamt neun Punkte, die sich auf der linken Seite der Senkrechten befanden: vier in der oberen Reihe, drei darunter und abschließend die restlichen zwei – allesamt mittig angeordnet.

Er konnte sich keinen rechten Reim auf die Darstellung machen und grübelte vor sich hin. Welche Gegend sollte die Karte darstellen? Kirchen gab es schließlich unendlich viele.

Plötzlich wurde die Tür zum Skriptorium geöffnet. Der Armarius schreckte hoch und schlug den Kodex gedankenschnell zu.

»Gut, dass ich Euch hier finde, Bruder Armarius. Ich hatte schon befürchtet, dass Ihr zusammen mit den anderen die Sext betet und ich diese beiden Brüder vertrösten muss. Sie sind gerade in unserer Abtei eingetroffen und wünschen dringend, Euch zu sprechen.«

»Der Novize übertreibt ein wenig, Nikodemus. Ich hatte lediglich zum Ausdruck gebracht, dass ich mich sehr freue, Euch endlich wiederzusehen.«

Beleidigt schaute der junge Profess Pater Norbert an, der sich rempelnd an ihm vorbeizwängte, und zog sich zurück. Mit weit ausgebreiteten Armen ging der Mönch freudestrahlend auf den Bibliothekar zu, als hätten sich Vater und Sohn seit mindestens 100 Jahren nicht mehr gesehen. Marcus, der Norbert folgte, hielt die gespielte Wiedersehensfreude hingegen für reichlich übertrieben und fragte sich, ob Nikodemus nicht Verdacht schöpfen würde.

»Kennen wir uns, Bruder?«, fragte dieser nun ungläubig und kniff die Augenlider zusammen. Jetzt bemerkte auch Norbert, dass er zu dick aufgetragen hatte und ließ die Arme sinken.

»Oh, entschuldigt, Bruder Nikodemus. Ich vergaß, dass Ihr Euch womöglich nicht an mich erinnern könnt. Wie trafen uns vor einiger Zeit auf einer Wallfahrt zum Schrein der drei Magier im Dom zu Köln. Ich verstehe, dass ich Euch nicht aufgefallen bin, doch Euer theologisches Wissen, über das Ihr trotz Eurer Jugend verfügt, ist mir seit jenen Tagen im Gedächtnis geblieben.«

»Doch, doch«, entgegnete der Bibliothekar, »jetzt, wo Ihr es sagt, erinnere ich mich auch an Euch.«

Sowohl Pater Norbert als auch Marcus erkannten sofort am Tonfall, dass der Bibliothekar aus reiner Höflichkeit log. »Ich hätte niemals gewagt, Euch bei Eurer wichtigen Arbeit zu stören, aber unser junger Bruder hier ist auf einer Suche, bei der Ihr ihm mit Eurem Wissen weiterhelfen könnt. Es geht um seinen Namenspatron.«

Nikodemus verdrehte die Augen, hatte er wirklich andere Dinge zu tun, als diesen dahergelaufenen Mönchen mit irgendeiner Heiligengeschichte auszuhelfen. Aber er erkannte, dass er die beiden Störenfriede nur loswerden würde, wenn er ihnen rasch die gewünschten Informationen zuteil werden ließ. »Aber gern«, heuchelte er deshalb. »Um welchen Heiligen handelt es sich denn?«

»Nun ja, das ist nicht so einfach, wie Ihr denkt.«

»Den Namen müsst Ihr mir aber schon verraten, wenn ich Euch Auskunft geben soll.«

Norbert zögerte, bevor er den Namen nannte. Ging er nicht zu forsch vor, wenn er Nikodemus schon wenige Minuten, nachdem sie eingetroffen waren, nach diesem Heiligen befragte? Andererseits gab es nach seinem ungestümen Vorstoß ohnehin kein Zurück mehr. »Mein junger Bruder«, sagte er deshalb und wies mit der Hand auf Marcus, »möchte gerne mehr über seinen Namenspatron erfahren. Doch wir haben davon gehört, dass es mehrere Heilige seines Namens gibt.« Norbert bemühte sich, so unwissend wie möglich zu klingen.

»Das kann schon sein«, entgegnete der Armarius und schaute den Pater etwas belustigt an. »Wo sollen wir mit der Suche beginnen? Habt Ihr einen Anhaltspunkt, Bruder? Den Namen Eures Freundes solltet Ihr mir schon nennen, wenn Ihr das Ratespiel nicht zu schwer gestalten wollt.« Nikodemus lachte leise auf.

Norbert hingegen spürte, wie seine Halsschlagader vor Anspannung anschwoll. Sollte er den Armarius nun mit dem Heiligen der Stadt Neuss konfrontieren? Es kam auf einen Versuch an, dachte er sich. Wenn Nikodemus etwas mit dem Reliquiendiebstahl zu tun hatte, würde er sich vielleicht durch eine Regung bei der Nennung des Namens verraten. Auch Marcus erahnte die Taktik seines Freundes und fixierte die Züge des Bibliothekars, als Pater Norbert weitersprach. »Oh, ja, entschuldigt. Mein Mitbruder heißt Quirinus – Quirinus, wie der Heilige, den man in Neuss verehrt.« Norbert ließ seine Worte wirken und hielt die Pause, solange er konnte. Zwei Augenpaare lauerten auf jedes noch so kleine Muskelzucken im Gesicht ihres Gegenübers. Doch die erwartete Reaktion blieb aus. Nikodemus schien in keiner Weise überrascht, dass Norbert ausgerechnet den Namen des Neusser Stadtpatrons genannt hatte. Stattdessen ging der Bibliothekar in aller Ruhe hinüber zu einer hölzernen Leiter.

»Hm«, murmelte er in sich gekehrt, als er die Sprossen emporstieg. »Dann wollen wir mal sehen, wo wir das Buch haben.«

Marcus und Norbert beobachteten ihn, wie er mit dem Zeigefinger über die Buchrücken fuhr, hier und da innehielt, um kurz darauf eine der Schriften aus dem Regal zu ziehen. Er warf einen flüchtigen Blick hinein, bevor er es kopfschüttelnd wieder in die Lücke schob. Der Zeigefinger setzte seine Reise fort, und wieder unterbrach er die Suche. Diesmal zog er ein verhältnismäßig schmales Büchlein aus dem Regal, schaute hinein und wirkte zufrieden. Eilig stieg er die Leiter hinunter und legte das Büchlein auf den Kodex, der auf seinem Schreibpult lag. »Da hätten wir schon was. Den Band hat ein Wanderprediger verfasst, der hierin über die Heiligen des Rheinlands berichtet«, sagte er, feuchtete die Fingerspitze seines Zeigefingers mit der Zunge an und begann zu blättern. Auf einer Seite, auf der ein Soldat abgebildet war, hielt er inne. Mit geübtem Blick überflogen seine Augen die Zeilen. »Lasst Euch von der zeitgenössischen Darstellung nicht beirren. Quirinus war der Legende nach ein römischer Soldat, der Papst Alexander im Auftrage des Kaisers in Neuss gefangen hielt. Nachdem das Kirchenoberhaupt Quirinus' schwer erkrankte Tochter mit Gottes Hilfe geheilt hatte, trat der Römer zum Christentum über. Selbst als ihm die anderen Soldaten mit dem Tode drohten, entsagte er nicht dem einzig wahren Gott und wurde schließlich hingerichtet.« Wieselflink huschte sein Zeigefinger unterhalb der Zeilen längs. So schnell, dass selbst Pater Norbert ihm kaum folgen konnte. Marcus hatte indessen seinen Blick über die Zeichnung schweifen lassen, da er sowieso nicht lesen konnte. »In der Darstellung wird der heilige Quirinus von Neuss stets mit neun …« Der Lesefluss des Bibliothekars brach abrupt ab. Endlich hatte der Armarius die Reaktion gezeigt, die die beiden schon bei der Nennung des Ortsnamens erwartet hatten. Nicht das Wort ›Neuss‹ hatte ihn stutzen lassen. Vielmehr waren es diese neun Irgendwas, die ihn offensichtlich aus der Fassung gebracht hatten.

»Das Licht ist hier drinnen trotz der Mittagszeit recht schlecht«, murmelte Nikodemus beinahe unhörbar und wand seinen Körper dabei wie ein Aal. Er hielt das Büchlein mit einer ungelenken Bewegung ein wenig schräg zum Fenster, um seine augenscheinliche Ausrede glaubwürdiger wirken zu lassen. »In der Darstellung wird der heilige Quirinus von Neuss stets mit neun Kugeln dargestellt, die sich zumeist auf seinem Schild oder Banner wiederfinden. Dabei bezieht sich die Zahl Neun auf die Anzahl der Leiden, wegen derer die Gläubigen den Quirinus von Neuss anrufen.«

Pater Norbert erkannte, dass die angesprochenen Leiden unterhalb der Textstelle aufgeführt waren. Doch der Armarius las nicht weiter, sondern schlug das Büchlein abrupt zu.

»Ich glaube, das genügt für heute, liebe Brüder. Ich muss mich wieder an meine Arbeit begeben. Vielleicht besucht Ihr mich ein anderes Mal, wenn ich nicht so beschäftigt bin. Dann können wir gerne nach einem weiteren Quirinus forschen – wenn es denn überhaupt einen gibt.« Der junge Bibliothekar wirkte plötzlich aufgeregt und zerstreut zugleich. Beinahe stotternd fügte er hinzu: »Ach, nein! Es wird das Beste sein, wenn ich die Schriften in Ruhe nach weiteren Heiligen dieses Namens durchsuche und Euch Bescheid gebe, sobald ich welche finde. Ihr könnt mir ja an der Pforte eine Nachricht hinterlassen, wo ich Euch in der nächsten Zeit erreichen kann.« Mit diesen Worten bugsierte er die beiden Besucher in Richtung des Ausgangs. »Es hat mich wirklich sehr gefreut, Euch wiederzusehen. Entschuldigt nochmals, dass ich Euch nicht direkt erkannt habe, Bruder ... äh ...« Ohne die Ergänzung des Namens abzuwarten, schob er Marcus und Norbert aus dem Skriptorium und schloss die Tür vor ihren Nasen.

Versteckt im Schatten des gegenüberliegenden Teils des Kreuzgangs beobachteten Marcus und Norbert stumm die Tür des Treppenhauses, das sie vom Skriptorium hinunter in den Hof geführt hatte. Wie sie es erwartet hatten, öffnete sich die Tür bereits kurz nachdem sie ihren Beobachtungsposten bezogen hatten. Gehetzt blickte Nikodemus aus dem Eingang zum Treppenhaus, schaute sich zu beiden Seiten um und trat in den schattigen Gang. Marcus erkannte im Halbdunkel, dass der Mann jenen Kodex unter dem Arm trug, auf dem er das schmale Büchlein abgelegt hatte. Mit hastigem Schritt eilte der Armarius den Gang hinunter und verschwand aus ihrem Blickfeld. Es war immer noch totenstill im Hof, als die beiden ihm folgten. Nur der Gesang der Brüder klang leise aus der Kirche herüber. Das Gebet zur Mittagsstunde schien beendet zu sein.

∽

Kaum war Prior Lucius von der Sext in das Sprechzimmer des Abtes zurückgekehrt, klopfte es bereits wieder an der Tür. Wie sollte er nur in Ruhe die Unterlagen des Klostervorstehers auf der Suche nach etwas Interessantem durchstöbern, wenn er ständig in seiner Arbeit gestört wurde? Knarrend öffnete sich die Tür und ein verschüchterter Novize steckte den Kopf herein. »Der Reisende bittet, Euch erneut sprechen zu dürfen, verehrter Prior.« Der Novize hatte den Grund der Störung noch nicht ganz ausgesprochen, da zwängte sich Dietrich bereits an dem Mann vorbei. Auch dieses Mal kam er in der Begleitung des Kleinwüchsigen, der nach Lucius' Auffassung brandgefährlich zu sein schien. Seine listigen kleinen Augen ließen einen verschlagenen Verstand hinter seiner nach oben gewölbten Stirn vermuten.

»Ihr schon wieder«, stöhnte der Alte, als der Novize verschwunden war. »Meint Ihr, ich hätte meine Quelle während des Stundengebets nach der Lösung des Geheimnisses fragen können?« Verärgert über die wiederholte Störung klopfte er mit dem Gehstock auf den steinernen Boden.

»Wir haben uns die Sache anders überlegt«, verkündete Dietrich mit strenger Stimme. »Wer weiß, ob Ihr uns nicht nur abgefangen habt, bevor wir zum Abt vordringen konnten. Vielleicht versucht Ihr, auf diese Weise hinter das Geheimnis zu kommen?«

»Wir wollen den Abt auf der Stelle sprechen«, mischte sich nun auch die giftig klingende Stimme des Gnoms ein.

»Das wird nicht möglich sein. Ich sagte Euch, der Abt ist ernstlich erkrankt, und es würde zu viel Aufsehen erregen, wenn ich seine Genesung ausgerechnet mit dem Besuch zweier unbekannter Reisender stören würde. Wenn Ihr ins Geschäft kommen wollt, dann müsst Ihr Euch wohl oder übel auf meine Bedingungen einlassen. Vergesst nicht, ich verdoppele die Summe!«

Noch bevor die zwei etwas erwidern konnten, klopfte es erneut an der Tür. So konnte man einfach nicht arbeiten. »Herein!«, rief Lucius verärgert und erwartete das dümmliche Gesicht dieses Novizen. Stattdessen schaute der Armarius durch die Tür. Lucius wollte, erbost über die Störung, schon losdonnern, als ihm augenblicklich in den Sinn kam, dass er seine Verärgerung nicht an diesem Mönch auslassen durfte. Zu sehr war er darauf angewiesen, dass jener mehr und mehr Vertrauen zu ihm fasste. »Nikodemus, Ihr seid es«, säuselte er, so gut es seine momentane Stimmung zuließ. »Die Herren wollten gerade gehen.«

»Ich glaube nicht. Auch wir haben ein Interesse daran, was dieser junge Gottesdiener seinem lieben Prior über den Kodex berichten will, den er unter seinem Arm trägt.« Hunold wies bei diesen Worten auf die Schriftensammlung, die der Bibliothekar an sich presste.

»Verzeiht, werte Herren, ich dachte, ich träfe hier auf Abt Heinrich. Ich wollte Euer Gespräch nicht stören«, stammelte der Bibliothekar hastig und wollte sich bereits wieder zurückziehen, ohne den Raum überhaupt richtig betreten zu haben. In seiner Erregung über den Fund des entscheidenden Hinweises hatte er nicht daran gedacht, dass der Abt darniederlag, und war Hals über Kopf in das Zimmer gestürmt. Bevor er wieder verschwinden konnte, hatte ihn Dietrich an der Kutte gepackt und ihn in die Mitte des Zimmers geschleudert. Polternd fiel die Tür ins Schloss, und der Kleinwüchsige setzte seinen Stiefel auf den Adamsapfel des jungen Mönchs, der durch die Wucht der unerwarteten Attacke zu Boden gestürzt war.

»Wollt Ihr nicht nun, da Euer Abt erkrankt ist, Eurem geliebten Prior berichten, was Ihr in diesem Buch gefunden habt?« Grinsend deutete der Gnom mit einem kurzen Kopfnicken auf den Kodex, der neben Nikodemus lag. Der panische Blick des Bibliothekars richtete sich auf das Buch, und er versuchte, danach zu greifen. Dietrich stand zwischenzeitlich neben ihm und trat mit dem Fuß auf sein Handgelenk. Genüsslich drehte er die Sohle hin und her und verlagerte sein Gewicht auf das Bein, das die Knochen des Armarius zusammenpresste.

»Na, na. Wir wollen hübsch artig sein«, zischte er. Ohne die Position seines Fußes zu verändern, bückte er sich nach dem Kodex und warf ihn auf den Tisch, der vor Lucius stand. »Vielleicht könnt Ihr uns nun gemeinsam etwas aus der Schrift vorlesen?«

Angesichts der Brutalität, mit der diese Kerle vorgingen, wurde dem Prior bewusst, dass ihm die Lage mehr und mehr aus den Händen glitt. Die Männer wussten offensichtlich mehr, als er geahnt hatte. Lucius missfiel, dass er nicht ausreichend im Bilde war, um die Kerle geistig in Schach zu halten. Ihm war bisher nur klar geworden, dass es sich um eine Formel handelte, die zu Reichtum, einem unbeschreiblichen Reichtum, führte. Darüber hinaus war das Geheimnis wohl noch nicht vollständig entschlüsselt. Warum sonst hätte ihm der Mönch die sonderbare Frage nach einer 40. Stunde stellen sollen?

Um wieder Herr der Lage zu werden, war es dringend erforderlich, die gesamte Wahrheit zu erfahren. Hier und jetzt! Auch wenn die beiden dabei Dinge erfuhren, die sie bisher nicht gewusst haben. »Ich fürchte, verehrter Herr, dass die Formel, die uns alle großen Reichtum bescheren wird, noch nicht vollständig ist. Im Übrigen könnt Ihr unseren Bibliothekar wieder loslassen. Wie sollte er uns sonst weiterhelfen? Und ich weiß, dass er dies tun wird«, verkündete er und versuchte, dabei so selbstsicher wie möglich zu klingen. Dietrich gab das Handgelenk des Mönchs frei und bedeutete Hunold mit einer Kopfbewegung, es ihm gleichzutun. Zitternd kam der Bibliothekar wieder auf die Beine.

»Nun, Nikodemus, seid so gut und berichtet uns den
Stand Eurer Nachforschungen. – Dabei schadet es nicht,
wenn Ihr ganz am Anfang beginnt. Wir sind doch unter
Freunden, oder nicht?« Dabei blickte der Alte Dietrich
streng in die Augen, der die Hand langsam an seinen Dolch
geführt hatte.

In Todesangst begann der junge Mönch zu reden. Seine
Stimme überschlug sich vor Aufregung. »Diese Schriftensammlung enthält eine geheime Formel, die ewiges Leben
und unendlichen Reichtum verspricht. Selbst der große
Albertus Magnus, der vor einigen Jahren auf den Kodex
stieß, hielt diese Formel für glaubhaft und wollte die Schrift
in den geheimen Kammern des Vatikans verschwinden lassen. Der Hüter des Geheimnisses hat die Zeilen in einer Art
Psalmen versteckt, die sich auf die vier Elemente beziehen.
Doch diese Schriftensammlung enthält nur drei der vier Elemente.« Die Stimme des Geistlichen hatte sich im Verlauf
seiner Ausführungen mehr und mehr gefestigt, und voller
Tatendrang hämmerte er nun mit der Faust auf den ledernen Einband. »Am heutigen Tage bin ich auf eine Spur gestoßen, die uns zum zweiten Teil des Kodexes führen wird.« Er
sprach zunehmend lauter, und die drei anderen Männer wagten es nicht, ihn mit ihren Fragen zu unterbrechen. »Ich stieß
auf eine mysteriöse Karte, von der ich vor wenigen Minuten
noch nicht wusste, welche Gegend sie abbildet. Durch einen
Zufall ist mir nun bekannt, dass sie einen Landstrich nörd-
lich von hier darstellt. Es ist die Gegend um Neuss, zu der
uns der Verfasser führen will.« Die eigenen Schilderungen
hatten Nikodemus derart aufgeregt, dass er sich völlig kraftlos und laut keuchend auf der Tischkante abstützen musste.
Wortlos starrten die drei Männer den schwer atmenden Bibliothekar an, bis Lucius die Stille durchbrach.

»Nikodemus, sagt, was macht Euch so sicher?« Der Prior
sprach mit leiser Stimme und legte seine knochige Hand auf

die Schulter des Mönchs. Er war froh, dass die beiden anderen den Armarius nicht mit ihrer brutalen Art bedrängten. Einzig und allein Vertrauen konnte den Jungen zu weiteren Offenbarungen bringen.

Der Armarius atmete noch zweimal tief durch, bevor er die letzte Seite des Kodexes aufschlug. »Seht, die neun Punkte hier meinen die Stadt Neuss. Es ist das Zeichen des Stadtpatrons. Die senkrechte Linie hingegen beschreibt den Verlauf des Rheins. Im oberen Teil der Darstellung setzt der Verfasser das Element der Luft, nach dem wir suchen, mit diesem Zeichen gleich.« Aufgeregt und voller Stolz über seine lang ersehnte Entdeckung, ließ der Bibliothekar seinen Zeigefinger über die Zeichnung gleiten und hielt an einer Stelle inne. »Diese Abbildung, ein Dach, unter dem sich ein Kreuz befindet, soll eine Kirche darstellen. Ich weiß nun, dass sich das Kapitel des vierten Elements in einer Kirche am Rhein befindet. Direkt gegenüber der Stadt Neuss!« Freudig erregt und voller Erwartung schaute er in die Runde, aber die Mienen der drei Männer verfinsterten sich.

❧

Tief in der Nacht war Annehild plötzlich erwacht. Die unerträgliche Hitze seines Körpers hatte sie unweigerlich geweckt. Erschrocken war sie aufgesprungen und hatte rasch die kühlenden Wickel gewechselt, doch das Fieber war weiter angestiegen. Kalte Schweißperlen bildeten sich immer wieder auf der puterroten Stirn ihres Mannes. Erst wollte sie in die Stadt laufen, um nach dem Bader zu rufen, aber sie hatte sich nicht getraut, Berthold allein zu lassen. Sie hätte es sich später nie verzeihen können, wenn sie in der Stunde seines Todes nicht bei ihm gewesen wäre. Ach, wenn Marcus nur hier wäre und ihnen beistehen würde. Marcus? War er es nicht, dem sie das alles hier zu verdanken hatten? Sei nicht ungerecht, Annehild, schalt sie sich in Gedanken. Der Junge hat gewiss nichts mit dem Diebstahl zu tun. Vielleicht würde ja Wenzel schon bald wiederkommen, um nach Berthold zu sehen. Annehild kannte den Bauern als treue Seele. Bestimmt würde er bald zurückkehren.

Langsam öffnete sich die Tür. Annehild fuhr herum. »Wenzel, bist du es?«, fragte sie hoffnungsvoll, noch bevor der Besucher eingetreten war. Bereits im nächsten Augenblick wich ihre Hoffnung, und sie erkannte, wer da kam: Thaddäus Weißenberg, der Schwager des Schultheißen. »Was wollt Ihr denn hier?«, fuhr sie den Dicken an, als dieser über die Schwelle trat. »Ich glaube nicht, dass ich Euch gebeten habe, hierherzukommen!«

Thaddäus blieb prompt stehen. Doch auch ohne ihren unfreundlichen Empfang wäre er wohl nicht näher an das Krankenbett herangetreten. Man erzählte sich, dass das Antoniusfeuer nur allzu rasch auf einen gesunden Menschen überspringe, und eine Erkrankung wollte er weiß Gott nicht riskieren. Und dennoch hatte er sich nicht zurückhalten können. Er musste seinen Plan vorantreiben. Man konnte schließlich nicht wissen, ob ein Wunder geschehen und der Wirt plötzlich genesen würde. Dann wäre alles taktische Vorgehen umsonst gewesen. »Ich wollte nur nach Euch und Eurem Mann sehen«, sprach er mit aufgesetzter Unschuldsmiene, die er sich selbst nicht abgenommen hätte. »Ich wollte Euch zu Eurem Trost versichern, dass ich zu Euch stehe und nicht glaube, was der Pöbel auf den Gassen herumtratscht.«

»Wieso? Was reden denn die Leute?« Annehild war die Idee gekommen, dass sie Thaddäus nach dem Bader schicken könnte. Auch wenn sie den Kerl, der ihre Lage ausnutzte, um die Schenke an sich zu reißen, nicht ausstehen konnte, sie durfte nicht zu unfreundlich zu ihm sein.

»Es geht das Gerücht um, dass die furchtbare Krankheit Eures Gatten ein Zeichen Gottes ist.«

»Ein Zeichen? Wofür?«

»Vor allem die alten Weiber auf dem Markt behaupten, dass Berthold Janssen etwas mit dem Diebstahl der Reliquie zu tun hat und Gott sein Missfallen über den Raub auf diese Weise zum Ausdruck bringt.«

Die Wirtin war außer sich angesichts dieses himmelschreienden Unfugs. Sie kannte die scheinheiligen Weiber nur allzu gut und hatte daher keinen Grund, an Weißenbergs Schilderungen zu zweifeln. Nur langsam wich ihre Entrüstung. »Umso mehr schätze ich Eure Anteilnahme, Herr Thaddäus«, zwang sie sich zu sagen. »Seid so gut und schickt den Bader zu mir.« Sie erkannte Weißenbergs Zögern und fügte rasch hinzu: »Natürlich werden Euch dadurch keine Kosten entstehen. Ich werde den Bader bezahlen, sobald er meinen Mann behandelt hat. Aber ich bitte Euch, geht nun.«

Ausnahmsweise hatte Thaddäus nicht an Geld gedacht und gar nicht befürchtet, dass er womöglich in Vorleistung treten müsste. Vielmehr hatte er überlegt, wie er auf die flehende Bitte der Wirtin reagieren sollte, ohne sie vor den Kopf zu stoßen und die für ihn günstige Entwicklung aufzuhalten. »Aber, gewiss, verehrte Frau Janssen. Ich werde sofort zum Bader eilen und ihn persönlich zu Euch bringen. – Zuvor möchte ich Euch bitten, in der Zwischenzeit nochmals über mein Angebot nachzudenken. Die Kosten für den Bader können wir dann gerne verrechnen, sodass vom Kaufpreis Eurer Schenke an die 90 Taler für Euch und Euren Gatten übrig bleiben.« Abwartend stand der dicke Mann in der Tür.

90 Taler? So teuer konnte kein Bader sein, dass von einem möglichen Kaufpreis lediglich diese geringe Summe übrig bleiben sollte. Dennoch wollte Annehild den Dicken jetzt

nicht verärgern. Schließlich brauchte sie dringend seine Hilfe. »Euer Angebot erscheint durchaus verlockend. Wie Ihr schon vorschlugt, ich werde mir die Sache durch den Kopf gehen lassen, während Ihr den Bader holt. Wir werden uns einig werden, aber bitte beeilt Euch. Ich fürchte um das Leben meines Mannes.«

Thaddäus Weißenberg verneigte sich und verließ den Raum. Er war sich ganz sicher, wohin er auf keinen Fall gehen würde. An der Art, wie sie ihm zugesagt hatte, über sein jämmerliches Angebot nachzudenken, hatte er gemerkt, dass sie dabei genauso wenig aufrichtig gewesen war wie er selbst. Die Lösung schien in ihrer letzten Äußerung zu liegen. Auch er fürchtete um das Leben des Wirts. Nur dass seine Befürchtungen in die gegensätzliche Richtung gingen.

Annehild hatte den ganzen restlichen Tag über am Krankenlager ihres Mannes gewacht und immer wieder die Wickel erneuert. Der Besuch des Baders war ausgeblieben, und der Gesundheitszustand des Wirtes hatte sich zusehends verschlechtert. Wenn nicht bald ein Wunder geschah, würde Berthold Janssen schon in den nächsten Stunden sterben.

∽

Warum hatte Nikodemus nur bei der Zahl neun seinen Lesefluss so abrupt unterbrochen?, fragte Marcus sich schon die ganze Zeit.

Trotz der Strapazen der letzten Tage lag er hellwach auf seiner Pritsche im großen Schlafsaal des südlichen Prälaturflügels, den die Brüder für Gäste bereithielten. Aus der Ecke, in der die beiden anderen Reisenden schliefen, dröhnte seit geraumer Zeit ein animalisches Schnarchen. Plötzlich verstummten die Geräusche.

Ungeachtet der eingekehrten Ruhe fand Marcus keinen Schlaf. Er musste ununterbrochen an ihre Begegnung mit dem Bibliothekar denken. Der Name des Heiligen und die Nennung der Stadt Neuss hatten ihn keineswegs verunsichert. Ausgerechnet die neun Kugeln, das Symbol des Heiligen von Neuss, hatten ihn aufgeschreckt. Das Ganze ergab einfach keinen Sinn! Wenn der Armarius etwas mit dem Diebstahl zu tun hatte, wäre er bereits bei der Frage nach dem rheinischen Stadtpatron aus der Fassung geraten oder hätte sich bis zuletzt hinter seiner Maske versteckt. Doch so?

Danach hatte es der Geistliche so eilig gehabt, dass er den Text nicht einmal hatte zu Ende lesen können. Sie waren ihm bis zum Sprechzimmer des Abtes gefolgt, dann war Nikodemus, für sie unerreichbar, hinter der Tür verschwunden. Selbst ihr Versuch, an der massiven Pforte zu lauschen, war erfolglos geblieben. Sie hatten so lange versucht, zumindest einen Wortfetzen aufzuschnappen, bis sie schließlich von Bruder Engelbert überrascht worden waren. Gottlob hatte der junge Gehilfe des Hortulanus aus lauter Naivität nicht bemerkt, dass er die beiden beim Lauschen gestört hatte. Engelbert drückte sich offensichtlich gerade vor seiner Arbeit im Klostergarten und hatte ihnen zur Begrüßung seine erdverschmierte Wange auf die ihren gepresst. Marcus hasste diese Bruderküsse.

Engelbert war mit ihnen über den Prälaturhof geschlendert und hatte die ganze Zeit munter auf sie eingeredet. Mit leuchtenden Augen hatte er von dem kürzlichen Besuch des Herrn Erzbischof gesprochen und das kirchliche Oberhaupt als frommen und gottesfürchtigen Mann gelobt. Wenn du wüsstest, hatte Marcus bei sich gedacht. Vermutlich ahnte der Einfaltspinsel nicht im Entferntesten, dass sich sein geschätzter Kirchenfürst in der Gefangenschaft des Grafen von Berg in Monheim aufhielt.

Zu gerne hätten sie ihn ein wenig über den Armarius ausgefragt, doch sie waren nicht zu Wort gekommen, bis der Bruder Gärtner erschien und den Geschwätzigen zurück an seine Arbeit trieb.

Marcus drehte sich auf die andere Seite und schaute hinüber zu Pater Norbert, dem die Pritsche direkt neben seiner zugewiesen worden war. Im Dunkel des Schlafsaals erkannte er das Weiß in Norberts Augen. Offensichtlich konnte der Pater genauso wenig Schlaf finden wie er. Zu gerne hätte Marcus mit ihm über die Fragen gesprochen, die ihn schon seit Stunden beschäftigten. Aber dazu war hier und jetzt nicht die richtige Gelegenheit, denn es erklang erneut dieses animalische Schnarchen und erinnerte ihn daran, dass sie nicht allein im Schlafsaal waren.

Die beiden Männer, mit denen sie das Dormitorium teilten, hatten bereits auf ihren Pritschen gelegen, als der Novize Marcus und Norbert ihre Schlafstätten zugewiesen hatte. Sie waren heilfroh gewesen, dass sie die Pritschen am anderen Ende des Saals erhalten hatten, denn der Bursche, der bei ihrem Eintreffen schlaftrunken zu ihnen herübergeblickt hatte, hatte alles andere als vertrauenserweckend ausgesehen. Der andere hatte sich gottlob so sehr unter seinen Decken vergraben, dass sie ihn gar nicht erst zu Gesicht bekommen hatten. Dafür war er seit Stunden gut zu hören.

Auch wenn die beiden zu schlafen schienen, hätten es Marcus und Norbert als zu leichtsinnig empfunden, sich im Beisein der Fremden über die merkwürdige Begegnung mit Nikodemus zu unterhalten, und so hatten sie nur über Belangloses gesprochen, bis sie sich zur Ruhe begeben hatten.

Von Ruhe konnte bei diesem Schnarchen, das an einen verärgerten Braunbären erinnerte, allerdings wirklich keine Rede sein. Dieser Kerl schlief gewiss, doch was war mit dem anderen?

Der siebte Tag

SCHLIESSLICH WAR MARCUS EINGESCHLAFEN und hatte gar nicht bemerkt, dass Pater Norbert zur Laudes, dem ersten Gebet nach Tagesanbruch, gegangen war.

Wie es die ordo regulae san benedicti vorsahen, hatten die Brüder die Laudes, wie an jedem gewöhnlichen Tag, mit dem Kanon des 66. Psalms begonnen.

>Jubelt Gott zu, alle Völker der Erde!
Singt zur Ehre seines Namens,
rühmt ihn mit Eurem Lobgesang!
Sagt zu Gott: Wie überwältigend sind deine Taten!<

Norbert hatte während der Gebetsstunde immer wieder aus seiner andächtigen Haltung aufgeschaut und seinen suchenden Blick über die Gesichter der Mönche schweifen lassen.

Wie sie bereits begonnen hatte, hatte die Andacht nach den Regeln des heiligen Benedikts wieder geendet. Hiernach hätte üblicherweise der Obere, für alle vernehmlich, das Gebet des Herrn gesprochen. Am heutigen Tage hatte, zu Norberts Verwunderung, einer der Dekane diese Aufgabe übernommen. Weder der Platz des Abtes, noch der seines Stellvertreters, des Priors, war besetzt gewesen. Verlotterte die Führung der Abtei, oder gab es eine andere, ehrenhafte Erklärung für das Fernbleiben der beiden Oberen?

Jetzt, da es Zeit zur Prim war, fasste Pater Norbert seinen jungen Freund vorsichtig an der Schulter. Kaum dass er ihn berührt hatte, schreckte Marcus auch schon hoch. Das Erste, was er hörte, war das immer noch andauernde Schnarchen des Fremden. Hiervon einmal abgesehen, war

es in der Ecke, in der die beiden Reisenden ruhten, totenstill. Marcus griff nach seinen Sachen und verließ mit Norbert leise den Schlafsaal.

»Wir wär's mit einem kleinen Spielchen am Morgen, Marcus?«

Übermüdet rieb sich der junge Mann die Augen. Was
wollte der Pater von ihm zu so früher Morgenstunde? Ihm
war keineswegs nach spielen zumute. Doch Norbert ließ
nicht locker.

»Ich wette, dass wir unseren Freund der Bücher während des anstehenden Gebets nicht zu Gesicht bekommen
werden.«

»Wie kommt Ihr darauf?«

»Ja, auch bei der Laudes konnte ich ihn nirgends ausfindig machen.«

»Laudes? Was verdammt noch einmal ist ›Laudes‹? Und
wohin gehen wir überhaupt?«

Pater Norbert seufzte und kratzte sich die kahle Stelle
seiner Tonsur. Er hatte ganz vergessen, dass sein Begleiter
kein Mann des Klosters war und darüber hinaus natürlich
auch kein Wort Latein sprach. »Ich bitte dich, Marcus, flu-
che nicht in dieser ehrwürdigen Abtei und halte lieber den
Mund.«

Marcus blickte den Pater beleidigt an.

»Nein, ich meine natürlich, wenn andere Brüder in unserer
Hörweite sind. Sie könnten angesichts deiner Unwissenheit
über klösterliche Dinge Verdacht schöpfen und Zweifel an
deinem Mönchsein hegen. Am besten behaupten wir – besser
gesagt ich –, dass du ein taubstummer Bruder bist. Ansonsten
achte einfach darauf, wie ich mich während der Gebete ver-
halte, und tue es mir nach.« Der Pater hatte recht. Es wäre
nicht förderlich, wenn seine Tarnung bereits am Morgen nach
ihrem Eintreffen aufflöge.

Was die Abwesenheit des Bibliothekars während der Laudes anging, hatte Pater Norbert richtig gelegen, und so entschlossen sie sich, ihn im Skriptorium aufzusuchen. Langsam öffneten sie die hohe Eichentür und traten ein. Die Schreiber standen schon fleißig an ihren Pulten und gingen ihren Arbeiten nach.

»Entschuldigt, Bruder, wenn ich Euch störe, aber könnt Ihr uns zu dem Oberen Eurer Bibliothek führen? – Oder seid Ihr es gar selbst?« Pater Norbert schmeichelte dem Diener Gottes, der alles andere als nach einem Oberen aussah, um seine Hilfsbereitschaft und Freundlichkeit herauszufordern.

»Wenn Ihr Bruder Nikodemus meint, der ist nicht hier«, knurrte der alte Mönch Pater Norbert an. Seine Taktik war nicht aufgegangen.

»Könnt Ihr uns denn vielleicht sagen, wo wir ihn finden?«, versuchte es jetzt Marcus, der schon wieder vergessen hatte, dass er ja eigentlich taubstumm war.

»Das kann ich schon, aber ich glaube nicht, dass Nikodemus ausgerechnet mit Euch sprechen wird.« Die Art, in der der Alte den Namen des Armarius gebrummt hatte, ließ erahnen, was er von dem ihm übergeordneten Ordensbruder hielt. Trotz seiner unfreundlichen Antwort war ein kleines Lächeln über seine faltigen Mundwinkel gehuscht, das sich die beiden Fragenden nicht recht erklären konnten. Hielt der Geistliche ihr Anliegen für einen Schabernack?

Während seinen auskunftsreichen Antworten hatte er nicht einmal zu ihnen aufgeschaut und ließ sie deutlich spüren, dass die Unterredung für ihn nun beendet war. Auch die anderen Mönche schienen sich angesichts der Frage nach Nikodemus nur noch mehr in ihre Arbeit zu vertiefen.

»Habt Dank für Eure Auskunft«, sprach Norbert ironisch und zog Marcus am Ärmel zur Tür hinaus. Es war sinnlos, noch weitere Fragen zu stellen, denn hier von diesen ›freundlichen‹ Schreibern würden sie nicht mehr erfahren, als sie bereits vor ihrem Kommen gewusst hatten.

Nachdem Marcus und der Pater im Dormitorium nur auf die leeren, sorgfältig gemachten Pritschen der Mönche gestoßen waren und in der Krankenstation auch keine erschöpfendere Auskunft erhalten hatten als zuvor im Skriptorium, gaben sie ihre Suche nach Nikodemus vorübergehend auf und gingen hinaus in den Klostergarten.

Die Sonne stand bereits hoch am Himmel und brannte auf sie hernieder. Etwas abgelegen blickten sie auf einen Maulbeerbaum, unter dem ein Mönch im Schatten saß. Der Gehilfe des Gärtners hatte ihnen bereits gestern in seinem unaufhaltsamen Redeschwall von diesem Baum berichtet. Der Legende nach hatte Mathilde, die Ehefrau des Pfalzgrafen Ezzo, die Angewohnheit, in der kleinen Medarius-Kapelle zu beten, wenn sie und ihr Gemahl auf ihren Reisen hier vorüberkamen. Es musste ein heißer Tag wie dieser gewesen sein, als sie sich nach ihrem Gebet unter jenen Maulbeerbaum gesetzt hatte, um sich in seinem Schatten zu erholen. Schließlich schlief sie ein und träumte, der Himmel öffne sich über ihr und ließ ein helles Licht auf jenen Ort herniederstrahlen. Diesen Traum berichtete sie sogleich ihrem Gatten, der an ein Zeichen des Himmels glaubte und an dieser Stelle die heutige Klosterkirche errichten ließ.

Beide Männer mussten unweigerlich an diese Sage denken und gingen ohne jegliche Absprache geradewegs auf den Baum zu.

Als sie näher kamen, erkannten sie, dass es Engelbert, der Gehilfe des Klostergärtners, war, der dort auf einem niedrigen Holzschemel im Schatten der Blätter saß. Der Mönch hatte die Ellenbogen auf die Knie gestützt und sein Gesicht in seinen vermutlich schmutzigen Händen vergraben. Er schreckte hoch, als die beiden Pater ihn erreicht hatten. Offensichtlich war er so in Gedanken versunken, dass er sie nicht hatte kommen hören.

»Wir wollten Euch nicht stören, doch wir dachten, vielleicht wisst Ihr, wo …« Pater Norbert hielt inne. Das Gesicht des Mannes war kreidebleich, und seine geröteten Augen stachen wie glühende Kohlen hervor. Er sah aus, als habe er gerade leibhaftig der Kreuzigung des Herrn beigewohnt. Als er die Männer erkannte, schluchzte der Gärtnergehilfe laut auf und vergrub sein Gesicht umgehend wieder in seinen Handflächen. »Ich habe ihn geliebt. Ich habe ihn aufrichtig geliebt«, drang es dumpf durch die Finger des Mannes, und das Schluchzen wurde angesichts des Bekenntnisses noch lauter. Auch wenn Norbert und Marcus die Frage auf den Lippen brannte, wen der Mönch geliebt hatte, so wagten sie nicht, sie auszusprechen.

Langsam beruhigte sich der Geistliche, jedoch ohne sich ihnen zuzuwenden. Mit den Fingerspitzen massierte er seine Stirn, die in groben Falten lag. »Und er hat nie erfahren, dass ich ihn liebte. Hätte ich mich nur getraut, es ihm zu sagen. Vielleicht wäre er nicht diesen endgültigen Schritt gegangen, sondern hätte sich mir anvertraut!« Der Mann hatte aufgehört, seinen Kopf zu massieren, und hämmerte stattdessen mit den Fäusten gegen seine Stirn.

Pater Norbert hatte plötzlich eine böse Vorahnung, von wem Engelbert sprach. Langsam kniete er sich neben den Ordensbruder und legte eine Hand auf die Schulter des Weinenden. »Ihr sprecht von Bruder Nikodemus, nicht wahr? – Erleichtert Euer Herz und erzählt uns, was geschehen ist.«

Marcus hielt den Atem an. Auf die Idee, dass Engelbert von dem Bibliothekar sprach, war er nicht gekommen.

Wieder heulte der Mönch laut auf, doch schließlich begann er: »Schon seit einiger Zeit wirkte er bedrückt und zurückgezogen, sodass ich bereits begann, mir Sorgen zu machen. Gerade am gestrigen Tage sah ich ihn so glücklich dreinschauend wie nie. Obzwar er etwas aufgeregt wirkte, so strahlte er doch wie früher, als ich meine Leidenschaft für ihn entdeckte.« Engelbert unterbrach seine Erläuterungen mit einem heftigen Schlucken. »Wie so oft hatte ich ihm heimlich aufgelauert, als er aus der Tür zum Skriptorium gelaufen kam. Ein paar Sonnenstrahlen kreuzten den Gang, und so konnte ich sein lächelndes Gesicht ein letztes Mal sehen, bevor er im Sprechzimmer des Abtes verschwand. Die Arbeit im Garten ging mir danach viel leichter von der Hand. Er hatte endlich wieder einmal gelächelt!« Erneut unterbrach der junge Mönch sein Reden, um seine Trauer herunterzuwürgen. Marcus starrte ihn gespannt an, und auch Norberts Blick klebte förmlich an seinen Lippen. »Nach der Prim haben sie ihn gefunden. Irgendetwas muss ihn derart bedrückt haben, dass er keinen Ausweg mehr wusste.« An dieser Stelle brachen alle Dämme, und der Gärtnergehilfe presste sich laut weinend an Pater Norberts Schulter. Auch wenn ihn der unausgesprochene Tod des Armarius angesichts der verzweifelten Liebeserklärungen des weinenden Bruders nicht unvorbereitet traf, so trieb ihm das Leid, dass dieser Mann gerade erfuhr, die Tränen in die Augen. Marcus rang ebenfalls um Fassung und fuhr sich mit der Hand übers Gesicht.

Erst einige Minuten später wagte Norbert es, Engelbert nach den weiteren Umständen zu befragen. »Nikodemus ist tot?«

Der Mönch neben ihm nickte stumm. »Er hat sich heute Morgen erhängt!«

Marcus und Norbert spürten beinahe gleichzeitig, wie ihr Gaumen trocken wurde. »Und wisst Ihr, was der Grund für seinen Selbstmord war?«

Der Trauernde schüttelte heftig den Kopf.

»Und es gibt keinen Zweifel daran, dass er sich selbst umgebracht hat?«

Der Verzweifelte nickte erneut. »Die Reisenden haben ihn eigenhändig vom Baum geschnitten!« Bei diesen Worten hob er den Kopf und blinzelte in die Baumkrone des Maulbeerbaums.

»Die Reisenden, sagt Ihr? Wer waren die Männer?« Marcus wusste sehr wohl, dass Engelbert wahrscheinlich von den Galgenvögeln sprach, die mit ihnen im Schlafsaal des Gästequartiers genächtigt hatten. Irgendwie hatte er ein ungutes Gefühl und hoffte so, mehr über die zwielichtigen Erscheinungen zu erfahren.

»Sie haben ihn an diesem Baum hängend gefunden. Ein Kleinwüchsiger und ein gewisser Dietrich.«

»Dietrich, sagt Ihr?« Marcus stockte der Atem. »Der Mann hieß nicht zufällig Dietrich von Keppel?« Wenn es stimmte, was er befürchtete, hätte er die ganze Nacht mit seinem Erzfeind ein Zimmer geteilt, ohne zu ahnen, dass der Halunke, der seiner Rache nur knapp entgangen war, so dicht neben ihm schlief.

»Ihr kennt ihn?« Engelbert schaute Marcus aus verweinten Augen verdutzt an.

»Kennen ist vielleicht zu viel gesagt«, mischte sich Pater Norbert ein, der Sorge hatte, dass Marcus, durch seine Rachegelüste geleitet, unbedacht vorgehen könnte. »Sprecht, was hat Euch der Mann über seinen Leichenfund berichtet?«

»Nikodemus hing tot an jenem Ast.« Der Mönch deutete mit dem Zeigefinger direkt über sich.

»Und wie hat Euer geliebter Bruder es angestellt, dass er sich in die tödliche Schlinge hatte stürzen können? Ist er womöglich hinaufgestiegen?«

»Nein, nein!« Für einen kurzen Moment erhob sich Engelbert von dem Schemel, auf dem er die ganze Zeit gesessen hatte. »Dieser Herr Dietrich berichtete uns, dass er dort hinten an der Marienstatue gebetet hat, als er sah, wie Nikodemus mit der Schlinge um den Hals von diesem Schemel sprang. Er wollte ihm noch zu Hilfe kommen, doch es war bereits zu spät. Der Hocker lag noch umgestürzt auf der Wiese, als ich von der schrecklichen Nachricht hörte und sofort herbeieilte.«

Marcus hatte bei diesen Worten auf die Miene des Paters geachtet und sofort bemerkt, dass seinem Freund bei dieser Erklärung ein Gedanke gekommen war. Augenblicklich schien Norbert Marcus' Vorahnung bestätigen zu wollen und erhob sich.

»Sagt, Bruder Engelbert, teilt ihr nicht auch meine Meinung, dass Bruder Nikodemus etwa meine Größe hatte?«

Der Mönch nickte, ohne zu ahnen, worauf der Fragende hinauswollte.

»Dann seid so gut und erhebt Euch nochmals von dem Schemel.«

Verdutzt tat der Geistliche, worum ihn Norbert gebeten hatte. Kaum hatte sich der Mönch erhoben, stellte der Pater seinen rechten Fuß auf den Schemel und stemmte sich in die Höhe. Er stand nun auf dem Stuhl und blickte auf die beiden anderen hinunter. Langsam spreizte er seine Finger und hielt sie über seinen Kopf. »Haltet Ihr diesen Ast für einen geeigneten Galgen?« Während die Spitze des kleinen Fingers auf seiner Tonsur ruhte, berührte der Daumen beinahe jenen Ast, an dem sich der beweinenswerte Mönch erhängt haben sollte. Beide Männer starrten erschrocken zu Norbert empor, und auch Marcus wurde nun gewiss, was er bei der Nennung Dietrichs Namens bereits vermutet hatte: Höchstwahrscheinlich war es kein Selbstmord gewesen. Was auch immer den Mönch in der Vergangenheit bedrückt hatte, was ihn auch immer angesichts der neun Kugeln zur Eile angetrieben hatte, dieser Mönch hatte sich nicht selbst gerichtet.

In seinem Schmerz um den toten Geliebten schien Engelbert die Wahrheit nicht erkennen zu wollen. »Aber der

Reisende hat mir alles berichtet, was er vorgefunden hat! Ich habe Nikodemus' Trübsinn selbst tatenlos mit ansehen müssen! Was glaubt Ihr denn, was geschehen ist?« Voller Verzweiflung über seine unerfüllte Liebe brachte der Mönch stammelnd hervor, was ihn beschäftigte.

»Anders als in Fragen unserer Religion, mein Bruder, stellt sich im Falle des Todes Eures Freundes nicht die Frage nach dem Glauben. Wir sollten danach streben zu wissen, was geschehen ist!« Schockiert von der Klarheit, mit der Norbert die Situation auf den Punkt gebracht hatte, stand der Mönch wie versteinert da. »Um dieses Wissen zu erlangen, sollten wir jeder Spur nachgehen, die uns der Herr zu sehen gewährt«, fuhr der Pater mit messerscharfer Stimme fort. »Sagt, wo befindet sich das Seil, mit dem sich Nikodemus aufgeknüpft haben soll?«

»Ich weiß es nicht mit Bestimmtheit, aber als man den Leichnam hinüber zur Infirmarie trug, befand es sich noch um den geschwollenen Hals des Unglückseligen.«

»Gut, dann sollten wir uns schleunigst dorthin begeben, um die weiteren Umstände seines Todes zu durchleuchten. In der Krankenstation können wir uns sogar die Leiche näher anschauen.« Erst bei diesen Worten bemerkte Norbert, was Marcus bereits seit einiger Zeit aufgefallen war. Er war in seinen Überlegungen und Fragen mit einer derartig gefühllosen Kälte vorgegangen, dass er einen Menschen, der gerade seine größte Liebe verloren hatte, nur verletzt haben konnte. »Entschuldigt, Bruder Engelbert«, fügte er leise hinzu, und die gewohnte Wärme kehrte in seine Stimme zurück. »Ihr müsst uns natürlich nur begleiten, wenn es Euch nicht zu schwerfällt, den Armarius so zu sehen.«

»Es wird schon gehen«, erwiderte der junge Mönch und schluckte hörbar.

Sie hatten sich erst ein paar Schritte vom Maulbeerbaum entfernt, als Pater Norbert wie angewurzelt stehen blieb und angestrengt ins Gras starrte. Rasch hatte er seine Arme ausgebreitet und hielt die beiden anderen von jener Stelle zurück, auf die er starrte.

»Es war kein Selbstmord«, verkündete er tonlos. Jetzt erkannte auch Marcus die beiden parallel verlaufenden Furchen im Erdreich. Jemand hatte etwas – oder jemanden – hinüber zum Baum geschleift. Die Furchen mussten von den Fersen des Bibliothekars stammen!

⁓

»Der Alte hält uns nur auf. Ohne ihn wären wir schon an dieser gottverdammten Kirche angekommen. Warum stechen wir ihn nicht einfach ab und lassen ihn zurück?«

»Bitte flucht nicht in meiner Gegenwart, Hunold. Auch wenn ich alt und gebrechlich bin und nicht so hoch zu Ross sitzen kann wie ihr, funktionieren meine Ohren durchaus noch gut.«

Der Kleinwüchsige, der sich aus dem Sattel zu Dietrich aufgereckt hatte, zuckte zusammen, als Lucius ihn ansprach. Dieser saß auf dem Bock seines Pferdewagens und blickte schmunzelnd auf das ungleiche Paar, das ihm vorausritt.

»Es wundert mich nicht, dass ausgerechnet Ihr einen solch törichten Plan vorschlagt«, fügte der Prior in herablassendem Ton hinzu. »Erklärt Eurem Hofnarren ruhig, warum Ihr auf meine Anwesenheit angewiesen seid, Dietrich.«

Der Greis hatte recht. So hinterhältig dieser Zwerg auch war, so dumm stellte er sich bisweilen an, sodass der Herr von Keppel nicht selten Lust hatte, ihn aus seinen Diensten zu verjagen. Zuletzt hatte er diesen Drang verspürt, als der Gnom auf ihrem Raubzug im Neusser Münster den Namen des Armarius genannt hatte. Am liebsten hätte er ihm auf der Stelle den Hals umgedreht und ihn tot auf den Stufen des Gotteshauses zurückgelassen. Just in dieser Sekunde hatte sie jener Priester überrascht, und so war keine Zeit für derlei Vergnügungen gewesen.

Seine Wut über die unbedachte Äußerung des Gnoms hatte sich jedoch, noch bevor sie das Lager vor den Toren der Stadt erreicht hatten, gelegt. Schließlich konnte der Priester, falls er überhaupt etwas gehört hatte, sein Wissen nicht mehr weitergeben. Dafür hatte er eigenhändig gesorgt.

Darüber hinaus war der kleine Kerl stets nützlich, wenn Dietrich einen bedingungslos treuen Intriganten benötigte. Um sich nicht doch noch an dem Dummkopf zu vergehen, hatte er ihn nach dem Raubzug in Neuss mit der Beute zu seinem Kastell zurückgeschickt.

»Nun? Ich warte!«, hörte er den Greis hinter sich krächzen. »Vielleicht hat Euch ja der liebe Herrgott mit ein wenig mehr Verstand gesegnet. Erklärt ihm Eure Lage, damit er nichts Unüberlegtes tut.«

»Ja, Ihr habt recht, Prior. Auch wenn sich alle vier Schädel in unserem Besitz befinden und wir zwischenzeitlich die Formel kennen, sind wir auf Euch angewiesen. Es bleibt die Korrektur des einen Wortes, das sich in einer unscheinbaren Schriftensammlung versteckt. Einzig und allein durch die geheime Kombination von Zahlen können wir den richtigen Begriff finden. Ich nehme an, dass ihr den Kodex vor unserer Abreise vernichtet habt und nun der Einzige seid, der die entscheidende Zahlenkombination kennt?«

»Oh, Ihr seid ja noch viel klüger, als ich dachte«, krähte der Alte belustigt und begann, laut zu lachen.

Bei diesem Lachen hätte Hunold den Prior am liebsten vom Wagen gezerrt und ihm auf der Stelle die Kehle durchtrennt. Nach diesen Ausführungen war auch ihm klar geworden, dass er hierauf verzichten musste. Zumindest so lange, bis sie die Lösung gefunden hatten.

Auch Lucius war klar, dass diese Galgenstricke nur darauf warteten, ihn hinterrücks umzubringen. Er musste ihnen zuvorkommen. Er würde sie dazu bringen, mit ihm auf den Fund des vierten Kapitels einen Becher Wein zu leeren und sie bei dieser Gelegenheit vergiften. Denn darin hatte er Übung.

❧

»Ich verstehe zwar nicht, warum Ihr Euch diesen Frevler auch noch anschauen wollt, aber bitte. Nur Gott allein hat das Recht, Leben zu nehmen. ›Du sollst nicht töten!‹, so steht es geschrieben, und dies gilt auch für den eigenen Körper, den Gott uns geliehen hat.« Missmutig schlurfe der alte Mönch vor ihnen den Gang der Infirmarie hinunter. Eigentlich hatte er jetzt, da der Infirmarius verschwunden war, andere Dinge zu tun, als diese Neugiernasen herumzuführen. Vor einem Eingang blieb er stehen, drückte die Klinke herunter und stieß die Tür schwungvoll auf. »Da ist der Judas! Ich bin noch nicht dazu gekommen, mich um die Leiche zu kümmern. Eilt auch nicht«, brummte er. »Der Kerl wird sowieso nur irgendwo verscharrt.« Ohne ein weiteres Wort zwängte er sich an ihnen vorbei und schlurfte den Gang zurück.

Die drei gingen hinein, und Marcus schloss die Tür. Der Leichnam Nikodemus' lag vollständig bekleidet auf einem großen Tisch in der Mitte des Raumes. An den Regalwänden ringsherum standen Glasflaschen, in denen sich die unterschiedlichsten Tinkturen befanden. Jede für sich fein säuberlich beschriftet. Daneben lagen allerlei medizinische Geräte, wie Marcus sie noch nie zuvor gesehen hatte. Engelbert brach beim Anblick seines toten Mitbruders wieder in Tränen aus. Rasch stütze Marcus den Mönch, der zusammenzubrechen drohte, und zog ihn tröstend an sich. Es war doch zu viel für ihn.

»Danke, es geht schon wieder«, erklärte der junge Geistliche nach überraschend kurzer Zeit, und Marcus ließ ihn los. Sie gingen hinüber zum Tisch, auf dem sich Pater Norbert bereits an der Leiche zu schaffen machte.

»Kommt, helft mir. Ich möchte ihn auf die Seite legen.« Gemeinsam drehten sie den leblosen Körper, der tatsächlich noch das Seil um den Hals gebunden hatte. Es war ein recht massives Teil, wie man es häufig an kleinen Glocken fand. Norbert zog nun den Knoten der Schlinge vorsichtig in alle Richtungen.

»Seht Ihr?«, fragte er triumphierend. Seine Begleiter guckten ratlos drein. Sie sahen gar nichts. »Es ist keine laufende Schlinge! Wie sollte er sich also den Strick selbst um den Hals gelegt haben können? Es war Mord! Oder meint Ihr, jemand, der gerade beabsichtigt, sich zu erhängen, legt sich das Seil um den Hals und verknotet es fein säuberlich in seinem Nacken?« Der Pater begann, den Knoten zu lösen, und drei, vier blaurote Striemen kamen am Hals des Leichnams zum Vorschein. Die Striemen verliefen auffallend waagerecht und waren deutlich dünner als das Seil. »Dachte ich es mir doch. Jemand, der ungefähr Nikodemus' Größe hat, hat den armen Kerl von hinten erdrosselt.« Dabei fuhr er mit dem Zeigefinger über die Würgemale. »Er hat ein viel dünneres Seil benutzt als jenes, das um den Hals des Toten geschlungen war. Vielleicht einen Lederriemen. Nikodemus muss sich nach Leibeskräften gewehrt haben, und der Mörder hatte den Riemen mehrmals fester anziehen müssen, bevor er sein schändliches Werk vollenden konnte. Das erklärt, dass wir vier waagerechte Striemen sehen statt einen einzigen, der schräg hoch zum Nacken verläuft.« Jetzt war auch Engelbert überzeugt, dass sein geliebter Mitbruder ermordet worden war.

Vorsichtig drehten sie den Toten wieder auf den Rücken. Dabei glitt sein rechter Arm von der Tischkante und hing schlaff herunter. Als Marcus ihn wieder neben den Körper legen wollte, rutsche etwas aus dem Ärmel der Kutte und fiel zu Boden. Der hellblonde Mann bückte sich und hob es auf. Es waren zwei gefaltete Pergamente. Auf dem ersten, das er auseinanderfaltete, stand etwas geschrieben. Da Marcus nicht lesen konnte, reichte er es Pater Norbert und wandte sich dem anderen zu. Es handelte sich offensichtlich um eine Karte. Der Heranwachsende erkannte sofort die neun Kugeln des Quirinus. »Das muss Neuss sein!«, rief er beinahe fröhlich. »Und dies der Rhein.« Schlagartig wurde ihm klar, warum der Bibliothekar so erschrocken gewesen war, als er ihnen die Beschreibung des Heiligen vorgelesen hatte. Er musste in dieser Sekunde verstanden haben, welche Gegend die Karte darstellte.

»Und dies wird vermutlich eine Kirche sein?«

»Ihr habt recht, Engelbert. In dem kleinen Fischerdorf, das auf der anderen Seite des Rheins liegt, gibt es tatsächlich eine Kirche.« Marcus kannte das kleine Gotteshaus, da er des Öfteren mit der Fähre über den Rhein gesetzt war. Zufrieden mit der Deutung der Skizze, sahen die beiden Pater Norbert an.

Dieser hatte indessen die Notizen auf dem anderen Pergament gelesen und stand mit offenem Mund da. Dann begann er, im Flüsterton vorzulesen:

»Die Häupter vier Heiliger eines Namens
geben dem Sünder,
der sie zerstöret zur 40. Stunde,
unendlichen Odem und Reichtum«

Langsam ließ er das Pergament sinken.

»Was hat das zu bedeuten?«, entfuhr es den Jüngeren beinahe wie aus einem Munde.

Norbert zögerte, dann erzählte er: »Vor langer Zeit lebten vier Mönche beisammen, die spürten, dass ihre Tage zu Ende gingen. Sie waren lebenshungrig und wollten nicht einsehen, dass ein jedes Leben begrenzt sei. Sie sprachen lange miteinander und kamen zu einem folgenschweren Entschluss. Gott durften sie nicht bitten, ihr irdisches Dasein zu verlängern, also riefen sie in ihrer Uneinsichtigkeit und Gier nach ewigem Leben den Teufel an. Der Herr der Hölle erhörte sie und versprach, zumindest einem von ihnen das zu geben, worum sie ihn gebeten hatten. Darüber hinaus sollte dieser eine auch unermesslichen Reichtum erlangen. Der Teufel forderte einen Preis, der bis zum heutigen Tage verborgen geblieben war.«

Pater Norbert schien mit seiner Erzählung enden zu wollen, als Engelbert fragte: »Waren diese vier Häupter der Heiligen der Preis, den der Teufel forderte?«

»Ja, es scheint so zu sein. Die Mönche gerieten angesichts der Versuchung in Streit. Bis sie schließlich begannen, sich gegenseitig umzubringen. Nur ein Bruder namens Paulus überlebte den Zwist. Als er erkannte, was er getan hatte, war es zu spät, um zu Gott zurückzukehren. Er bereute sein Handeln und wollte die Formel für immer mit ins Grab nehmen. Doch dann entschloss er sich, sie auf Erden zurückzulassen. Gott allein entscheidet, was geschehen soll, kam ihm die späte Erkenntnis. So sollte der Herrgott auch entscheiden, ob je ein Mensch an das Geheimnis des Teufels gelangen würde. Er nutzte seine letzten Stunden, um eine Art Psalmensammlung zu schreiben, in der er die Formel verbarg. Lange galt dieses Werk als verschollen. Vor einigen Jahren erzählte man sich, der große Kirchenlehrer Albertus Magnus habe es gefunden und vernichten lassen. Dem scheint nicht so gewesen zu sein.« Er blickte mit sorgenvoller Miene auf das Pergament in seiner Hand.

»Und was hat es mit dem durchgestrichen Wort dort auf sich?«, wollte Engelbert wissen und griff ungeduldig nach dem Pergament. Tatsächlich hatte Nikodemus die Ordinalzahl ›40.‹ mehrfach durchgestrichen und sie mit einigen Fragezeichen versehen. Die Striche wirkten, als sei er dabei sehr wütend gewesen. Dieses Geheimnis, das er die ganze Zeit mit sich herumgetragen hatte, musste es gewesen sein, das ihn in den letzten Wochen und Monaten so bedrückt hatte. Der Text verschwamm vor Engelberts Augen. Tränen und Trauer waren erneut in ihm hochgestiegen. Warum hatte sich ihm sein Freund nicht einfach anvertraut?

»Und was bedeutet diese Karte?«, fragte Marcus, der die ganze Zeit gebannt zugehört hatte.

»Sie führt zur wahren Lösung. So, wie die Formel aufgeschrieben wurde, ergibt sie keinen Sinn. Ich glaube, dass die 40. Stunde eine falsche Spur des alten Mönches ist, und dass sich der Schlüssel zu dieser Stelle in einem anderen Buch befindet. Es mag sein, dass dieses Buch irgendwo dort in der Dorfkirche versteckt liegt«, sprach Pater Norbert seine Vermutungen offen aus.

»Was sollen wir denn nun tun? Sollen wir etwa den Mördern folgen?« Engelbert hatte sich zwischenzeitlich wieder beruhigt.

»Der Abt! Engelbert, Ihr sagtet, Nikodemus sei gestern auf dem Weg zum Abt gewesen, als ihr ihn das letzte Mal gesehen habt«, fiel Marcus ein.

»Nein, ich sagte, er war auf dem Weg zum Sprechzimmer des Abtes. Unser Klostervorsteher liegt danieder. Der Prior vertritt ihn derweil.«

»Dann sollten wir mit dem Prior sprechen!«, schloss Pater Norbert nachdenklich und nahm beide Pergamente an sich.

∽

»Ich muss Euch leider enttäuschen, liebe Brüder. Der Prior ist zurzeit nicht zu sprechen.«

Pater Norbert bemerkte, dass der Dekan, der sie im Sprechzimmer empfangen hatte, bei diesen Worten überaus verlegen wirkte.

»Gut, dann kommen wir nach der Vesper wieder. Ich verstehe, dass Prior Lucius, da er die Abtei so kurz nach seiner

Amtsübernahme leiten muss, ein viel beschäftigter Mann ist. Zu dieser abendlichen Stunde wird er aber die Geschäfte ruhen lassen, oder?«

Nervös tanzte der Dekan von einem auf das andere Bein. »Nun ja, wie soll ich es Euch erklären? Unser verehrter Prior befindet sich derzeit nicht in der Abtei.«

»Derzeit nicht in der Abtei? Wo hält er sich denn auf?«, fragte Pater Norbert mit Unschuldsmiene, ahnte er nur zu genau, wo und in wessen Gesellschaft sich der feine Stellvertreter zur Stunde befand.

Sofern dies überhaupt möglich war, steigerte sich bei dieser Frage das Unbehagen des Dekans noch mehr. »Leider ist mir sein Aufenthaltsort nicht bekannt. Er musste sehr überstürzt abreisen.«

»Ich verstehe. Aber er ist nicht allein unterwegs?«

»Ja, Eure Vermutung ist richtig.« Der Dekan ließ sich seine Auskünfte wie Würmer aus der Nase ziehen, doch auch Engelbert und Marcus kannten die Antwort bereits, die auf Norberts nächste Frage folgten sollte.

»Ist er womöglich mit den beiden Männern fortgegangen, die gestern hier in der Abtei eintrafen?«

Überrascht schaute der Dekan Pater Norbert an. Warum fragten sie nach dem Prior, wenn sie alles zu wissen schienen? Er mochte keine weiteren Fragen mehr beantworten und drängte die drei zum Ausgang. »Ich wüsste nicht, was Euch dies angeht, verehrte Brüder.«

Norbert erkannte, dass sie nichts mehr aus dem zappeligen Dekan herausbekommen würden, und so verließen sie den Raum.

❧

Es war bereits dunkel geworden, als sie in die Nähe der Stadt Neuss kamen. Der Fährmann hatte seine Überfahrten über den Rhein für heute schon eingestellt, und so entschlossen sie sich, auf der linken Uferseite zu nächtigen. Es wäre das Leichteste gewesen, sich einen Gasthof in der Stadt zu suchen, doch das Risiko, dort erkannt und gefasst zu werden, war einfach zu hoch.

Hunold erinnerte sich plötzlich an das Kloster, das ein Stück weit vor der Stadt lag. In Begleitung eines klerikalen Würdenträgers konnten ihnen die Ordensbrüder die Bitte nach einem Nachtlager gewiss nicht abschlagen. Von dort aus würden sie am Morgen rasch zur Fähre gelangen und auf die andere Uferseite übersetzen. Die Kirche würden sie sodann sicherlich finden und bald die vollständige Formel in Händen halten. Die Formel, die ewiges Leben und unendlichen Reichtum versprach. Zumindest einem von ihnen.

Der achte Tag

HUNOLD WAR FROH, als der Fährmann am rechten Rheinufer anlegte. Der Kahn hatte so sehr geschaukelt, dass er sich beinahe hatte übergeben müssen. Zu allem Überfluss hatte die ganze Fahrt über ein ziemlich heruntergekommener Bauer neben ihm gehockt, dessen merkwürdiger Gestank ihm fast den Rest gegeben hätte. Das zerrissene Hemd, das dem Kerl am Leibe hing, war schlammverkrustet und über und über mit Blut bespritzt. Müde hatte sich dieser auf seine Mistforke gestützt und den Zwerg zahnlos angegrinst, worauf dieser sein Gesicht verzogen hatte. Für diese Unverschämtheit hätte er ihn über Bord stoßen sollen, aber der Bauer war nicht allein auf der Fähre gewesen. Sie schienen in einer größeren Gruppe überzusetzen, und so hatte Hunold auf eine Rauferei verzichtet. Darüber hinaus hätte es Herrn Dietrich bestimmt nicht gefallen, wenn er für unnötiges Aufsehen gesorgt hätte.

Obwohl sie wieder festen Boden unter den Füßen hatten, zitterten dem Kleinwüchsigen vom Wellengang immer noch die Knie. »Und in welche Richtung suchen wir das Ufer nach dieser gottverd…, nach dieser Kirche ab?«

Dietrich stieß Hunold mit dem Handballen unwirsch gegen den Hinterkopf.

»He, was soll das?« Der Gnom rieb sich den Schädel und blickte zu Dietrich auf. Der wies nur stumm geradeaus. Oberhalb der Uferböschung lag das kleine Fischerdorf in der Morgensonne. Erst jetzt entdeckte Hunold die Dorfkirche, deren niedrige Kirchturmspitze die anderen bereits von der Fähre aus gesehen hatten. Das unverschämte Grinsen des stinkenden Bauern und diese Übelkeit hatten ihn zu sehr beschäftigt, sodass er während der Überfahrt keinen Blick für das nahende Ufer übrig gehabt hatte.

Auch wenn sie immer noch die einfachen Leinenhemden anstelle ihrer Waffenröcke trugen, so fielen sie doch in der Gruppe der Ankömmlinge auf. Keiner der anderen Männer sah aus, als würde er sich jemals ein Pferd leisten können, wie sie es am Zügel führten. Der klapprige Kleriker auf dem Wagen tat sein Übriges.

Als ihnen nun auch noch einige Frauen und Kinder aus dem Dorf entgegengelaufen kamen, verlangsamten die drei ihr Tempo und ließen sich hinter die Gruppe zurückfallen. So beobachten sie aus einiger Entfernung, wie die Frauen ihren Männern um den Hals fielen, während die Kinder deren stinkende Beinlinge umklammerten. Ihnen schien der üble Geruch offensichtlich nichts auszumachen.

Erst als sich die ausgelassene Begrüßungsszene aufgelöst hatte, zogen sie ihre Pferde am Zügel weiter. Die wenigen Hundert Schritte vom Rheinufer bis zu den Häusern hinüber waren ihnen in ihrer inneren Ungeduld ewig vorgekommen. Endlich standen sie nun vor der Dorfkirche, in der sich die Lösung befinden musste.

»Wir bringen die Pferde und den Wagen hinter die Kirche. Es muss nicht gleich jeder sehen, was uns hierher führt«, ordnete Dietrich an, und so verschwanden sie hinter dem Gotteshaus.

Auf der Rückseite des Gebäudes befand sich ein kleiner Anbau, in dem die Sakristei untergebracht war. Vorsichtig drückte von Keppel die Klinke nach unten; die Tür öffnete sich.

»Albert, seid Ihr es?« Vor ihnen stand ein Priester, der gerade versuchte, sein Gewand über den Kopf zu ziehen. Hunold stürzte sich auf ihn und schlang seine kurzen Arme um die Hüfte des Priesters, sodass sich dieser nicht aus sei-

336

ner Kleidung befreien konnte. Sein Zappeln und Rufen endete jäh, als ihm Dietrich seinen Dolch in den Rücken stieß. Gleichzeitig ließ ihn der Gnom los und der Körper sackte leblos zu Boden.

»Von diesem Pfaffen haben wir keine Störung mehr zu erwarten«, murmelte Dietrich und ging durch die Tür, die zum Altarraum führte. Die Dochte der Kerzen auf dem Altar glimmten noch. Die Andacht war wohl erst vor wenigen Minuten zu Ende gegangen.

∾

»Er hat uns gesehen und kommt herüber«, sprach Marcus und nahm die Arme herunter, mit denen er dem Fährmann zugewunken hatte. Marcus und Norbert waren noch am Abend in Brauweiler aufgebrochen und hatten die Fährstelle gerade erreicht. »Hoffentlich kommen wir nicht zu spät.« Die Stirn des jungen Mannes legte sich in sorgenvolle Falten.

»Ich glaube nicht. Der Kodex wird nicht einfach so in der Dorfkirche herumliegen«, versuchte Norbert seinen Freund zu beruhigen. »Zudem können wir gar nicht wissen, ob sie tatsächlich hierhin unterwegs sind. Wer sagt dir, dass sie von der Karte wissen?«

Der Trost des Paters tat gut. Vielleicht schafften sie es ja wirklich, den Männern zuvorzukommen. Ein paar Bauern, die ebenfalls hinüber zu dem Dorf an der Duselmündung wollten, hatten sich zu ihnen gesellt, und so unterbrachen die beiden ihre Unterredung.

Es dauerte noch eine ganze Weile, bis die Fähre endlich anlegte und sie an Bord gehen konnten.

Als sie abgelegt hatten, kam Conrad, einer der Fährmänner, zu ihnen, um die Bezahlung für die Überfahrt entgegenzuneh-

337

men. Während Pater Norbert ein paar kleine Münzen aus seinem Beutel nestelte, blickte Conrad Marcus stumm und durchdringend an. Dieser erinnerte sich, dass er den Mann von Zeit zu Zeit im ›Schwarzen Krug‹ gesehen hatte, und erschrak.

»Kenne ich dich nicht aus der Stadt?«, brach Conrad sein Schweigen.

Der hellblonde Mann hatte den Blick unter der Kapuze seiner Mönchskutte gesenkt und schüttelte den Kopf.

»Aber gewiss, ich habe dich dort bestimmt schon gesehen.« Der Fährmann ließ nicht locker.

»Seid Ihr ein so frommer Mann, dass Ihr jeden Mönch von einem Eurer zahllosen Kirchenbesuche an der Nasenspitze wiedererkennt?«

»Nun ja …« Conrad blickte Pater Norbert verwirrt an.

»Ihr geht regelmäßig zu den Andachten und Messen, oder etwa nicht?«

Er hatte den wunden Punkt des Fährmannes erahnt und ließ nun seinerseits nicht locker.

»Ihr könnt Euch vorstellen, wie es sich mit dem Dienst auf der Fähre verhält. Aber des Sonntags gehe ich regelmäßig, wenn auch in unserer Dorfkirche, zur heiligen Messe. Nach Neuss komme ich eher selten. – Wahrscheinlich irre ich mich ja.« Um das leidige Thema der regelmäßigen Gottesdienste zu beenden, steckte er die Münzen in seine Schürze und wandte sich rasch einem der Bauern zu.

Als die beiden die Fähre verließen, zitterten auch Marcus die Knie. Jedoch aus einem anderen Grund, als es bei Hunold der Fall gewesen war.

❧

»Wir sind auf eine Finte hereingefallen wie Bauerntölpel auf einen Gauklertrick! Das verdammte Buch ist nirgends zu finden!« Wütend trat Hunold vor einen gusseisernen Standleuchter, der die Marienstatue erleuchtete.

Die einfache schmucklose Dorfkirche war wirklich nicht geeignet, um hier in irgendeiner Nische oder hinter einer übergroßen Heiligendarstellung einen Kodex zu verstecken. Auch die Sakristei hatten sie bereits durchsucht und nichts dergleichen gefunden. Dietrich hatte die Hoffnung auf einen schnellen Fund aufgegeben und saß mit hängendem Kopf auf den Stufen zum Altarraum, als ihn der Kleinwüchsige plötzlich anstieß. Der Herr von Keppel schaute müde auf. Mit einer Mischung aus Neugierde und Freude auf seinem Gesicht, deutete Hunold stumm zu Prior Lucius herüber. Der Alte stand neben einem der schmächtigen Pfeiler in der Mitte des Kirchenschiffs und starrte auf den Fußboden. Sein Oberkörper, der hinter einer der Bänke herausragte, bewegte sich gleichmäßig hin und her. In diesem Moment hörte Dietrich das regelmäßige Scharren, dass die Sandalen des Klerikers auf dem blanken Steinboden verursachten. Ungeduldig gingen die beiden zu ihm hinüber.

Es waren tatsächlich die Sandalen des Gottesmannes, die das Schürfen verursachten. Mit der Sohle wischte er unaufhaltsam über den staubig schmutzigen Grund und gab nun die Stelle frei, die er auf diese Weise bearbeitet hatte. Ein Steinmetz schien in der Bodenplatte sein Zeichen hinterlassen zu haben. Es war kein Symbol dieser Zunft.

»Das Zeichen war auf der Karte zu sehen!«, rief der Gnom mit schriller Stimme.

»Ihr habt recht. Es ist das Zeichen des vierten Elements. Unter dieser Steinplatte liegt der Kodex, den wir suchen.« Lucius trat ein paar Schritte zurück. Jetzt waren die Kräfte der Männer gefragt, die er nur aus diesem Grunde in das Dorf an der Dusel mitgenommen hatte. Dietrich fiel auf die Knie und zog seinen Dolch aus der Scheide. Ein schrilles

Knirschen durchschnitt die Stille der Dorfkirche, als er mit der Klinge seiner Waffe die Fugen der Steinplatte freilegte.

»Schlagt die Platte hiermit entzwei, Herr Dietrich!«, keuchte Hunold atemlos. Er war zur Statue zurückgelaufen und hatte den gusseisernen Leuchter geholt. Dietrich stand auf, nahm den Kandelaber zur Hand und rammte den massiven Fuß mit Wucht auf die Steinplatte. Ein ohrenbetäubender Lärm ertönte. Der Knall des Aufpralls war noch nicht verhallt, als der Herr von Keppel erneut ausholte. Lucius war noch ein paar Schritte weiter zurückgewichen.

Wie besessen schlug der kräftige Mann auf die Bodenplatte ein. Der Rhythmus wurde immer schneller und der Lärm immer ohrenbetäubender, bis plötzlich ein dumpfes Krachen seine Bemühungen enden ließen. Spinnennetzartig durchzogen mit einem Mal Risse die steinerne Platte. Hunold stieß den erschöpften Dietrich beiseite und sprang auf die Mitte der Bodenplatte, die mit einem lauten Krachen gänzlich zerbrach. Der Gnom trat aus der Senke und kniete sich auf den kalten Boden. Eilig griff er nach den Bruchstücken des Steins und räumte ein ums andere zur Seite. Kaum hatte er die Stelle freigelegt, erkannten die drei ein ledernes Bündel, das in einer Erdmulde lag. Hunold zog es heraus und schüttelte die Steinsplitter ab. Mit fahrigen Bewegungen löste er den Knoten des Hanfseils, mit dem das Päckchen verschnürt war. Seine Finger zitterten noch heftiger, als er nun das Leder aufschlug und das Innere freilegte. Der dunkle Ledereinband eines Buches kam zum Vorschein. Das musste der Kodex des vierten Elements sein!

Hunold nahm das Buch aus seiner schützenden Ummantelung und hielt es in die Höhe. »Wir haben ihn tatsächlich gefunden. Den Schlüssel!«, jubelnd überschlug sich seine Stimme.

Noch bevor Dietrich nach der Schrift hätte greifen können, hatte Lucius den Kodex gepackt und ihn den Händen des Gnoms entrissen. Hunold war in Windseile wieder auf die Beine gesprungen und zückte seinen Dolch. Mit funkelnden Augen richtete er die Spitze der Klinge auf den Prior. Dieser schüttelte nur lächelnd den Kopf.

»Was wollt Ihr denn mit dem Buch? Wenn Ihr mich nun tötet, was Euch zweifelsohne gelingen würde, wäre das Geheimnis für alle Zeiten verloren. Wir sollten die Früchte des Satans gemeinsam ernten.«

Nachdenklich und zustimmend zugleich nickte Dietrich und hielt den Kleinwüchsigen an der Schulter zurück.

»Bevor wir auf unseren Reichtum anstoßen, lasst mich zuvor einen Blick in die Schrift werfen.« Mit diesen Worten schlug Lucius den Kodex auf. Auf der ersten Seite war ein verschnörkeltes ›A‹ zu sehen, das reichlich verziert war. Rund um die Titelseite lief eine Bordüre aus immer demselben Zeichen – dem alchemistischen Symbol des vierten Elements. Und der Titelbuchstabe? ›A‹ wie ›aqua‹, Wasser, aber eben auch, wie in diesem Fall, ›A‹ wie ›aer‹, das lateinische Wort für Luft. Die gleichen Anfangsbuchstaben der lateinischen Elementbezeichnungen hatten zu der Verwirrung geführt und die Formel von der 40. Stunde sprechen lassen. Hier, in dieser Schrift, lag die wahre Zeitangabe verborgen.

Anspannung ließ das Gesicht des Priors versteinern. Lucius konzentrierte sich auf die geheime Koordinate des letzten fehlenden Wortes, die nur er kannte. Offenbar um die Innenflächen seiner Hände zu trocknen, fuhr er langsam über die Enden seines Leibstricks, der seine Kutte oberhalb seiner brüchigen Hüfte schnürte. Dann blätterte er scheinbar ziellos durch die Seiten. Nur für einen Wimpernschlag hielt er inne und erfasste die Worte auf jenem Pergament mit einem raschen Blick. Dann schlug er die nächsten Seiten hastig um.

›Den vierten jedoch, wird der Herr erheben
in die Lüfte, wie den Adler, der …‹

A/4/2 – es war nicht die 40., sondern die vierte Stunde, zu
der er die Schädel der vier Heiligen eines Namens zerstören
musste, um zu ewigem Leben und unsagbarem Reichtum zu
gelangen. Unauffällig blickte Lucius im Augenwinkel von
Dietrich hinüber zu Hunold. Ob sie bemerkt hatten, dass
er gerade die entscheidende Textstelle gefunden hatte? Die
Textstelle, die die Formel vervollständigte. Bevor die beiden
ihm auf die Schliche kamen, musste er sie vergiften.

»Ja«, rief Lucius freudig und dennoch verhalten aus, »es
scheint tatsächlich jener Kodex zu sein, den wir suchten.
Lasst uns zurück in die Sakristei gehen und eine Flasche
Messwein auf unsere Entdeckung leeren. Danach sollten wir
uns irgendwo zurückziehen, um in aller Ruhe nach dem fehlenden Wort zu forschen.« Dabei fiel sein Blick auf die blitzende Klinge, die Hunold immer noch auf ihn richtete. »Seid
so gut, Dietrich, und pfeift zuvor Euer kläffendes Hünd-
chen zurück. Ich habe es nicht so gern, wenn jemand seine
Waffe auf mich richtet. – Auch wenn ich weiß, dass Hunde,
die laut bellen, niemals beißen.«

Bei diesen Worten sprang Hunold einen beherzten Schritt
nach vorn und stieß zu. Die Klinge bohrte sich bis zum
Schaft in den Bauch des Priors. Blitzschnell zog der Gnom
die Waffe zurück und führte sie erneut voller Wucht in den
Körper des Greises. Voller Entsetzen riss der Alte die Augen
auf und starrte hinunter auf den Zwerg, der mit einem Ausdruck unendlicher Genugtuung dastand. Lucius wollte etwas
sagen, als bereits das Blut aus seinem Mund hervorströmte
und über sein faltiges Kinn lief. Immer noch den Kodex in
Händen haltend, sank der Prior auf die Knie und fiel zur
Seite um. Er war tot.

»Bist du des Wahnsinns? Du Narr!«

Nur im letzten Moment konnte Lucius' Mörder Dietrichs gewaltigem Schlag ausweichen.

»Siehe, was du angerichtet hast. Nun hat der Prior das Geheimnis für alle Zeiten mit ins Grab genommen!« Dietrichs Gesicht hatte sich tiefrot verfärbt, und seine Schlagader pulsierte so heftig, als wolle sie sogleich zerbersten. Dem nächsten Angriff konnte der Kleinwüchsige nicht mehr entkommen. Sein Herr hatte ihn mit seiner kräftigen Pranke im Nacken zu fassen bekommen und ihm seine Faust ins Gesicht geschmettert. Mit einem grausigen Knacken brach die Nase des Gnoms unter der Wucht des Schlages.

»Haltet ein, Herr Dietrich! Auch ich kenne das Geheimnis und werde Euch umgehend einweihen!«, rief Hunold mit schmerzverzerrter Stimme. Dietrich glaubte, seinen Ohren nicht zu trauen. Wollte ihn der Kerl angesichts dieser Misere auf den Arm nehmen, oder versuchte er nur, sein armseliges Leben zu retten?

Langsam wanderte Dietrichs Hand vom Nacken zur Gurgel seines Begleiters, ohne den Druck zu mindern. Fest umklammerten seine muskulösen Finger dessen Hals.

»Der Alte traute seinem eigenen Hirn nicht mehr, bevor er starb«, röchelte Hunold. Dietrich löste die Umklammerung ein wenig, um den Gnom besser verstehen zu können. »Ich zeige Euch den Schlüssel zu dem fehlenden Wort, wenn Ihr mich loslasst.«

Die Lockerung des Griffs hatte ihm offensichtlich Mut gemacht. Dietrich stieß den Kleinwüchsigen von sich fort und zog seine Hand zurück. Wenn ihm die Erklärung des Zwergs nicht ausreichend erschien, konnte er ihn immer noch auf der Stelle töten. Grund genug hatte er.

»Es ist die Ordenstracht des toten Priors, die uns unserem Ziel näherbringen wird. Doch zuvor müsst Ihr mir Euer Ehrenwort geben, dass Ihr den Reichtum mit mir teilen werdet, wenn wir die Formel angewandt haben.« Hunold saß auf dem steinernen Boden und rieb sich, immer noch japsend, den Adamsapfel. Das Blut tropfte ihm aus der gebrochenen Nase. Misstrauisch und erwartungsvoll blickte er seinen Dienstherrn an.

»Habt Ihr jemals an meiner Ehre gezweifelt? Welchen Teil der Tracht meint Ihr?«

Nur langsam kam Hunold wieder auf die Beine und trat hinüber zu dem toten Prior. Mit der Fußspitze hob er ein Ende des Leibstricks vorsichtig an. »Habt Ihr jemals einen Mönch des Benediktinerordens gesehen, der sich auf diese Weise gürtet?« Noch bevor Dietrich darüber nachdenken konnte, fuhr Hunold fort: »Ich glaube nicht. Zumindest trug keiner der Brüder in Brauweiler einen solchen geknoteten Strick um seinen Leib. Auch nicht Prior Lucius. Erst auf unserer Reise hierher fiel mir auf, dass sich seine Tracht geändert hatte. Lange wusste ich nicht, was es war, das mich verwunderte. Dann fielen mir die Knoten auf, die die Enden seines Leibstricks zieren.«

Hastig blickte Dietrich auf den Toten. Das eine Ende des Stricks wies vier, das andere zwei Knoten auf. Hunold sah an dem sich verändernden Gesichtsausdruck, dass auch er nun verstand. Es handelte sich entweder um das zweite Wort des vierten Verses oder um das vierte des zweiten. Der Alte musste befürchtet haben, dass die Suche nach dem vierten Kapitel länger andauern würde und er die Kombination aus Vers und Wort vergessen würde. Eine Notiz war ihm wohl zu verräterisch erschienen, und so hatte er sich eine andere Gedächtnisstütze ausgedacht.

Voller Stolz ob seiner Entdeckung, grinste Hunold seinen Dienstherren an. Er war sich sicher, dass dieser einmal mehr erkennen musste, welchen Wert sein Scharfsinn für ihn darstellte. Gewiss würde Dietrich mit ihm teilen, allein schon um sich erkenntlich zu zeigen.

»Hunold, ich danke Euch. Die Formel, die Ihr durch Euren Verstand entschlüsselt habt, führt zum ewigen Leben und zu unendlichem Reichtum. Doch wie es die Formel bereits sagt, gilt dies nur für einen!«

Als der Gnom verstand, was Dietrich damit ausdrücken wollte, bohrte sich bereits dessen Klinge in sein Herz.

≈∾

»Sie ist verschlossen«, stellte Marcus fest und trat einen Schritt von der Pforte zurück. »Vielleicht können wir ja durch die Sakristei ins Innere gelangen.« Eilig gingen die beiden zur rückwärtigen Seite des dörflichen Gotteshauses.

Sie hatten die Kirche noch nicht ganz umrundet, als Marcus die drei Pferde samt dem Wagen entdeckte. Erschrocken blieb er stehen und drückte sich in einen Mauervorsprung. Mit seinem ausgestreckten Arm hielt er Pater Norbert zurück, der ein paar Schritte hinter ihm gegangen war. Der Ordensbruder hatte nicht sehen können, was den jungen Mann so erschreckt hatte, und so fragte er voller Neugierde: »Was ist? Warum geht Ihr nicht weiter?«

»Dort stehen die Pferde der Halunken!«

»Woher wisst Ihr, dass es die ihren sind? Tragen sie etwa das Zeichen der drei Muscheln?«

»Nein, das nicht. Aber wer sollte in einem Dorf solch prächtige Pferde besitzen? Glaubt mir, es sind die Pferde Dietrichs.«

»Marcus, Glaube gehört in eine Kirche und nicht hinter sie. Vielleicht sind es reiche Pilger auf dem Weg nach Neuss, die hier einen Moment der Andacht einlegen, bevor sie übersetzen. Lasst uns lieber nachsehen, um sicherzugehen.« Noch bevor der junge Mann etwas entgegnen konnte, hatte der Pater seinen Arm beiseite gedrückt und war zielstrebig weitergegangen.

»Pater Norbert!«, zischte Marcus ihm nach, doch dieser war schon außer Hörweite. So blieb ihm nichts anderes übrig, als dem Mönch zu folgen.

Pater Norbert stand bereits hinter dem Fuhrwerk, als Marcus ihn eingeholt hatte. Der Mönch hob neugierig die gräuliche Pferdedecke, die auf der kurzen Pritsche des Wagens lag. »Es scheint, als hätte Euch Euer Glauben tatsächlich nicht getrogen.«

Ihr Blick fiel auf weiße Waffenröcke, über die sich ein roter gezackter Stoffstreifen zog und unter denen die Spitzen zweier Schwerter hervorragten.

»Lasst uns gehen«, bat Marcus und war sich augenblicklich nicht mehr im Klaren, ob er dies wirklich wollte. Er war dem Heer gefolgt, hatte in der Schlacht sein Leben verteidigt und das anderer Männer genommen, um hierherzukommen, um den Mörder seiner Liebe zur Strecke zu bringen. Und nun wollte er so kurz vor dem Ziel aufgeben? Er hatte nichts mehr zu verlieren. Neben seiner Liebe hatte er sein Zuhause verloren. Er würde niemals zu Berthold und Annehild nach Neuss zurückkehren können, wenn er nicht seine Unschuld beweisen konnte.

Pater Norbert war indessen einige Schritte weitergegangen und blickte durch die offene Tür der Sakristei ins Innere. Bereits einige Wimpernschläge später sah Marcus, wie die Vorwärtsbewegung des Paters gefror. Ohne ein Wort zu sagen, trat er hölzern rückwärts.

»In der Sakristei liegt ein toter Priester. Sie haben ihn hinterrücks erstochen und den Raum durchsucht«, stammelte der Geistliche, und sein Gesicht wurde kreidebleich. »Du hast recht. Wir sollten besser verschwinden.«

Kaum hatte er diese Worte gesprochen, hörten sie Schritte im Inneren der Kirche, die sich rasch näherten. Immer noch erschrocken über den Anblick des ermordeten Priesters, stand Pater Norbert wie angewurzelt da und rührte sich

346

nicht vom Fleck. Marcus war indessen hinter den Wagen geeilt, als Dietrich plötzlich im Türrahmen erschien. In seinen Händen hielt der Herr von Keppel den Kodex des vierten Kapitels und starrte den Pater überrascht an. Noch ehe dieser sich von seinem Schreck erholen konnte, hatte Dietrich seinen Dolch gezückt und stach auf Norbert ein. Mit einem spitzen Schrei fiel der Mönch zu Boden.

Die Schwerter!, durchfuhr es Marcus. Hastig schob er die Decke zur Seite und zog eine der beiden Waffen aus der Scheide. Schon hatte der Mörder Marcus hinter dem Wagen entdeckt und stürzte auf ihn zu. Der junge Mann sah gerade noch, wie Dietrichs Dolch auf ihn herniederfuhr und riss das Schwert in die Höhe. Mit einem lauten Klirren traf der Dolch auf die Klinge des Schwertes. Die Wucht des unerwarteten Aufpralls riss dem Ritter die Waffe aus der Hand. Erschrocken wich Dietrich, den Kodex umklammernd, zurück. Nun war er unbewaffnet!

War dies nicht die Gelegenheit, auf die Marcus gewartet hatte? Das mächtige Schwert in beiden Händen haltend, stand er vor seinem wehrlosen Feind. Mit einem Hieb konnte er nun das Leben des Mannes auslöschen, der dafür verantwortlich war, dass er Neuss, seine Heimat, verlassen müsste. Der Mann, der seine erste Liebe brutal entführt und dabei jene Menschen getötet hatte, die ihm, Marcus, Schutz gewährt hatten. Wahrscheinlich hatte er Patty sogar geschändet, bevor er sie ermordete. Dieser erbärmliche Kerl hatte zudem den jungen Bibliothekar auf dem Gewissen und im Inneren der Dorfkirche noch weitere Morde begangen. Und gerade eben hatte er Pater Norbert vor seinen Augen erstochen. Wie in einem Rausch sah Marcus die flehenden Gesichter der Menschen vor sich, denen dieser Mann so großes Leid angetan hatte. Entschlossen hob er das Schwert über den Kopf. Er sah die Angst in den Augen Dietrichs und ließ die scharfe Klinge auf ihn niedersausen. Blitzschnell riss

Dietrich jedoch den Kodex empor und hielt in schützend vor sein Gesicht. Die Schwertklinge traf auf das Buch und grub sich in den Einband. Marcus holte erneut aus und schlug mit aller Kraft drei-, viermal auf seinen Gegner ein. Immer wieder gelang es diesem, den Kodex zwischen sich und das Schwert zu bringen. Pergamentfetzen flogen wild tanzend durch die Luft.

Marcus hatte seinen Feind bereits bis in die offene Tür der Sakristei zurückgedrängt und holte erneut zum Schlag aus. Das Keuchen des Mannes verriet ihm, dass Dietrich seinen Angriffen nicht länger standhalten würde. Doch in diesem Augenblick ließ der Herr von Keppel den bereits zerfledderten Kodex fallen und griff in Windeseile nach der Türklinke. Mit einem Ruck zog er die Pforte zu sich heran, und das schwere Türblatt schlug mit Wucht gegen Marcus' Schulter. Der Kämpfer verlor das Gleichgewicht und fiel zur Seite, als ihn gleichzeitig ein Tritt in der Hüfte traf. Dietrich trat erneut zu und erwischte Marcus am Handgelenk, sodass der Griff des Schwertes aus seinen Händen glitt. Der nächste Tritt traf Marcus am Kinn, und sein Hinterkopf schlug auf den Boden.

Im Augenwinkel sah er halb benommen, wie Dietrich auf den am Boden liegenden Dolch zustürzte. Marcus rappelte sich auf und sprang auf den Mann. Mit beiden Armen umklammerte er Dietrichs Knie und riss ihn mit sich zu Boden. Sein Feind landete auf seinem Brustkorb, sodass Marcus für einen Wimpernschlag die Luft wegblieb. Als er wieder atmen konnte, saß der Angreifer bereits auf seinem Unterleib und hielt ihm die Dolchspitze unter das Kinn.

»Jetzt folgst du deinen verlausten Freunden in euren verdammten Gauklerhimmel! Oder seid ihr in der Hölle verabredet?«

Marcus versuchte mit letzter Kraft, seine Handgelenke zu befreien, aber Dietrich hielt sie unter seinen Knien gefangen. Auch der Versuch, seinen Gegner mit einem Ruck seiner Lenden abzuschütteln, misslang. Marcus ahnte, dass sich die Spitze der Klinge gleich von unten durch seine Zunge bohren würde, und verlor seinen letzten Mut. Dietrich von Keppel grinste den Jungen mit einem Ausdruck offensichtlicher Freude an. Er schien die Angst seines Opfers zu genießen. Diesen Triumph wollte Marcus ihm nicht gönnen. Mit festem Blick starrte er ihm in die Augen. Plötzlich ging ein Ruck durch Dietrichs Körper, und sein Gesicht verlor den Ausdruck der satanischen Vorfreude. Stattdessen wirkte er erschrocken. Dann verzog er seine Mundwinkel, aus denen ein blutiges Rinnsal hervorquoll. Ungläubig blickte Dietrich an sich herunter, und auch Marcus richtete seinen Blick auf dessen Brust. Aus dem Leib des Mannes ragte eine Waffe – ein Dolch des Kroaten.

Der Körper des Herrn von Keppel rutschte von Marcus' Schoß und schlug dumpf auf dem sandigen Grund auf. Immer noch am Boden liegend, drehte der Befreite sich um und schaute hoch. Neben dem Pferdewagen stand Niko, der einen zweiten Dolch warf. Die Waffe wirbelte durch die Luft und blieb in Dietrichs Hals stecken. Rasch bildete sich eine Blutlache um den Kopf des Getöteten. Ohne ein Wort trat Niko neben ihn und zog seine Stichwaffen aus den Wunden. Er griff nach seinem eigenen Halsschmuck und durchriss mit einem Ruck das Lederband. Tönern klingend fielen die drei Muscheln in den blutdurchtränkten Sand. Dann verschwand seine Hand im Inneren seines Leinenhemdes, aus dem er langsam einen rot-weißen Stoffstreifen hervorzog, der am Rand verkohlt war. Der Kroate schleuderte dem Toten den Fetzen ins Gesicht. Marcus erinnerte sich jetzt wieder, dass Niko jenes Stückchen Tuch aus der Asche gezogen hatte, als sie die kleine Bauernkate auf ihrem Weg nach Brauweiler verlassen hatten. Es war der verkohlte Rest eines Waffenrocks, den einer der Männer des Herrn von Keppel getragen haben musste, als sie die junge Bäuerin geschändet und dann auf bestialische Weise ermordet hatten.

Erst jetzt entspannten sich die Züge des Kroaten, und sein erleichtertes Durchatmen war deutlich zu hören. Auch Marcus hatte sich wieder aufgerappelt und stand, wenn auch noch etwas zittrig, auf den Beinen. Vor Erleichterung und unsäglicher Freude, dem scheinbar sicheren Tod so knapp entkommen zu sein, wollte er Niko umarmen, doch der stieß ihn zurück.

»Wir sollten uns erst einmal um deinen Freund kümmern«, sagte er und ging zu Pater Norbert hinüber. Rasch kniete er sich neben ihn und drehte ihn auf den Rücken. Ein leises Stöhnen war zu hören, und der Geistliche öffnete die Augenlider einen Spaltbreit. »Er hat Glück gehabt.« Niko griff mit beiden Händen in den Halsausschnitt der Kutte und riss sie mit einem Ruck entzwei. Aus einer Wunde an der Schulter strömte Blut.

»Glück?«, murmelte Norbert beinahe unhörbar »Ihr meint Gottes Segen?« Vor Schmerzen erstarb sein leises Lachen. Auch Marcus hatte sich zwischenzeitlich neben Norbert gekniet und war heilfroh, dass sein Freund noch lebte. Rasch riss er einen Ärmel seiner Kutte ab und schnitt ihn mithilfe des Schwerts in Streifen. Niko nahm ein Stück des Stoffs und presste es auf die Wunde, als ein schmerzerfülltes Zischen erklang.

Nachdem Niko die Wunde versorgt hatte, verband er die Schulter des Mönchs mit dem restlichen Ärmel. Pater Norbert saß bereits aufrecht und hatte auch seinen Schalk wiedergefunden.

»Es trifft sich gut, dass ihr mir das Leben gerettet habt. Ohne Beichte hätte ich nur schlecht vor meinen Herrgott treten können.« Die beiden anderen lachten und halfen ihm auf die Beine.

»Wir sollten so schnell wie möglich von hier verschwinden, bevor man uns mit den Leichen in Verbindung bringt. Darüber hinaus wartet jemand auf Euch, Marcus.«

Der junge Mann schaute den Kroaten verwundert an. Doch dann erwiderte er mit Traurigkeit in der Stimme: »Natürlich möchte ich Annehild und Berthold so schnell wie möglich wiedersehen, aber ich weiß nicht, ob es die beste Idee ist, nach Neuss zurückzukehren. Glaubst du, dass ich mit den Schädeln der vier Heiligen im Gepäck meine Unschuld beweisen kann?«

»In diesem Punkt könntest du recht haben. Vielleicht lässt du dich besser in diesem Dorf an der Dusel nieder. Von hier aus kannst du die Entwicklung in Neuss am besten im Auge behalten, und die Wirtsleute können dich von Zeit zu Zeit besuchen. Ich hörte, dass der Graf von Berg an diesem Ort eine Befestigung errichten und dem Dorf die Stadtrechte verleihen will. Auch wenn er seinen größten Widersacher, Erzbischof Siegfried von Westerburg, an seinem Hofe gefangen hält, so könnte er schon bald wieder ein Bollwerk gegen linksrheinische Angreifer benötigen. Der Wehrturm in Monheim ist zu schwach besetzt und wurde bereits in den letzten Jahren häufig von Angreifern niedergebrannt. Eine befestigte Stadt, die nicht nur durch seine Soldaten, sondern auch durch die Bewohner und Bauern aus der Umgebung verteidigt würde, wäre von unschätzbarem Wert. Daher wird er alle, die sich ein Jahr lang nichts zuschulden kommen lassen, zu freien Männern machen.«

»Dies ist deine Gelegenheit, Marcus«, warf nun auch Norbert ein.

Marcus versank in Gedanken angesichts des Vorschlags. Vielleicht würde er ja hier eine neue Frau finden und eine Familie gründen können. Aber wollte er überhaupt eine neue Liebe?

»Du denkst an Patty, nicht wahr?«

Der Angesprochene nickte stumm und spürte, wie ihm Tränen über die Wangen liefen.

»Dann solltest wir uns schleunigst aufmachen und zu ihr gehen.«

Marcus starrte Niko wie vom Donner gerührt an.

»Auf meiner Suche nach Dietrich stieß ich gestern Nacht auf ein Lager seiner Männer. Geduldig lauerte ich ihnen auf. Dann tötete ich einen nach dem anderen, als sie sich vom Lager entfernten, um in die Büsche zu pissen. Schließlich aber entdeckte mich einer der Burschen. Es war ein großer Kerl, der mich hinterrücks niederschlug. Als ich mich am Boden liegend umdrehte, sah ich gerade noch, wie ein einarmiger Recke meinem Angreifer einen Dolch zwischen die Schulterblätter stieß. ›Du findest Dietrich von Keppel in der Abtei Brauweiler‹, hatte der Einarmige nur gesagt und war davongeritten. Das Lager war menschenleer. – So dachte ich. Doch dann entdeckte ich Patty in einem der Zelte und nahm sie mit in die Abtei. Dort sagte uns ein Gärtnergehilfe, dass ich Euch hier in diesem Dorf finden würde. Er tat sehr geheimnisvoll und besorgt, sodass wir eilig hierher ritten. Ich wollte deine Liebste nicht erneut in Gefahr bringen und ließ sie deshalb am Rande des Dorfes zurück.«

Marcus spürte, wie sein Herz laut und heftig zu schlagen begann. Voller Freude und Dankbarkeit drückte er seinen kroatischen Freund an sich und ließ erst von ihm ab, als Niko begann, sich zu wehren.

»Kann ich zu ihr gehen?« Die Stimme des jungen Mannes überschlug sich vor Glück.

»Du musst behutsam mit ihr umgehen. Die Kerle haben ihr Schlimmes angetan. – Doch wie ich unsere wilde ›Irin‹ kenne, wird sie es schaffen, wieder ganz die Alte zu werden.« Aufmunternd schlug Niko Marcus auf die Schulter. »Lasst uns aufbrechen. Sie wartet bereits lange genug auf dich.«

❧

Vorsichtig strich Marcus über ihre Wange unterhalb der Wunde. Wie sehr hatte er die Berührung dieser zarten Haut vermisst; wie oft hatte er sich nach ihrer Umarmung gesehnt!

Schon tot geglaubt, war sie wieder in sein Leben zurückgekehrt. Tränen rannen ihm über das Gesicht. Tränen der Freude. Er konnte sein Glück immer noch nicht fassen.

Niko hatte sie zu den zwei Zelten geführt, die er aus dem Lager der Halunken mit hergebracht hatte. Als sie näher kamen, hatte Patty die Männer erblickt und war auf sie zu gelaufen. Auch Marcus war losgelaufen, und so fielen sie sich in die Arme. Die Freude ihres Wiedersehens hatte Patty zumindest für diesen Augenblick vergessen lassen, was sie in den vergangenen Tagen durchgemacht hatte.

Versonnen betrachtete Marcus den sommersprossigen Streifen, der sich über ihre Nase zog. Ihre weichen Lippen lächelten im Schlaf.

Lange konnte er den Blick nicht von ihr abwenden, dann schlief schließlich auch er ein. In dieser Nacht träumt er von ihrer gemeinsamen Zukunft.

»Lass uns noch heute zusammen fortgehen. Irgendwohin, wo uns niemand kennt.« Patty schmiegte sich an Marcus und streichelte gedankenversunken über seinen Unterarm.

»Ich weiß nicht. Was soll denn aus Berthold und Annehild werden? Sie haben mich bei sich aufgenommen, als ich allein war, und mich immer gut behandelt. Ich kann sie nicht einfach in ihrer Sorge und Ungewissheit zurücklassen. – Wohin wirst du gehen, Niko?«

Der Kroate schnitt gerade ein Stück des Schinkens ab und schob es sich fast gierig in den Mund. Er konnte sich kaum noch daran erinnern, wann er das letzte Mal einen solchen Appetit gehabt hatte. Bereits im Morgengrauen waren sie aus den Zelten gekrochen und machten sich nun gemeinsam über die Vorräte her, die er mitgebracht hatte. »Ich werde zurück nach Siscia gehen. Die Familie meiner Frau kann auf den Feldern eine helfende Hand gebrauchen. Meine Mission hier ist beendet. Das Leben muss weitergehen.« Auch wenn er es mit einem fröhlichen Unterton sagte, so ahnten die anderen, was bei diesen Worten in ihm vorgehen musste. Als schließlich seine Augen begannen, sich zu röten, senkte er rasch den Kopf und starrte auf den Schinken.

Aufmunternd klopfte ihm Pater Norbert auf die Schulter. »Und was hältst du von dem Vorschlag, hier in diesem Dorf zu bleiben, Patty? Wenn es erst einmal die Stadtrechte erhalten hat, wird es aufblühen und schon bald nicht wiederzuerkennen sein.«

»Wiedererkennen! Genau das ist das Problem, Pater Norbert. Wie lange wird es dauern, bis einer der Neusser Bürger über den Rhein gelangt und Marcus wiedererkennt? Wir werden keinen Tag sicher sein und in ständiger Angst leben, bis Gras über die Sache gewachsen ist. – Und das kann lange dauern. Vielleicht zu lange. Ich bin so glücklich, dass ich den Mann meiner Träume wiederhabe, und möchte ihn nicht schon bald wieder verlieren.« Dabei drückte sie ihrem Geliebten einen flüchtigen Kuss auf die Wange. Der schien die Zärtlichkeit gar nicht bemerkt zu haben. Zu sehr beschäftigte ihn die Frage, ob er nicht doch nach Neuss zurückkehren sollte. Plötzlich schob er Pattys Hand entschlossen von seinem Unterarm und stand auf.

»Ich werde hinüber nach Neuss fahren! Ich muss Berthold und Annehild berichten, was seit jenem Morgen geschehen ist. Sie werden verstehen, dass ich unter den jetzigen Umständen fortgehen muss, und sich für mich freuen, dass ich eine Frau gefunden habe.«

»Dann komme ich mit dir!«, rief die Rothaarige aus, die bereits geahnt hatte, dass Marcus nicht mit ihr fortziehen würde, bevor er seinen Vormund beruhigt hatte.

»Das kommt gar nicht infrage«, entgegnete dieser unwirsch. »Der Aufenthalt in Neuss ist einfach zu gefährlich.«

»Aber Marcus, deine kluge Frau hat recht. Ein junges Paar in Begleitung eines Mönchs fällt weniger auf als ein einzelner Mann.«

»In Begleitung eines Mönchs?«, wiederholte der Angesprochene ungläubig die Worte des Paters.

»Ja, meinst du denn, dass ihr mich hier allein zurücklassen könnt? Patty wird mit ihrer Schönheit von dir ablenken, und zur Not kann ich mit meiner spitzen Zunge eingreifen, falls dir jemand mit unangenehmen Fragen zu nahe kommt. Denke nur an Conrad, den Fährmann.«

Nachdem sich Niko von ihnen verabschiedet hatte, brachen auch Marcus, Patty und Pater Norbert auf. Nach ihrer ersten Begegnung hätte der junge Mann es nie für möglich gehalten, dass ihm der Abschied von dem Kroaten jemals so schwerfallen könnte. Er hatte ihn des Reliquiendiebstahls und des Mordes verdächtigt und nahm nun Abschied von ihm als Freund, der ihm dreimal das Leben gerettet hatte. Doch noch größere Dankbarkeit empfand er dafür, dass der Kroate Patty befreit und sie zu ihm zurückgebracht hatte.

Schon bald würde er auch Annehild und Berthold in die Arme schließen können und ihnen ihre quälende Ungewissheit nehmen. Sie würden erkennen, dass der Zeitpunkt gekommen war, ihn loszulassen, und er würde mit Patty die Zukunft beginnen, von der er in der vergangenen Nacht geträumt hatte.

❧

Misstrauisch beäugte Conrad den jungen Bauern, der die Kapuze seines Gugels weit nach vorn gezogen hatte. Das Gesicht des Mannes war von hier aus kaum zu erkennen und dennoch kam ihm der Kerl irgendwie bekannt vor. Die Hübsche an seiner Seite hatte er hingegen noch nie gesehen. An einen solchen Busen hätte er sich erinnern können. Auch die feuerrote Mähne hatte es ihm im Nu angetan. Er stellte sich vor, wie sie die Entlohnung für die Überfahrt entrichten könne, ohne auch nur eine Münze in ihre hübschen Fingerchen nehmen zu müssen.

»Hier habt Ihr Euer Geld, verehrter Fährmann.«

Conrad spürte, wie ihm jemand kaltes Metall in die Handfläche drückte und ihn unsanft aus seinen Tagträumen riss.

»Der Mönch schon wieder!«, entfuhr es ihm seufzend, als er in Pater Norberts süß lächelndes Gesicht blickte. Erst jetzt hatte er den Ordensbruder erkannt, der zu ihm an Bord gekommen war.

Norbert überging die unziemliche Bemerkung und sprach: »Sagt, Fährmann, wie nennt man den Bach, der dort hinter uns in den Rhein mündet?«

356

»Das ist die Dusel, Euer Eminenz. Während die Eder, ein Altrheinarm, das Dorf im Norden umschließt, bildet dieser Bach die südliche Grenze der Fischersiedlung. Obgleich das Dorf nahe am Rhein errichtet wurde, so ist es auf diese Weise vor Hochwasser geschützt.« Conrad wollte sich bereits wieder zu dem Paar umdrehen, als Pater Norbert ihn an der Schulter zurückhielt.

»Stimmt es, dass Graf Adolf das Dorf schon bald zur Stadt erheben wird?«

»Davon habe ich noch nichts gehört«, entgegnete der Fährmann mürrisch und versuchte, sich aus dem Griff des Mönches zu befreien.

»Würden in diesem Fall nicht noch mehr Reisende Eure Dienste in Anspruch nehmen müssen? Denkt nur an die vielen Händler, die täglich zu der jungen Stadt hinüberwollen werden. Vielleicht wird man Euren Kahn auch benötigen, um Baumaterialien zur neuen Stadtmauer bringen zu können. Gewiss benötigt Ihr schon bald einen zweiten.«

Ein geschäftstüchtiger Glanz trat in die Augen des Fährmanns, den die Neuigkeit mit einem Mal interessierte. »Meint Ihr wirklich, Euer Eminenz?«

»Aber bestimmt!«, nährte der Mönch dessen Hoffnungen, und so erörterten sie noch eine Weile die Möglichkeiten und Vorteile, die sich für Conrad durch die Gründung einer Stadt ergeben würden.

Sie hatten das linke Ufer beinahe erreicht, als dem Fährmann auffiel, wie sehr sie sich in das Thema vertieft hatten. Zu schade, dachte er. Über seine Unterhaltung mit dem Gottesdiener hatte er es ganz versäumt, die Rote näher zu betrachten. Auch den Bauern hätte er sich zu gerne etwas gründlicher angeschaut.

Den dreien stockte indessen der Atem, als sie zum Ufer hinüberblickten. Dort unter den Reisenden warteten auch drei Männer der Neusser Stadtwache. Marcus zog seine

Kapuze noch tiefer ins Gesicht, und Patty schob den Ausschnitt ihres Kleides ein wenig herunter.

Kurz darauf legte die Fähre an, und die Ankömmlinge gingen an Land. Während Patty den Stadtwachen verführerisch zulächelte, versuchte Marcus, sich hinter die anderen Reisenden zu ducken. Sie hatten die Männer bereits passiert, als ein plötzlicher Ruf erklang: »Da geht der Dieb des heiligen Quirinus!« Die Stadtwachen blickten erstaunt auf den Fährmann, der mit ausgestrecktem Zeigefinger auf Marcus deutete. »Ich kenne ihn aus dem ›Schwarzen Krug‹. Er ist der Pflegesohn des Wirts.« Conrad hatte sich seit der gestrigen Fahrt gefragt, woher er den merkwürdigen Mönch nur kannte. Nun, da er dem jungen Bauern nachblickte, der jenem Mönch an Statur und Gang glich, war ihm mit einem Mal wieder eingefallen, wer er war.

Die Stadtwachen sprangen zurück ans Ufer und packten Marcus. Einer von ihnen riss dem vermeintlichen Bauern die Kapuze vom Kopf, und sofort erkannten auch sie in ihm den Reliquiendieb. Patty wollte ihrem Geliebten zu Hilfe eilen, aber Pater Norbert hielt sie am Arm zurück.

»Wir können im Moment nichts für ihn tun«, zischte er ihr ins Ohr. »Wenn uns die Soldaten ebenfalls gefangen nehmen, gibt es niemanden mehr, der ihm noch zu Hilfe kommen kann.«

Wenn auch widerwillig, erkannte Patty, dass der Mönch recht hatte, und so folgten sie unauffällig den anderen Reisenden, die in Richtung Neuss gingen.

Marcus hatte sich nicht gewehrt, als sie ihn zum Platz vor dem Münster gebracht hatten. Auf jenen Platz, auf dem die ganze Sache vor nun mehr acht Tagen begonnen hatte.

Auf dem Weg hierher hatten viele Leute Marcus wiedererkannt und waren den Soldaten und ihrem Gefangenen gefolgt. Diejenigen, die den jungen Mann vorher noch nie gesehen hatten, erkundigten sich rasch, wer er sei, und schlossen sich der Karawane zum Haus des Schultheißen ebenfalls an. Dieser hatte den Tumult nicht überhören können und war hinaus auf den Platz getreten.

»Sofort aufs Schafott mit dem Niederträchtigen!«, rief einer aus der aufgebrachten Menge.

»Aufs Rad mit ihm!«

»Nein, man sollte ihn auf der Stelle vierteilen!«

»Gebt Ruhe, Bürger von Neuss! Ihr wisst genauso gut wie ich, dass heute kein Gerichtstag ist.«

»Er steht mit dem Teufel im Bunde. Seht nur, was sie in seinem Beutel fanden!«, schallte es über den Platz. Ein buckeliger Alter stand in der ersten Reihe der Menschmenge und zeigte mit seinem Stock auf die vier Schädel, die die beiden Stadtsoldaten in ihren Händen hielten.

»Schlagt ihm auch seinen verdammten Schädel vom Hals!«, rief bei diesem Anblick der Nächste. Der Schultheiß merkte, dass die Menschen immer mehr in Rage gerieten, und fürchtete zusehends um die städtische Ruhe.

»Die Leute haben recht. Noch bevor ihn der Satan befreit, sollten wir den Kerl seiner gerechten Strafe zuführen.« Der Schultheiß blickte über seine rechte Schulter zu seinem Schwager, der ihm diese Bemerkung zugeflüstert hatte.

Ausgerechnet Thaddäus Weißenberg fürchtete den Teufel, obwohl er einer seiner stärksten Verbündeten zu sein schien?

In der Zwischenzeit waren weitere Stadtsoldaten auf den Platz gekommen und versuchten mühevoll, die aufgebrachte Menge zurückzuhalten. Die Situation geriet mehr und mehr außer Kontrolle, und so lenkte der Schultheiß schließlich ein. »Bürger von Neuss, ich will eine Ausnahme machen und Gericht über jenen halten. Zuvor wollen wir ihm die Gelegenheit geben, seine schändliche Tat zu gestehen.« Nur langsam verstummten die Rufe. »Nun, Marcus, Mündel des verstorbenen Berthold Janssen, gestehst du, die Reliquie des heiligen Quirinus aus dem Schrein gestohlen und auf der Flucht den Priester Gottwald ermordet zu haben?«

Verstorbener Berthold Janssen? Marcus glaubte seinen Ohren nicht zu trauen, und eine eisige Kälte, die seine Stimme gefrieren ließ, durchfuhr seinen Körper.

∞

Unauffällig hatten sich Patty und Pater Norbert unter die Reisenden und Händler gemischt und waren nun endlich durch die Rheinpfortz in die Stadt gelangt. Aus sicherer Entfernung hatten sie beobachtet, wie die Soldaten von der Neder Strais abgebogen waren und Marcus zum Haus des Schultheißen geführt hatten.

»Was sollen wir nur unternehmen? Wir müssen Marcus helfen.«

»Im Moment können wir lediglich abwarten. Wahrscheinlich bringen sie ihn nach einem ersten Verhör in den Blutturm. Vielleicht können wir die Wachen bestechen und ihn in der Nacht befreien.« Pater Norbert versuchte, die verzweifelte Frau mit seinen Worten zu beruhigen, auch wenn er selbst wusste, dass sein Plan schier aussichtslos war. Womit sollten sie die Wachen bestechen können? Sie hatten nicht mehr als die Kleider, die sie am Leibe trugen. »Zuvor sollten wir Berthold Janssen unterrichten. Er ist Marcus' Vormund und wird uns erzählen können, was seit dem Diebstahl in der Stadt geschehen ist. Berthold ist ein feiner Kerl, und ich kenne ihn aus der Zeit, in der ich bei den Brüdern im Kloster vor den Toren der Stadt lebte. Vielleicht hat er eine Idee, wie wir Marcus helfen können.«

Mit eiligen Schritten bogen sie in die Gebrante Gaß ab, als Norberts Blick auf einen Gardisten der Stadtwache fiel. Der Mann lehnte an einer Hauswand und starrte in Gedanken versunken zum ›Schwarzen Krug‹ hinüber.

»Bevor wir hineingehen, sollten wir mit dem Soldaten dort sprechen, Patty. Gewiss erfahren wir so, was sie mit Marcus anstellen werden.«

Als sie näher kamen, schaute der Gardist zu ihnen herüber. Nun erkannte Pater Norbert den Mann, den er häufiger in der Schenke der Janssens gesehen hatte. Der Soldat war ihm seinerzeit aufgefallen, da er eine besondere Beziehung zu Berthold Janssen zu haben schien. Jetzt konnte sich Pater Norbert auch wieder an seinen Namen erinnern. Er hieß Hubertus Hohenfels!

Der Soldat wirkte merkwürdig nervös, als wisse er nicht, ob er bleiben oder davonlaufen solle. Nun war es zu spät für eine Entscheidung, der Mönch und die schöne Frau hatten ihn erreicht.

»Hubertus, der Herr segne Euch. Erinnert Ihr Euch noch an mich? – Pater Norbert aus dem Oberkloster.«

Der Mann nickte stumm und blickte die beiden verlegen an. Er sah schrecklich aus. Nicht nur, dass seine Kleidung mit Erbrochenem befleckt war, auch sein Gesicht erinnerte an den lebendigen Tod. Seine Haut war grau und fahl, und seine rot umränderten Augen schauten aus tiefen Höhlen hervor.

»Ist Euch nicht gut?«, fragte Pater Norbert erschrocken. Im gleichen Augenblick fiel Hubertus ihm laut schluchzend um den Hals.

»Ich …, Berthold hat …«

Der Mann brachte kein verständliches Wort heraus, und der Gestank von Branntwein stieg dem Mönch in die Nase. »So beruhigt Euch erst einmal, Hubertus, und erzählt uns in aller Ruhe, was Euch bedrückt.«

Es dauerte eine Weile, bis Hubertus zögerlich begann, ihnen von seinem Kummer zu berichten.

Fassungslos starrten die beiden den Stadtsoldaten an, als dieser seine Erzählung beendet hatte. »Ihr dürft dies nicht für Euch behalten, Hubertus.«

»Aber ich kann niemandem außer Euch davon erzählen!«, rief er und wich einen Schritt zurück. »Und auch Ihr dürft niemals darüber sprechen. Falls Ihr es dennoch tut, werde ich alles abstreiten und dann …« Sein Blick wanderte drohend vom Geistlichen zu der Rothaarigen und zurück.

»Aber Hubertus, Ihr müsst …« Weiter kam Patty nicht.

»Ich muss gar nichts!«, brüllte Hohenfels und rannte die Gasse hinauf in Richtung Stadtmauer.

»Wir gehen sofort zum Haus des Schultheißen, bevor noch ein Unglück geschieht. Berthold Janssen können wir später einweihen«, entschied Pater Norbert angesichts der Offenbarung des Soldaten und zog Patty am Ärmel mit sich.

≈≈≈

Wie versteinert und mit Tränen in den Augen stand Marcus regungslos vor seinem Richter.

»Gut, wir verstehen auch so, was geschehen ist. Sagt uns, habt Ihr diesen gotteslästerlichen Diebstahl aus reiner Habgier begangen, oder war es die Stimme des Höllenfürsten, die Euch zu diesem Frevel verleitet hat?«

»Weder noch!«, durchbrach eine entschlossene Stimme aus der letzten Reihe die gespannte Stille. Der Schultheiß sah, wie ein Drängeln und Schieben durch die Menge ging, bis schließlich ein Mönch vor ihm stand. Direkt dahinter hatte sich eine hübsche Frau ihren Weg durch die Menschen gebahnt und war nun ebenfalls bis zu ihm vorgedrungen.

Wir werden uns wohl für die Stimme des Satans entscheiden, dachte der Schultheiß und blickte auf das feuerrote Haar der Schönen, ohne jedoch ihren ausladenden Busen aus den Augen zu lassen.

Marcus fuhr herum und erkannte Pater Norbert und Patty. »Nein!«, rief er. Weiter kam er nicht, denn im gleichen Augenblick, da er versuchte, einen Schritt auf Patty zuzugehen, traf ihn ein hölzernes Lanzenende in der Magengegend.

»Lasst den jungen Mann, er hat nichts Unrechtes getan! Im Gegenteil. Er hat Euch die Reliquie des Quirinus zurückgebracht.«

»Und noch gleich drei weitere Heilige dazu! Wir danken Euch vielmals und stehen tief in Eurer Schuld«, unterbrach eine alte Marktfrau Pater Norbert mit ironischem Unterton. Die Menge johlte vor Vergnügen.

»Bürger, wir wollen hören, was uns der Mönch zu berichten hat«, befahl der Schultheiß, und die Leute verstummten.

»Gott segne Euch dafür, verehrter Herr Schultheiß. Der Erzbischof hat eine kluge Wahl getroffen, als er Euch als seinen Verwalter hier in der Stadt einsetzte.«

»Genug der Vorrede und Schmeicheleien. Kommt zur Sache, Mönch.«

»Ja, ich stimme Euch zu, wir wollen keine Zeit verlieren. Gerne will ich berichten, was sich wirklich zugetragen hat. Dieser junge Mann hier sah, wie an jenem Morgen Männer aus dem Münster stürzten und eilig davonritten. Was er nicht ahnte, war, dass sie zuvor den Schädel des Heiligen aus seinem Schrein entwendet hatten. Erst als er den sterbenden Priester in den Armen hielt, gab ihm dieser den entscheidenden Hinweis. Ohne zu zögern, nahm er die Verfolgung der Räuber auf.«

»Ist es nicht vielmehr so gewesen, dass er vor den Diakonen flüchtete, die ihn ergreifen wollten?«

Pater Norbert überhörte die Zwischenfrage des Thaddäus Weißenberg und fuhr unbeirrt fort. Er wusste zu genau, dass der Schwager mit seiner Frage goldrichtig lag, doch dieses Detail passte nicht in das Bild, dass er dem Schultheißen von Marcus vermitteln wollte. So veränderte er die Tatsachen ein wenig, nicht ohne seinen Herrgott in Gedanken um Vergebung der kleinen Lüge zu bitten. »Marcus ist den Schurken bis in die Schlacht von Worringen gefolgt, in der er sein Leben für die Wiederbeschaffung des Heiligen aufs Spiel setzte. Doch dort ist ihm Dietrich von Keppel, der wahre Reliquiendieb, entkommen.« Pater Norbert schwitzte vor Erregung und wischte sich schwer atmend mit dem Ärmel über die Stirn. »Ich will Euch nicht mit Einzelheiten der weiteren Verfolgung langweilen, aber Ihr solltet wissen, dass unser Marcus hier den niederträchtigen Dieb auf der anderen Uferseite des Rheins stellte und ihm die Schädel entriss, bevor dieser die sterblichen Überreste des Quirinus vernichten konnte.«

Während der Gottesdiener sprach, beobachtete Thaddäus die Mienen der Umstehenden und meinte ein zunehmendes Vertrauen zu den Ausführungen des Mönches feststellen zu können. Besonders das wohlwollende Kopfnicken seines Schwagers bereitete ihm Sorgen. Wenn er dem Geistlichen Glauben schenkte und der Junge auf diese Weise freikäme, so würde die Übernahme der Schenke ein Traum bleiben, und alles wäre umsonst gewesen.

»Der Mönch lügt! Er steckt mit dem Ketzer unter einer Decke. Er ist gar kein Mann Gottes, oder habt Ihr schon einmal einen aufrechten Ordensbruder gesehen, der mit einer rothaarigen Hexe durch die Lande zieht?«

»Es stimmt, was Thaddäus sagt!«, rief eine Stimme aus der Menge. »Verbrennt sie alle drei!«

Die Verbrennung von Ketzern und Hexen war ein beliebtes Schauspiel, und so stimmten noch mehr Bürger in die

Rufe ein, die sich das Spektakel nicht durch gewandte Reden eines Ordensbruders entgehen lassen wollten. Auch der Schultheiß spürte, wie die Stimmung auf dem Platz langsam wieder umschlug.

»Wir wollen uns die Sache in aller Ruhe überlegen. Solange werden wir auch den Mönch und die Rothaarige in Gewahrsam nehmen.« Er gab seinen Männern ein Zeichen, die Patty und Norbert daraufhin ergriffen. Der Geistliche wehrte sich nach Leibeskräften, und auch Marcus begann, in wilder Verzweiflung an seinen Fesseln zu reißen. Wenn die Soldaten auch noch seine Freunde gefangen nähmen, wären sie alle verloren.

»Haltet ein, Schultheiß!« Eine Stimme, die von der Seitengasse her schallte, ließ die Menge verstummen. Der Schultheiß hob die Hand, und die Soldaten hielten inne. Der Mann, der sich dort durch die Menschenmasse drängte, war sein Zögling Hubertus Hohenfels.

»Ich habe eine Aussage zu dem Reliquiendiebstahl zu machen!«, rief er dem Schultheißen entgegen, als er die vorderste Reihe erreicht hatte. Patty traute ihren Augen nicht, als sie ihn erblickte. War dies wirklich der Mann, dem sie vor einer halben Stunde vor dem ›Schwarzen Krug‹ begegnet waren? Hubertus hatte sich frische Kleidung angezogen, und seine Haut wirkte hier im Sonnenlicht nicht mehr so fahl und grau. Nur seine Augen waren immer noch rot umrändert.

»Hubertus, du? Hat dir der Wirt vor seinem Ende doch noch Einzelheiten gestanden?«

»Nein, mein Herr, es gibt Dinge, die ich mit eigenen Augen gesehen habe und von denen ich Euch berichten muss. Viel zu lange habe ich geschwiegen.«

War Thaddäus Weißenberg gerade noch froh gewesen, dass es ihm gelungen war, die Massen gegen Marcus und seine Gefährten aufzuwiegeln, so befürchtete er angesichts der Ankündigung des Stadtgardisten, erneut an Boden zu verlieren. »Verehrter Bruder meiner Gattin, ich glaube …«

»Schweigt, Thaddäus! Euren Glauben kenne ich zur Genüge. Ihr habt mir die längste Zeit meine Ohren mit Euren Lügen verkleistert.« Mit diesen Worten verpasste er seinem Schwager eine schallende Ohrfeige. Die Menge lachte laut auf.

Als sich das höhnische Lachen der Bürger gelegt hatte, fuhr der Schultheiß fort: »Also sprecht, Hubertus Hohenfels, und lasst uns alle hören, was Ihr zu berichten habt.«

Der Mann wollte schon beginnen, doch nun zögerte er. Offenbar hatten ihn Zweifel ergriffen. Dann verfing sich sein ängstlich umherschweifender Blick im Augenpaar des Paters. Nur Hubertus bemerkte, wie ihm der Mönch mit seinen warmen Augen zulächelte und aufmunternd nickte.

»An jenem Morgen …« Hubertus schluckte schwer. »An jenem Morgen, als die Reliquie gestohlen wurde, war ich schon früh auf den Beinen. Besser gesagt, noch immer auf den Beinen. Wir hatten am Abend zuvor mit ein paar Männern der Stadtwache im ›Schwarzen Krug‹ gezecht. Auf dem Heimweg muss ich eingeschlafen sein.« Man sah ihm an, dass ihm die Umstände auch hier und heute noch peinlich waren. »Als die Sonne mich weckte, bin ich in Richtung meines Zuhauses gegangen und gelangte schließlich bis zu jener Gasse.« Er wandte sich um und deutete in Richtung des Weges, der zum Hauptstraßenzug führte. »Als ich durch diese schmale Straße heimwärts wankte, sah ich zwei Pferde vor dem Münster stehen. Eins der beiden war ungewöhnlich niedrig, und ich wunderte mich. Kurze Zeit später kamen zwei Männer aus dem Gebäude. Der eine war groß und kräftig, der andere beinahe ein Zwerg. Beide trugen weiße Waffenröcke, über deren Brust sich ein roter gezackter Brustring zog. Ich wollte eingreifen und die Männer befragen, was sie zu so früher Stunde in der Kirche gewollt hatten. Doch ich war immer noch viel zu betrunken, als dass ich die Kerle zur Rede stellen hätte können. Ich versteckte mich und wartete ab. Kaum waren die Männer eilig davongeritten, kam Marcus aus der anderen Gasse, die vom Büchel zum Münster führt. Er hatte gerade den Vorplatz erreicht, als der Priester aus der Kirche stürzte. Von meinem Versteck aus konnte ich erkennen, dass der Gottesmann schwer verletzt sein musste. Ich zog mich noch weiter in den Schatten der Gasse zurück, als ich erkannte, dass Marcus sich um den Verwundeten kümmerte. Als die Diakone aus dem Portal stürzten und den Jungen verfolgten, bin ich davongelaufen. – Marcus ist nicht der Reliquiendieb und Mörder, für den Ihr ihn haltet. Der Mönch hat recht mit dem, was er Euch erzählte.« Hohenfels senkte beschämt den Kopf und schwieg. Erst jetzt bemerkte er, wie aufmerksam und ruhig die Menge ihm zugehört hatte. Eine bedrückende Stille lag über dem großen Platz vor dem Münster.

Der Schultheiß war es schließlich, der das Schweigen durchbrach. »Und warum erzählt Ihr uns dies alles erst jetzt?«

»Ich schäme mich heute noch, dass ich an jenem Morgen nicht eingegriffen habe, als die Diebe davonritten. Zu Anfang wollte ich Euch die ganze Wahrheit berichten, doch als man Marcus für den Dieb und Mörder hielt, sah ich eine Möglichkeit, mich an ihm zu rächen. Als ihr mir schließlich auch noch den Auftrag erteiltet, Berthold Janssen, den Wirt, in den Blutturm zu bringen und dort zu befragen, waren meine Rachegelüste vollkommen.«

»Rache? Wofür?«, fragte Marcus, der unvermittelt Mitleid mit Hubertus verspürte.

Der Mann vergrub sein Gesicht und schluchzte laut auf. »Berthold war immer so gut zu mir gewesen. Beinahe wie zu einem Sohn. Aber nur beinahe. Dann kamt Ihr und nahmt den Platz ein, den ich mir vor Jahren gewünscht hatte.« Sein Schluchzen wurde noch lauter, und er fiel auf die Knie. Mit einer sanften Handbewegung gab der Schultheiß seinen Männern ein Zeichen. Sie zogen den Weinenden auf

die Beine und führten ihn durch die immer noch stumme
Menge fort.

Selbst der Schultheiß wirkte bedrückt von der Szene,
die sich soeben auf dem Platz abgespielt hatte. Er räusperte
sich und sprach mit fester Stimme: »Marcus, Mündel der
Annehild Janssen, Ihr seid ein freier Mann und könnt gehen,
wohin Ihr wollt.«

Ein Stadtsoldat durchschnitt die Fesseln, und auch die
Männer, die Pater Norbert und Patty festgehalten hatten,
ließen augenblicklich von ihnen ab. Kaum dass er seine
Hände frei bewegen konnte, stürzte Marcus auf Patty zu
und schloss sie fest in seine Arme. Sie hatten es wirklich
geschafft, wieder frei zu sein. Sie waren dem Albtraum der
letzten neun Tage entkommen.

Epilog

Das Volk wirkte beinahe ein wenig enttäuscht, dass es an jenem Tage keine Hinrichtung gegeben hatte. Doch schließlich überwog die Freude darüber, dass die Reliquie des heiligen Quirinus in die Stadt Neuss zurückgekehrt war.

Auch die Schädel der anderen Heiligen wurden wieder an ihre angestammten Plätze gebracht.

Patty und Marcus blieben nach ihrer Freilassung bei Annehild Janssen. Gemeinsam führten sie den ›Schwarzen Krug‹, und die Liebe der beiden tröstete Annehild ein wenig über den Tod ihres Mannes hinweg.

Pater Norbert verabschiedete sich schon bald von ihnen und zog als neugieriger Bote des Glaubens durch die Lande.

Niko ging nach Kroatien zurück und fand, wie er es erhofft hatte, in der Familie seiner Frau einen festen Halt. Dennoch überwand er niemals den schmerzlichen Verlust seiner geliebten Frau. Auch die Rache, die er an Dietrich verübt hatte, war ihm nur ein schwacher Trost.

Zusehends schlechter erging es dem Stadtsoldaten Hubertus Hohenfels. Immer häufiger ertränkte er die Schuld, die er auf sich geladen hatte, im Suff, bis er schließlich spurlos verschwand. Die Leute waren sich sicher, dass man seine Leiche eines Tages irgendwo am Ufer des Rheines finden würde.

Aber auch die Schlacht von Worringen hinterließ ihre Spuren.

Erzbischof Siegfried von Westerburg lebte beinahe ein Jahr in Gefangenschaft auf Schloss Burg. Erst nach der Unterzeichnung des Sühnevertrages, der eine Lösegeldzahlung von 12.000 Kölnischen Mark und die Anerkennung der Souveränität der Stadt Köln vorsah, entließ Graf Adolf den schwer erkrankten Kirchenfürsten am 19. Mai 1289.

Graf Adolf verwirklichte seine Pläne und erhob das Dorf an der Dusel am 14. August 1288 zur Stadt, dem heutigen Düsseldorf. Auch wenn sich sein ärgster Widersacher zu diesem Zeitpunkt in seiner Gefangenschaft befand, so wollte er zukünftig gegen linksrheinische Angreifer gerüstet sein.

Nach einer kurzen Atempause zog der Herzog von Brabant nochmals in eine Schlacht gegen Walram von Valkenburg, bevor er schließlich am 1. September 1292 durch den neu gewählten König Adolf von Nassau endgültig mit dem Herzogtum Limburg belehnt wurde. Er hatte sein Ziel erreicht.

Doch waren die Menschen, die in diesen neun Tagen gestorben waren, dies alles wert?

Glossar der lateinischen Begriffe

Funktionen, Ämter, Räumlichkeiten

ABT Der A. stand an der Spitze der Abtei und leitete die Ordensbrüder an. Er wurde in der Regel von der Gemeinschaft der Mönche gewählt und erhielt sein Amt auf Lebenszeit. Er sollte zugleich Lehrmeister, liebevoller Vater, Hirte und ein Gleicher unter Gleichen sein, was selten gelang.

CAMERARIUS Der C. war der Kämmerer des Klosters und kümmerte sich folglich um die finanziellen Belange.

CELLERAR Der C. verantwortete alle Dinge des klösterlichen Lebens, die mit der Beschaffung, Lagerung und Zubereitung der weltlichen und körperlichen Bedürfnisse zu tun hatten. Dementsprechend gehörten beispielsweise der Getreidemeister (= Granatarius), der Gärtner (= Hortulanus) und der Speisemeister (= Refectarius) zu seinen untergeordneten Amtsbrüdern.

DEKANE Neben dem Abt und seinem Stellvertreter, dem Prior, leiteten die D. die Ordensgemeinschaft an. Sie waren jeweils für eine Gruppe innerhalb des gesamten Konvents verantwortlich. Zum Teil wurde der Stellvertreter des Abtes auch als höchster Dekan (= senior decanus) bezeichnet.

DORMITORIUM Die Mönche schliefen in einem gemeinsamen Saal, dem D. In der Regel war nur der Abt hiervon ausgenommen. Um auf die sittliche Ordnung zu achten, vermied man nach der Regel des heiligen Benedikts, dass jüngere neben älteren Mönchen schliefen.

HORTULANUS Der H. war für die Anlage und Pflege der Klostergärten verantwortlich. Gerade im Hinblick auf das Wissen der Mönche um die Wirkung der Heilkräuter kam ihm so eine bedeutende Aufgabe zu. Er gehörte zu den Mitarbeitern des Cellerar.

INFIRMARIUS/INFIRMARIE Der I. bekleidete das Amt des Krankenmeisters, der für die Behandlung der Mönche in der Krankenstation, der Infirmarie, verantwortlich war.

PORTARIUS Der P. tat seinen Dienst an der Pforte des Klosters, also ein Pförtner im heutigen Sinne.

PRIOR Der P. war der Stellvertreter des Abtes. Zeitweise wurde dieser auch als senior decanus bezeichnet (siehe Dekane).

REFECTARIUS/REFECTORIUM Mit dieser lateinischen Bezeichnung bedachte man den Speisemeister, der dem Cellerar direkt unterstellt war. Der R. war nicht nur für die Zubereitung und Verteilung der Speisen zuständig. Er verwaltete auch die Mundtücher, Löffel und Schüsseln im gemeinsamen Speisesaal, dem Refectorium.

SAKRISTAN Der S., auch Sacratarius genannt, sorgte für die liturgischen Gefäße, Gewänder und für den Kirchenschatz. Teile seiner Aufgabe, die dem Amt eines reinen Reliquiars entsprachen, wurden später vom Küster (lat.: custos) übernommen.

SKRIPTORIUM Im S. kopierten die Mönche die wertvollen Schriften des Klosters. Neben dieser für die Verbreitung wichtigen Aufgabe schrieben sie nicht selten eigene Werke, häufig Prachtbücher für höhergestellte Persönlichkeiten. Teile des S. dienten auch als Bibliothek, die jedoch der Öffentlichkeit nur bedingt oder gar nicht zugänglich war.

Vestiarius Der V. war Herr über Kleider-, Bett- und Schuh-
zeug. Auch er gehörte dementsprechend dem Stab des Cellerar an.

Zirkator Der Z. sorgte für die Einhaltung der klösterlichen Ordnung und des Schweigegelübdes. In dieser Hin-
sicht war er der ›Wächter der Disziplin‹.

Die Gebetsstunden der Mönche

Ursprünglich gab es acht Gebetsstunden (Horen), die sich aus
vier großen und vier kleinen Horen zusammensetzten. Mit
dem zweiten Vatikanischen Konzil wurden diese auf sieben
reduziert und hinsichtlich ihres Inhalts vereinheitlicht.

Vigil (lat.: vigilare = ›wachen‹) Die Vigil, auch Matutin
(eingedeutscht ›Mette‹), ist die erste Gebetszeit des mönchi-
schen Tages. In der Benediktinerregel wird als Beginn der
Vigil die achte Stunde der Nacht genannt, was etwa 2 Uhr
entspricht.

Laudes (lat.: laudare = ›loben‹) Die Laudes wird bei Tagesanbruch, das heißt etwa gegen 5 Uhr, gehalten.

Im Anschluss an die Laudes folgen die vier kleinen Horen. Sie
bestehen aus dem eröffnenden Hymnus, Psalmen, einer kurzen
Schriftlesung mit Antwortgesang und einem Schlussgebet. Als
kleine Horen werden sie bezeichnet, da sie im Vergleich zu den
anderen Gebetszeiten des Stundengebets recht kurz sind:

Prim (lat.: primus = ›der Erste‹) Die Prim, die erste der kleinen Horen, begann bei vollständigem Tageslicht (ca. 5–6 Uhr).

Aufgrund der zeitlichen Nähe zur Laudes wurde sie im Rahmen des zweiten Vatikanischen Konzils abgeschafft.

Die weiteren drei der kleinen Horen werden im Drei-Stunden-Rhythmus gebetet:

TERZ   (lat.: tertius = ›der Dritte‹) ca. 9 Uhr
SEXT   (lat.: sexta = ›die Sechste‹) ca. 12 Uhr
NON   (lat.: nonus = ›die Neunte‹) ca. 15 Uhr

Nach den vier kleinen Horen begehen die Mönche noch zwei weitere große Gebetsstunden:

VESPER   (lat.: vespera = ›der Abend‹) Die Vesper beendet die tägliche Arbeitszeit und wird in der Regel gegen 18 Uhr gefeiert.

KOMPLET   (lat.: completum = ›vollständig‹) Die Komplet ist das Nachtgebet, mit dem der Tag endet. Ihr geht üblicherweise eine Gewissensforschung mit dem nachfolgenden Schuldbekenntnis voraus.

Bibliografie

DIE NACHFOLGENDEN BÜCHER und Schriften bildeten den wesentlichsten Teil meiner Recherche. Durch sie erfuhr ich nicht nur Einzelheiten zum Schlachtverlauf, sondern erhielt auch einen Einblick in die verworrenen Hintergründe, die im Jahre 1288 zur bedeutenden Schlacht von Worringen führten.

BÖMMELS, NICOLAUS; GILLIAM, HELMUT; KREINER, KARL; LANGE, JOSEPH; STENMANS, PETER: Neuss im Wandel der Zeiten – Beiträge zur Stadtgeschichte, 1969, hrsg. von der Stadt Neuss.

LEHNART, ULRICH: Teilnehmer der Schlacht von Worringen, Blätter für deutsche Landesgeschichte, 1988.

LEHNART, ULRICH: Die Schlacht von Worringen 1288. Kriegführung im Mittelalter, Afra-Verlag, Frankfurt a. M. 1993.

SCHÄFKE, WERNER (HRSG.): Der Name der Freiheit 1288–1988. Aspekte Kölner Geschichte von Worringen bis heute. Handbuch zur Ausstellung des Kölnischen Stadtmuseums. Kölner Stadtmuseum 1988.

SCHREINER, PETER: Die Geschichte der Abtei Brauweiler bei Köln 1024–1802, Verein für Geschichte und Heimatkunde e. V., Pulheim-Brauweiler 2001.

SCHREINER, PETER; TONTSCH, MONIKA: Die Abteikirche St. Nikolaus und St. Medardus in Brauweiler, Verein für Geschichte und Heimatkunde e. V., Pulheim-Brauweiler 1994.

SIEBERT-GASPER, DIETER; STIENE, HEINZ ERICH: Heinrich von Rennenberg, Abt von Brauweiler (1263–1288), und die territorialen Auseinandersetzungen des 13. Jahrhunderts, Universität zu Köln 1999.

TORUNSKY, VERA: Worringen 1288 – Ursachen und Folgen einer Schlacht, Rheinland-Verlag GmbH, Köln 1988.

Weitere Titel finden Sie auf den folgenden Seiten und im Internet:

WWW.GMEINER-SPANNUNG.DE

MÖRDERISCHE MISSION März 1618: Während religiöse Spannungen das Land spalten und der junge Kurfürst Friedrich V. mit der böhmischen Krone liebäugelt, hütet der Katholik Jakob Liebig ein gefährliches Geheimnis. Als Spion reist er nach Heidelberg. Immer tiefer verstrickt er sich in ein gefährliches Spiel aus politischen Ränken und Mord. Bald sind seine einzigen Verbündeten die junge Calvinistin Sophie und ein bärbeißiger Hauptmann der Stadtwache. Über Glaubensgrenzen hinweg schmieden die drei eine ungewöhnliche Allianz.

JULIAN LETSCHE
Gefährliche Walz
. . . .
978-3-8392-2141-9 (Paperback)
978-3-8392-5523-0 (pdf)
978-3-8392-5522-3 (epub)

AUF WANDERSCHAFT 1523. Hannes Fritz befindet sich auf der Walz. Auf der Suche nach seinem Onkel Joß Fritz, einem bekannten Aufrührer, kommt er nach Süddeutschland. Von dort verschlägt es ihn nach Montbéliard, wo er eine Zeit lang als falscher Edelmann am Hofe von Herzog Ulrich weilt, doch er fliegt auf und muss fliehen. Währenddessen gerät die Welt seiner Jugendliebe Anna völlig aus den Fugen. Der Mann, den sie eigentlich heiraten wollte, ist ein Mörder. Sie wird Opfer einer Intrige und muss nach Genua fliehen. Werden die beiden in ihre Heimatstadt zurückkehren und sich wiedersehen?

PETRA GABRIEL
Der Sohn der Welfin
. . . .
978-3-8392-2115-0 (Paperback)
978-3-8392-5473-8 (pdf)
978-3-8392-5472-1 (epub)

DER JUNGE BARBAROSSA Der junge Friedrich von Schwaben muss miterleben, wie sein Vater, der Herzog, um die Königskrone gebracht wird. Der Herzog wird geächtet, während die Familie der Mutter von den neuen Zeiten profitiert. Friedrich wird hineingezogen in den Hass, mit dem sich Staufer und Welfen im Kampf um die Macht zu zerfleischen drohen. Halt findet er erst, als zwei Burgunderkinder an den Hof kommen, er findet Freundschaft, fasst Vertrauen. Der Junge ahnt nicht, dass ihn auch diese beiden in eine tödliche Spirale aus Hass, Verrat und Liebe verstricken werden.

GMEINER SPANNUNG

DIE NEUEN Lieblingsplätze

ISBN 978-3-8392-2628-5

ISBN 978-3-8392-2615-5

ISBN 978-3-8392-2620-9

ISBN 978-3-8392-2635-3

ISBN 978-3-8392-2618-6

ISBN 978-3-8392-2623-0

ISBN 978-3-8392-2630-8

ISBN 978-3-8392-2631-5

ISBN 978-3-8392-2632-2

ISBN 978-3-8392-2405-2

ISBN 978-3-8392-2622-3

ISBN 978-3-8392-2545-5

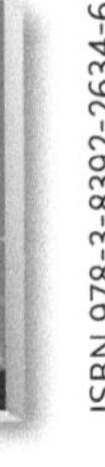

ISBN 978-3-8392-2629-2

ISBN 978-3-8392-2634-6

GMEINER | KULTUR

WWW.GMEINER-VERLAG.DE

Mensch, Kultur, Region